新镀金时代
THE BILLIONAIRE RAJ
A Journey Through India's New Gilded Age

〔英〕詹姆斯·克拉布特里 ——— 著　邢玮 ——— 译

南海出版公司

新经典文化股份有限公司
www.readinglife.com
出 品

献给我的父母

目 录

前言 ...001

序曲　安蒂拉阴影下的孟买 ...007

第一部分　强盗贵族

第一章　安巴尼乐园 ...023

第二章　美好时光的开端 ...049

第三章　宝莱坞寡头的崛起 ...079

第二部分　政治机器

第四章　被改造的印度 ...109

第五章　欺诈季 ...133

第六章　金权政治 ...161

第七章　南方的裙带关系 ...187

第三部分　新镀金时代

第八章　债台高筑 ...219

第九章　焦虑的巨头 ...245

第十章　不单纯的比赛 ...271

第十一章　国家想知道 ...301

第十二章　莫迪的悲剧 ...329

结论　进步时代？ ...357

注释 ...369

参考文献 ...393

致谢 ...401

前言

那是2013年12月的一个大晴天，我在孟买一家警局外发现了它——盖着脏兮兮的塑料布，无人关心。从轮廓能看出那是一辆车，底盘离地面很近，明显被撞得变形。一个黑色大轮胎已经和车身分家，尴尬地撑着底盘。白色细绳将塑料布的一角系在旁边的电线杆上，但这并不能阻止我掀起布来一探究竟。

塑料布下一团糟。驾驶位面目全非，引擎盖中部因剧烈冲击严重变形，明显翘了起来。里面的管路也被撞得四分五裂，从引擎中伸出。我透过破碎的挡风玻璃看了看后排狭小的座椅，那里原先是豪华的红色，但现在肮脏且积满灰尘。只有副驾驶位的状况好一些，保留了阿斯顿·马丁Rapide系列的经典线条，这是世界上最昂贵的超级跑车之一。

几周前的一个深夜，这辆顶级超跑被撞成一堆破铜废铁。这起事故神秘的余波成为印度新兴超级富豪影响力的象征，久久地刻在我的记忆中。那晚，这辆车轰鸣着一路向北，在双车道的毕达路上飞驰。道路两侧是印度金融首都的富人区，左侧是高楼密布的豪华住宅区"破浪糖果"，从那里可以俯瞰阿拉伯海的美景；右侧的小路连通着阿尔特蒙大道，道路旁边的高墙和铁门后是殖民地时期盖的别墅。

凌晨1点30分左右，这辆超跑失控，追尾了一辆奥迪A4，奥迪随之飞向反向车道，跟迎面驶来的大巴发生侧撞。随后，阿斯顿又撞上一辆车，车头被撞废，车体向路边滑出后不久就停了下来。现场烟雾弥漫，满地玻璃碴，所幸无人丧生。奥迪车主是25岁的商学院学生福伦姆·鲁珀尔，她前一晚去南边赴宴。车子停下后，她意识到自己遇到麻烦了。孟买不缺豪车，但阿斯顿·马丁这个级别的可不多。能拥有这样一辆超跑的人肯定非常有钱——真正地有钱。这意味着麻烦。

接下来发生了什么，众说纷纭。有媒体称超跑车主一开始打算开着撞得不成样子的车逃离。[1]当他意识到车破损至无法驾驶，便跳上恰巧跟在后面的两辆本田SUV中的一辆。几天后，鲁珀尔向一家当地报纸透露："一眨眼的工夫，汽车周围就聚集了好几个安保人员，他们把阿斯顿·马丁的驾驶员匆匆送上一辆SUV，随后飞快地开走。"[2]安保小队快速启动，向几分钟车程外的高楼驶去。

人们在事故现场看不到这栋楼，但往南走一会儿，这栋名为"安蒂拉"的超级豪宅就现身了。它高耸在这条路上，已经成为一个绕不开的符号，彰显着房主的显赫地位：亿万富豪穆克什·安巴尼，印度最富有的人。

2013年12月8日这个周日一大早，超跑车主肇事逃逸的事情很快在媒体上发酵。有报道称，这辆超跑是信实港口公司的资产。这家公司名气不大，但隶属于安巴尼的信实工业集团，这家巨型企业集团的业务范围之广，覆盖了从石油炼制到天然气开采、从电信到电视媒体等各个领域。傍晚时分，受雇于安巴尼家族的55岁肥胖司机班西拉勒·乔希在距离事故现场两公里左右的伽德卫警局投案。他说自己凌晨出门试驾，车祸时他正在驾驶座上，事发后逃离。

但这与鲁珀尔一开始的说法相左。"我从后视镜看到这辆车在高速行驶，左右摇摆。紧接着，我还没反应过来，就被撞上了，"她和当地的一家报纸说道，"那一瞬间，我清楚地看到司机的脸，是个年轻男子。"[3]这之后，有传言称这个年轻男子很可能是印度赫赫有名的商业世家安巴尼家族的一员。不过短短几周，鲁珀尔就改口了。12月底，她在地方法庭签署证词，称那天开车的确实是班西拉勒·乔希。[4]

信实工业的说法或许为真，但没人知道确切情况。警方表示，当晚的监控模糊，不足以判定事实。毕达路是孟买最繁华的路段之一，即使到深夜，道边也不乏小贩和路人，还有试图在硬纸板上抓紧多睡几个小时的"人行道露宿者"。但巧的是，竟没有一人看清逃逸司机的脸。向来喜欢追根究底的印度媒体在这次报道中也相当谨慎。《福布斯》一篇报道尖锐指出："警方对此不置一词，印度大多数主流电视频道也选择沉默。"该篇报道不顾否定的声音，援引"线上猜测网"上的传言，指名道姓地点出安巴尼家族的一员，"他据称就是肇事司机"。[5]

为了弄清来龙去脉，我在事发几天后，拨通信实工业发言人的电话。他对我说，对于信实港口这样一家表面上是做物流和运输生意的公司来说，拥有一辆七十万美元的豪车很正常[6]，员工凌晨开这样的车去试驾，后面跟着几辆负责安保的SUV，也没什么好奇怪的。他还一口咬定，这起事故只跟司机乔希一人有关。那些天，我私下与一些印度人交谈，他们大都认为信实工业的解释有诸多疑点，但没有公开谈过自己的想法。性格直爽的奥马尔·阿卜杜拉是个例外，这位印控克什米尔首席部长直接在推特上发文："我们如果信得过孟买的朋友，那如今恐怕只有孟买的警察不知道是谁在驾驶那辆阿斯顿·马丁。"

这之后没多久，我前往海边的泰姬陵酒店参加晚宴，这家酒店凭借哥特式砖石立面与浅红的穹顶，成为全孟买最具辨识度的地标之一。天色渐晚，远处港口亮起游艇的灯光，主宴会厅的枝形吊灯随之点亮，灯光下聚集的商业精英越来越多。人们很快聊起这起神秘的交通事故，不过说话前都会警惕地看看四周。信实工业坚称自己没有违法，但无论真假，我碰到的许多人都对集团的解释持怀疑态度。

不论真相如何，这起事故都揭示了印度公众对亿万富豪的态度。晚宴当天，我发现自己在公然唱反调。这起事故有两种说法：一是信实工业凌晨试驾的解释，二是主张集团在掩盖真相的阴谋论。我认为两种说法都有可疑之处。我对一家本地银行的负责人说，比较之下反而是信实工业的解释更有说服力。他看了我一眼，不久之后我发现印度人经常向我投来那样的目光，那是一种惊讶和怜悯的混合：这个外国人竟有如此幼稚的想法。那天以后，我才意识到谁是肇事司机并不重要，真正重要的是安巴尼家族的神秘力量。印度全社会对他们的权势之广深信不疑，多数人都相信，这样的丑闻他们想抹除就可以抹除。

几天后，我前往伽德卫警局寻求更多的线索。那是栋尘土飞扬、混乱不堪的老建筑，距离焦伯蒂海滩和盖有装饰派艺术风格公寓的新月形步行街海滨大道只有几个街区。警局里几个警察无精打采地坐在塑料椅上打盹，守着堆满文件的房间，头顶的风扇懒洋洋地转着。其中一人表示督察正外出办公。督察最终回来，并谨慎地接受了我的采访。

"那辆车现在在哪儿？"我问道。

"车被扣了，要做鉴定。"他说。

"什么时候可以做完？"

"还得等一阵。"

说话过程中，我脑海中浮现了一个只可能在电视剧《犯罪现场调查》中出现的画面：阿斯顿·马丁的残骸被拉到郊区一个一尘不染的仓库，一群穿工作服的专家正戴着白手套，小心翼翼地在车身上寻找蛛丝马迹。我走出警局，被阳光晃了下眼睛。就在这时，我注意到那块脏兮兮的灰布，在离警局没几步路的地方。那一刻我想：不会吧，这不可能！

接下来的一年，我时不时到警局门口看那辆车还在不在。它一直都在。上面罩的布一次比一次脏，布上的鸟屎越积越厚，但下面的车好像一直没人动过。我有时会进警局询问案情进展。他们总用一句"进行中"打发我，我们都心知肚明这句话意味着什么。

这辆车是世界首屈一指的豪车，车主也是世界级的大富豪，任何理智的人都不想招惹这样一位令人生畏的大人物。他代表印度顶级富豪的权力和影响力，是当今印度真实面貌中难以捉摸又无法绕开的一面。这辆车就在那片破布下，不知趣地用自己的遗骸记录着12月凌晨的一场事故。它停在那儿，破损不堪，被完全遮盖，半被遗忘。和这起事故有关的人似乎都期望哪天早上一觉醒来，有个路过的魔术师飞速掀开塑料布，令残骸消失得无影无踪。

序曲　安蒂拉阴影下的孟买

安蒂拉这栋摩天大楼以最露骨的方式显示了印度新精英阶层的权势和地位，它是印度首富穆克什·安巴尼为自己和妻子以及三个孩子建造的住宅，全楼由玻璃幕墙和钢铁构成，高一百六十米，占地刚满四千平方米，建筑面积却相当于三分之二个凡尔赛宫。[1]豪华酒店风格的舞厅占据一楼的大部分位置，光是顶部的进口枝形吊灯加起来就有二十五吨重。楼内设有六层停车场，停放首富家收藏的豪车。楼内还住着上百位工作人员，为他们一家鞍前马后。上面几层是空中花园和豪华住房。顶层是会客厅，三面环窗，连通着宽敞的室外露台，在那里能以绝佳视角俯瞰整个孟买。楼内设有瑜伽馆和健身房，还有功能和桑拿室恰好相反，能在孟买酷暑时期提供清凉的冰屋。[2]继续往下走，地下二层是安巴尼孩子的娱乐场所，有个足球场和篮球场。

孟买长久以来都是个贫富两极分化的地方，这座大都会有富豪和金融家，他们的住所旁边就是一眼望不到头的贫民窟，屋顶都用油布和瓦楞板充当。安蒂拉这栋超级豪宅的存在，似乎只是放大了这种分隔，让孟买的两极分化显得更为严重。尽管如此，我仍对这栋楼产生了莫名的感情，因为它从我抵达孟买的那天起，便一直充当我生活的背景。那是 2011 年 11 月的一个早晨，报社的司机来机场接我。路上很堵，喇叭声此起彼伏，我们龟速向南移动，路边可以看到被机场防护网隔在外面的贫民窟。之后，我们终于开上跨海大桥，它是一条沿孟买西侧修建的八车道高速公路的短程延伸道路。一小时后，车驶入毕达路，经过阿斯顿·马丁后来发生车祸的地点。没过多久，司机激动地指向挡风玻璃外，安蒂拉在前方的雾气中若隐若现。

后面 5 年，这栋大楼一直是我日常生活的一部分。孟买人口高达 2000 万，整个城市建在狭长的半岛上，形状有点像曼哈顿，城西有好几条主干道。从海滨大道一路沿着海岸往北走，沿途可以看到贫民窟和优雅的豪宅。作为记者的我常沿这条线路出城，出去一趟就得经过安蒂拉两次，出门时北上和返回时南下。它悬臂式的建筑风格虽然怪异，但随着时间的推移，我反而觉得亲切，还会在看不惯它的人面前为它辩护，大概是患上了建筑类型的斯德哥尔摩综合征吧。孟买的安蒂拉大致相当于纽约的帝国大厦，为拥堵不堪的街道提供醒目的路标，也向公众展示房主无与伦比的财富——据 2017 年富豪榜显示为 380 亿美元。[3]

这让穆克什·安巴尼轻松登上印度首富的宝座，但印度的超级富豪远不止他一人。20 世纪 90 年代中期，只有 2 名印度人跻身福布斯全球亿万富豪榜，他们总共拥有 30 亿美元的财富。[4] 之后，这个数字缓慢增长。2002 年安巴尼在父亲离世后接手家族生意，亿万富豪榜上的印度人增至 5 名。随后，这个数字开始爆炸式增长，短短10年内又有数十名印度人上榜。这些人中有的将古老的家族企业发展成跨国公司；有的则是创业者，在从软件到矿业等领域中积累了数十亿美元。2010年，福布斯全球亿万富豪榜中身家超10亿美元的印度人有49名之多，也是这年，盖了4年的安蒂拉终于完工。

近些年，印度身家超10亿美元的富豪已经过百，仅次于美国、中国和俄罗斯。[5] 2017年，这批富豪的财富总额高达4790亿美元。[6] 印度的百万美元富豪更是高达17.8万人。[7] 若将这些亿万富豪的财富与整个国民产出相比，比值高居第一位的无疑是俄罗斯，这个国家的强势寡头以奢侈作风和商业腐败著称。[8] 紧随其后的常常是印度的超级富豪，他们和俄罗斯寡头类似，在本国工商业拥有相当大的话语权，和权力也走得很近，有人因此将他们戏称为"宝莱坞寡头"（Bollygarchs）。

印度超级富豪的崛起离不开经济体制改革。从20世纪80年代起，印度开始缓慢调整本国经济体制。1991年，令人痛苦的金融危机爆发后，印度更是大刀阔斧地实施改革，废除了庇护过印度经济一整代人的陈旧的许可证制度和关税制度。改革前，印度工业实施的是烦琐的"配额许可证制度"，简称"许可证制度"，什么可以做、由谁做，都有严格的行业规定。改革后，这一制度彻底成为历史。政府对经济松绑后，外资涌入，市场竞争变得激烈，旧体制庇护下的老公司慢慢掉队。与此同时，从航空公司到银行、从钢铁行业到电信业的各大领域都涌现出新巨头。

当然，印度超级富豪能搭上财富增长的快车，也离不开世界经济的发展。21世纪初是"经济大稳健"的黄金时代，全球利率低，工业化国家发展迅猛。标志性事件是2001年中国加入世界贸易组织，中国经济自此腾飞。纵观历史，没有几个国家有过这样的发展速度。中国的出口贸易蓬勃发展，对海外商品的需求水涨船高，带动了印度等发展中经济体的发展。投资者嗅到商机，满怀信心地带着大量资金涌向新兴市场，进一步促进经济繁荣。有人将这一时期称作"超全球化"时代。

2005年前后，印度巨头的财富开始大幅度增长。从1991年开始的10年间，印度经济看似有了剧烈的变化，但真正起飞的只有仿制药物和软件外包等屈指可数的几个行业，经济增速低于上一个10年。但新世纪以来，自由化和超全球化双管齐下，效果惊人。凭借外资、本地银行贷款以及高涨的信心，诸如安巴尼这样的实业家往炼油、钢铁等行业投了数十亿美元。其他企业家则忙于修收费公路和盖发电站，或重金投资空中客车和宽带网络。股票市场形势一片大好。2004年到2014年，印度经济增速达到史上最高水平，年均增速超过8%。

这一阶段的经济繁荣无疑是有益的，一亿多印度人得以脱贫，印度经济也得以再次与世界经济融为一体。过去两千年的大部分时期，印度次大陆都是世界上最大的经济体❶。[9]但三个世纪的殖民统治让这里变得千疮百孔，最著名的莫过于东印度公司对南亚的压榨和劫掠。17世纪末，英国已经控制了几个沿海城市，但那时的莫卧儿帝国依旧贡献了世界生产总值的近25%。不过，到1947年英国最后一支军队从孟买的印度门撤离——那座玄武石拱门就在我后来和妻子居住的那条街上——也就是印度独立后不久，这个数字已低至4%。[10]即便是帝国主义压迫下的印度，商人依旧

---

❶ 作者此处参考安格斯·麦迪森的《世界经济千年统计》得出这一结论。——本书脚注均为编译者注

可以将整箱整箱的货物运往利物浦和曼彻斯特，印度的资本也可以继续在伦敦证券交易所自由流动。印度独立后，开国总理贾瓦哈拉尔·尼赫鲁——这名毕业于剑桥大学的睿智律师——逐步切断了印度延续两千余年的贸易传统。

之后几十年，印度的对外贸易往来锐减，但这在印度历史上只是个例外时期。如今的印度再次成为一个相当全球化的国度。它不需要艰难地拼凑外汇，反而坐拥数千亿美元外汇储备。从某些角度看，印度比在大约10年前开始推进贸易自由化的中国更开放。从货物贸易和服务贸易占国内生产总值的比例看，它高于中国，也远超美国。1991年印度改革之初，这个比例仅为17%，如今已激增至60%左右。[11]2005年前后，印度经济增速达到顶峰，吸引了金额比肩中国的国际直接投资。[12]印度股票市场上自由流通的近半数股票，均为外国人持股。[13]

印度的大公司也将触角伸向国外，大量收购从非洲矿产到英国钢铁公司在内的各类资产。印度人骨子里就是国际主义者，这个国家拥有世界上数量最大的移民群体，每年往印度国内汇款超600亿美元。[14]有人担心外企和外资进入印度市场会引起印度人的反感，被视作新型殖民主义。事实证明，这种担心是多余的。全球化在印度一直备受推崇，八成以上的印度人都认为全球化是有益的，如此高的支持率在全世界都位居前列。这也从侧面反映出印度再次开放后，多数人的生活得到极大的改善。[15]

面对世界，印度并没有表现出畏惧，而是积极迎上。这些年，拥抱世界确实给印度带来诸多好处。但与此同时，这几十年旋风式的增长引发了不少经济问题，对社会和环境也造成一定危害，用小说家拉纳·达斯古普塔的话讲，这带来全国性的"创伤"。[16]

好处很多，但大家都承认，分配并不均衡，印度绝大多数的新财富都被社会上层1%的人口拿走，说得再准确点，是被这1%当中顶层的少数人拿走。印度独立前的近100年里，英国在印度殖民地推行的政治体制叫Raj，这个词源自梵语的rājya，意为"王国"或"统治"。1947年以后近半个世纪里，印度实施许可证制度，充满有违常理的法规和烦琐的限制条件。如今，在印度自由化后的四分之一个世纪里，在不断变化的世界形势中，这个国度正在形成一种新的体制：亿万富豪统治。

亿万富豪统治

这本书主要讨论印度近代史的三个关键问题，第一是超级富豪的崛起，以及随之而来的社会不平等和大公司权力过大的问题。印度长久以来是个等级分化的社会，人们被依照种姓、种族和宗教划分为不同阶层。独立前，印度由英国殖民者和众多封建王公统治。1947年独立后的数十年里，印度社会至少在经济层面变得更平等，精英阶层也以西方工业化国家的标准过着适度的生活。

2000年以来，形势迅速转变，财富率先流向受过良好教育、与世界联系紧密的精英阶层。大都市出现新的富裕阶层——用经济学家让·德雷兹和阿马蒂亚·森的话来说——就好比"撒哈拉以南的非洲突然冒出几个加利福尼亚"。[17]这里面最耀眼的莫过于社会顶层积累的财富。到2008年，印度新兴亿万富豪富有得惊人，后来出任印度央行行长的经济学家拉古拉迈·拉詹提出这样的质问："如果我们可以称俄罗斯为寡头政治，那么印度离这一天又有多远呢？"[18]

但我们需要清楚的是，印度仍然是个穷国，人均年收入不足

2000美元。投资银行瑞士信贷2016年的一项调研表明，一个人如果想跻身印度最富有的1%，仅需32 892美元。[19]但正是这1%的人占据了印度半数以上的国民财富，这样惊人的比例在全球范围内都十分罕见。国际货币基金组织的报告指出，印度目前是亚洲主要经济体中贫富差距最大的一个国家。以研究世界财富不平等而闻名的法国经济学家托马斯·皮凯蒂在研究中表明，自1922年有纳税记录以来，印度国民收入分配结构中前1%高收入群体的占有比在近些年达到峰顶。[20]

从这些指标看，印度跟南非、巴西一样，同属于世界最不平等的国家。但印度知识分子总以一种怪异的默契对这点一笔带过。印度贸易自由化以来，许多在政治光谱中偏右的思想家认为，经济高速发展比最终的分配重要；左派人士看重的则是底层的生活状态，更关心包括儿童死亡率在内的社会发展指标有无改善。但这两派都不重视贫富差距。许多人认为贫富差距对经济危害不大，但国际货币基金组织近期的研究结果表明，一个国家贫富差距越大，越不利于经济增长和金融稳定。内部四分五裂的国家也难以就艰难的结构性改革达成广泛的社会共识，而印度发展经济急需的正是这种结构性改革。我们不难想象，如果不及时采取举措，贫富差距只会进一步拉大。

超级富豪的崛起和第二个问题紧密相连，即裙带资本主义，意指政客和商人沆瀣一气，将有价值的公共资源占为己有。印度过去实行的政府主导的计划经济为腐败提供了土壤，迫使国民与商人为最基础的公共服务付出大量金钱。21世纪的前十年经济腾飞，贪腐更为严重，计划经济时代的贪腐相比之下都显得微不足道。电信、矿产等领域价值数十亿的稀缺资源，被赠予超级富豪，媒体甚至将这些丑闻集中称为"欺诈季"。企业借助高额回扣拿到土地，绕开环境保护法规，签下基础设施建设合同。物价上涨促使铁矿等采掘工业一片繁荣，同时引发猖獗的贪腐行为。新闻头条充斥着丑闻，揭露诈骗性质的公共住房，痛斥劣质的公路建设。

1991年，印度的改革先锋认为，自由市场经济或许会带来一个更好、更廉洁的政府。说得委婉一些，他们的看法未免过于乐观。实际情况与他们的预想出入很大，印度锈迹斑斑的国家机器根本无法妥善应对经济的高速增长和全球化。行政官员、法官、监管人员都处于超负荷运转的状态，即使清廉，也来不及为市场设置配套的法规，更何况现实中不乏贪官污吏，有不少还是巨贪。裙带资本主义渗透到公民生活的方方面面。矿业权、土地分配和公共食品分配等问题都在社会上引发过震动。媒体也卷入被资本收买的丑闻，深受喜爱的国民运动板球也未能逃脱被裙带资本主义污染的命运。一项调查估计，这场大型骗局抽走了"数千亿美元"。[21]如果说计划经济时代的贪腐是零售的，那这一时期则是批发的。

许多政府官员借此聚敛了惊人财富，若不是将这些资产隐藏在空壳公司或外国银行中，他们本可以凭此在福布斯富豪榜上得到一席之地。对官员而言，经济高速增长意味着他们手中的权力可换取更多的财富。政党为赢得选举而花费更多金钱，换言之，他们需要筹集更多资金以赢得竞选和回馈让他们当选的选民。其中的大头来自超级富豪的非法捐赠，以换取政党胜选后未知的好处。政治在印度不再是一件便宜的事。2014年的印度大选据说耗费近50亿美元。[22]当时，印度教民族主义党派印度人民党轻松获胜，纳伦德拉·莫迪当选总理。他之所以赢得广大民众的支持，一大原因就是他抓准民众对贪污腐败的反感情绪，承诺当选后推行经济改革，强力反腐。

第三个问题是印度工业经济从繁荣走向萧条的周期，这是前两个问题的结果。过去 20 年，中国掀起了有史以来最大的基础建设热潮，其中绝大多数都由国企投资和承建。与中国不同，印度的投资热潮主要靠民间资本推动。宝莱坞寡头从本地银行大量贷款，肆意投资。民间资本上一次这么活跃，还是一个半世纪以前美国兴建铁路网时期。不过，全球金融危机以来，印度逐渐步入萧条。超级富豪不得不为先前的自负买单，承担公司因盲目扩张和债台高筑带来的苦果。2017 年，金融危机 10 年后，印度各大银行账上的不良资产高达 1500 亿美元。[23]

从繁荣走向萧条，这种经济周期在新兴经济体中并不少见。1997 年亚洲金融危机爆发，就与马来西亚和泰国的超级富豪滥用低利率贷款、随意进行投机性投资有关。而印度的危机与世界联系更为紧密。20 年的超全球化最终淹没了英美的金融体系，一度在纽约和伦敦叱咤风云的银行和保险公司因此受到重创。全球化在印度淹没的则是工业体系，作为工业化主心骨的企业集团无一不深陷泥潭。伦敦和纽约的金融家信誉扫地，孟买和新德里那些一度被奉为传奇的超级富豪也跌落神坛，至今仍没有完全恢复。

我对超级富豪、裙带资本主义以及印度工业所处困境的兴趣，与我担任驻外记者的经历有关，那段时间让我有机会近距离观察这三个问题。我在印度各地旅行期间，最感兴趣的就是 2005 年前后崛起的当今印度的缔造者。他们曾在政界和商界呼风唤雨，但随着形势急转直下则开始疲于应付，尤其是 2014 年莫迪上台以来，潮水的方向明显变了。这批人向来坦然接受印度现状，因时制宜，而非依个人喜好凭空想象。他们敢想敢干，无所顾忌。这样的野心，西方国家过去也有，但现在恐怕已无可能，因为西方的资本主义已经被净化。就连人们对印度这拨人的称呼——贵族、老板、权贵、大亨、泰坦、巨头——仿佛也是从另一个时代打捞起来的。

你如果觉得这些听起来很熟悉，那就对了，因为在印度之前，早就有国家经历过裙带资本主义猖狂发展的阶段，并由此发生根基性变革。19世纪中期，英国的工业革命就是如此。查尔斯·狄更斯和安东尼·特罗洛普的小说描述的正是那个时期的英国。不过更为相似的还是美国的镀金时代，也就是1865年内战结束后到19和20世纪之交的那段时间，用一位历史学家的话讲，那是"庞大公司、冷血财阀、狡猾政客"的时代。[24]

19世纪中期，美国自我标榜为乡村气息浓厚、人人平等的净土：一个由绅士领导的自耕农国度。这也是印度民权领袖莫罕达斯·甘地的愿景，他的非暴力哲学理念引领印度人民赢得独立，而他素来坚信乡村生活在精神层面的优越性。然而，短短两代人的工夫，美国就发生了翻天覆地的变化，市场跌宕起伏，历经繁荣与萧条。那段时间至今仍然是美国经济增速的巅峰。[25]芝加哥、匹兹堡等工业中心吸引了数百万外地人和数百万欧洲移民。曾经与世隔绝的农业国就这样一跃成为庞大的经济体和领先世界的工业强国。

美国的经济腾飞和印度一样催生了新一代超级富豪。石油大亨约翰·洛克菲勒、银行家约翰·皮尔庞特·摩根、铁路大亨杰伊·古尔德和科尔内留斯·范德比尔特，他们站在新百万富豪阶层顶端，以豪华的住房和奢靡的生活方式出名。当时人们习惯称他们为"强盗贵族"，因为他们在短时间内赚到惊人财富，且常有违背良知的行为。从罗得岛纽波特悬崖上的别墅区，到纽约第五大道上耀眼的富人区,都展示着新兴超级富豪的财力,而这也正是那个时代最显著的标志。"镀金时代"的说法源自马克·吐温的小说,意指时代如镀金般光鲜,但内里早已腐朽不堪。[26] 这种时代的政治尤为腐朽。早在19世纪初,盲目扩张的特许经营权就为腐败提供土壤,进而形成猖狂的政党分赃制。[27] 强大的城市政治机器用好处费和恩庇网络换取官位和选票,其中最有名的莫过于在19世纪大多数时间里控制着美国金融资本的纽约坦慕尼协会❶。

印度很可能在走美国的老路。我最早从《金融时报》一篇文章中读到这样的观点,那时我正要去印度工作。文章的作者是风险投资人贾扬特·辛哈和政治学家阿舒托什·瓦尔什尼,他们呼吁政府采取有力措施,限制超级富豪的权力。用他们的话讲:"经济是有活力不假,但这活力是腐朽而疯狂的。如此看来,印度正在慢慢向美国的镀金时代靠拢。"[28] 顺带一提,这篇文章的标题是《印度是时候管管本国的强盗贵族了》。

许多印度人一听这个类比就火冒三丈,认为独一无二、博大精深的印度文明会走别人老路的说法极其冒犯。他们反驳称19世纪的美国是人口稀少的年轻国度,是典型的小政府、大市场,印度则拥有悠久的历史,人口密集且政府权力大。即便如此,我还是觉得这种比较很有启发意义,尤其是对印度版的强盗贵族和坦慕尼协会风格的政客有更多了解后。印度经济和美国当时的经济惊人地相似。2013年,印度生活成本调整后的人均国内生产总值为5200美元,1881年正处于镀金时代巅峰的美国也是这个水平。[29]

---

❶ 成立于1789年的政治组织,在19世纪每年协助数万移民安居,积极开展纽约市政建设,同时利用承包政府合同、虚增成本、收取回扣等各种手法敛财,或通过手握移民选票而操控选举。

不论如何，印度的经济和政治实力注定要在 21 世纪继续增长，一如 19 世纪的美国。有的报道宣称印度已经取代中国成为世界人口最多的国家，其余报道虽然没有这样表述，但也都认为在 10 到 20 年之内，印度会从中国手上接下接力棒。[30] 印度人不断从农村转移到城市，到 21 世纪中叶预计有 4 亿印度人完成转移，这样声势浩大的人口迁移在人类历史上也不多见。届时，新德里和孟买有望成为世界上人口最多的两个城市，各将突破 5000 万。[31] 印度最新的经济总量为 2.3 万亿美元，和英国的差距微乎其微。[32] 照此趋势，印度不出意外将在 21 世纪中叶超过美国，再往后或许还会超过中国❶。[33]

这说到底是我们乐观的期待。像印度这样高速发展的国家，我们总可以想象新的可能。正如美国哲学家理查德·罗蒂所说，这是一种"关乎国家命运的浪漫想象"，我们总期待它可以一路保持上扬势头。"我们美国人如今富有了，但也胖了、疲了，我们必须找回当年的感觉，那时候我们的民主是崭新、精干的，"他写道，"那时的匹兹堡就好像今天的圣保罗，朝气蓬勃，虽然有很多问题，但到处都是机会。"[34] 社会主义散文家欧文·豪谈及 19 世纪"美国的崭新"也有类似表述："人们在社会生活当中开始感受到活力，每个人都有信心做自己命运的主人"。[35]

21 世纪将成为美国、中国、印度三国博弈的时代。比起中美，印度仍处于初级阶段，但也正因此拥有最大的潜力。这一变化过

---

❶ 作者此处参考普华永道 2015 年 2 月的报告《2050 年的世界：全球经济力量的转移还会继续吗？》，该报告以购买力平价（PPP）为标准，认为中国已于 2014 年超过美国，成为世界上最大的经济体，而印度有潜力在 2050 年超过美国成为世界第二大经济体，未来还有可能超越中国。

程往往是不道德的。"他们是满不在乎的人,"菲茨杰拉德在《了不起的盖茨比》中写道,"他们砸了东西,毁了人,然后就退缩到自己的钱堆中去,退缩到麻木不仁、漫不经心,或者不管什么使他们维系在一起的东西中去,让别人去收拾他们的烂摊子。"[36] 这本小说写的正是美国后镀金时代纸醉金迷的富翁。我在印度也见过这样的人,但我会尽量避开道德说教,转而讲述一个国家处于大变革关键时期的故事。印度确实可以瞥见美好的未来,但这个未来远不是板上钉钉的事。

美国镀金时代之后的几十年被称作进步时代,这一时期给海内外带来长久的积极影响。其间,美国在政治上成功反腐,在经济上打破垄断。中产阶级开始左右政府决策,普罗大众也享受到发展的成果。今天轮到印度站在十字路口,它的选择将决定下一步发展成什么样的超级大国。随着民主制度在西方出现衰退迹象,它在印度的走向变得前所未有地关键。印度能否从它的镀金时代走向进步时代,彻底摒弃不平等和裙带资本主义?抑或是过去10年的问题死灰复燃,再次让印度陷入贪腐和不平等的泥沼,成为藏红花色❶的俄罗斯?印度希望引领亚洲世纪的后半段,世界人民希望未来的生活更民主、更自由,这两点能否实现,完全取决于印度能否在十字路口做出正确的选择。

---

❶ 藏红花色是印度教教义中最为神圣的颜色,象征着纯洁和宗教禁欲。

第一部分 强盗贵族

第一章　安巴尼乐园

向上流动性

　　新千年的头几年，德鲁拜·安巴尼去世后不久，他儿子穆克什·安巴尼要盖新豪宅的消息就在孟买不胫而走。[1] 据传，穆克什·安巴尼在阿尔特蒙大道买了一块地，并低调邀请建筑师竞标。最初的设计方案是一栋高耸入云的生态大厦，包裹在绿植之中。[2] 紧接着，这栋名为"安蒂拉"的豪宅就以全球最贵私人住宅为世人所知。这座造价十亿美元的纵向宫殿在孟买拔地而起，俯瞰着这个半数居民生活在贫民窟的城市。[3] 这件事不可避免地引来街谈巷议。德鲁拜·安巴尼从加油站的服务员成长为工业巨头，是印度最出名的白手起家的人物。如今，他儿子大手笔的计划彰显着自己的野心，他不会满足于经营父亲留下的产业，而要继承父亲的衣钵，成为印度新一代超级富豪。

　　了解安巴尼家族的人想必都清楚这栋楼更深的寓意。德鲁拜·安巴尼去世时没有留下遗嘱，因为他觉得两个儿子——四十五岁的穆克什和小两岁的阿尼尔——能共同经营信实工业。兄弟俩性格截然不同,哥哥内向低调,做事井井有条,弟弟则是高调的金融奇才。父亲在世时,兄弟俩还能和平共事。父亲走后,二人关系急转直下,开始激烈争夺家族生意的控制权。整整三年,印度都弥漫着二人争执的火药味,冲突也一路从媒体升级到法庭。时至今日,他们的朋友依旧将那段时间称为"战争",这是段该隐与亚伯式的企业大战,激烈得仿佛连国家都无法保持中立。

当时,兄弟俩仍一起住在一栋名为"海风"的高级住宅里,这栋细高的白色建筑共十四层,顶部有直升机停机坪,距离我孟买南部的公寓步行约十五分钟。整栋楼都是安巴尼家族的,兄弟俩各住一层。"战争"那几年,二人为了避免坐电梯碰上,还特意调整各自进出的时间。[4] 虽然不和,但依旧在同一屋檐下生活,这无疑给他们的争斗增添不少戏剧色彩,再现了印度肥皂剧中家族企业成员内斗的桥段。他们的母亲科吉拉本也住在海风,她一开始试图调解二人的冲突,但毫无用处。印度最有权势的家族企业在一步步走向分裂。如果穆克什·安巴尼计划离开海风,建造自己的专属住所,那信号再明白不过:二人再也回不到过去。

德鲁拜·安巴尼在印度西部古吉拉特邦的穷乡僻壤长大。他十八九岁时到亚丁港闯荡,现在位于也门的亚丁港那时还属于大英帝国。他一开始在壳牌加油站打工,后来做办公室文员,还在露天市场学到做生意的本领。[5] 八年后,已婚并育有一子的他回到印度,开始在孟买做生意,那时孟买还叫 Bombay,1995 年才被当地政党更名为 Mumbai❶。20 世纪 50 年代末，德鲁拜创立公司买卖纱线，进口涤纶，出口香料，后来逐步发展成著名的信实工业。公司生意不错，但德鲁拜手头还是很紧。穆克什·安巴尼和三个弟弟妹妹小时候有相当长一段时间住在市中心穷人区的小两室里，外面都是工厂的大烟囱。

许多企业的发展都受制于一系列以贾瓦哈拉尔·尼赫鲁"科学社会主义"为名设立的许可证制度，而信实却在这样的环境下越做越大。这得益于德鲁拜·安巴尼应对规则的高超技巧，他不仅懂得利用规则，还清楚如何绕开它。他知道在新德里人脉至关重要，为此结交了一批政客，设法从官员口中套取有用信息。他的非官方传记作者哈米什·麦克唐纳这样写道："他的处世哲学是，所有人都要结交，从门卫到大领导。"[6] 许可证和各种规则以某种神秘的方式成就了他，让他顺利进军纺织业，开办一家大型涤纶工厂。那时的穆克什正在美国斯坦福大学攻读工商管理硕士，父亲让他尽快学成归来，回孟买打理家族生意。

1977 年，向来以平民主义者自居的德鲁拜·安巴尼将信实工业推向股票市场，一跃成为印度第一代散户投资者的偶像，会在足球场或板球场中央，对着前来参加股东大会的无数听众发表讲话。[7] 随着生意越做越大，这位富豪也多次搬家，先是搬入著名高层住宅楼的公寓，随后更是整栋买下名为海风的高层豪宅。尽管他应对国内的制度显得游刃有余，但实际上也常常被各种限制激怒。前报社编辑阿伦·舒利素来坚决抨击超级富豪经营模式，但

---

❶ Bombay 是英国殖民者沿用的葡萄牙人对孟买的称谓，意为"美丽的海湾"。新名字 Mumbai 取自守护渔民的印度神。改名的目的是摆脱殖民色彩，但据称新名字几乎只在政治会议或书面文字中偶尔使用。

德鲁拜去世没多久,他就发表长篇演说称赞其揭露了印度失败的官僚体制。"我们应该向德鲁拜这样的企业家致谢,一次肯定不够,要谢两次,"舒利说,"第一次是因为他们创办世界一流的企业,第二次是因为他们努力带领企业挣脱牢笼,让我们意识到那些条条框框早已过时。"[8]

1991年,在改革的推动下,先前的限制一点点解除,印度人的生活里开始有了手机、能收到多个频道的电视,以及进口商品。对德鲁拜这样的商业领袖而言,这意味着可以自由进口商品,将业务拓展至原先受限的领域。德鲁拜凭借自身的关系网络和雄厚财力,向多个领域进军,等到儿子穆克什接手家族生意的时候,信实已将触角伸向石油化工、炼油、能源和电信,是名副其实的巨无霸。有一个笑话反映了信实惊人的扩张,表明印度从过去政府主导的社会主义经济转变为贪婪的市场经济:过去是靠自己(self-reliance),现在是靠信实(Reliance)。

然而德鲁拜这么丰厚的家产也无法阻止两个儿子分家。二人不和数年,终于在2005年6月正式宣布将信实一分为二。在母亲科吉拉本的极力促成下,二人最终敲定如何分家,并前往家庙举行仪式。她在声明中写道:"多亏神灵什里纳吉的保佑,我今天化解了两个儿子的矛盾,穆克什和阿尼尔终于可以友好相处,我们总算没有辜负我丈夫打下的家业。"[9] 兄弟俩一人一半,哥哥分到能源和石油化工,弟弟分到电信和电力,二人将继续沿用信实的名称。停战协定并没有让兄弟俩重归于好,明面的斗争转为冷战,他们在分家条款上陷入僵持。尽管已经分家,批评者仍将信实看作印度大公司的代表,抨击其日益增长的财富和对政治权力的腐蚀。

一开始,也就是2005年前后印度的经济繁荣期,兄弟俩的生意都很顺利，但10年后哥哥逐渐将弟弟甩到身后。穆克什推进的项目规模宏大，经营策略也无可挑剔。他建成一家大型炼油厂，还开设了负责能源勘探的新部门。他继承的业务大多由父亲早期创立，底子厚，弟弟继承的则多是后来拓展的，因此他没费多大力气就超过了弟弟。他的身价也跟着上涨，2005年位居福布斯印度富豪榜第3位，弟弟紧随其后。[10] 没几年工夫，穆克什就拿下印度首富的宝座，从此再没有让出。[11] 德鲁拜去世时是福布斯全球亿万富豪榜第138位，但到2008年，他的儿子穆克什就挤进前5名。[12] 穆克什很少在公开场合发表讲话，即使要讲，也往往用套话掩盖自己的野心。但认识他的人都知道并非如此。"他想要什么还不够明显吗？"他大学时的朋友跟我说，"他想要成为世界首富。"

神秘的私人岛屿

安蒂拉的露天平台西面大海，但访客都从后门进入，那是阿尔特蒙大道上唯一的入口，道边守着好几名全副武装的安保人员。这扇三米高的大门非常阔气，表面刷着赭色和金色的漆，访客一到门便自动左滑，露出一条直达大厅门口的短车道。这栋建筑也兼作奢华的私人酒店，门厅摆放着花环环绕的德鲁拜照片。一楼大厅承办信实的公司活动，还举办邀请当地慈善机构与政要出席的各类聚会。大厅天花板几乎装满枝形水晶吊灯。花园有一尊巨大的金色佛像，周围有精心设计的水景。"一切都亮晶晶的，"参与过安蒂拉活动的人跟我说，"有很多水晶吊灯，吊灯上还镶有更小号的吊灯。"

这栋楼的一大魅力源于它的适应性，穆克什可以在私人领地举行几乎任何规模的活动。有幸多次前往安蒂拉的访客发现，每次活动楼内的布局都不太一样。穆克什的妻子妮塔常常负责调整布局，根据需要增添或移除墙壁和楼梯。大厅偶尔会安装T台，邀请国外DJ举办时装秀；有时则会布置精美的顶棚，为穆克什关系要好的亲戚举行婚礼；有时还有百老汇音乐剧的演员受邀飞来专演一晚。聚会的规格越高，出席的宝莱坞明星、板球运动员、政界要员和商业大鳄身份就越显赫。毫无疑问，进出这个专属之地的都是印度的新贵阶层。小型的私密晚宴一般在高楼层举办，真正的贵宾乘坐直达电梯飞速抵达楼顶的露天平台。排灯节❶那天没有比这儿更好的烟花观景台了。

安蒂拉除了举行大型活动外，平日里更多充当一个世外桃源。它还兼作办公室，有专门的设备供穆克什和各部门高管开视频会议。娱乐场所更不缺，高楼层有寺庙，地下室有球场，穆克什的长子阿卡什偶尔邀请朋友来踢足球，还赠送耐克球鞋给来客。穆克什和家人很少出去娱乐，他们在家里为朋友举办小型活动，邀请音乐家或单口喜剧演员前来演出。家庭影院自然也少不了，穆克什可以根据自己的喜好看宝莱坞电影直到深夜。总之，这是一个高耸入云的封闭社区，穆克什在里面无须担心隐私问题。他名声过大，不便在公共场合现身，并且他本就腼腆，不爱抛头露面。但这栋楼又充满矛盾，在让穆克什不受外界打扰的同时，反而让全印度更加关注深居简出的房主。

安蒂拉本身也有不小的争议。开建以前，这块土地原本用于一家伊斯兰信托机构建孤儿院，穆克什还因从该机构手中收购这块地打过官司。[13] 2010年，这栋大楼封顶没多久，当地记者曝光

---

❶ 又称光明节，印度最重要的节日之一。这一天人们点亮蜡烛，燃放烟花，庆祝"以光明驱走黑暗，以善良战胜邪恶"。

安蒂拉每月电费约 700 万卢比（10.9 万美元），在上亿人还用不上电的印度引发了小范围的抗议。[14] 2011 年爆出的消息更诡异：安蒂拉明明举办过不少活动，但穆克什一家并没有真正住进去。据传这和印度教的和谐建筑理论有关，该理论和风水有几分相似。[15] 2012 年，妮塔破天荒地接受美国《名利场》杂志的采访，证实直到那时他们一家才搬进安蒂拉，但没有解释为何推迟。安巴尼家族对隐私极为看重，记者协调了好几个月才采访到妮塔，过程之烦琐堪比核武器谈判，他们对采访设下重重限制的主要原因，就是不想让记者问有关安蒂拉的问题。[16]

这栋建筑的奢华内饰以及其中难以触及的权贵生活，令普罗大众既向往又憎恨。访客小声议论在这里看到的一切，不论是门口车道上专门运来的艺术品，还是豪华派对上太阳马戏团杂技演员从三层高的顶棚一跃而下的场景。我有个朋友受邀参加过一次活动，当时电梯内布置了圆柱形的透明玻璃管，里面装着翩翩起舞的蝴蝶。安蒂拉既是滑稽讽刺的幻境，又是寡头的豪宅，同时还是邦德系列大反派的老巢：一座城中城，将安巴尼家族和底下孟买城的混乱隔绝开来。就连它神秘的名字似乎也暗示着一种划时代的深刻变化。安巴尼家族从未解释命名的理由，但这个单词（Antilia）原指大西洋深处尚未被发现的一座神秘海岛，是 15 世纪航海探险家梦寐以求的目的地。同样地，安蒂拉也有未知领域的意味。用历史学家阿巴斯·哈姆达尼的话讲，"安蒂拉象征着探索的渴望"，掀开了历史的新篇章。[17]

穆克什·安巴尼的豪宅表面上代表了印度浮夸的新建筑风格，但深层次反映的其实是文化碰撞。印度老牌商业精英都是国际化人才，多在国外接受教育，讲一口标准的英语，家族也早在英属印度时期发迹。他们面对市场自由化，兴奋和不安兼而有之，因为多了商机，却也杀出许多陌生的竞争对手，安巴尼家族只是财力最雄厚的一个。2002年德鲁拜·安巴尼去世，成千上万人自发走上街头悼念这位商业大亨，这足以证明股东和市民对他的好感。批评者常常指责德鲁拜海盗般的商业冒险行为，但也不得不佩服他仅凭一己之力杀入封闭的商业精英圈。穆克什·安巴尼和父亲一样面临质疑，但他博得的公众好感要少得多。老牌商业精英的典型代表拉坦·塔塔是塔塔集团的掌门人，放眼印度商界，或许只有他能和穆克什·安巴尼一较高下。2011年，他在采访中被问到安蒂拉时说："我很好奇，为什么会有人这么做？我想这可能是变革的一部分。"[18]

"大家有多恨安蒂拉，光说你可能不信，但走上街头问一问就明白了。"这是米拉·桑亚尔几年后跟我讲的。[19]她过去是国际银行家，曾在金融行业深耕三十年，一路做到苏格兰皇家银行印度区的负责人，后来转型成反腐斗士。2008年，印度爆发一系列恐怖袭击，持枪者专挑泰姬陵酒店这样的大目标下手，印度政府应对恐袭的无能表现令她怒不可遏，她为此决定在2009年大选中以独立候选人身份参选。不过，随着时间的流逝，她发现政府不作为只是一方面，更根本的问题出在腐败的商人身上。印度商界丑闻频出，涉及款项高达数十亿美元，从2010年新德里英联邦运动会的腐败问题❶，到后来政府低价出售珍贵的煤矿许可证和电信牌照的违规操作。这些丑闻基本上都与政客、官员、商业巨头的同流合污有关，是典型的裙带资本主义。[20]

---

❶ 该届运动会组委会天价采购物资，并以虚高价格将工程项目承包给其他公司，这导致运动会实际开支远超预算，但建造的大量项目最终被检测为不合格。

我 2014 年遇到桑亚尔时，她正代表反腐新党"平民党"再次参与大选，目标仍是南孟买选区的议员，但还是未能当选。也是这次大选中，莫迪上台。我和她在投票前几天一个温暖的春夜见面，她站在离安蒂拉不远的著名印度教寺庙旁的繁华道路边，空气中充斥着来往车辆的喇叭声，但也弥漫着万寿菊的芬芳。一位身着褴褛黑衣的苦行僧盘腿坐在人行道上，向朝拜者售卖荷花。桑亚尔身着橘黄色纱丽服，头戴她所在的平民党成员常戴的小白帽，向争取印度独立时期的民族主义先辈佩戴的甘地帽致敬。

我们一起穿过附近的街区，几十名支持者跟在桑亚尔身后，他们边走边打鼓，还挥舞扫帚，象征着扫走政治的尘垢。没走多远，我就听到他们的欢呼，原来路口有一家信实的珠宝店，属于安巴尼家族不断扩大的零售业务。桑亚尔的队伍兴高采烈地朝珠宝店导购挥舞扫帚，那名导购站在装满金表和戒指的展柜后满脸茫然。随后，我们走到第二个路口，那里离伽德卫警局很近，桑亚尔的支持者看到那团脏兮兮的灰布后，纷纷上去合影，灰布下正是那辆撞得不成样子的阿斯顿·马丁。

那周晚些时候的一次夜间集会中，我和桑亚尔再次见面，她在孟买南部向几十位专业人士发表演说，争取他们的支持。我跟这群充满活力的听众挤在一间大客厅，坐成五排。这些人经济优渥，思想开明，但大多游离在主流政治之外。印度和西方国家不同，富人区的投票率不高，积极投票的是穷人，他们希望对某位候选人全心全意的支持能换来些好处，改善自己的生活。但在印度的中上阶层看来，政客和超级富豪是一丘之貉，两者用权钱交易的伎俩操控国家机器。不过，2011 年以来的反腐运动以及几年后桑亚尔的平民党让人们看到希望。2014 年大选，印度资本主义的顽疾是一个核心议题，政客发表竞选演讲时常常将穆克什·安巴尼作为民间资本腐蚀民主的反面典型加以批判。

头戴小白帽的桑亚尔坐到前面细高的凳子上，她声音嘶哑，但还是尽量大声说话："我参加了竞选，但落选了。"她说的是2009年的竞选。[21]"印度的游戏规则是'好人可以参选，但永远无法胜选'，没有巨额竞选资金，父母不是政客或罪犯，你就无法当选。"桑亚尔接着列举印度现有的问题，大多数和根深蒂固的商业顽疾有关。她表示自己和许多富豪打过交道，作为银行家，她对企业家有好感，也丝毫不反感利润。但问题在于，安巴尼家族这样的势力常常为自身利益左右规则，而经济在他们的操控下已经烂到根上，这也是中产阶级失望的原因。"有些超级富豪的所作所为跟美国的强盗贵族以及俄罗斯的寡头并无多大区别，"她还说安蒂拉尤其惹人厌，"我一开始只觉得这栋丑陋的大楼有损市容，但你知道广大市民怎么说吗？他们说裙带资本主义发展到这个地步，对国家肯定有害。"

新镀金时代

1916年，莫罕达斯·甘地提醒国人警惕一种还在印度蔓延的有害的新商业主义。他在北方邦一所高校发表演讲时说："今日的西方国家都被名为物质主义的恶神操控，苦不堪言。很多同胞说我们可以用别的方式变得像美国一样富有。我斗胆说一句，这样的尝试注定失败。"[22]甘地的观点源自他的时代，与反殖民主义以及非暴力抗议的理论契合，他也因此获得"圣雄"（Mahatma）的称号，梵语中意为"伟大的灵魂"。他的告诫似乎预见了近一个世纪后的未来。

从罗马斗兽场到欧洲中世纪教堂尖塔，再到纽约和伦敦耀眼的现代摩天大楼，一个时代的精神风貌往往体现在最宏伟的建筑上。安蒂拉在孟买俯瞰众生，我们很难不将它视作印度未来的象征。它看上去极为现代，但其实和印度早期的富豪传统一脉相承。"翻开孟买的历史，你会发现各个时期的顶级富豪都喜欢建造奢华住所。"孟买大学建筑学院的教授穆斯坦绥尔·达尔维跟我说道。[23] 他还说安蒂拉让他想起过去商人阶层的宅第以及更早的王公宫殿。"19世纪最富有的一批人，比方说贾姆塞吉·吉杰博伊爵士和塔塔家族的成员，建造起装饰繁复、设施也应有尽有的大别墅。这批人同时也是大慈善家，现在被称为这座城市的元老。安巴尼先生的安蒂拉不过是延续这一传统。"

穷奢极侈的安蒂拉也让人想起美国另一个庞大的商业帝国范德比尔特家族的往事。科尔内留斯·范德比尔特和德鲁拜·安巴尼一样成长环境普通，他1794年在斯塔滕岛出生，父亲是贫穷的荷兰移民。小时候，他在父亲的船上打杂，帮着把货物运往纽约。大一点以后，他死皮赖脸地从母亲那儿借到一百美元，买了一艘船，还因在水上天不怕地不怕的性子赢得"海军准将"的外号。[24] 他慢慢拥有自己的船队，却发现竞争对手早已摆平政府官员，拿到许可证和特许状。历史学家史蒂夫·弗拉泽指出："1817年，范德比尔特经营起自己的汽船生意，但那时的贸易掌握在精英阶层手中。"[25]

美国工业化前的经济模式和印度社会主义时期基本一致，位高权重的商人阶层主导着国内经济，在河运上尤为明显，他们垄断并瓜分价值连城的渡运航线。范德比尔特并没有退缩，他买下超出限制数量的船只，并让它们超负荷运营，船员和乘客都承担着更大的风险。他一步步用残酷的价格战和法律诉讼手段击垮对手。范德比尔特还将自己塑造为平民主义者，将自己在哈得孙河上的船运服务称为"人民航线"，并撰写煽动底层民众的文章批评对手。他后来从船运扩张到铁路运输，成了美国首位名副其实的铁路大亨，也成了不近人情的新资本主义代表人物。1871年，范德比尔特出资修建当时纽约最著名的公共建筑大中央车站。六年后，他以美国首富的身份去世，留下一亿美元的空前财富。

范德比尔特虽然富甲一方，但生活朴素，一生都在积累财富，住着普通的房子。去世后，他的子孙依旧无法摆脱他商业流氓的形象，纽约的精英阶层也不愿与他们往来。和一个多世纪后的安巴尼一样，他们试图用钢筋水泥应对微妙的社交问题。纽约的中央公园建好没多久，他们就在公园南部盖了许多美轮美奂的豪宅，其中，范德比尔特的长子威廉·亨利斥重金在第五大道上盖了三栋相邻的砂岩别墅，号称"三重宫殿"。范德比尔特的孙子威廉·基萨姆和他妻子阿尔瓦的阵仗更大，干脆盖了座文艺复兴风格的城堡，名为"小城堡"，里面有童话般的小塔楼和三角墙。有人说："阿尔瓦对新家不感兴趣，她想要的是武器：豪宅实质上是进入上流社会堡垒的攻城锤。"[26] 1883年春，基萨姆夫妇为庆祝小城堡完工，邀请上千名宾客到城堡中这个当时纽约最豪华的私人舞厅举行盛大的宴会。

一如德鲁拜的遗产割裂了印度，范德比尔特的遗产也割裂了美国。推崇这位"海军准将"的人认为他代表美国的无限可能，底层出身的好斗之徒凭借聪明和狡猾也可一路打拼到社会顶层。看不上他的人则说他没底线，有打架和不忠的嗜好。范德比尔特扩张商业帝国的同时，有报纸将他比作欧洲历史上在别人经过他们封地时都要收过路费的强盗贵族。他的后人在回忆录中记录了他糟糕的个人习惯，"边吸烟边把口水吐到女主人的地毯上，遇到喜欢的漂亮女仆就去捏人家的屁股"。[27] 美国东海岸的高雅之士更看不上范德比尔特，工业巨头的崛起本就是这群自由主义精英的心病。马克·吐温应该称得上那个时代最有名的公众人物，他给范德比尔特写过一封公开信，嘲讽他虽然毫无疑问地"站到了美国财富的顶点"，但依旧有永无止境的收购欲望。[28]

我后来从那时任印度央行行长的经济学家拉古拉迈·拉詹那里听说，印度的裙带资本主义和美国过去的问题有相似之处。众所周知，拉詹是位敢于质疑传统的人物。早在 2005 年，时任国际货币基金组织首席经济学家的他在演讲中对即将到来的金融危机做了一些预判且得到应验，他也因此被称为全球资本主义危机的小预言家。拉詹出生在印度南方，但他成年后大多数时间在美国芝加哥大学教经济学。2012 年，他回国担任政府经济顾问，一年后出任印度储备银行行长，这个职位过去多由谨慎的技术官僚担任。拉詹一开始便凭借审慎的工作作风以及客观分析不同观点利弊的专业素养做得像模像样。没过多久，他显露出真正的格局，不仅关心印度的通胀问题，同样忧心超级富豪和政客日益紧密的不健康关系。

拉詹充满探索精神，总会在演讲中谈及本职工作以外的话题。他担任央行行长近一年之际，在一次演讲中提出印度"裙带资本主义依旧非常顽固的猜想"。[29] 他解释道，印度的公共服务质量堪忧，针对穷人的社会福利项目效果很差，公立学校和医院都非常糟糕，国家连劳苦大众最基本的用水用电也无法保障。"政客跟着乘虚而入，"他接着说道，"穷人'买'不起他们应得的公共服务，却拥有政客想要的投票权。"政客利用这样的需求关系创造出政治上的恩庇网络，穷人给政客投票，政客当选后为他们提供政府部门的工作、发放救济金或直接打钱。然而，政客做到这一切所需的大笔竞选资金只有富商给得起。

几个月后，在孟买南端的印度央行总部那栋方正的白色混凝土大厦里，拉詹跟我详细解释了他的猜想。我们坐在十八层的会议室，窗户很大，从老城区的窄路到远处泰姬陵酒店淡红色的穹顶尽收眼底，朝印度门方向望去还可以看到港口外几十艘集装箱船漂在灰色的海面上。拉詹一身笔挺的黑色西装，戴着金属边框眼镜，黑发浓密，只有前额的几缕头发略显灰白。他身后的墙上挂着历任行长的肖像，清一色的严肃面容，但左侧是一身老式正装的英国人，右侧是戴蓝头巾和着尼赫鲁夹克的印度人。拉詹讲话时习惯用手指轻叩桌子，可能是为强调他观点的准确性。他作为知名的正统经济学家，能洞悉错综复杂的金融系统，也对自由市场的道德和公平抱有信心。他讲话时尽量避免情绪化的表达，但还是能明显感受到他对宝莱坞寡头及其奢靡生活方式和贪婪经商手段的蔑视。

拉詹对裙带资本主义的思考离不开《改革时代》的启发，这本书是自由主义历史学家理查德·霍夫施塔特的大作，讲的是美国如何摆脱强盗贵族的控制。镀金时代初期的美国和印度一样，超级富豪和政客间联系紧密，政客要靠富豪的资金维系恩庇网络。"要实现这些，政客肯定需要资源，"拉詹跟我说，"资源从哪儿找呢？商人。"这样的利益链很难斩断，从19世纪末的新平民主义运动开始，美国花了超过一代人的时间才推动进步时代的政治社会改革。直到20世纪30年代，罗斯福新政才真正改善国家福利制度，斩断裙带关系，让原有的城市政治机器失去动力。"这是一种邪恶的纽带，"拉詹说起印度的问题，"公共服务不到位？政客就从商人那儿要资源解决问题。选民得到好处就继续投政客的票，政客得以连任，选民也对政客和商人之间的勾当睁一只眼闭一只眼。"

2011年，政商交易愈发明目张胆，成千上万中产阶级抗议者为此走上街头表达不满。反腐运动的推进固然受到新闻节目主持人的鼓动，但更应该感谢引领运动的一批新活动家。年迈的苦行者安纳·哈扎尔是首位发起者，紧随其后的是性情火暴的反腐斗士阿尔温德·凯杰里瓦尔，这位前税务稽查员几年后创立平民党。他们的愤怒大多指向国大党的失职，这个党派一度因领导民族解放运动而成为印度的骄傲，该党显赫的尼赫鲁－甘地家族在印度独立以来的大多数时期统治着印度。

欺诈季指的是国大党执政期间的一系列贪腐丑闻，身为该党主席的索尼娅·甘地的名声也受此牵连。她出生在意大利，是拉吉夫·甘地的遗孀。拉吉夫是尼赫鲁的外孙，是继他母亲英迪拉·甘地后，尼赫鲁－甘地家族第三位印度总理。英迪拉·甘地自1966年出任总理，当政长达二十年。索尼娅·甘地并未选择出任总理，她把职位交给曼莫汉·辛格❶，但外界都认为她才是背后的操纵者，这样看来，她实际上是从1947年这个家族首次领导印度以来第四任一把手。（尼赫鲁－甘地家族与圣雄甘地并无血缘联系。）她任

---

❶ 曼莫汉·辛格，在1991年至1996年任印度财务部部长，推行走向市场经济的改革。2004年，在野多年的印度国大党赢得大选，该党主席索尼娅·甘地因出生于国外而拒绝出任，转而推荐辛格担任新总理。2009年大选国大党再次胜选，辛格得以连任，任期至2014年。

职期间，国大党似乎丢光了原先的社会主义传统，沦为丑闻缠身的肮脏政治机器。当然，拉詹提出的政治献金问题也同样存在于其他大党，包括中右派的印度人民党。超级富豪藏身于丑闻背后，也只有他们付得起印度民主政治开出的天价账单。

选民对腐败的深恶痛绝是纳伦德拉·莫迪在2014年大选中取得压倒性胜利的主要原因。选民投票给自称是穷苦茶贩之子的莫迪，是希望他尽快将在家乡古吉拉特邦担任首席部长时的清廉作风和快速增长带去新德里。几十年以来，印度民众虽然对腐败不满，但一直逆来顺受。不过，正如拉詹所说，裙带资本主义发展到今天这个局面，民众已经被逼到不得不反抗的地步。政治学家阿舒托什·瓦尔什尼早在2011年就对比过现今的印度和镀金时代的美国。2014年大选结果出炉前夕，他跟我说："变化太大了！而且大多是近十年发生的。印度这样飞速发展的经济体，免不了产生许多诱惑。超级富豪开始用金钱买通政客，我们现在看到的反腐风暴本质上就是为了解决权钱交易的问题。"[30]

印度的迷惘

穆克什·安巴尼哪怕只出现一秒也会瞬间引起轰动。我第一次见他是2013年在孟买一家豪华酒店的私人午宴上，有几十位商业领袖参加。他姗姗来迟，穿着标志性的深色长裤和朴素的白色短袖棉衬衫，似乎全程都很不自在。他那时五十五岁左右，比我想象的要矮胖一些，一头乌黑的头发用发油梳成背头。门口的武装警卫反映出他是唯一一位享有被官方称为"Z名单"的安保待遇的商人，这种待遇通常只留给位高权重的政治人物。[31]那天的发言人不止他一位，但席间大多数宾客都无心听讲，而是在偷瞄这位商业巨星。午宴尾声，穆克什·安巴尼站起来简单讲了几句不痛不痒的套话，大意是对印度的未来充满信心，相信新科技会带来难得的机遇。他看上去有些紧张，讲话时头不自然地前后晃动。饭后没过多久，他就在警卫的护送下离开。

为了能见到状态更放松的安巴尼，我曾前往每年一次的信实工业年度股东大会，那是印度商界最大的盛事之一。安巴尼的大会虽然没有父亲在足球场办的热闹，但2015年7月举办的这次集会仍吸引了数千名股东挤满比拉大礼堂，这座殖民地时期建成的大礼堂和孟买最大的板球场只有几个街区之隔，距安蒂拉也只有15分钟车程。礼堂的墙上挂着印度历代政治领袖的画像，有17世纪英勇抗击英军的贾特拉帕蒂·希瓦吉·马哈拉杰国王、国大党代表人物尼赫鲁，还有印度国父甘地。不可思议的是，甘地这位反资本主义者和安巴尼同属善于经商的班尼亚种姓。这是信实创立以来的第41次股东大会，充满厚重的历史感。主席台上摆着一张长桌，后面坐着集团的12位董事，桌旁还挂着两张安巴尼父亲的巨幅照片，大的那幅装饰着淡红色和白色的花朵。

上午10点51分，董事长安巴尼从前门入场，打着他出席重大场合喜欢佩戴的红白格子幸运领带，观众席随之响起热烈的掌声。他走向人群，微笑着和大家握手，会场的镜头都对准他，但他看上去很自在。"你好，你好，欢迎大家。"我坐在会场靠前的位置，可以听到他的声音。他会拍拍旁边的人的背或向隔得远的熟人挥手示意。大会开始，他在演讲台上满脸笑容。股东提问，也都是拐着弯地说恭维话，他们还会在每宣读一项董事长的成就时鼓掌。现场的氛围热闹非凡，<u>丝毫不像严肃商业会议</u>，反而有几分美国基督教复兴会议❶的味道。安巴尼轻车熟路地演讲，整篇都在讲套话和罗列一年以来的成就：信实贡献了全国12%的出口量，投资量和缴纳的税款位居全国企业第一位。[32]他着重讲了集团组建电信新公司信实Jio的计划，这将是一项大胆的巨额投资。他要重拾10年前信实分家时被弟弟拿走的电信业务。"随着印度的脱胎换骨，新信实也正在形成。"他说。

主席台上，旧信实依旧很容易辨认，一眼望去，董事会成员的头发基本上都白了，他们大多是对安巴尼家族忠心耿耿的老将。那年的变化是妮塔·安巴尼加入董事会，她一袭华贵的淡红色传统服饰为主席台增添一抹亮色。前排坐着不少安巴尼家族成员，包括这位大亨年迈的母亲和三个孩子。按他的说法，信实不再是笨重的传统工业巨头，而是现代的数字化公司。不过，信实仍然存在小团体的做派，隐隐散发出阴谋论的味道，对老板忠心被放在首位。一位身为信实对手的超级富豪这样跟我解释："这是一种政治局风格的文化。"有几分神秘色彩的马诺杰·莫迪是信实最具影响力的高管之一。他个子不高，留一小撮八字须，是安巴尼读化学工程时的同班同学。莫迪的名字虽然并未出现在公司年报上，但他是官方认可的信实零售业务负责人。而私底下，他则是安巴尼的心腹。信实工业野心勃勃的电信蓝图，实际上他们二人早在十年前或更早就开始谋划了。信实的股东大会一年召开一次，会场喧腾的同时，莫迪低调地到礼堂侧厅向记者们介绍情况，招待会一结束就迅速离场。

此时的安巴尼已经执掌信实十多年，其间，他为改善公众形

---

❶ 旨在强化教徒信仰，并督促信徒带来更多新皈依者的集会。

象采取过不少措施，包括为公共事业慷慨解囊，出席达沃斯世界经济论坛，出任一家美国银行的董事。信实基金会还在孟买南部建了一所医院，并投资兴建德鲁拜·安巴尼国际学校，有钱人挤破头都想把孩子送进去。安巴尼知道自己很难控制媒体对他的评论，转而直接买下一家电视台，自己当传媒大亨。他和弟弟的冲突也缓和许多，二人的公司甚至有了业务往来。他妻子妮塔也成了公众人物，成为国际奥委会委员，并负责管理家族的慈善事业，全力塑造丈夫的良好形象。她还管理着孟买印度人板球队，他们在2008年印度举行万众瞩目的板球超级联赛时收购了这支队伍。在孟买，一个人如果有机会去万克迪板球场看板球比赛，并受邀坐到信实的大包厢，那是莫大的荣耀，要知道孟买人最重视的就两样：商业和板球。不过，哪怕在体育场，安巴尼家族和数以万计的疯狂球迷也是分开坐，运动员休息棚旁有一个巨大的蓝色沙发，专门预留给他们。

然而，与安巴尼对自家新的电信运营业务 Jio 的热情相比，以上都只是小打小闹。他大多时间都在孟买南部的公司总部推动这项业务。他现在依然在用父亲的老办公室，据传是出于怀旧。他每周至少一天会在上午乘宝马7系防弹车从安蒂拉后门驶出，左转上阿尔特蒙大道，开往市中心兼作直升机机场的跑马场。到那儿以后，公司的直升机会快速将他送至信实园区，地点位于半岛东侧一个拥有一百多万人口的孟买卫星城。

2016 年年初，我破天荒地获准进入安巴尼帝国腹地采访，并在一个晴天的早晨抵达跑马场，体验了一把安巴尼直飞往园区的生活。直升机的安全带是金黄色的，侧面印有 VT-NMA，工作人员跟我说这是妮塔和穆克什名字的缩写。登机前，他们给了我一张登机牌，上面用蓝色墨水潦草地写着我的名字。我进客舱后在地上捡到张写着马诺杰·莫迪名字的登机牌，这位安巴尼集团的重要顾问同天早些时候乘坐过这架直升机。螺旋桨的转动卷起飞尘，直升机垂直升起，随后加速向东边飞去，远方的景色并不清楚，但依旧可以看到安蒂拉标志性的不规则轮廓。安巴尼在印度拥有惊人的能量，但仍未说服主管孟买领空的印度海军允许他使用自家楼顶的停机坪。

面对即将杀入电信行业的安巴尼，竞争对手的焦虑无法掩饰。有人跟我说Jio加入竞争，意味着整个行业都会变成战场，血腥程度不亚于古印度梵文史诗《摩诃婆罗多》中描述的场景，主要人物都会战死疆场。在印度，非智能机和缓慢卡顿的移动网络才是常态，但Jio要改变这一现状，数千名工程师花费数年将服务水平提升到极致，他们承诺Jio一旦开业，将为消费者提供低价的智能手机和超高速的移动网络。信实园区占地五百英亩，遍布现代感十足的玻璃大厦和尘土飞扬的停车场。我跟着几位高管参观，他们边走边向我介绍信实大手笔的电信计划，其中一位跟我说信实已经在印度铺设几十万公里的光纤，修建了九万座新基站。随后，他们带我参观园区的公共办公区，其中还有安巴尼的办公桌，但看上去像个从未用过的摆设。他长子阿卡什·安巴尼的办公桌看上去倒有使用痕迹，桌上摆着一个没有复位的魔方，旁边是安巴尼一家的合影，桌后钉着安迪·沃霍尔的粉色海报，上面印着的标语是："相比真正去做一件事，等待它更令人兴奋。"我个人觉得这可能是在自嘲，因为当时Jio的运营时间已经往后推迟五年之久。

安巴尼能有大笔的钱投资Jio，离不开他旗下利润丰厚的炼油业务。宣传报道中，他喜欢将集团开拓电信业务和公益事业联系到一起，称这是在为国家的数字化发展做贡献。这听起来也有道理，信实为自己的电信业务投了近三百一十亿美元，多数专家都认为它收不回本。[33]"疯了，完全疯了，这家伙干的都是什么事啊。"一家电信公司的负责人在2015年跟我说道，那时候安巴尼宏大的电信计划已经慢慢浮出水面。[34]安巴尼本人用更直白的语言描述了他的目标：为印度平民提供人人用得起的服务。事实证明，他超额兑现了承诺。实际上，那年晚些时候，当Jio终于正式开始运营时，提供的就是免费的服务，这无疑引起一场惨烈的价格战，竞争对手称他采取不正当手段，用自己商业帝国的其他业务贴补电信业务。免费服务虽然听上去不可思议，但实质上是信实的惯用伎俩，即通过赤裸裸的平民主义和毫不畏惧损失的心态击垮对手。这明显是步好棋，短短六个月，Jio的用户量突破一亿。

几年前，我还在其他场合见过安巴尼一次，当时他坐在他父亲位于美客钱伯斯大厦的旧办公室里，那是栋位于市中心的老式办公楼，信实集团的总部就设在那里。那时他对Jio技术的可能性的热情甚至有些孩子气。他给我展示了几部早期的手机样机，引以为豪地演示如何用流量看高清电影和板球比赛。提供高速的数据网络要克服的技术难题反而让工程师背景的安巴尼十分振奋。多年来，顾问总劝他将重心放在能源上，建议他在国外广泛收购，将信实做成壳牌或埃克森那样的国际巨头。安巴尼置之不理，反而将手伸向更多领域，把大部分资金都投在国内。

他这样做，一定程度上是将赌注压在印度经济的未来上。他在一次讲话中提到："印度正在从人均2000美元向5000美元迈进。"他认为印度虽然仍是中低收入国家，但经济已然跃入新发展阶段；向正在形成的新消费阶层出售商品和服务，利润迟早会盖过大型工业项目。[35] 但更主要的原因似乎是他对成为印度数字先锋的执着，他希望像硅谷企业家一样收获公众的喝彩。2016 年，他在 Jio 的启动仪式上说道："我坚信人类文明在未来 20 年取得的成就将超过过去 300 年的总和。"这段刻意模仿科技巨头风格的讲话虽然生硬，但足以证明他也希望成为其中一员。[36]

不过，安巴尼再怎么努力，也难以摆脱从他父亲的年代起就缠绕着信实的问题。2014 年，媒体设法弄到一名政府审计员的报告草稿，里面详细讲述了安巴尼如何为自己的 Jio 拿到全频段访问权限。宽带频谱牌照最早被一家名不见经传的小公司"英飞拓"以 20 亿美元的天价拍下，这个数字远高于该公司本身的市值。随后，信实宣布收购英飞拓。发言人称信实没有任何违规操作，但审计员还是提出不少疑问。[37]

信实也因此成了反腐斗士的靶子。律师兼政治活动家普拉尚·布尚说"信实找了个出价人替自己竞标"，他用的是印地语单词 Benami，意指买家为掩盖利益相关方的身份而找代理人出面的特殊交易。[38] 信实极力否认，称其收购英飞拓没有违反任何法规。布尚为此专门上法庭希望政府收回牌照，重新拍卖，但以失败告终。撰写报告的审计员对信实提出另一项指控，他称牌照颁发没多久，政府就调整了该牌照的运营规则，令 Jio 的用户可直接用数据网络通话，这相当于信实可以得到 5 亿美元。[39] 在批评者看来，这两起案例说明安巴尼和他父亲一样，在新德里拥有非比寻常的影响力，可以得到他们想要的东西。

类似的事并不限于安巴尼的电信业务，他在孟加拉湾的钻井业务也曾引发不小的争议，当初，信实为提高销售利润，曾围绕天然气管制价格做过许多工作。此外,政府审计员称,信实和政府签订能源勘探合同时虚报高额资本支出,以获得更多优惠条件。[40] 信实再次否认,不过这无法阻挡它的老板在 2014 年大选中成为反面典型,打着反腐旗帜的竞选人纷纷将安巴尼塑造为印度裙带关系的可恨典型。莫迪当选对这位大亨来说也不是什么好消息,这位新总理担心公众指责他照顾某些巨头,一上台就堵死了他们与政府往来的大部分内部通道。

2008 年,安巴尼接受《纽约时报》采访时委婉承认信实过去和政府走得很近。记者问及他父亲在"新德里建立的说客和眼线网络"时,他半开玩笑地说"我们已经和那些分道扬镳",言下之意是 2005 年信实工业一分为二时,这些都被别人打包带走。[41] 他弟弟阿尼尔·安巴尼为此将他和《纽约时报》告上法庭,但并未胜诉。[42]

安巴尼希望公众将他视为现代化跨国公司的掌门人,将信实看作管理专业的国家明星企业和印度经济发展的功臣。有些受人尊敬的观察者也支持这一观点,经济学家斯瓦米纳坦·艾亚尔就是其一,他在 2011 年写道:"信实工业曾靠政府关系发家出名,但它如今早已脱胎换骨。"[43] 但多数人依旧认为安巴尼拥有极大的政治能量。许多竞争对手私下表示,那些对他们不利的监管措施十有八九是安巴尼暗中推动的。信实本身的经营方式也很有问题,讳莫如深的集团文化加上盘根错节的集团结构,外人根本看不透。我耗费大把时间试图弄清这一切,硬着头皮逐个筛查众多空壳公司和子公司,拥有那辆报废的阿斯顿·马丁的信实港口就是其中一个。安巴尼高薪聘请过外国知名高管,但这些外来者大多待不了多久就会离职,因为他们很快会发现集团隐藏着一套被家族老将牢牢把控的内部运作模式。信实的管理结构也很粗放，董事会成员基本都是安巴尼的心腹和亲戚。《经济学人》这样评价信实："与其说它是国家明星企业，不如说它是国家之耻。"[44]

虽然有很多人质疑安巴尼，但他的抱负听上去确实令人心潮澎湃。他在年度股东大会上发表演讲时，正在投资近200亿美元兴建新的炼油厂和石油化工厂，工期也差不多过半。单算信实旗下的能源公司，就为印度新一轮全球化提供了重要动力，它们源源不断地将原油运往古吉拉特邦的大型工厂，而后输出柴油和煤油等各种能源，年均出口量占印度总出口量的10%。但Jio的布局更加震撼人心，这是印度有史以来最大的私营企业投资，也是最不考虑未来收益和股东回报的商业冒险。这项业务确实取得开门红，可免费高速上网的智能手机一上市，消费者就疯狂抢购。Jio的野心其实关系到一个更为深刻的问题：作为商业巨头，如果不敢冒险做一些普通商人不敢做的事情，尝试为行业或国家带来革命性的改变，做巨头又有什么意义？一个多世纪以前，范德比尔特、洛克菲勒、卡内基这些家族在事业上都遇到过同一问题，他们修运河铁路，造汽船，推动了美国的发展。他们在自己的时代因腐败和贪婪广受批评。但随着时间的流逝，他们逐步摆脱强盗贵族的身份，并被奉为新科技的领军人物和工业革命的先锋。借用经济学家约瑟夫·熊彼得后来的话，他们代表的是"永恒的飓风，不断为世间带来创造性的破坏"。[45]未来，安巴尼等宝莱坞寡头或许也会走上范德比尔特等人的道路，不光彩的手段被时间掩埋，只会留下光辉的成就。

安巴尼大胆投资Jio的背后也隐藏着他实实在在的担忧。他以执行力强闻名，再复杂的工业项目也能快速经济地建好。不过，他在 Jio 上变得谨小慎微，启动时间以年为单位一拖再拖。他还每隔一段时间就加投几十亿美元，只为了确保 Jio 能提供完美的技术服务。我参观信实园区的时候，一位高管说："他非常执着，打头一天起就不允许一点差错。"众所周知，安巴尼一再推迟的原因在于内心对自己的遗产以及与父亲关系的更深的担忧。人们常说穆克什·安巴尼最赚钱的炼油和石油化工业生意是从父亲那儿继承下来的，反观他自己拓展的零售、电力等业务大多以失败告终。他如果想创造自己的历史，就必须开拓新领域，并且是像父亲当年那样能改变印度的大项目。Jio 启动前不久，一位和信实合作密切的顾问跟我说："大家不懂，这步棋关系重大，他只能成功。你如果知道这一点，就可以理解他为什么在这件事上缺乏理智并投了那么多钱。因为他输不起。"

这就是身为印度最富有、最有权势、最受人敬畏的巨头独有的迷惘。2017 年，当安巴尼的个人财富已超过 310 亿美元时，他在采访中说："钱对我毫无意义。父亲跟我说过：'你做任何事，如果只是奔着钱去，那只能说明你是个傻子。你这么干注定会失败，永远也赚不到钱。你要知道，人不论穷富，吃的豆糊和烤饼都是一个样。'"[46]

尽管如此，安巴尼还是有可能被别人夺去首富位置。全球金融危机以来，曾经一路高歌的印度经济增速开始放缓，对腐败的忧虑让新德里陷入瘫痪，许多超级富豪的财富大幅缩水。一些超级富豪成了反腐运动的调查对象，有的甚至锒铛入狱或仓皇出逃。这些问题都没有危及安巴尼，但也有几次，他差点没守住福布斯富豪榜上印度首富的位置。他的弟弟阿尼尔就没这么好运，分家后十年里，他债务沉重的企业只能勉强挣扎，他也只能排在亿万富豪行列的末尾。有人认为安巴尼是上个时代的产物，预言他迟早要走下坡路，像美国镀金时代的巨头那样。不过，从安巴尼在各领域的巨额投资到他居住的世界顶级豪宅来看，他没有丝毫向命运低头的意思。他无疑是印度新超级富豪阶层最鲜明的代表。当他从象征着他财富顶点的安蒂拉屋顶平台俯瞰，能否看到自己跌落神坛的那一天，只有他自己知道。

第二章 美好时光的开端

贝克街上的流亡者

维贾伊·马尔雅点起第四根雪茄,他深吸一口,在白烟灰缸上弹了弹烟灰。那是 2017 年春末的一个周五下午,空气潮湿,下着小雨,街对面的摄政公园也变得朦胧。马尔雅坐在豪华的实木长桌后,面前摆着一个黄金打火机和两部手机。他看上去还是原来那个充满活力的超级富豪,身材肥硕,穿一件红色 Polo 衫,左右手腕上戴着好几个金手镯,留一头灰色长发,耳朵上偌大的钻石耳钉闪闪发亮。不过,聊到生意上遇到的麻烦以及他的祖国时,他明显变得低落。"印度的血液里流淌着腐败,"他叹了口气,"任何人都没法在一夜之间改变这一点。"

我们当时坐在他家书房的奢华皮椅上。那是栋被列入英国一级建筑名单的豪宅,整条街都是连排的希腊罗马式建筑,走几步路就是贝克街地铁站。毫无疑问,这种地方只有顶级富豪买得起,房内装饰着耀眼的水晶吊灯和华丽的上等家具,天花板和楼梯上还贴满金箔。几年前，卡塔尔王室成员斥资近八千万英镑买下这排建筑尽头的一栋。[1] 后院停的尽是劳斯莱斯和宾利。我进马尔雅家前，就看到后门停了辆宽敞的银色迈巴赫，车牌是 VJM 1❶。我推开门，发现一名安保人员盯着一排监视器，突兀地坐在原本应该放置门厅柜的地方。

书房很大，镶着深色木板，和实木书桌搭配得恰到好处。马尔雅坐在椅子上跟我聊天，不时查看两部手机的信息。他一开始在面前放了一杯水，没聊多久又按下咖啡雪茄盒旁的白色按钮，向管家要了杯威士忌。后方是一面白金相间的假墙，其后藏有一个酒柜。屋内很多物件都是富豪特有的消遣，窗边的桌上摆着三本跑车杂志，旁边还有好几辆仍属于马尔雅的印度力量队一级方程式赛车的模型。采访中途，我想去洗手间，他的手下引导我走到一间金色的卫生间，从亮闪闪的马桶到水龙头和卷纸架，一切都是金色的，只有柔软的擦手巾是白色的，但上面的 VJM 也是用金线缝制。

豪宅的每一个细节都流露着奢华，但屋内仍有一种挥之不去的失落感，这与房屋主人无奈流亡海外的处境脱不了干系，《印度时报》常称呼他"流亡者维贾伊·马尔雅"。[2] 他曾是酒业和航空业的亿万富豪，一度陶醉于自己印度"美好时光之王"的称号，这来自他旗下的翠鸟啤酒的广告语。他风光的时候称得上自己马戏团的总指挥，活得尽兴，喝得痛快，总是呼朋唤友地举办盖茨比式的盛大派对，还以不守时著称。他的手机经常响，但偌大的豪宅除他以外只有四个人：安保、私人助理、管家以及在后面打

---

❶ 维贾伊·马尔雅（Vijay Mallya）名字的缩写。

盹的司机。他的时间好像比以往充裕许多，采访只晚到一会儿，还跟我深入地聊了近三个小时，矢口否认外界对他的指控。

以流亡者的标准看，马尔雅过得够惬意了。平日，他在城内打理残存的商业业务，偶尔到附近的多尔切斯特酒店开会，周末乘车去离市区大概一小时车程的乡间庄园"淑女路"休息，据说这是他花1100万英镑从赛车手刘易斯·汉密尔顿的父亲手上买来的。[3] 不过，新闻三天两头就报道他的艰难处境，不是房产没收，就是跑车充公。他长期停靠在法国里维埃拉的印度女皇号也难逃厄运，这艘长达95米的豪华游艇之前就因拖欠船员数十万美元工资卷入风波，如今也被扣了。[4] 他标志性的鲻鱼头❶一度相当高调，被解释为"前面是生意，后面是派对"，但现在看来却有些落寞，似乎已不再适合一位60多岁的失意企业家。

从书房的迹象可以看出，他还牵挂着多半回不去的家乡。桌上有一摞报纸，最上面是《亚洲时代》，头条都和新德里的欺诈丑闻有关。桌上还有个双钟面的水晶钟，右边显示英国时间，左边是印度时间。马尔雅在英国拥有两套豪宅，听上去已经不少，但他之前的房产可是有十几处之多，单单印度就有五处，在南非还有一个私人野生动物保护区，在摩纳哥、加利福尼亚、纽约特朗普大厦等地也都有房产。[5] 就像安巴尼修建的足以俯瞰孟买的安蒂拉一样，马尔雅也在公司总部所在的班加罗尔盖了一栋豪宅。几年前，他拆除家族的老式平房，盖了一栋醒目的摩天大楼，名为翠鸟大厦。这栋楼有商业投资的成分，下面的公寓用于出售。但建在白色混凝土板上的顶层完全留给他个人使用，面积足有

---

❶ 头顶和两鬓的头发剪短，只有后脑勺部位留长的发型。

3700多平方米，价值2000万美元。这一空中之屋无疑是全印度最高调的"伪豪宅"❶，外形和白宫有几分相像，只是离地面有30多米。不过，他现在是流亡者，能否有机会住进家乡的这栋豪宅还是两说。[6]

"我的意思是没有几代人的时间，很难解决腐败问题，因为它在我们体制内根深蒂固。"他耸着肩跟我解释为什么政府反腐收效甚微。他还说政府的税收部门是重灾区，他们索贿的金额是税额的数倍。"你没法根除体制内的腐败，这问题从开始就没断过。他们（税务人员）管你要十倍的税款，不交就得进监狱。"这番话对马尔雅来说绝不是与自身利益无关的担忧。几年前的他还是印度知名企业家，庞大的财富和张扬的行事风格代表着新印度的自信。2017年年初，印度当局因五年前翠鸟航空的倒闭风波向他提出腐败指控，那场商业灾难留下沉重的债务，至今还有成千上万的员工因拿不到薪水而愤怒不已。[7]

马尔雅拨开打火机盖，点着一支小雪茄接着说："在印度，什么荒唐事都可能发生。你懂吗，他们会直接把你扔进监狱，然后扔下句'好好待着吧'，"他低沉沙哑的声音突然严肃起来，"我为什么要冒这个险？我为什么不能获得公正的审判……正因如此，我今天才会困在这儿。"

"这儿"指的是伦敦，俄罗斯寡头和印度的宝莱坞寡头遇到麻烦，就会到这儿避风头。2016年3月，马尔雅乘头等舱最后一次离开新德里。那时他断然否认自己是坐飞机出逃，但我们聊天已是一年多以后，他坦承自己一时半会儿恐怕回不去了。他曾是印

---

❶ 伪豪宅（McMansion），指占地庞大的低俗大宅，由麦当劳（Mc）与宅邸（Mansion）结合而成的美国20世纪80年代流行词，讽刺这些住宅如快餐般庸俗。

度议会联邦院（即上院）议员，拥有外交护照，但事到如今护照早被注销。他拥有英国永久居留权，可以在这里继续待下去，但没有护照的他实际上是个没有国籍的人，也没法出国，现在只能告别他过去飞来飞去的声名狼藉的生活。

更惨的是我们碰面前一个月，马尔雅刚因涉嫌洗钱被英国警察逮捕，指控依然与印度针对他展开的一系列调查有关。[8] 他申辩自己是清白的，逮捕当天就取得保释。威斯敏斯特地方法院外，在涌上来的一堆摄像机前，他愤怒地用挑衅语气跟债主隔空喊话："还钱？继续做梦吧。"[9] 书房里的他看起来谨慎许多。为了不被印度政府引渡回去，他现在得常年花重金聘请英国律师打官司，被带回去意味着接受债务违约和涉嫌欺诈的指控。

"这场官司何时才能结束，恐怕只有上帝知道。我想说的很简单，这完全就是一场猎巫行动。"他声称自己的案子已经在政治上引发轩然大波，回国不可能受到公正审判。他前脚落地，后脚可能就会被扔进新德里臭名昭著的提哈监狱❶。"媒体也在刻意用债务违约、骗钱、马尔雅门、偷窃之类的词语煽动民众情绪。"他恼火地边说边晃动双手，以此强调自己的观点。"回国难是一方面，更重要的是我现在回去也不理智……律师跟我明确说：'听好了，你要是回去就愚蠢极了，等待你的是通往提哈监狱的单程票。'"

马尔雅对媒体大肆炒作的指责并非无中生有。他每跌倒一次，印度的报刊和电视访谈节目都会兴奋地第一时间跟进，铺天盖地的报道说他欠银行、供应商和员工二十亿美元。[10] 随着时间流逝，

---

❶ 提哈监狱（Tihar Jail），亚洲最大的监狱群之一，也是印度戒备最森严的监狱，关押了多名因涉嫌贪污或欺诈而被定罪的高官巨贾，以及武装分子、黑社会团伙及其他重刑犯。囚犯人数严重超标，健康得不到保障。

一开始还算宽容的债主也愤怒起来，将手伸向他的房产、飞机和豪车。想当初，马尔雅也是媒体的宠儿，象征着印度充满活力的新消费市场，被称为"班加罗尔的理查德·布兰森"❶，现如今他成了节目主持人口中的老赖，被描绘成无底线无原则的奸商代表。他不计后果的商业投机一方面让印度银行蒙受了巨额损失，另一方面也损害了印度商界的声誉。他虽然还不起债主的钱和员工的工资，却在流亡伦敦后继续过高调的奢华生活，这无疑让他在公众眼中变得更加不堪。

面对外界的指控，马尔雅还是一副脸不红心不跳的无赖样，但他确实有几分可爱，讲起故事也动听，而且比他花花公子的表象更懂生意。我们交谈时，他毫不费力地报出自己的贷款违约率和过往合同的细节来批驳一些不实报道。另一方面，他显然为自己的处境深感沮丧，语气也在不服和自怜间来回摇摆，只在极偶然的瞬间闪现出过往不可一世的自信。采访次日刚好是摩纳哥大奖赛，这是每年巡回赛事的高潮，马尔雅往年总会在游艇上举行盛大晚宴庆祝，但这次只能在赫特福德郡的庄园和几位好友及五条爱犬一起看电视转播。

马尔雅的批评者最常提及的就是他"出逃"一事，仿佛单凭这一点就足以初步认定他有罪。媒体指控他，政界原先的朋友也批评他，称他代表印度资本主义肮脏的一面。谈到这些，他回应道："他们很快就决定应该由我来顶雷，让我当拖欠贷款的反面典型，理由只是我的媒体曝光度最高。"马尔雅从来都不是印度最富有的商人，他前面还有不少身价更高、家业更大、生意更赚钱的

---

❶ 理查德·布兰森（Richard Branson），英国亿万富豪和企业家，拥有的维珍集团旗下有四百多家公司，覆盖航空、铁路、电信、能源、音乐等各个领域。

人。不过，谈到印度经济繁荣期的盲目乐观主义，以及后来触目惊心的腐败和公司债务丑闻，恐怕很难选出比他更具代表性的人物。如果说穆克什·安巴尼是站在印度"亿万富豪统治"顶点的人，那么马尔雅是最知道向顶点攀爬又可耻地滑落是什么滋味的人。

采访尾声，他接到赛车圈朋友的电话，和对方就赛车手以及他们的状态聊了五分钟。电话挂断后，他准备叫醒司机，乘车去乡间庄园。临走前，他若有所思地转头跟我说："我从1992年就开始住在这里，我妈妈和儿子也在这边，我女儿常从纽约飞过来……没错，我在这儿过得挺不错的。不能去现场看摩纳哥大奖赛确实是件憾事，但这是我不得不付出的代价。"

国王维贾伊的宫廷

马尔雅春风得意的时候完全是个夜猫子。他经常在晚上办派对，但极少有比2005年12月18日晚上那场阵仗更大的。他为庆祝自己五十岁生日，在位于印度西海岸阳光明媚的果阿邦的翠鸟别墅连办四天盛大派对，那天是派对的第三天。宾客的车到后，首先看到的是别墅气派的大门，造型颇像佛教宝塔，柱子上刻着巨大的名字缩写VM。下车后，服务员会带他们一路穿过法拉利等名车，绕过好几个泳池（其中一个还配有水中跑步机），最终来到海边的大草坪。长腿模特、宝莱坞明星，当然还有他的富豪朋友四处走动交流，其中很多人都是乘私人飞机过来的。没有私人飞机的宾客则乘坐马尔雅专门从自己的航空公司抽调来的两架空客。派对开到后面，还有大明星莱昂纳尔·里奇友情客串，为主人献唱《祝你生日快乐》。随后，两架空客还在沙滩上表演低空飞行。[11]

马尔雅的2005年过得很顺。那年春天，他成功收购垂涎已久的酒业竞争对手肖·华莱士公司，这让他的联合酿酒集团一跃成为世界首屈一指的酒业集团，巩固了集团在印度酒业市场的主导地位。随后，他又在5月开始正式运营翠鸟航空，这是一次大胆的商业冒险，瞄准的是印度日益增长的国内航线需求。他在那年的巴黎航展一掷千金，用30亿美元的价格买下十几架新空客，其中5架是超大型的A380，这明确表明他下一步有意涉足国际航线。[12]这样的野心需要大量资金，但对他的银行账户基本没有产生影响。在马尔雅50岁生日的前几周，《福布斯》公布了年度富豪榜，他的财富已经在不知不觉中涨到9.5亿美元。[13]

那年对印度来说也是个好年头。前一年大选，由印度教民族主义者领导的前届执政党印度人民党提出乐观的竞选口号"印度大放光芒"，选民没有买账，转而选择由国大党主导的新联合政府，后者承诺当选后会扶持农民和穷人。新任总理曼莫汉·辛格上台以来，形势确实一片大好，经济增速前所未有地高达9%，要知道印度在1991年实行自由化改革前经济增速长期保持极低的个位数，被民众讽刺地称作"印度式增长"。

整个印度弥漫着新的乐观主义，马尔雅是这一风尚的代表。过去，印度的商业精英多是低调谨慎的企业家。自由化改革前后最有冲劲的德鲁拜·安巴尼也不例外，他平日里总穿普通的白衬衫，用钱从不大手大脚，对隐私也保护得非常好。马尔雅截然不同，他拥有巨大的财富和影响力，但从不遮掩。

马尔雅的崛起要从1983年父亲心脏病突发离世说起。维塔尔·马尔雅是精明低调的商人，二战刚结束，25岁的他就以低价买下联合酿酒，带领公司为英国驻军提供经济实惠的本地啤酒并打出名气，自此印度淡色艾尔啤酒不用再从英国进口。他行事周密且井井有条，有条不紊地扩大规模，收购竞争对手的啤酒厂，也建立自己的业务，并很快就学会如何应对1947年印度独立后出台的烦琐的规章制度。他去世后留下可以轻松赚得盆满钵满的生意，然而他的独子远没有做好继承家业的准备。

维贾伊·马尔雅小时候和母亲住在印度东部的加尔各答，父亲常年在南部的班加罗尔工作。他打小就行事高调，开一辆法拉利儿童车在家门口转悠，一成年就开着配有涡轮增压器的保时捷911上街。[14]大学毕业，他开始到家族企业上班，一开始做销售，之后到位于新泽西的美国分部短暂实习。父亲离世之前，这个年轻人和香车美女有关的花边新闻倒是不少，但并没有什么说得出口的成就。

马尔雅接手家族生意没几天，就做了许多盲目投资。他开过连锁比萨店，做过自己的可乐品牌，还投过电信设备制造厂，这些似乎都在证明那些质疑他太年轻散漫、没资格接手父亲的生意的人是对的。他妻子和孩子大多数时间都住在旧金山金门大桥对面的索萨利托，他有时也会在那里待上一段时间。他还在那儿买下一座葡萄园、一个精酿啤酒厂和一家报社，老爷车也越买越多，都停在报社海景办公楼的停车场。[15]不过，只要他的啤酒和烈酒生意不出问题，这些都无伤大雅。事实也确实如此，他所具备的父亲没有的营销能力凸显出来以后，酒业生意更是蒸蒸日上。他慢慢认识到盲目扩张的弊端，开始主攻酒业，卖掉或关停之前拓展的医药、快餐等业务。[16]他最重要的一步棋就是救活奄奄一息的啤酒品牌翠鸟，将其变为印度的主导淡啤酒品牌和全球各地咖喱屋的标配。

身在伦敦的马尔雅谈起年少轻狂的时光时显得不以为意。"我的生活方式让我变成媒体的宠儿。我的派对、我的跑车,"他跟我说道,"我27岁继承家业,做的也是27岁年轻人想做的事,但他们却拿我跟德鲁拜·安巴尼比……27岁的小伙子想开红色法拉利再正常不过,但50岁的人可能对跑车不感兴趣。我只是在做那个年龄段的自己罢了。"他虽然生活奢靡,但哗众取宠背后也有清晰的商业逻辑。印度禁止酒类广告,酒商只能想方设法以其他方式吸引顾客,有的邀请顾客免费试喝,而马尔雅选择推销自己。

"我和理查德·布兰森一样,"他说,"我们将自己的生活和品牌融为一体。"报纸会报道他在翠鸟别墅举办的盛大派对,刊登当年翠鸟泳装模特日历上的照片。他进军航空业有个人喜好的因素,和布兰森一样,马尔雅很早就觉得当航空公司老板是一件非常酷的事。当然,这里面也有机会主义的成分。1993年,印度航空业放开以后确实是一块亟待开发的领域。不过他最重要的目的是逐步实现自己的长线计划,希望有朝一日翠鸟旗下可以涵盖豪华邮轮、豪华列车等各类出行方式,这明显有模仿布兰森维珍品牌矩阵的意味。马尔雅否认这一点。一些业内人士对此讽刺道:他开航空公司,会不会是一种极致的品牌延伸,他的飞机说到底不过是用于推销啤酒的昂贵展柜。还有人说这位横冲直撞的富豪和另一位酷爱自我推广的名人有几分相似之处,正如他的传记作者写的:"马尔雅更像印度版的唐纳德·特朗普,他并不满足于做美好时光之王,还加班加点地劝说别人也选择这种张扬的生活。"[17]

齐肩长发、耳环、嗜好贵重饰物……马尔雅用这些将自己塑造成最有海盗做派的企业家,他常比宾客晚到好几个钟头,大摇大摆地在深夜走入自己的派对。手机普及以来,据传他去哪儿都会有跟班手捧一个摆着好几部手机的银盘。[18]他还有一架专门为他改造过的波音727，内部吧台装满了他旗下的酒水，载他穿梭于多个派对和商业会议，二者的界限对所有参与者来说也越来越模糊。马尔雅旗下一家公司的前董事会成员跟我说过："我记着有一次是上午10点开会，我们前一晚就飞过去了，后来也确实是10点开的，但改成晚上10点……这确实有些荒唐。他出门从不带行李箱，因为他在每个国家都有房子，在每个住处都有额外的衣服……你不得不认为他后来出事与这种放纵的生活方式多少有些关系。"

马尔雅虽然过着戏剧化的生活，但这并没有耽误他赚大钱。2006年，他的身价跃过10亿美元大关，登上了福布斯富豪榜，并买下一艘世界顶级规模的豪华游艇。2007年，他用5.95亿英镑收购以生产苏格兰威士忌见长的怀特＆麦凯公司。他将翠鸟一步步推向国际市场的同时，也逐渐被国外媒体注意到他的野心。《纽约时报》称："马尔雅先生是无拘无束的企业皇帝。近半个世纪，美国大多数董事会恐怕都没出现过这样的人物。他身边时刻围着一群长期聘用的顾问，身上总戴着大量珠宝，动不动就在家中开会到凌晨5点，会朝女记者眨眼睛并炫耀企业'美好时光'的主题。"[19]

马尔雅的行为举止如漫画般夸张，但他是个很复杂的人，也有一丝不苟和控制欲强的一面。他亲自把关公司的一线空乘招聘，飞机降落后也要第一时间给他发信息报平安。他表面上放浪不羁，实际上是虔诚的信徒，在2003年从直升机坠毁事故中死里逃生后，他的信仰变得更加坚定。他人前喜欢出风头，但私下和灵媒走得很近，时常给寺庙捐献黄金，并且每年都会与世隔绝几周，专程去印度南方一座山上的圣地朝拜。他为翠鸟航空购买的每架新飞机，都要先飞往离东部安得拉邦的斯里·文卡兹瓦拉庙很近的寺庙小镇蒂鲁帕蒂,当地的僧侣会在停机坪上为飞机祈福。

这位大亨和印度现行体制的关系也有两面性。他热衷于破坏规则。"我生活高调……这有什么问题吗?"他曾经说过,"我做的是酒水生意,不论别人的看法如何,我都会喝酒,今后也会继续喝下去,因为我爱喝。"[20] 不少商界领袖私下里说他是跳梁小丑,放荡成性,没有廉耻心。但马尔雅也渴望认可,希望在公众心目中树立起目光远大的商界领袖形象,像他的第二故乡班加罗尔的科技巨头一样享受大家的赞誉。他虽然只是通过远程教育拿到美国高校的荣誉博士学位,但还是坚持让别人称自己为马尔雅博士。他醉生梦死的生活方式和苦行者甘地相去甚远,但2009年,他用近两百万美元的高价在纽约拍下圣雄甘地的不少私人物品,包括一块怀表以及甘地标志性的圆框眼镜。这一壮举将他塑造为爱国企业家,说明他愿意用自己的财富为祖国服务,值得大家尊重。

马尔雅说起话来头头是道,适合在政坛一展身手。不过,他个性张扬又渴望他人认可的矛盾,在政治上也表现得最为突出。"印度人骨子里是看不上酒的,政府官员也觉得这不是正经生意,而是走私,"他跟我说,"这门生意能否做成,跟政治关系紧密。"酒水可以给政客提供必要的税收,以及竞选所需的政治献金。尽管如此,很多政客为拉拢女选民,还是主张限制酒水甚至禁酒。国家层面也有管控酒水的措施,因此在印度做酒水生意需要庞大的关系网络。马尔雅还表示别的行业找关系要容易得多。"他们想要许可证或办什么事,只需要到德里敲负责人的门就成,但我的行业不同,我觉得自己好像在二十九个不同的国家经营着一家公司。"

印度酒业受到政府的严格管控,并因酒商努力讨好有权势的政客和公务员而沦为腐败的重灾区。马尔雅的能耐让他不满足于效仿别的商人,他走得更远。他在商业上救活过奄奄一息的翠鸟啤酒,2003年在政治上故技重施,接手一个半死不活的政党,亲自挂帅,幻想竞选上印度南部卡纳塔克邦的首席部长,他公司的总部就在该邦的商业中心班加罗尔。他做什么都爱出风头,这次参选更是直接在竞选舞台上挥舞起蒂普苏丹的宝剑,这把剑的主人是18世纪印度南部迈索尔王国的统治者,因多次率部和英国殖民者作战而被视作当代偶像。

卡纳塔克邦的选民并没有买马尔雅的账,他只能退而求其次,在社会名流和商界大鳄都有机会获得名额的上院谋得一个席位。上院开会时他很少质询,但偶尔会在新德里的家中举办高规格晚宴,利用身份之便结交权力掮客。印度政府的一位前任部长告诉我:"他们觉得打入政客内部才能更好地跟别的政客打交道,自己是议员才能更好地跟别的议员套近乎。"他反思富豪议员日益增多的现象时表示,马尔雅只是最为耀眼的一个。即使大家对印度政界和商界的界限模糊早习以为常,但马尔雅出任民航委员会委员的消息还是引发了争议。他在这个位置上随时可以出于自己航空公司的利益,支持或反对一项法规,最好的例证是他极力促成国内航班允许提供啤酒。[21]

他在商业版图扩张的同时,大男孩式的奢侈消费也越来越多,先是有了自己的一级方程式赛车队,随后又买下一支职业板球队参与超级板球联赛,并用自己一款名为皇家挑战者的威士忌,给板球队命名为"班加罗尔皇家挑战者"。但对生活在印度社会底层的人来说,他这种奢靡的生活方式在一个长期否认美好生活的国度,反而象征着美好的可能。年轻一代人尤其是男性,有不少都憧憬过上马尔雅那种自由自在、纵酒狂欢的生活。他们的向往在航空业体现得尤为明显，国营的印度航空给人的印象又破又脏，新兴的私营航空公司杀入市场以来，没过多久就用高标准的航空旅行服务盖过印度航空，为日益壮大的中产阶级提供更为体面的选择。

印度中产阶级的人数直到今天也没有定论。乐观估计已经小几亿，保守估计则是5000万。[22]符合西方中产阶级的标准，有车、有房、有大学学历、有存款，还有常旅客卡号的人肯定很少。印度经济自由化的头几年，中产阶级更是凤毛麟角。翠鸟航空成立几年后，《连线》称："99%的印度人没坐过飞机。"[23]对那些没体验过飞行的人来说，马尔雅的公司让航空旅行这一全球消费阶层的重要标志第一次变得触手可及。

我头一次坐翠鸟航空是2007年从南部的喀拉拉邦飞行两小时到孟买。那时，廉价航空在西方国家早已不是新鲜事，飞机票变得便宜，乘机体验也大幅度滑坡。翠鸟航空的票价很低廉，但飞机是全新的，座椅宽敞，腿脚活动空间很大，娱乐设施非常先进。飞机起飞前，座椅前的屏幕上出现了马尔雅。"每一名机组人员都由我精心挑选，我要求他们将您视作我家中的贵宾。"他将我们乘坐的飞机称作"快乐客机"，还表示随时欢迎乘客给他的邮箱发送意见。飞机餐也很不错，飞机降落前，空乘还给我递了个免费的冰淇淋。

这个国家很难找出一条平整的高速公路，城市的街道更是坑坑洼洼，翠鸟航空却像个现代化的奇迹。美国管理学家汤姆·彼得斯首次乘坐翠鸟航空就发出"我的天啊"的感叹，尤其对"管家"帮商务舱乘客拿行李这点赞不绝口。[24]用最低的价格提供世界级的服务，翠鸟航空做到了这件放在过去绝对是痴人说梦的事情，这让人觉得印度或许也能在短时间内华丽转身，摆脱贫困和低效，成为世界领先的经济体。维贾伊·马尔雅刚继承父亲家业时，印度经济由国家主导，限制很多，资本短缺。等到他开办航空公司时，那些限制都在被打破，印度经济进入蓬勃发展的时代，众人觉得国家经济复兴有望。马尔雅的航空公司发展得欣欣向荣，像那些气派的软件园一样给印度带来希望，让人觉得印度或许可以发展为更具竞争力的现代化国家。当时，对马尔雅和印度整个国家来说，一切仿佛都可以实现。有时候，人们会觉得美好时光好到令人难以置信。而最终，美好时光的泡沫确实破灭了。

重新打开国门

回到我跟马尔雅在伦敦的谈话，他清楚地记得自己首次重新思考商业布局的时间，那是1991年经济危机前夕。短短几个月，印度就陷入独立以来最大的泥潭。面对国际收支危机和手上仅能维持数周的外汇储备，时任财政部部长的曼莫汉·辛格紧急推行一系列改革，打破经济的种种枷锁，疏通外资流通的渠道。其实，早在危机爆发的前几年，计划经济就在印度走到穷途末路。当时，中国已经步入长久的经济繁荣期，甚至连东欧社会主义国家也在推行市场经济改革，只有印度落在后面，商业巨头都在等许可证、限额和执照消失的那一天。

"我聊的是什么时候的事，应该是20世纪80年代末吧？因为这之前印度根本没有外国投资。"马尔雅坐在书房的椅子上跟我说。那个年代他的联合酿酒集团拥有至少三十家子公司。"我们做过汽车电池、油漆和聚合物，因此，说我们做过石油化工是没问题的。我们还做过食品、零食、比萨、软饮，你能想到的都做过，"他笑着补充道，神情好像还挺怀念年轻时那个做生意不讲章法的自己，"我挨个思考过旗下公司的经营状况，并自问我们凭什么跟雀巢还有联合利华之类的跨国公司竞争。如果没有足够的资源支持，我的公司迟早会关门。"

1991年爆发的危机早在半个多世纪前印度反抗殖民统治时就埋下了种子。1947年，也就是马尔雅父亲买下联合酿酒的那年，印度的国父们就国家的未来展开激烈辩论，一方是甘地，他希望印度可以成为农业乌托邦，到处都是没有商业剥削的富庶村庄。另一方是尼赫鲁，在1947年8月15日午夜印度独立后出任首任总理。尼赫鲁及其支持者受英国费边社会主义理论和苏联社会主义建设取得的不俗成就启发，认为印度应该在未来坚决地走计划经济道路，兴建大型钢铁厂和水电站。1948年，甘地遇刺身亡后不久，《经济学人》一篇文章写道："他们的首要目标是工业化，扫除文盲和迷信，缓解物质贫困。甘地对俭朴生活的美化在他们看来是反动的。"[25]

印度独立后走的是尼赫鲁的道路，不过，尼赫鲁和甘地虽然政见不同，但都对私企怀有戒心，觉得这是殖民主义的产物。"历史上，印度的传统理想并不吹捧政治和军事的胜利，视金钱更是如粪土，"尼赫鲁在自传中解释道，"现如今，印度的传统文化遇到全新的挑战，这无所不能的新势力正是西方资本主义国家的班尼亚文明。"他特意用了印地语中代表商人阶层的"班尼亚"（bania）一词，暗指其不诚实。[26] 尼赫鲁的理念让印度在近半个世纪中都和自由市场绝缘。

不论印度的国父有何构想，要想在印巴分治的狂风暴雨下复苏印度经济本就充满挑战。英国殖民者迫不及待地将这片次大陆一分为二，武断地划出一条新国界，残忍地分割这片土地上的人民和商业。他们在印度独立前一个月仓促宣布这一决定，卷起腥风血雨，社会陷入动荡和持续不断的种族冲突。[27]数百万印度教教徒和穆斯林难民在印度和巴基斯坦之间漂泊，给两国经济造成巨大损失。印度新成立的政府艰难地筹集资金建难民营，生产粮食，控制日益猖獗的通货膨胀。为重获控制权，尼赫鲁不仅强化了继承自英国统治时期的一系列严格的国家管控措施，还在1951年推出数个苏联式五年计划中的第一个。他主政期间，还引入一套新的外来理念：经济上自给自足；政治上不结盟；印度不做世界强权，而要做广大受压迫第三世界国家的领袖，奋力摆脱殖民主义遗毒。

印度经济在独立后不久就收归国有，各行各业先后变成公有制。1953年，尼赫鲁将印度原先的八家民营航空公司合并为两家国营航空公司，印度航空负责国内航线，印度国际航空则负责只有极少数幸运儿才有机会乘坐的国际航线。私企可以涉足的领域也被许可证制度如迷宫般的条条框框牢牢拴住。公司能生产什么，可以使用什么技术，可以雇什么人，都有严苛的规定。腌菜、火柴、挂锁、木质家具等数百种商品，都被留给规模较小、生产力一般的小公司，这种甘地主义的遗留让印度制造成为质量低劣的代名词。大公司没有国外劲敌的挑战，效率也十分低下，因为企业家想的并非如何生产出更有竞争力的产品，而是如何得到政要的照顾，他们只要将关系疏通到位，就有机会扩张商业版图。也正因如此，马尔雅早期才能收购啤酒和烈酒酒商，进军石油化工和电信设备等领域。[28]

许可证制度对酒业的冲击尤为明显。印度人买酒的地点和价格都是政府定的。酒的进口关税非常高，一瓶进口酒的价格可以买很多瓶翠鸟等国内品牌的酒。就连酿制印度朗姆酒和威士忌的基本原料糖浆也受管控，其价格和可跨国交易的量都由监管机构决定。[29] 同时，酒厂的税额很重，各地政府也有数百种烦琐的规定，这也解释了为什么马尔雅等酒业大亨非要挖空心思和地方官员搞好关系。

1966 年，尼赫鲁的女儿英迪拉·甘地出任总理，国家进一步控制了银行、保险公司以及煤矿。政府管控越严，普通人能买到的商品就越有限，印度经济和国际贸易的脱钩也越严重。1947 年，尼赫鲁接手的印度与世界经济联系极为紧密，但短短 20 年工夫，他就和女儿将印度变成极为封闭的国家。[30] 回过头看，他们推行的政策不亚于一场国家浩劫。一味推崇国家主导换来的是 40 年迟缓的经济增长，直到今天，印度的大政府局面也只是略有改善。尼赫鲁对穷人境况的关心并没有真正改变他们的生活水平。印度荒废光阴的同时，亚洲其他国家纷纷走上高速发展的道路——先是日韩，中国稍晚——走出贫困，并逐步走向富裕。

今天，半数以上的印度人都在 25 岁以下，他们大多对过去同胞面对的条条框框没有概念。经历过那个时代的人回忆起往事，总会想起一些不便的生活细节。例如我在 2013 年见到国际象棋特级大师维斯瓦纳坦·阿南德，那时他 43 岁，书生气比较重，讲起话来滔滔不绝。他当时马上要在一场比赛中第三次捍卫国际象棋棋王的宝座，但聊着聊着我们就跑题了。我们在他位于印度南部城市金奈一条林荫大道上的家中聊了好几个钟头，他回忆起在这座当时还叫马德拉斯❶的城市成长的经历，以及印度长期闭关自

---

❶ 马德拉斯（Madras），一说是来自葡萄牙殖民者对当地的称呼，具有殖民色彩。当地政府于 1996 年正式将其名改为金奈（Chennai）。

守的政策给他的青春留下的烙印。

阿南德最早接触国际象棋是在英迪拉·甘地主政时期,他一开始跟着母亲学,后来被送到附近俄罗斯文化中心的俱乐部学习。俱乐部以苏联国际象棋特级大师米哈伊尔·塔尔的名字命名,这也侧面反映冷战时期新德里和莫斯科的密切关系。阿南德跟我讲:"他们(俄国人)成立俱乐部是为了推广国际象棋,我从那时起走上这条路。"[31] 再后来,他的国际象棋之路越走越宽,于1988年成为印度首位特级大师,之后又需要去欧洲打锦标赛。不过,出国需要政府有关部门出具许可函,还得乘坐长途火车去孟买或新德里,因为国际航班都从这两座城市出发。

当时,印度国际航空公司的航班数量不多。票价由国家统一规定,提前几个月买和临行前一天买的价格是一样的。航空公司的客机数量也很有限,基本上每趟都是满员。此外,由于政府对外汇的限制,乘客想带钱出国并不容易。"你要获得(政府的)批准,当时的补助也很低,一天二十美元,你如果不多带点钱,就只能靠这个活……很多印度人出国只能住亲戚家,出去吃饭也都是找便宜的连锁店。"他后来想买台早期的弈棋机,却发现进口关税是机器本身价格的三倍。他付款后几个月才拿到机器,因为当时对进口电子设备有限制,请求分管的几位领导签字同意后才能拿到许可。"那个时代和今天截然不同,"他说,"我跟印度的年轻人说这些,他们也很难懂,还以为我说朝鲜呢,但当时确实是这样的。"

阿南德说到的限制在印度萎缩的消费经济中也随处可见。高额的进口关税让近乎所有进口商品都变成奢侈品,不少外国商品无法进口。商品匮乏是当时的常态,那时印度人想买小摩托,从预约到入手要小十年的时间。衣服只能买到基础款，大多是当地裁缝做的。电话是奢侈品，不送礼、不耐心等待就根本买不到。印度朋友跟我说他父亲20世纪90年代中期离世，在遗嘱中列上了家里的两部有线电话。极少有家庭拥有电视，有也只能收到一个官方频道。绝大多数印度人也没有车，车子可选的款式也只有几种，一款是外表庄严的印度大使，堪称英国莫里斯·牛津车的翻版，另一款则是板正的掀背式轿车马鲁蒂铃木800。翻看印度20世纪80年代的老照片，新德里和孟买空旷的街道和19世纪末变化不大。进口车就更稀罕，考虑到高昂的进口关税，像马尔雅那样买下一辆保时捷十分了不得。另一位成长于20世纪80年代孟买的朋友告诉我，那时还是孩子的他基本能说出城里谁家有奔驰或宝马，因为这样的豪车拢共也没几辆。

1991年，印度在经济混乱和社会动荡的时刻陷入危机。前一年，印度爆发暴力抗议，反对一项将更多国有企业岗位提供给低种姓者的颇具争议的计划。数十位学生甚至用自焚表达不满。印度人民党挑头引起一系列全国性争端，各个社会群体之间剑拔弩张。矛盾的焦点是北方邦的巴布里清真寺，抗议者声称这里是印度教神灵罗摩的出生地，并最终在1992年拆毁寺庙，这在全国范围内引发暴乱。1991年，危机爆发一个月以前，尼赫鲁的外孙拉吉夫·甘地遇刺身亡。他是尼赫鲁家族的第三位总理，一位有改革抱负的年轻政客，他1984年当选后开始放松许可证制度的部分限制，带来一些经济复苏的希望。不过，他后来卷入和瑞典军火商博福斯有关的腐败丑闻❶，未能连任。1991年，拉吉夫·甘地再

---

❶ 1987年，瑞典媒体爆出博福斯向印度国大党政客行贿数百万美元，以拿下一份大额军火订单的竞标，时任总理的拉吉夫·甘地也牵涉其中。

度参与大选，希望当选后挽回自己的声誉。不幸的是，他的竞选之旅永远地停在金奈。他被一名与泰米尔猛虎组织❶有来往的自杀式炸弹袭击者杀害，成为继他母亲在1984年遇刺身亡后第二名遇害的尼赫鲁家族成员。

国外的事件将印度危机真正推上台面。危机前的十年间，印度政府毫无节制的开支本已引发严重的财政赤字，海湾战争爆发以来，油价飞涨更加剧这一问题。通货膨胀极度恶化。印度如果不能在短时间内筹到大量应急资金，国际收支危机恐怕在所难免。与此同时，印度国内由未来的总理曼莫汉·辛格在内的政治顾问和经济学家发起的思想变革也发挥着巨大的推动作用。早在十年前他们就一致认为印度需要摆脱大政府的包袱。实际上，1991年的危机反而给辛格提供了改革的理由，他让卢比贬值，并启动一项秘密计划，以避免印度滑向深渊。

1991年整个上半年，印度形势都不容乐观，最凶险的当数7月的一个上午，一支货车车队意外停在孟买公路边，差点导致辛格的救市计划夭折。道路上车辆川流不息，飞驰而过的汽车不知道这些货车里装满了上午刚从央行保险库中秘密运出的金条。货车本应按计划一路向北，直接开进孟买国际机场的货运区，只有少数几位焦虑的政要知道这一消息。事关重大，不能走漏一点风声，但偏偏在最紧要的关头，货车的轮胎爆了。未来的印度央行行长雅加·维努戈帕尔·雷迪时任新德里的财政部高级官员，后来他在印度南部的海得拉巴家中向我回忆起那戏剧化的一幕。"警卫赶忙将现场团团围住，"他边说边挥手，仿佛在向我展示武装警卫匆

---

❶ 斯里兰卡泰米尔族的反政府武装组织，旨在要求建立一个独立的泰米尔族国家，时常使用自杀性爆炸袭击。

忙到路边围住货车的情形,"孟买的大街上突然出现这样一幕,你可以想象会吸引多少双眼睛。"[32]

他们如此紧张并非杞人忧天。7月早几天,另一支承担着同样任务的车队卸货时,被一位名为尚卡尔·艾亚尔的大胆记者拍下。那是个周日下午,他收到密报后第一时间赶往孟买机场,发现一批批标有"重型货物"的托板被运上飞机。飞机按计划先飞往迪拜,而后飞往伦敦斯坦斯特德机场。隔天《印度快报》的头版上赫然印着"央行秘密出售黄金"几个大字,称这是一次将黄金运往国外的"最高级别秘密行动"。[33]一时间舆论哗然。艾亚尔后来跟我说:"这件事冲击很大,大家这才真正意识到危机的严峻性。印度这么做,无异于一个山穷水尽的家庭拿出压箱底的珠宝去典当。大家瞬间忧虑起来,因为黄金在印度相当于积蓄,如果被逼到卖金子的地步,肯定是遇到了天大的麻烦。"

从效果上看,辛格所谓的秘密行动还是成功的。他把近五十吨黄金分四批运往国外,为印度赢得宝贵的缓冲余地。7月24日,辛格在议会上提出一份满是改革举措的预算方案。进口关税和外资的市场限制被削减,数百项烦琐的许可证被废除,钢铁、电信等原本封闭的行业突然间都对私企开放了。糖浆等商品的管控亦成为历史,马尔雅等酒商也得以提高产量。欧洲倒下的是一堵摸得着的墙,印度倒下的则是将它的经济和世界隔开的政策之墙。辛格站在议会公文箱边,引用维克多·雨果的名句为改革举措辩护:"一种思想的时机一旦成熟,世间就再也没有力量可以阻止它传播下去。"他声音尖细,讲到最后一句时稍微抬高音量。"我们要用响亮清晰的声音告诉世界,印度彻底苏醒了!"[34]

苦难时光

2016年3月1日，往常不带行李的维贾伊·马尔雅带着六七箱行李乘飞机离开新德里。[35]那时距离翠鸟航空开业已有十多年，时值其倒闭四年后。其间，马尔雅凭借大量贷款，一度将翠鸟做成全国最受青睐的航空公司。起初，他说自己会在十二个月内做到收支平衡。但实际上，翠鸟航空运营七年从未赢利。外界听到的是公司的各色负面消息：有的客机因为没交燃油费无法起飞；公司没有结清餐饮公司的账单，导致个别航班的乘客没有餐食；高管拿着高额奖金，普通员工的工资遥遥无期；支票被银行退回，客机订单不得不取消。2012年，油价飞涨更带来沉重打击。同年年底，翠鸟就被监管部门停飞，吊销许可证，走上末路。美好时光之王的日子就这样走到尽头。

马尔雅的商海沉浮在很多方面都是现代印度发展的缩影。他作为自由化的受益者，敏锐地嗅到国家新生的远大抱负。他曾说："我们挣脱了保守社会主义的锁链。印度人不想再过沉闷的单调生活……年轻一代想像我一样生活。"[36]他风头最盛的时候恰好是2005年前后的经济繁荣期。在消费经济大潮中，数百万印度人涌向市场，购买汽车和公寓，第一次坐上飞机。那时，中国市场对煤、铝土矿、铁矿石等矿产资源的需求量大幅上升，促使全球大宗商品进入所谓"超级周期"，印度的自然资源也变得抢手。股票市场大涨，造就一大批新的亿万富豪。我们很难说出一个具体日期，但在2004年曼莫汉·辛格当选到2005年马尔雅五十岁生日之间的某个时刻，印度进入属于自己的镀金时代。

这种经济的高速发展最鲜明地体现在企业上。外企投资力度大幅上涨，国内企业开始迅速向国外扩张。2006年，位居全球富豪榜第三位的印度钢铁大王拉克希米·米塔尔宣布，他打算出三百四十亿美元的天价收购卢森堡的阿塞洛集团，这意味着他将拥有全球最大的钢铁帝国。[37]印度最大的公司塔塔则像去商场扫荡般抢购捷豹、路虎和泰特莱等家喻户晓的英国品牌。春风得意的印度知名企业家也开始在一年一度精英云集的达沃斯论坛露面。论坛在瑞士阿尔卑斯山举办，2006年会场周边的山坡上覆盖着印度政府的巨幅广告，称印度是全球"自由市场发展最快的民主国家"。穆克什·安巴尼是那一届论坛的联合主席，马尔雅等一批印度富豪也出席为他助阵。

面对印度经济奇迹般的再生，知识界开始重新审视过去的观念。时任奥巴马总统高级顾问的美国经济学家拉里·萨默斯在2010年的一次演讲中，提出用"孟买共识"取代雄踞西方思想界已久的世界发展观念"华盛顿共识"。2005年前后，全球化的明星依旧是以韩国为代表的亚洲四小龙，他们采取产业保护和公共投资的手段，大力发展出口行业，等时机成熟再逐步开放国际竞争的市场。萨默斯提出，印度可以成为新型的"民主发展型国家"，其崛起依靠的将不再是制造业的蛮力，而是科技、大量年轻人口、"消费升级以及日益壮大的中产阶级"。[38]他演讲背后暗含着更为激进的观点。在他看来，或许是印度而非中国，最后会成为新兴经济体争相效仿的对象。

印度对这些赞誉照单全收。过去几十年的屈居人下和与世隔绝似乎一下子成为历史。辛格执政初期，形势确实一片大好，他领导的政府一边大刀阔斧地推行经济改革，一边积极地加大对社会事业的投入力度。城市化加速，贫困率也逐步下降。有一小段时间，大家甚至觉得印度在改善最贫困人口生活的同时，有望在经济增速上超越中国。"我们很难理解那一段经历，因为印度自独立以来头一次遇到过剩的问题。"印度前央行行长雷迪跟我说。外资大量涌入，导致卢比不断升值。"国内大家都兴奋得要命，"他补充道，"也正是在那个时候，经济学家同行开始提两位数的增长，但我用的词是'过热'。"

雷迪的担忧是对的，这样的势头确实长久不了。尽管印度比大多数国家更轻松地渡过 2008 年的全球金融危机，但它的余波一直影响着印度经济。大宗商品的泡沫开始破裂，贪腐丑闻也接连浮出水面，许多都与经济繁荣期无节制的操作有直接关系。公众开始抗议裙带资本主义，这让新德里政局陷入停滞。辛格领导的国大党政府威望持续下滑。经济增速下降，卢比的压力加大。专家前不久还在称赞印度巨大的潜力，如今将矛头指向它的种种问题。"孟买共识"的提法也很快没了踪迹。

印度在那个时候暴露出的诸多问题中就有马尔雅的致命伤：坏账。2005 年前后的繁荣期，不论是工厂主，还是航空公司的老板，都可以轻易从国有银行贷到大量资金。后来经济不景气，大多数国有银行慷慨地重组贷款。马尔雅的贷款金额远算不上第一位，但他最受人瞩目。"马尔雅吃了银行国有化的不少红利，"一家大公司的老板跟我透露，"他基本上没从民营银行手上贷过款，没有国有银行，他不可能贷到那么多钱。"几年间，他为了筹集资金和不让债主找上门，使出浑身解数，甚至不惜以 20 亿美元出售旗下的联合酒业，但刚卖出就和买家闹得不可开交。马尔雅最后还是被坏账逼到绝境，十几家银行一起找上门，让他连本带息归还 10 亿美元。

我在伦敦采访马尔雅的时候，他将自己的种种不幸都怪罪到外因上，比方说油价上涨到 140 美元一桶，再比如政府不肯下调航空燃油税和机建费。翠鸟航空想向国外航空公司求助，也因政府的严格限制行不通。他声称政府官员受制于一些特殊利益集团，不断用各种补助给印度国际航空公司输血。他说："他们对翠鸟航空见死不救，却动用 3000 亿卢比（36 亿美元）的公款拯救印度国际航空公司。"他否认逃离印度的说法，始终对别人说他跑路的事情耿耿于怀。2016 年 3 月，他本打算在伦敦待几天就回国。他表示自己出国前还在议会跟其他议员聊过行程。"我亲口跟他们说我隔天去伦敦，周五有个会在日内瓦，周日就飞回来，"说到这儿，他神色低落，"但这件事在他们口中变成'他从印度飞出去，跑路了'。"

马尔雅称自己是政治的牺牲品，尤其是纳伦德拉·莫迪上台初期为了让印度摆脱接二连三的腐败丑闻，采取了一系列举措，对马尔雅的冲击尤为严重。"三四年前，莫迪当选后很快意识到印度银行系统有很多坏账，国有银行更是重灾区，"马尔雅说，"他带人怒气冲冲地冲向这一问题，公开宣布不论阻力有多大，国有银行都会把钱要回来。"从那一刻起，马尔雅的命运就没有了回旋的余地。国有银行的上面是新德里的大人物，税务部门和警局也开始关注此事。马尔雅说自己提过许多还款方案，但都被否决。"他们会直接找上门，毁了你的生活，一进屋就不由分说地乱翻一通。翻完他们只会给你两个选择：要么立马还钱，要么被他们带走。"

乍一听好像情有可原，但归根结底，马尔雅还是要为翠鸟航空的崩溃负主要责任。部分因为他对这个行业判断失误。做酒水生意，他以声色犬马的生活变着法儿地打广告是可行的。但这招并不适用于利润空间很小的航空业。航空业要赢利，就要拼命控制成本，他却反其道而行，不仅收购高估值的竞争对手，还大掏腰包购买新客机。

我采访时，他称自己贷款从没有用过坑蒙拐骗的伎俩，还说印度国有银行的领导都是清醒严肃的公职人员。"我总不能像牛仔一样冲进去，用枪指着行长，然后大喊'把钱交出来'吧。"话虽如此，但他确实是银行大幅度重组贷款的受益者，回看他公司当初的运营状况，银行那么做也很难说得过去。这种重组贷款在当时被称作"常青"：印度银行常给无力还款的贷款人提供新贷款，以此掩盖银行本身的问题。还有人指控马尔雅的公司存在寻机性会计行为❶，但他坚决否认。2017年，之前收购联合酒业的帝亚吉欧起诉马尔雅，控告他用旗下高盈利的酒业贴补自己商业版图的其他子公司。[39] 同年早些时候，他还受到挪用资金的指控，证券监管机构为此责令他在六个月内不得交易股票。[40]

马尔雅抱怨政府的一些小团体不顾印度国际航空公司糟糕的财务状况，源源不断地为其输血。这番话确实有几分道理，但他自己也受过政府官员类似的恩惠，尤其是在翠鸟航空运营初期。"航空业手握重权的官僚本该是马尔雅先生潜在的敌人，却被他变为盟友，"《经济学人》2005年的一篇文章写道，"竞争对手都很想问问他是如何办成这件难事的。"酒业也一样，做得最好的几家公司背后都有政府的大力支持。翠鸟大厦将倾之际，记者阿肖克·马利克写道："搞定各邦官员；在地税和进出口税上讨价还价；获准兴建啤酒厂；游说官员拒绝给竞争对手发放许可；左右政策，促成对进口酒水征收高额税款。这就是这一行的门道。"[41]

压垮马尔雅的最后一根稻草是派对，这或许也符合他的作风。

---

❶ 寻机性会计行为（creative accounting），指在不违背会计准则和相关法规的前提下，为达到某种目的有意识地选择会计处理方法。

他五十岁时在果阿邦的翠鸟别墅举办场面壮观的生日派对，十年后的 2015 年 12 月再次在同一地点庆祝六十岁生日，但远没有十年前风光，也只办了短短几天。虽然如此，他还是邀请西班牙歌手恩里克·伊格莱希亚斯飞来助兴，许多报刊专栏都报道了此事，批评者更是对他口诛笔伐。几周后，印度央行行长拉古拉迈·拉詹在白雪皑皑的达沃斯接受采访时评论："你明知道自己欠银行一大笔钱，还炫耀游艇，大办生日派对，这只能说明你完全没把欠款放在心上。你陷入危机，就应该削减开支，而不是表现得毫不在乎。"

拉詹的指责标志着风向变了。长久以来，政府整治马尔雅只是做做样子。即使是 2014 年莫迪当选后，印度的破产法也没有发挥出实际效力，胆小怕事的银行业只是敷衍地执行没收财产的决议，这一问题在别的国家也广泛存在。不过，马尔雅出国以后，尤其是拉詹严厉批评后，政府的态度发生转变。高层决定杀一儆百，勒令他辞去议员的职务，吊销他的护照。直到那时，警方才指控他欺诈，他拒不承认，但这不能阻止政府拍卖他的私人飞机和众多豪车，果阿邦的翠鸟别墅也被债主扣押。

10 月一个雾蒙蒙的早晨，马尔雅离开印度大约六个月后，我沿着沙滩边的街道走去他的别墅，看看他的娱乐天堂变成什么样子了。时间尚早，太阳只露了个头，街边货摊的店家大多刚准备营业。没多久，我看见一片窄长方形的私人领地，距离坎多林海滩一公里多。大门旁有一家歇业的酒水店，翠鸟的广告牌依旧倚靠在门窗护栏上。街上缓缓走来两头黑牛。别墅大门上马尔雅名字的缩写 VM 依然清晰可见，但柱身的明黄色油漆脱落不少。这里接待过许多社会名流和富豪，现在只有三名年纪不小的保安，穿着不怎么干净的蓝色制服,坐在入口处的红塑料椅上。

别墅内最大的游泳池一半都是发绿的水,池边有三个保安在巡逻。原先停满豪车的停车场变得空空荡荡,只剩下一辆孤零零的罩着白布的经典红色法拉利车,优雅的车尾露在外面。别墅尽头的沙滩上有四根高高的木旗杆,顶部破旧的翠鸟旗帜在海风中飘动。不论是通往沙滩的低调后门还是气派的大门,各个入口都贴着泛黄的白色告示,上面写着"这块地产归 SBICAP 受托人有限公司所有",那是马尔雅最大的债主印度国家银行的子公司。

马尔雅的成功标志着印度某种形态的资本主义发展到顶峰,企业凭借贷款疯狂扩张,出了问题老板也不会受到多大影响。他飞往伦敦标志着这种模式走到了尽头。他最终遭遇滑铁卢,离不开商业上的盲目扩张,以及不知悔改的态度。很多巨头贷款的金额远胜于马尔雅,他们利用国有银行的巨额低息贷款建立庞大的工业帝国。有的人最后手里也落了一堆坏账,只不过他们大都知道在经济不景气时低调做人,但身为美好时光之王的他拒绝收敛。公众斥责他可耻,正是因为他在商业冒险上的野心、毫无节制、革新能力和走捷径,让他们看到当时印度的缩影。马尔雅一度依托贷款和政治人脉疯狂扩张商业版图,这也集中体现出印度在经济繁荣期的傲慢。不过,我们要记住,这样做的远不止他一个人。

第三章 宝莱坞寡头的崛起

港口风暴

离开机场，我们驱车驶上一条平整的双车道公路，路两边可以看到储油罐和长方形集装箱。放眼望去，前方的景象开阔到诡异的地步，这么大的空间几乎看不到凸起。快到港口时，天边隐约出现6台巨大的蓝黄色集装箱起重机。进港后，起重机从货轮甲板上吊起金属集装箱，之后稳稳地卸在码头上，轻巧得让人觉得箱子仿佛是空的。这艘货轮名为"三井方案"，由日本造船厂建造，在巴拿马注册，高大的船体上涂着明快的天蓝色船舶漆，满载排水量为6.6万吨。机械爪从码头较深处一艘满载煤炭的货轮中抓起一大把，缓慢移向码头一侧并突然在半空张开大嘴，煤炭就这样在轰隆声中掉进下面的煤车，激起一大片黑色煤尘。

港口堆满各种各样的货物，有堆成小山的超大号工业管材、一排排砍去枝叶的粗壮树干，还有上千辆各种颜色的马鲁蒂铃木汽车，它们依次驶入集装箱，被装上货轮。好几辆橘黄色的挖掘机在一座座新运来的小煤山上运转，将煤一点点转移到旁边排队等候的卡车上。我四处寻找码头装卸工的身影，发现几乎看不到人。远方的海岸上可以看到火电站红白相间的高大烟囱，它由中国工人建造，煤则从印度尼西亚运来。

从维贾伊·马尔雅公司总部所在的班加罗尔的软件园，到孟买借全球化东风发展起来的银行和股票市场，都可以看出印度再度融入全球化的新时代带来的影响。不过，若论视觉上的冲击，很少有能和古吉拉特邦漫长曲折的海岸线相提并论的。该邦从印度西侧明显突出，北与巴基斯坦接壤，同时临近波斯湾，为往来的商人和移民提供天然的落脚点。早在公元7世纪，就有琐罗亚斯德教徒从伊朗流亡至此，他们的后裔逐步发展成在印度的少数群体当中以善于经商著称的帕西人社群。1608年，东印度公司在南部沿海小镇苏拉特建立旗下首家工厂，实质上是由多个设有防御工事的仓库组成的贸易站，里面装满丝绸、靛蓝、硝石等货物，帆船会将它们分批运往英国。苏拉特如今早已发展成繁华的都市，几乎全世界所有的钻石都会先进口到这里的现代化工厂，切割抛光后再出口销售。与此同时，周边地区再次成为印度与世界贸易往来的门户，印度的巨头也因此将不少大项目布局在这里。

穆克什·安巴尼的信实工业在卡奇湾边上的贾姆讷格尔县兴建的巨大的石化炼油厂，在某种意义上堪称世界最大。这家工厂的隔壁还有一家由亿万富豪鲁雅兄弟的爱萨能源建造的炼油厂，再往南则是属于知名商业帝国金达尔家族的发电站和钢铁厂。货轮、油轮、液化天然气运输船等船只都可以在古吉拉特邦海岸得到想要的任何补给。许多富豪都在这儿做生意，但有一位富豪的非凡崛起和古吉拉特邦联系最为紧密，他就是高塔姆·阿达尼，或许称得上印度新一代巨头中最有闯劲的一位。

2013年年中的一个早晨，我在阿达尼私人飞机的豪华皮椅上坐定，准备飞往位于商业中心艾哈迈达巴德以西三百五十公里处的偏远滨海城镇蒙德拉。十年前，还只是个充满野心的地方企业老板的阿达尼准备着手开发的蒙德拉也只是一片灌木丛，现如今已经成为他商业帝国皇冠上的明珠，这里有印度最大的私人港口，一座巨大的燃煤电站以及八十多平方公里的经济特区。驾驶员在飞机巨大的引擎声中喊着跟我说，若是乘汽车去港口，要忍受八小时崎岖不平的道路，但乘坐这架双引擎的八座飞机只要不到一小时。

阿达尼出身普通中产阶级，家里做纺织品生意。他大学上了一半，就退学去孟买的钻石市场闯荡，后来又回到老家古吉拉特邦到哥哥的塑料制品厂帮忙。但他最后还是决定单干，最初做商品交易，没过多久就开始疯狂向新行业拓展业务，将港口、基建、能源、矿业和地产等纳入商业版图。阿达尼起初只是个地方老板，名气出不了古吉拉特邦，但不到十年时间，他就靠自己打拼成为印度家喻户晓的大企业家。不过他成功的背后离不开巨额债务，甚至超过马尔雅这样爱冒险的巨头。

阿达尼扩张的速度和规模让人不禁想起过去的工业巨头。印度的基础设施极差，他便修建私人的铁路和电线。国内的煤炭不好买，他干脆买下印度尼西亚和澳大利亚的煤矿，通过自己的港口运回国。《纽约时报》称他建立了"全球化的垂直整合型供应链，这和亨利·福特当年收购巴西橡胶园，为自己的汽车厂输送原材料的做法不谋而合"。[1]不过，我觉得说他的扩张是反映印度现实的一面镜子更为贴切。2005年前后，印度经济增速达到顶峰，涌现出一大批大手笔的投资，阿达尼不计成本的扩张绝对排在前几位。2002年，他的主要控股公司阿达尼集团市值仅为7000万美元。[2] 10年后，他宣布自己创造了200亿美元的资产，公司市值涨了100多倍。[3] 到2014年印度大选时，《福布斯》称他的财富为70亿美元。[4]

阿达尼备受争议最主要的原因，是他和后来出任总理的纳伦德拉·莫迪走得很近。他的生意腾飞的时间正好和莫迪2001年担任古吉拉特邦首席部长的时间重合。莫迪主政期间，古吉拉特邦发展为充满活力的工业中心，最突出的莫过于出口导向型制造业。有人甚至为此将古吉拉特邦和中国香港附近的珠江三角洲相提并论，那里可是中国转型成为世界贸易大国的发动机。

阿达尼和莫迪可以说是互取所需。莫迪的亲商政策为阿达尼的商业扩张提供便利。与此同时，莫迪的"古吉拉特模式"中的许多大项工程都靠阿达尼的公司落实，这一模式强调推动基础设施建设，吸引外资以及大力发展出口产业。他们也有很多相似之处，两人都没受过正规教育，成功靠自己，为人传统，注重保护隐私，不信任外人。另外，他们的英语都讲得结结巴巴，媒体采访也都是能免则免。古吉拉特邦出身的许多企业家如穆克什·安巴尼都将家安在孟买，但阿达尼选择留在艾哈迈达巴德，他也因此成为古吉拉特邦最具代表性的企业家。据说阿达尼和莫迪关系不错，他也确实用实际行动证明自己的忠诚，2002年，古吉拉特邦的印度教教徒和穆斯林爆发流血冲突，阿达尼当时选择力挺遭到公众严厉指责的莫迪。[5]

阿达尼财富的标志在古吉拉特邦随处可见，马路两侧经常可以看到他写字楼和商品房的广告牌。我乘机那天在跑道上透过舷窗看到好几架私人飞机，机身上都有独属阿达尼的紫色标志。2014年，莫迪乘坐阿达尼的私人飞机到全国各地竞选总理一事曝光，这支机队也被推上风口浪尖。[6]双方都表示这里面没有任何违规操作，飞机是莫迪合法长期租用，但批评者并不买账，继续批判这位政要和富豪的紧密联系——莫迪常常谴责裙带资本主义，但阿达尼却在他的任期内一下子发展起来了。

一小时后，飞机抵达阿达尼公司自建的机场，这片广阔的区域也曾引发争议。一到机场，就可以看到航站楼上的紫色大字："欢迎来到阿达尼港和经济特区。"受1980年中共领导人邓小平在深圳建立经济特区，鼓励发展出口贸易并借此带动中国经济转型的启发，印度在21世纪初也开始建立经济特区。不过大多数实验都以失败告终，阿达尼的特区算比较成功的，他认为这要归功于自己管理有方。[7]不过，以索尼娅·甘地之子、最新一任领导国大党的尼赫鲁家族成员拉胡尔·甘地为代表的批评者认为，他成功另有原因。甘地明确指出，阿达尼靠的是低价从古吉拉特邦政府拿地的内部协议。[8]

阿达尼港的总经理乌梅什·阿比安卡尔船长非常和善，热情地跟我介绍港口泊位占用率、吞吐量和周转时间。他还提到，蒙德拉拥有比印度西海岸其他港口要深得多的天然深水港，这意味着世界上吨位最大的货轮也可以安然驶入。"我们主打三样东西：煤炭、集装箱、原油。"他的货轮主要进口这三种货物，而出口货物的种类就杂了，铝土矿、汽车、铁矿石、木材，什么都有。印度的公路网一团糟，货物运进运出非常麻烦，阿达尼为提高效率，特地修了条六十公里的私人货运线路，直接和印度的主要铁路网对接。印度大多数港口都是国有的，效率低下，船进港后光卸货就得好几天。[9] 但在蒙德拉，一上午就够了。阿比安卡尔希望这个港口能赶在年底成为印度首个年吞吐量突破一亿吨的大港，问鼎印度之最。

傍晚，我乘机返回艾哈迈达巴德，准备次日采访阿达尼，透过舷窗依旧可以清晰地看到港口巨大的起重机，但一会儿的工夫，最后一抹余晖就消失在远处灰暗的卡奇湾上。几年前，一支海洋学家团队在这片水域五十米深的地方发现了一只一千多年以前的商船使用过的石锚。[10] 长久以来，这片水域都是印度贸易的动脉，非洲、中东的木质三角帆船和汽船汇集于此。凭借着这样的贸易和商业条件，印度一度走在全球化前列，直到1947年独立后，尼赫鲁开启闭关自守的新时期。

如今，泊在蒙德拉码头的船让人恍惚间看到印度的过往，那段时期可追溯到9世纪便和巴比伦、中国等多个国家建立联系的乔拉王朝，再到16世纪初期的巴布尔大帝，他统治的莫卧儿帝国和葡萄牙、荷兰、英国都以有利的条款频繁开展贸易。印度在殖民地时期的表现就平庸得多。17世纪初，东印度公司将触手伸向印度，长达好几个世纪的剥削导致印度的经济体量到20世纪中期也不比17世纪大多少。[11] 即便如此，殖民地时期的印度还是和世界经济保持着紧密联系，在国际事务上也发挥过重大作用。两次世界大战中，英属印度提供的兵源有数百万之多，从非洲到欧洲战场都有他们的身影。印度人手持蓝色的英属印度护照，可以自由自在地在大英帝国广阔的疆域上流动，甘地当初就在伦敦读书，在南非做律师。在东非城市内罗毕和达累斯萨拉姆街头，可以听到古吉拉特邦寺庙的圣歌；在莱斯特或新泽西爱迪生镇的校园，也可以听到古吉拉特邦语。美国近三分之一的汽车旅馆都是古吉拉特邦移民后代开的。[12] 他们为了生意常出去闯荡，也因此成了印度最高明的全球化玩家。小说和宝莱坞电影中，古吉拉特邦人常常被塑造为好耍手段的商人，阿达尼是这一刻板印象的最大"受害者"。

阿达尼在如此短的时间内将商业帝国扩张到这个地步，这很难不让资深记者帕兰乔伊·古哈·塔库塔关注到他。塔库塔志在揭露印度那些有争议的商业帝国的幕后交易。他在2014年因撰写关于安巴尼兄弟的著作而出名，该书名为《天然气之战：裙带资本主义与安巴尼兄弟》，详细记录兄弟俩2005年分家以来在能源领域的激烈冲突，并罗列他们裙带资本主义的罪状，颇受争议。安巴尼兄弟对书中的指控矢口否认，穆克什·安巴尼的信实工业甚至为此起诉，但并未成功。塔库塔没有退却，继续深挖巨头的秘密，下一个目标是众人眼中安巴尼家族工业精神的真正继承者阿达尼。不可否认，阿达尼确实拥有卓越的商业天赋，但塔库塔还是提出质疑：他在短时间内跻身超级富豪的行列，除了所谓的企业家才能以外，是不是也依靠了政治上的人脉？

"他本身就是一个无比精彩的故事。"塔库塔在我参观蒙德拉几年后的一次谈话中告诉我。我们坐在他凌乱的工作室喝茶，工作室位于新德里市中心一个舒适社区的殖民时代建筑的二楼。塔库塔蓬乱的鬓发以及一身穿旧的老年学者行头都流露着天生的鼓动家气质。他当时是《经济与政治周刊》的编辑，这是份家喻户晓却读者不多的左派期刊，用廉价纸张印满密密麻麻的评论。他的文字不好读，但说话倒是趣味盎然。他快速地跟我讲了讲阿达尼的惊人成就，以及他如何运用各种手段跻身印度顶级亿万富豪行列。

塔库塔说阿达尼建好蒙德拉港后，又买下或建造了六个港口，成为名副其实的印度第一港口大亨。他还是印度最大的私营发电商，尽管他不到十年前才建起自己的第一个燃煤电站。他还在印度南部的泰米尔纳德邦投资兴建了世界上最大的太阳能发电站，在这一领域的影响力也越来越大。他的商业行动甚至辐射到南半球的澳大利亚，在大堡礁附近推进着一项矿业和航运一体化的大工程，招致国际上许多环保组织的强烈不满。阿达尼旗下还有十几个子公司负责兴建办公园区，买卖钻石，进口大豆、葵花子、芥子和稻米制成的油。"就连水果市场他都可以左右！"采访接近尾声，塔库塔用戏剧化的语气跟我说，阿达尼是印度最大的苹果供应商。"印度的亿万富豪当中，他崛起最快，"塔库塔告诉我，"但他是如何做到的呢？"这个问题背后隐藏着一个更深层次的问题：印度的亿万富豪潮一开始是如何出现的？

新亿万富豪圈

贾扬特·辛哈在麦肯锡工作时最早开始关注印度的新生亿万富豪，他于20世纪90年代入职这家管理咨询公司，并一路做到合伙人，开设孟买的第一个办公室，为公司赢得第一批印度客户。他表达精准，穿着得体，戴一副无框眼镜，头发稀疏但干净利落，客户一见就觉得他值得信赖。辛哈生在印度，但讲的英语是标准美音，这都得益于他在哈佛商学院的求学生涯以及在美国东海岸的工作经历。2005年前后，印度经济和股票市场蓬勃发展，他常因工作原因到印度出差。当时，跟他打交道的都是印度商界精英中的精英。他们惊人的新财富以及赚取财富的方式都令辛哈诧异。2017年，辛哈在新德里的家中接受我的采访，聊到印度十年前的繁荣期，他跟我说："我了解得越多越担心。事情到后面再清楚不过，肯定有人操控市场。"

20世纪90年代初期，福布斯年度全球亿万富豪榜上还一个印度人也没有。印度出生的亨度嘉四兄弟倒是在榜单上，他们是英国现在最富有的家族，财富总额达一百五十亿美元，但他们的公司注册地大多在瑞士和伦敦，因而被算作英国人。[13] 紧接着，印度人开始零星地出现在榜单上，最早的是声名显赫的比拉集团掌门人库马尔·比拉，再之后就是德鲁拜·安巴尼、火暴脾气的钢铁大王拉克希米·米塔尔以及电信大亨苏尼尔·米塔尔，他是印度白手起家的企业家中能和高塔姆·阿达尼一争高下的少数几人之一。榜单上的印度人一年比一年多，新世纪的头几年就多出几十位，有像阿达尼一样靠自己一路打拼的，也有像维贾伊·马尔雅这样继承家业以后逐步扩张的。2010年，穆克什·安巴尼和拉克希米·米塔尔更是同时挤入全球亿万富豪榜前五名的行列。[14] 四年后，印度亿万富豪的人数突破一百位，其中，阿达尼的财富增长速度最快，仅算最后一年的增量就有四十亿美元之多。[15]

不过，印度的亿万富豪和别国的相比，究竟有多富？好像没有人能给出答案。2008年，辛哈为回答这一问题，找出往期的《福布斯》，在Excel表格中输入每名富豪的财富及其所在国家的经济规模，参照各国国内生产总值计算最富有的一群人拥有的财富占国民财富的比重。结果令他大吃一惊，印度的比重之高仅次于俄罗斯。"大家都觉得印度是个穷国，但它的财富如此集中，快排第一了，太吓人了。"他跟我说。

俄罗斯的经济规模达到1.3万亿美元的时候，以拥有87位亿万富豪为傲。从辛哈的表格看，印度也不遑多让，在经济规模逼近 1.3 万亿美元的时候有 55 位亿万富豪。众所周知，美国和巴西贫富悬殊，但印度的情况远比它们严重。[16]"我们很长一段时间实行的都是社会主义经济模式，"辛哈说，"这之后，我们仅用十五六年的时间就让财富集中到难以置信的地步，历史上恐怕只有印度一个国家如此迅速。"

辛哈除深挖数字外，还在研究这些新崛起的亿万富豪赚取财富的方式。因身为印度人民党资深领袖和前财政部部长的父亲亚什万特·辛哈，他打小就接触政治。哈佛求学期间，他师从管理学泰斗迈克尔·波特，论文主要研究印度的许可证制度时期，商人如何利用政治上的人脉绕过规则。如今，印度的超级富豪不断收割高额利润的做法让他想起早年的美国，他逐渐确信类似的事情正再次上演。2011 年，《金融时报》刊登了一篇他和别人合写的关于裙带资本主义的文章，那篇文章让我开始思考不平等和腐败的问题。辛哈其实 2008 年就在印度的周刊《前景》上发表过一篇文章，明确表示印度的新商业精英和"美国镀金时代的强盗贵族"有不少相似之处。[17] "很多没有创新能力的公司赚到大笔财富，因为他们可以搞定政府，"他跟我说，"我很生气，经济明摆着被少数人操控，这是官商勾结的系统性腐败。"

政治风险分析师伊恩·布雷默称新兴经济体的标志性特点是"政治对市场结果的影响至少与经济基本面❶的影响同等重要"。[18] 发展中国家的公司经常要面对执法不力和不透明的难题，为求发展，他们逐步养成依赖关系和保护伞的习惯。印度自由化改革以前，此类问题尤为严重，这主要受制于印度"裙带社会主义"盘根错

---

❶ 指一个国家的经济发展在中长期表现出来的基本状况或趋势。

节的法规和许可证制度。自由市场的拥护者希望新规则能一举打破过去的条条框框，原有体系会逐渐消亡。一开始，面对日益激烈的市场竞争，老牌公司的确有式微的迹象，更善于抓住印度全球化时代机遇的新一代企业家也确实借此机会崛起了。[19]

科技外包公司就是典型，美英等国的蓝筹公司为降低信息系统的运营成本，会远程聘请物美价廉的印度专家解决问题。信息技术公司印孚瑟斯的崛起已成为商界传奇：一个由中产阶级工程师组成的团队，拿着区区数百美元的启动资金，在班加罗尔做出世界一流的大公司，这个南部城市也因此逐步发展成印度的技术中心。印孚瑟斯成立于20世纪80年代初，但真正做大还是在自由化改革以后。如今提起印度，不少人都会想到有开创性的初创公司和巨大的客服呼叫中心，这种新形象离不开印孚瑟斯等几家大型信息技术公司的功劳。纳拉亚纳·穆尔蒂和南丹·尼勒卡尼是印孚瑟斯最有名的两位联合创始人，他们因其体现的阶层上升可能性和经商良心在印度备受推崇，也是第一代科技亿万富豪。当年，尼勒卡尼随口说了句："汤姆，当今世界的竞技场已被夷为平地。"记者托马斯·弗里德曼就受这句话启发在2005年写出《世界是平的》，这部扣人心弦的杰作为全球资本主义新时代谱写了一首赞歌。[20]印孚瑟斯的成功也鼓舞了一代人。"我小时候，你如果想做一名成功的商人，首先得生在一个富商家庭。"苏格兰皇家银行印度区负责人米拉·桑亚尔跟我说，但印孚瑟斯的穆尔蒂用个人事迹"说明中产阶级不仅可以在商界有所作为，还可以不用低劣的手段。他是那一代人的希望之光"。[21]

好景不长，经济形势没多久就出现不好的苗头，大家心中的希望也随之黯淡。尽管如此，国外对印度还是一片赞美之声，《外交事务》2006年的一篇社论称印度讲述了一个"资本主义大获全胜的故事"。[22]但印度国内的经济大增长也为腐败提供了理想土壤。资深议员拉杰夫·钱德拉塞卡尔从政前是科技公司的老总,同时也是个开兰博基尼的亿万富豪,他曾跟我说:"一直到2000年前后,印度人还觉得国家多一个亿万富豪是好事,他们认为这恰恰说明印度的时代来了。"[23]20世纪90年代成长起来的企业家主要靠信息技术、医药和汽车制造发家,下一代企业家涉足的领域则和政府联系更为紧密。"过去十年,印度涌现的亿万富豪大多是靠政治关系做出来的,"钱德拉塞卡尔说,"在他们的行业,一个公司能否赚大钱完全取决于政府政策。"

辛哈做好表格后没多久就把结果发给未来的印度央行行长拉古拉迈·拉詹,二人曾同在印度最负盛名的工科院校印度理工学院读本科,关系一直不错。当时,拉詹还是芝加哥大学的经济学教授,但他已开始担任印度总理曼莫汉·辛格的非官方顾问。拉詹对辛哈的研究成果大吃一惊,他2008年下半年在孟买的一次演讲中专门提到这个研究,并抛出个言简意赅的问题:"印度是否有滑入寡头政治的风险?"[24]

拉詹引用辛哈的数据表示印度确实有此风险,落入企业家腰包的公共资源越来越多,让他们轻松收割本不应该赚的巨额财富。"亿万富豪的财富主要靠三样东西:土地、自然资源、政府的合同和许可证。许多人发财都仗着自己和政府关系密切。人数之多,财富之巨,触目惊心。"几年后,拉詹的担忧基本得到印证。当时,辛格政府陷入腐败丑闻,媒体曝光其将土地、煤矿等资产转移给几家和政府往来密切的公司,导致数百亿美元的国有资产流失。这类问题在印度根深蒂固,拉詹后来为此创造出"资源统治"的新说法,以区别于许可证制度,指一种俄罗斯风格的体制,政客、官员、企业家三方沆瀣一气,瓜分有价值的自然资源,而后在内部分配收益。[25]

丑闻曝光后,哈佛大学的学者迈克尔·沃尔顿决定进一步深挖任人唯亲的体制和亿万富豪之间的联系。他出生在英国,最早接受的是政治学家的训练,2007年搬到新德里,妻子也在世界银行的新德里分部上班。此前,二人都在墨西哥工作生活,这个国家以富甲一方的财阀和喜欢任用亲信的政治领袖闻名,其中许多人都在电信、银行等国有行业私有化的过程中趁机捞过一把。沃尔顿担心印度会跌入同样的陷阱。"我没预料到印度的亿万富豪竟然拥有如此多财富,这也激起我的研究兴趣,"他跟我说,"我的担忧是印度这样下去会不会成为第二个墨西哥。"

沃尔顿看过辛哈的表格和拉詹的演讲后,也找出《福布斯》的数据开展研究。他发现20世纪90年代中期,印度亿万富豪的资产仅相当于印度国内生产总值的1%,但短短10年后,这个数据就激增到10%。[26]他想找出大幅增长背后的原因,于是将印度的亿万富豪分成两组,第一组从事的行业和政府基本没有交集,在这些行业中脱颖而出多半靠效率和创新;第二组的行业和政府联系紧密,沃尔顿称之为"高额租金"行业,他们能否赚到钱或所谓的"租金",主要取决于能否搞定政府。"寻租"是经济学家颇为担忧的经济现象,指公司凭借垄断土地、资源、知识产权等生产要素,赚取在自由竞争市场上不可能获得的高额利润。有的公司靠游说和贿赂政府寻租,有的靠同业联盟或一家独大。左派思想家有时候会用"食利者"这个术语描述寻租人,这些人设法获取有价值的资源,如钻探石油或房地产开发的许可证。沃尔顿通过挖掘数据找到明显规律。印度1991年开始改革后的头几年,新诞生的亿万富豪从事的多是信息技术服务这样寻租可能性很小的行业。不过，经济腾飞及全球化进一步发展使印度对商品和土地的需求急剧上升，与之相伴的新一代亿万富豪基本上都来自高额租金行业，包括矿产、地产、水泥、基建和电信。

自此以后，这些亿万富豪的财富有涨有跌。沃尔顿的数据表明，2008年股票牛市期间，亿万富豪的净财富一度膨胀到国内生产总值的22%，但这个惊人的数字并没有维持住，2013年和2014年印度经济就遭遇硬着陆，许多高额租金行业的企业家损失惨重。不过，亿万富豪的财富整体还是稳定在很高的水平。2010年到2016年，他们的财富占国内生产总值的比重一直维持在10%左右，这在全球主要经济体中位居前列。[27]"印度虽是贫困国家，但亿万富豪占据国内生产总值的比例和俄罗斯相比也没差多少，这绝对是个异类，"他告诉我，"也正因如此，现如今有这么多人拿印度的亿万富豪和美国19世纪镀金时代的强盗贵族相提并论。"

将印度的亿万富豪分成两组的做法虽然粗略，但很有启发意义。作家兼投资银行摩根士丹利的投资人鲁奇尔·夏尔马也提过类似的分法，原话是"好亿万富豪和坏亿万富豪"，分别指那些依靠创新赚钱的人和依靠行贿与保护伞赚钱的人。[28]现实生活中，两者的界限往往是模糊的。穆克什·安巴尼、维贾伊·马尔雅、高塔姆·阿达尼都是颇具争议的人物，但没有人会质疑他们的管理天赋和交易能力。与之相对，面上干净的信息技术巨头也有尴尬的时候，他们很难回答软件园的地是怎么来的、管理标准较公司创立之初是否有下滑这类问题。2009年，印度遭遇历史罕见的公司丑闻，萨蒂扬计算机科学公司因十亿美元的巨额财务造假走向破产，许多人将它的垮台和美国能源公司安然❶不光彩的轰然倒塌相提并论。

话虽如此，要想找出宝莱坞寡头并不难。他们大多在高额租金行业操纵着自己的家族企业。他们的企业就像巨无霸一样无序地向各个领域扩张，和西方那些专攻一个方向且有清晰股权结构的企业明显不同。有些宝莱坞寡头的经营模式跟俄罗斯的寡头有几分相似，即用国有银行提供的贷款快速拿下国有资产。大多数宝莱坞寡头只从事和政府关系紧密的行业，如此一来可以充分利用自己的人脉。当地人专门给宝莱坞寡头起了个"承办人"的别称，意指其个人或家族控制一家公司的大部分股份，在经营上拥有绝对的话语权。

为在寻租这门生意上分一杯羹，许多巨头致力于搭建复杂的网络以提升自己的影响力。有的和维贾伊·马尔雅一样当上政客。有的建立现代版的"信实工业情报机构"，试图如法炮制老安巴尼当年花费数十年心血在新德里建立的发达情报网络。有的采取更隐蔽的方式，如开医院、学校、酒店和报社。"原因很简单，"夏尔马说，"在印度，大多数人都知道收取现金贿赂是不对的，但收礼不一样。给家属免费提供医疗服务，给小孩免费办理入学，给侄女在酒店免费举办婚宴，或者在当地报纸上正面报道一个人的商业故事或政治抱负——哪怕这样贵重的礼物，也很少会有印度人觉得不妥。"29

辛哈和沃尔顿描述的图景让人喜忧参半，它呈现了 1991 年以

---

❶ 安然公司在 20 世纪末的能源市场中崛起，在 2001 年卷入一系列欺诈丑闻，其管理团队被指控利用会计规范漏洞和低劣的会计报告，掩盖公司数十亿美元的债务。丑闻披露后，安然股价开始暴跌，于几周内迅速破产。

来印度正在形成的新型资本主义,这一趋势在 21 世纪初的十年,也就是印度重新融入全球化,经济进入繁荣期后尤为明显。但这还远谈不上被裙带资本主义主导。印度经济有很大一部分还属于灰色经济,大多数印度人不是农民就是小农场主,另一些行业则由具备全球竞争力的公司主导,比方电子商务、信息技术、媒体和金融服务业。再者就是印度有不少国有企业,这些国家支持的大家伙依旧占据国民产出的五分之一。话说回来,高额租金行业显然占据着印度经济不小的份额,用一篇研究报告的话讲,这些行业有"一套独特的印度商业模式,在这种模式下,能否在德里政界左右逢源才是衡量企业核心竞争力的最高标准,也是决定企业存亡的第一要素"。[30]

辛哈后来代表印度人民党在议会夺得一个席位,并出任纳伦德拉·莫迪政府财政部副部长。他当时把印度的许多问题归咎于上届执政的左派政党国大党及其贪腐的弱点。但他也指出更深层次的问题,即印度经济有三股势力交织在一起:其一是国家资本主义,指钢铁、矿产等仍由国有企业主导的行业;其二是自由资本主义,指和世界经济联系最为紧密、竞争激烈、少有贪腐现象的行业;其三是最让人头疼的裙带资本主义,指宝莱坞寡头控制的行业,它们大多和政府有千丝万缕的联系。辛哈称三股势力在激烈交战,战果将决定印度未来的走向。

财富不均

印度亿万富豪的崛起是一面照出近几十年世界经济主要变化的镜子,也引发了人们对不平等的焦虑。托马斯·皮凯蒂整理的数据表明,美国最富有的一小拨人占据国民财富的比重达到 20 世纪 30 年代以来的最高峰。[31] 欧洲许多发达国家也存在这种现象。西方资本主义荒唐无度的行为代表是对冲基金大鳄和硅谷企业家，但在像印度这样的国家却是新崛起的强大的宝莱坞寡头，他们的扩张速度比任何人都快。

2005 年前后全球共有 587 位亿万富豪（身价超过 10 亿美元），其中有 1/5 来自发展中国家。10 年后，这一比例增至 2/5，亿万富豪的总人数激增至 1645 位。[32] 中国对这一增长的贡献最大，但印度的上百位亿万富豪也不容忽视。印度超级富豪的财富增长速度和他们占据的国民财富份额也高得反常。2016 年，瑞士信贷的数据表明印度有 17.8 万位百万富豪，这和美国的数量相比微不足道，也只有中国的 1/10。[33] 不过，瑞士信贷预测未来几十年，印度百万富豪的数量将大幅增长，增速仅次于中国。[34]

印度亿万富豪的财富在一定程度上和经济形势吻合，经济形势越好，他们赚得越多。股票市场繁荣的时候更是如此，"承办人"的股权会跟着牛市大幅升值。有人认为印度的这种情况契合"涓滴经济学"❶，这种政策自 1991 年以来间接帮助上亿人摆脱贫困。曾在世界银行任要职的美国经济学家卡罗琳·弗罗因德也对印度经济持乐观但更为复杂的态度，她反对将亿万富豪的巨额财富看作社会混乱的代名词，直言最好将这一现象看作经济增长必不可少的一环。

她在 2016 年出版的一本名为《富豪与穷国》的书中写道："过去两百年，凡是有过高速发展期的国家，都在某种程度上经历过'巨头经济'。"[35] 穆克什·安巴尼和高塔姆·阿达尼等企业家赚取

---

❶ 常指美国里根时期的经济政策，其理论认为富人拥有更多财富后，会有利于经济增长，最终令社会中的每个人获益。

的财富乍一看令人目瞪口呆,但类似的事在19世纪下半叶的美国和德国也发生过,那时是全球化的起始阶段,许多企业家通过建立和国际市场联系紧密的"巨型企业"赚得惊人财富。过去也好,现在也罢,这些企业家得到丰厚奖赏的前提是敢于冒险:"企业创始人当中最聪明、最富有冒险精神和最受命运眷顾的那一小拨人成了超级富豪。"[36]

弗罗因德接着提到经济学家对贸易认知的变化。经济学课本一般将贸易描述为国与国之间的行为,比方说甲国生产黄油,乙国酿酒,两国互通有无,互惠互利。不过,新近的研究成果偏向于认为贸易是公司之间的行为,理由是全球交易的商品和服务超过半数由数量有限的大型跨国公司提供。[37]以阿达尼在蒙德拉港为例,进港的大多数货物都由马鲁蒂铃木汽车公司这样的大型跨国公司或者阿达尼自己的公司运送。

这一观点初听没什么特别,但细想却蕴含着相当激进的思想。在印度这样的市场,国外的跨国公司不仅主导贸易,还是国际直接投资无法撼动的第一来源。这种观点并不认为初创公司和高速发展的小公司是经济增长的最重要源泉,言下之意是全球化真正的发动机是大公司以及连接它们的国际供应链。谈到印度本土的公司,有海外业务的往往比纯粹做国内生意的发展更快,能提供更多就业岗位,生产效率也往往更胜一筹,还可以促进本行业的调整改革,以穆克什·安巴尼的信实工业为例,集团在石油化工领域的活动带动本国公司升级,提升整个行业的效率。弗罗因德以此为依据称,可以预见这些公司的老板会赚得盆满钵满,我们也应该为此欢呼,因为这意味着经济结构发生了可喜的变化。

弗罗因德对亿万富豪崛起的乐观态度呼应了印度学界的一场

大论战，两边皆为印度在世的最伟大的知识分子：经济学家贾格迪什·巴格瓦蒂和阿马蒂亚·森。他们的论战勾勒出印度对本国经济发展历程讨论的轮廓。

来自纽约哥伦比亚大学的贾格迪什·巴格瓦蒂教授坚定拥护自由市场。他一般情况下都挺合群，但脾气上来时也会和人因观点不一致而争得面红耳赤，毒舌但言语中不乏幽默。提起巴格瓦蒂，多数人首先想到的是他研究贸易政策的学术专著，但他早在20世纪70年代就开始呼吁终结许可证制度，为世纪末的市场改革打下思想根基。如今，年逾八十的他依然在毫不动摇地支持经济自由化改革。他指出，1991年以来，印度经济的腾飞帮助许多人摆脱贫困，即使没有脱贫，消费水平也大幅上涨，生活质量明显改善。[38]

巴格瓦蒂倾向于淡化财富分配不均的问题，他认为政策首先要确保经济高速发展，其次才考虑再分配。[39]他公开支持纳伦德拉·莫迪的举动更引发不小的争议。他认为莫迪在古吉拉特邦主政期间，大幅度加大基础设施投资，大力发展出口导向型制造业，有效推动了该邦的经济发展，为全印度提供了值得效仿的范例。[40]按他的构想，印度下一步应该借鉴中国等东亚国家的成功经验，将工业化和贸易设为中心，切实补上印度经济这一备受诟病的短板。

阿马蒂亚·森大概是印度最负盛名的公共知识分子，他的观点和巴格瓦蒂正好相反。他认为印度再度开放以来，经济虽然变得更有活力，但不如以前平等和公平。他是和善的西孟加拉邦人，也年过八十，从剑桥大学开始走上学术道路，同期求学的还有巴格瓦蒂和曼莫汉·辛格。他后来的研究范围非常广，跨越经济学和哲学，从社会选择理论、饥荒问题到性别选择性堕胎，这些成果让他在1998年拿到诺贝尔经济学奖。

阿马蒂亚·森近年的著作多和比利时经济学家让·德雷兹合著，在书中尖锐批评印度的后自由化时代。他们指出，印度虽然在经济上高歌猛进，但从人类发展、儿童营养、妇女地位等指标看，已经落后于孟加拉国等邻国。[41]根据他们的论述，这种现象发生的主要原因是印度对社会福利投入不够，发展滞后，贫富差距也因此拉大。阿马蒂亚·森倒比较认可亚洲四小龙的成绩，但这主要是因为它们大力发展基础医疗和教育，这为走出农场、进入工厂的贫困工人提供社会保障，有助于他们向上流动步入中产阶层。与之相比，印度如今社会保障薄弱，不平等问题突出，倒和拉丁美洲国家更相似。

贾格迪什·巴格瓦蒂和阿马蒂亚·森争论了近十年，很难说谁对谁错。不过，莫迪出任总理以来，巴格瓦蒂一派的声势确实更为浩大，印度人民党人士常常引用他的观点为改革背书。阿马蒂亚·森则对莫迪总理的经济政策和印度教民族主义倾向提出严厉批评，也相应地常被莫迪的支持者攻击。两派虽然吵得不可开交，但他们不同观点的背后其实隐藏着一个特别的共识。右派的巴格瓦蒂主张经济增长比再分配重要，左派的阿马蒂亚·森主张社会应该对底层予以更多的关注。但两方本质上都将贫富悬殊视作次要问题。"最关注贫富悬殊问题的学者认为印度的有钱人小圈子只关注自己，过着自我中心的生活，有一种冷漠和野蛮的味道，"阿马蒂亚·森在2011年的《纽约书评》上写道，"而我最担心的是人们对繁荣的扭曲认知会营造一种假象，阻止我们在政治上重视社会剥夺问题。"[42]

实际上，印度早在重新融入世界经济之前，就被宗教和种姓制度割裂。城乡和区域差异在那个时代非常明显，工业化程度更高的南部和西部在发展速度上远胜于相对落后的北部和东部。那时，不论谁到印度，都会发现这个国家存在严峻的不平等问题。但大多数没去过的人依旧觉得这是个相对平等的国度，这多少与过去几十年的社会主义制度有关，在那个特殊的历史时期，连社会精英赚的钱都远低于世界标准。政府那时公布的数据也主要以消费指标为主，按那个数据，印度的贫富差距在世界上排在中间的位置。不过，如果按收入和财富排，肯定是另一个结果。

近些年的研究成果表明，印度社会贫富差距大已成共识。2016年，世界银行的经济学家布兰科·米拉诺维奇通过挖掘和分析新数据，发现印度的收入不平等程度已经超过美国、巴西和俄罗斯，这意味着它"在收入问题上只比以阶级分化严重著称的南非平等一些"。[43] 别的研究也得出类似结论。[44] 国际货币基金组织的一份工作报告指出，印度的不平等程度及其加剧速度均排在亚洲前列。[45] 我们也可以看看印度的基尼系数，这一系数是衡量一个国家不平等程度的指标，数字越大，越不平等，0是绝对平等，100是绝对不平等。1990年到2013年，印度的基尼系数由45上升到51。中国涨得更快，从33涨到53。话虽如此，51其实已经高得吓人，这样的数据在拉丁美洲或许是普遍现象，但远高于亚洲的日本、韩国等经济体。

瑞士信贷2016年公布的一项调查结果提到，世界各国的经济条件千差万别，迈入前1%富人的门槛也各不相同。美国的门槛是450万美元，欧洲的平均值是140万美元。印度的门槛要低得多，仅为32 892美元，但继续缩小范围，你会发现这1%的富人占据了印度58%的财富，这种差距世界罕见，10年前这个数据还只是39%。[46]与此同时,半数印度人都活在底层,他们总共才拥有印度4%的财富。

贫富差距日益扩大背后的原因非常复杂,经济学家尚未就主要原因达成共识。有一部分是印度经济自由化造成的,是良性的,如企业家扩大公司规模,对接国际市场,为自己创造财富的同时也可以给员工付更高的薪水。城市化高速发展,科技日新月异,高技能人才在这样的环境下如鱼得水,受过教育的人群和城市中上阶层因此拿到更高的收入。约翰娜·肖尔是国际货币基金组织工作报告的合著作者,她跟我讲道:"许多不平等的源头好像都在城市内部,城里的富人变得更富有了。"除此之外还有别的原因,比方说地区发展不平衡,喀拉拉邦等富庶地区和比哈尔邦等落后地区的差距在持续拉大。[47]亚洲发展银行称印度各种不平等现象如果没有在短时间内恶化至此,本可以再有数千万人脱贫。[48]

托马斯·皮凯蒂2017年发表的一篇论文给人们带来的震撼最大,他的著作《21世纪资本论》首次引发人们对不平等现象将再次在工业社会大范围出现的担忧。这篇论文中,他和合著者卢卡·尚塞尔一道找来印度的税收记录,通过整理和计算,他们发现,印度前1%的富人占国民收入的比重达到1922年英属印度期间有记录以来的最高点。20世纪中期,西方最富有人群的相对财富开始减少,但在过去20年又开始增加。印度的趋势也一样,但背后的原因大不相同,多数不平等研究很少涉及超级富豪,主要是因为他们人数过少,数据不好收集。不过,皮凯蒂还是设法统计了最富有的前十万分之一人群的数据,报告表明,他们财富的增速变得更快了。

不过,和巴格瓦蒂一样,并不是每个人都觉得财富差距拉大是个问题。经济学家西蒙·库兹涅茨提出过名为"倒U曲线"的理论,认为大多数国家在发展初期都会经历暂时的不平等加剧阶段,在逐渐富有后该现象会有所改善。在这种理论的影响下,主流经济学家常常有一种论调,称不平等现象可以激励大家努力奋斗,而且早晚会缓和。但近几年,以国际货币基金组织为主的机构的一系列研究表明,不平等国家往往经济增长乏力,更容易经济不稳定。[49] 这些成果冲击了主流经济学家的共识。以哈佛大学经济学家达尼·罗德里克为代表的专家认为,一个国家的雇主和员工如果财富差距过大,就很难达成广泛的社会共识,为经济结构性改革提供支持。巴西等国在发展初期都经历过贫富差距加剧的阶段,后面想扭转趋势,反而比一开始难许多。

2015年的一天早晨,我去听托马斯·皮凯蒂在孟买一场人气十足的书展中发表演讲,他受到的欢迎堪比摇滚歌星,尽管他浓重的法语口音让很多人听得费劲。皮凯蒂指出,富裕的国家有时候也会主动站出来控制难以遏制的不平等加剧趋势,但往往是在血腥的世界大战以及暴力革命之后。这些悲剧迫使国家精英阶层意识到他们有必要缴更多的税,为穷人提供更多的社会保障。他指出,当今印度的不平等程度位居世界前列,但政府并没有采取任何补救措施。他严厉批评印度的政客和商人对医疗和教育的投入微乎其微,超级富豪缴的税也远不匹配他们本该承担的社会责任。"我希望(印度的)精英阶层可以意识到这个问题,"他在演讲中说道,"否则,资本主义是不可持续的。"

低调的巨头

艾哈迈达巴德市中心一条喧闹主道背后有一栋低矮的玻璃钢

筋建筑，高塔姆·阿达尼就在里面工作，他的办公室比我想象的要朴素许多。那是2013年，我们在楼上一间装有浅黄色窗帘和金色沙发的接待室碰面，他本人也跟我想象的大不一样，看上去很普通，个子不高，圆脸，蒜头鼻，八字须在说话时会微微抖动。他在传言中是个很强势的人，但本人看上去甚至有些内向。

我为了打破僵局，先问了问他的背景以及他是如何学会做生意的。"我没有受过正规教育，但我是个很好的倾听者，"他轻声说道，"我按自己的思路分析，用的都是大白话而非专业术语。"他后面还说自己不喜欢在公众场合露面。"世界上只有两种人，外向的和内向的，我属于后者，因此我只见需要见的人。"[50]

当我问及阿达尼两次非常戏剧化的经历时，他的沉默寡言表现得最为明显。头一次是1997年，他在艾哈迈达巴德的郊区被匪徒绑架。这就是一桩纯粹的绑架勒索事件，据说交了赎金他就被放了，但当一天人质肯定给这位年轻的企业家留下了精神创伤。[51]第二次是2008年11月，恐怖分子持枪袭击孟买的泰姬陵酒店，阿达尼当时碰巧在酒店用餐。"国家突击队冲进来以后，我才敢出去。我的手机一直有信号，困在里面时还一直试图联系朋友。"他在一楼的商务会所躲了整整一夜，恐怖分子就在外面的走廊来回走动，射杀酒店的客人和服务人员，纵火烧楼，但他谈及这次遭遇时就说了这么一句话。阿达尼说他大多数情况下并不想被大家关注。他没有别的宝莱坞寡头喜欢炫富的嗜好，甚至有几分避世。他跟我说他每次度假都会带上母亲，直到2010年母亲去世。

阿达尼虽然不是维贾伊·马尔雅，但我到孟买住了一年左右以后发现，他其实也会时不时奢侈一把。有一天，快递员给我家送来一个小公文包大小、镶满珠宝的粉色盒子，里面是一封邀请函，请我参加阿达尼长子卡兰与西里尔·史洛夫和范达娜·史洛夫之女的婚礼，史洛夫夫妇领导着印度最知名的大律所之一。盒子里还装有糖果、坚果以及西里尔绘制的几幅风格奇特的蚀刻版画，主人公是幸福的新婚夫妇。一张硬纸卡片上印着这场主人全包费用的豪华庆典的详细地址，是果阿邦的一家豪华度假酒店。这还只是阿达尼为儿子大婚在印度许多地方准备的多场庆典中的一场，这场婚礼也因此被商业报纸誉为当年最盛大的上流社会婚礼。

我和妻子婉拒了邀请，主要是因为我们从没见过新郎新娘，和他们的家人也从未有过任何交集。当时并没有人告诉我，在印度，就算在婚礼上一个人都不认识，受邀参加豪华婚礼也很正常。隔年看到庆典的八卦新闻时，我们很快就后悔了，其中一家报纸详细介绍了这位巨头的宾客名单。[52] 多场庆典包括在各国各地举办的一系列豪华派对，果阿邦这一场名人尤其多，据传那里的小机场因飞来的私人飞机过多拥堵了好几天，这些飞机送来的都是商界巨头，其中就有安巴尼兄弟和维贾伊·马尔雅，还有一位政界的大人物纳伦德拉·莫迪。

阿达尼听到我提起这次邀约，耸了耸肩，笑着说印度人都喜欢大办婚礼。他用语谨慎地谈到自己事业的发展，把扩张说成稀松平常的事。他在许可证制度时期开过一家工厂，受挫后才干起贸易。"比方说我需要10吨的原材料，但我最多只能弄到1到1.5吨，这就意味着工厂有4天、5天甚至6天没法运转，跟关停差不多。"20世纪80年代中期，阿达尼开始进口原材料以弥补缺口。1991年，他将出口也划入业务范畴，还借自由化改革让很多行业对私企放开的东风，进军基础设施领域，最早的就是港口。谈到这个决定，他解释说自己小时候参观过一个离蒙德拉海岸没多远的国有港口。他回忆道:"我在那儿看到一艘小船,但在当时的我看来,它很大很大。"在他的印象中,那个港口的规模之大,让他希望有朝一日建一个属于自己的港口。20世纪90年代,古吉拉特邦允许私人拥有港口,阿达尼抓住契机,在蒙德拉将梦想变为现实。2009年,他又进军能源产业,仅用5年时间就成为印度最大的独立发电商。

有专家认为这么快的扩张背后大概率有问题,但阿达尼表示自己能成功主要是因为敢于承担风险,面对高额债务也能坦然处之。他跟我解释道,他会将贸易上赚到的钱投到基建项目上。项目完工后,又会以此为抵押贷更多钱,从而投资更多项目,如此往复。这一扩张方式让公司一度背负140亿美元的债务,放眼全印度也极为罕见。"我并不担心债务,"他说,"一旦不投资新项目,5年内债务就会降下来。"

专家对阿达尼的质疑主要集中在两件事上,一是蒙德拉的项目,二是莫迪担任古吉拉特邦首席部长期间对他的种种照顾。阿达尼多年以来从该邦政府租到数千公顷的土地用于建设港口和毗邻港口的经济特区。这些土地的长期租约价格很低,他还以更高的租金将部分土地转租出去。[53] 阿达尼称这里面没有任何违规行为,还抱怨别人的评价不公道。"你大可以说阿达尼拿了地,"他有一次跟记者说道,"那又怎样?阿达尼拿到地以后,这些地方难不成一点发展也没有吗?"[54] 实际上,印度社会开始担忧裙带资本主义以后,外界才开始密切关注阿达尼和莫迪的关系。莫迪出任总理的前一年,阿达尼旗下公司的股票上涨得尤为明显,有的甚至涨了一倍多,好像预告莫迪当选对阿达尼有利。[55]

莫迪胜选以来,外界从未停止质疑他的偏袒。他上台六个月左右，到澳大利亚布里斯班出席 G20 峰会，随行人员就有阿达尼。峰会期间，这位大亨更是宣布他和该国最大的贷款机构印度国家银行签署了十亿美元的贷款协议，并计划将其用于大堡礁附近的煤矿项目。不过，阿达尼最后没有拿到贷款，当时许多人说银行是在政府施压下才同意贷款，虽然政府、银行、阿达尼三方都称这是无中生有，但银行还是迫于舆论压力没有放贷。这不是外界第一次指责阿达尼受政府照顾。2012 年，政府的审计员在工作报告中指控古吉拉特邦政府首席部长莫迪将国有天然气公司的燃料低价卖给阿达尼在内的数位企业家。[56] 阿达尼还因在蒙德拉建经济特区时没有获得环境方面的许可证而被告上法庭。他否认指控，但还是为此吃了很久的官司。（他的特区在 2014 年办妥了所有手续。）[57]

帕兰乔伊·古哈·塔库塔担任《经济与政治周刊》编辑期间，更是对阿达尼提出多项指控。2017 年，他撰写数篇报道，称阿达尼旗下的公司在莫迪主政期间得到特殊照顾。其中一篇提到政府特意"微调"经济特区的相关法规，阿达尼因此获得一大笔税收优惠。[58] 另一篇提到税务部门虽然调查了阿达尼的黄金和钻石贸易，但并未一查到底。[59] 阿达尼的公司否认一切指控，并给杂志社寄去法律声明，宣称塔库塔的首篇报道是诽谤。杂志社收到声明后不久就在官网上删掉了这篇文章。塔库塔坚持自己的报道无误，因不满杂志社的回应方式而与管理层发生争执，最后辞去编辑工作。不论报道真假，他的主动离职都引发了轰动效应，有人严厉批评杂志社不支持自己的编辑，并声讨阿达尼使用法律的伎俩，用官司威胁人而不采取实质性的诉讼。阿马蒂亚·森联合上百位学者写了封公开信，抗议杂志社的做法，其中有这么一句："可悲的是，法律声明已经沦为威胁和打压调查性报道的惯用伎俩。"[60]

阿达尼和莫迪坚持否认外界对他们之间存在不正当交易的说法，但许多专家依旧对这个邦清廉的形象持怀疑态度，在新德里贾瓦哈拉尔·尼赫鲁大学研究政商关系的左派历史学家阿迪蒂亚·慕克吉就是其中之一。他跟我说过："古吉拉特邦虽然没有别的地方那么差，但有几分像糟糕透顶的新加坡。你在这里做生意，如果有邦政府支持，就可以把生意做大，但作为回报，赚的一部分钱要流入邦政府的口袋。"从这个角度讲，莫迪和阿达尼是一种互惠互利的结合，这位政客喜欢大的工程项目，而年轻的企业家一心想做大做强。二人各取所需，如今基本上谁也离不开谁。

我跟他聊天的时候，一提到或暗示他的商业扩张有可能受过莫迪的照顾，他都会明显流露出不快。"我可以明确告诉你，莫迪没有直接帮助过任何人，他自始至终都是在用政策扶持工业发展。"他还强调自己在莫迪上台前就做好了蒙德拉的初始方案。他对于那些抱怨印度政府的声音持批判态度。"我们集团的处世哲学是，绝不会跑去跟政府说'你们承诺过但从没落实'。这种事我们不会做。我们永远支持政府……不论我们如何讨论腐败等问题都不重要，因为说到底，他们（政府）也是在谋求发展。"我能明显从阿达尼的话语中听出他对这位政客朋友的仰慕之情。"我们喜欢莫迪并不是因为他在事件甲、乙或者丙上帮过我们什么忙，而是因为他的作风，"他说，"他一旦认定你做的事对国家有利，肯定会支持你到底。"

第二部分　政治机器

第四章 被改造的印度

莫迪海啸

2014年5月16日下午,纳伦德拉·莫迪在武装警卫的环绕下挤出人群,坐上一辆银色吉普。那天是大选结果出炉之日,莫迪获选基本上是板上钉钉。一大早,印度人民党古吉拉特邦总部会集了数百名支持者,而且越聚越多。喜讯传来后,总部楼外的院子里身着橘黄色衬衫的支持者在跳舞庆贺,空中到处都是飞舞的五彩纸屑。莫迪的海报和纸板面具随处可见,人群当中还有一名外形酷似莫迪的大胡子男子彬彬有礼地摆着造型,供支持者合影留念。真莫迪下午一露面就引起骚动,我也跟着拥向吉普车,途中快被挤得双脚离地。吉普缓慢向门口移动,与此同时,所有人高举智能手机,希望拍到坐在里面的莫迪。他穿着西装马甲和高档的蓝白衬衫,面无表情,仿佛在思索这场胜利的重大意义。最后,他象征性地朝外面挥了挥手,在人群中引发一阵欢呼,随后大门打开,吉普载着这位即将上任的第十四任总理迅速离开现场。

我那天上午坐了一个小时的飞机从孟买赶去，5月本来就热，那天更是热得要命。飞机降落后，我从机场出发，驶上一条路况很好的六车道公路，目的地是北部的古吉拉特邦首府甘地讷格尔，莫迪长期在那里主持邦内事务。车窗外飞驰而过的是他担任首席部长期间完成的业绩，有科技园区、玻璃办公楼，还有以圣雄甘地为名的大型会议中心，甘地出生于该邦，生前大多数时间都在故乡一个朴素的静修处度过。窗外繁荣有序的景象也为莫迪即将执掌的印度提供了典范。前一年，他曾到印度各地发表激动人心的竞选演说，攻击执政党腐败和经济管理不善的问题。这次大选也是印度有史以来花销最大的一次，莫迪想要传递的信息非常简单，即执政的国大党虽然一度是穷人的政党，但如今已经沦为超级富豪的亲密盟友。大选尾声的投票环节延续了一个多月，超过五亿选民到近一百万个投票站排队投票。[1] 5月16日下午，这场历史上最大的民主实践落下帷幕，但即使是最狂热的印度人民党支持者也还没来得及消化自己的党派大获全胜的结果，他们还要想一想这对当时被报纸简称为NaMo的莫迪来说意味着什么。

印度人民党总部是一栋位于萨巴尔马蒂河附近的三层现代建筑，带有莲花标志的党旗耷拉在墙上，仿佛被高温烤蔫了。我们上午一到现场，就看到外面停了好几辆电视转播车，工作人员正躲在一旁的树下乘凉。走进一楼大厅，可以看到一幅印度地图彩色沙盘，以及一旁用花环装饰的莫迪画像。楼外的支持者不停喊着赞颂他们领袖的口号。我往外走时认识了一名叫维夫克·贾殷的银行出纳员，他跟我说"印度需要莫迪"。他非常崇拜莫迪，专门请假骑摩托车来参加庆祝活动。他穿着皱巴巴的白色衬衫和褪色的蓝色牛仔裤，衬衫外还套了件背心，上面印着"NaMo：每个人都有受教育的权利"。旁边的人很快附和起来。莫迪出身穷苦，了解普通人的感受。他为人正直，上台后会终结新德里的腐败。他既然能给古吉拉特邦带来发展，肯定也能让整个印度发展起来。他没有孩子，也没什么亲近的家人，唯一的牵挂就是家中的老母亲，那天上午的大部分时间他都在家陪老人，因此，在他的领导下，印度不会像国大党统治时那样沦为一个家族的天下。"印度人民希望他给全印度带去和我们（古吉拉特邦）同样的发展，"贾殷终于说到最后一句，"他将改变印度，一举扫除裙带关系的顽疾。"

早在莫迪出任古吉拉特邦首席部长之前，该邦就在印度的政治想象中具有特殊意义。莫迪强硬的印度教民族主义，和甘地、尼赫鲁等民族主义早期领导人倡导的世俗和平主义相去甚远。尽管如此，这位印度人民党领袖还是会经常在讲话中提及圣雄甘地以及该邦在反帝运动中发挥的重要作用，说得最多的就是1930年圣雄甘地为反对英国盐税发起的食盐进军，这场运动被奉为公民不服从的典范。莫迪主政期间，该邦成为印度经济发展的新灯塔。企业家在印度别的地区做生意，地不好找，电力供应也不稳定，扩大生产规模的计划更常因腐败而搁浅。相比之下，古吉拉特邦这方净土拿地难度低，官员大多作风正派，因为他们害怕一旦违规，就会被严厉的首席部长盯上。

莫迪在古吉拉特邦主政期间，修葺灌溉渠道，铺设公路，解决电力供应不足的问题，还吸引不少外资，让该邦的经济增速达到可与中国媲美的两位数。经济学家称赞他的"古吉拉特邦模式"将出口导向型的制造业、高效的农业和现代化的服务业结合到一起。[2] 外国投资者也对他青睐有加。2013年，福特公司在古吉拉特邦开设的价值十亿美元的工厂即将投入运营时，一名高管跟我说:"我们一开始在用水用电上遇到些常见的小状况,于是去找古吉拉特邦分管工业和矿业的部门秘书,他当场就跟下面的人说:'喂,你们几个立马解决这个问题!'"艾哈迈达巴德远谈不上完美,这里空气污染严重,交通也常常拥堵不堪,但和印度城市普遍存在的混乱景象不同,它拥有有序的公共汽车线路,还计划在萨巴尔马蒂河畔修建巴黎风格的滨河小道。

在贾殷这样的支持者看来,莫迪似乎是总理的天然人选,但直到大选结果出炉前一天,他能否胜选还是未知数。印度人民党将莫迪的竞选活动称作"272任务",272是他想拿下印度议会下院人民院多数席位的最低标准。许多评论员都认为这个目标难以实现,因为该党之前的最高纪录仅为182。大选结果在下午公布,印度人民党出乎意料地拿下282个席位。在此之前,只有国大党拿到过半数以上的可竞争席位。[3]但这一次,国大党一败涂地,只拿到40个席位。一篇报道甚至在标题中用"莫迪海啸"比喻这种压倒性胜利。[4]

翌日,印度颇有名望的政治评论员普拉塔普·巴努·梅塔写道:"纳伦德拉·莫迪书写了政治史上最辉煌的胜利之一。他是个局外人,知识分子妖魔化他,中央政府排挤他,但他还是冲破重重障碍,并将带来印度独立以来最大的权力结构变革。"[5]印度民众对官商勾结深恶痛绝,莫迪充分利用了这种与日俱增的强烈不满情绪。回到古吉拉特邦,总部的支持者看到领袖离去后也走出大门,加入整个城市的数千名支持者大军中,有的坐在摩托车后座上挥舞党旗,有的在街头巷尾欢快地跳舞。别的地方的人却没这么开心,这种落差也反映了一个简单的问题:莫迪作为印度现代史上最具争议的领袖,一个连支持者都认为选民分歧过大因此难以当选的人，为何还能顺利拿下总理的位置？

《小莫迪》

　　一年多以后，一个雨季潮湿的上午，我和朋友驱车三小时从艾哈迈达巴德开到莫迪的出生地沃德讷格尔。一路上现代化的痕迹一点点消失。路旁整齐摆放着的玫瑰色鲜花盆栽逐渐消失，公路由最开始的四车道变窄成两车道，最终变成单车道。开到后半程，道边有骆驼拉着拖车费力地往前走，车上高高地堆着木材，不时还有妇女头顶水桶从路边走过。莫迪小时候的沃德讷格尔跟小村庄差不多，如今已经发展成热闹的小镇，到处都在盖楼，竹脚手架随处可见。小镇中心有不少卖电话卡的窗户商店，街道的拐角处满是卖水泥的小广告。破败寺庙的屋顶在楼与楼之间若隐若现，安静地讲述着当地一段近乎被遗忘的历史：公元7世纪，这里其实是小型的佛教中心，在中世纪则是专门从事贸易的小村庄，周围开始出现现代城镇。[6]

　　莫迪的父亲达莫达斯大致出生于1915年，属于不起眼的低种姓甘奇，这个种姓通常靠生产食用油谋生。今天，印度政府对这一种姓的官方评价是"落后"，这意味着莫迪确实出身社会底层。莫迪很少谈论小时候在乡下的生活，不过我们还是可以找到一些他的逸事，最主要的来源是一本作者不详的漫画《小莫迪》，上面记录了他童年的荒诞故事。翻开这本彩色漫画，你可以看到小莫迪从鳄鱼成群的湖中救上来一位差点淹死的朋友，还顺手带一只鳄鱼宝宝回家，把母亲吓得够呛。他为修补学校的墙，专门排了一场戏剧筹集资金，赢得了大家的赞赏。他为了帮老师揪出欺负人的小恶棍，悄悄用蓝色墨水在那人衬衫上留下标记。他在家中孝顺父母，干活勤快，做事点子多。有一页画着这样的场景，夜里，莫迪躺在整洁的单人床上，头顶是煤油灯的光，脑袋上画了个泡泡以示他的所思所想："我应该把洗好的衬衫压在枕头下面，这样褶皱就可以被压平。"

我曾采访莫迪的小学老师希拉本·莫迪，当时她八十多岁，听我说起那个小恶棍的故事时无动于衷。她说莫迪这个名字在这个地方很常见，她跟莫迪没有任何血缘关系。她家只有三个朴素的房间，离莫迪的故居只有几条街道。据她回忆，小莫迪就算谈不上出众，也是个自信的小孩，"他作业写得很好，是个自律的学生"。离她家不远还有间昏暗邋遢的家居杂货铺，老板贾苏德·帕坦是莫迪童年的玩伴，他说小时候像他这样的穆斯林和莫迪那样的印度教教徒也能玩得很好。他站在堆着中国制造的手电筒和铜锁的货架间回忆他和莫迪的孩童时光，他们一起放风筝，到湖里游泳，还在别人婚礼上使坏，想让演奏的乐队分心。"我们那时挺淘气，一起做过不少恶作剧。"他笑着说。

真实情况肯定不可能这么闲适恬静。莫迪出生于1950年9月，那时的沃德讷格尔又小又穷，没有电，也没有自来水，教育水平低，医疗条件有限。除了偶尔可以看到宝莱坞电影，还有一条连通着艾哈迈达巴德的铁路之外，镇上基本与世隔绝。那个年代，印度人的平均寿命只有三十来岁，并且八成以上都是文盲。[7]"我在一个没通电的村子长大，经历过许多磨难，现在回想起小时候确实吃过不少苦。"莫迪有一次罕见地向传记作者真诚流露自己的情感。[8]他和六个兄弟姐妹挤在逼仄的家中，这个房子仍在离镇中心不远的一条泥路上，不过房主已经换人。莫迪父亲去世后，房子就卖了出去。莫迪的弟弟普拉拉德后来跟我说："我们住的时候，房子根本不是水泥的，屋顶铺的也还是铁皮。"新主人给老房子砌上砖墙，加盖一层空间，并铺上真正的屋顶。

2014年，莫迪当选为印度有史以来第二位非高种姓出身的总理。他并没有隐藏卑微的出身，反倒有意将这点塑造为自己的标志性特征，尤其是他小时候在艾哈迈达巴德火车站边的木制家庭摊位上帮父亲卖茶的经历。这些说法其实很晚才出现。艾哈迈达巴德了解莫迪职业经历的一批人跟我说，2012年前后，卖茶的故事才开始出现在他的演讲中，那正是他计划登上全国政治舞台的时刻。此前，他几乎从未谈过家庭背景。2007年，莫迪担任首席部长的第二任期，《印度时报》这样评价他："没有人了解真实的纳伦德拉·莫迪。他连吃饭都是一个人。"[9] 到2014年，莫迪开始频频骄傲地提及低微的出身，他属于低种姓，小时候勇敢地在鳄鱼成群的湖中游泳，为全心全意从政而舍弃家庭，而故事的核心还是他如何从不起眼的茶贩之子成长为意图领导印度的政治家。

镇上的湖还在，只是鳄鱼没了踪迹。达莫达斯的茶摊没了，但火车站外泥泞的环岛附近还有六七家类似的货摊。环岛正中心是一棵大树，周围停着一些拉客的电动三轮车。莫迪的高中和火车站只隔着几条街。火车站内部基本没变化，还是一个站台和一条窄窄的铁轨。我去的时候，几位乘客正站在瓦楞铁板制成的黄色雨棚下躲雨，棚顶上有黑字写成的小镇名字。"学校就在火车站对面，课间休息的时候，我们兄弟俩有时会去茶摊帮忙，但大多数时间都是他一个人去。"莫迪的弟弟跟我说道。这个车站一天只有几趟火车经过。"他到茶摊拿起茶壶和杯子，跑到车厢里问有没有乘客想喝茶。"《小莫迪》再现了这个场景，并使它更具感染力——他拿着茶壶给车厢内两名坐着的军人倒茶，旁边配了这样一段话：

"爱国的莫迪会尽他所能,不让任何一个士兵口渴。"

实际上,对少年莫迪影响最大的并非火车站站台,而是附近古老的乡村阅兵场。他打八岁起,一放学回家就会扔下书包,跑去参加国民志愿服务团(Rashtriya Swayamsevak Sangh,简称RSS)的分支纱卡(shakha)的集会。RSS是印度教教派组织,印度人民党就脱胎于此。集会现场,一群穿着制服和卡其短裤、手拿棍棒的成年男子和男孩一起做团体健身操,唱爱国歌曲。RSS成立于1925年,创立之初看上去没什么特别之处,主要做慈善工作和加深教徒间的兄弟情谊,组织的名字翻译过来也很简单,"国民志愿服务团"。如今,这个组织称自己是世界上最大的非政府组织,成员可能超过五百万人,在印度拥有五万多个分部。[10] RSS本身不推举候选人,却拥有极大的政治影响力,这在很大程度上是因为其中一些成员是印度人民党重要的竞选组织者。许多身居高位的印度人民党政客都和RSS有深厚的渊源,莫迪就是其中之一。不过,很少有组织可以比RSS更能挑起印度自由主义者的怀疑,后者认为该组织有着强硬的宗教观点与依照英军设立的半军事化标准,暗藏着法西斯的苗头。

RSS声势起来以后开始推行激进的印度教教义,虽未挑明,但和甘地、尼赫鲁等温和派提倡的世俗多元文化主义实际上是对着干的。RSS的成员被称作"志愿者",崇尚一种名为"印度教教徒特质"(Hindutva)的理论,这种理论认为印度人的身份认同和印度教信仰密不可分。RSS反对种姓制度,宣称凡是将印度视作精神家园的宗教都属于印度教范畴,锡克教和耆那教也不例外,不过,他们明确地将占印度人口14%的穆斯林和2%的基督徒排除在外。[11] RSS的思想带来的最恶劣后果发生在1948年,那年甘地在去参加晚祷会的途中，被子弹击中胸口身亡，凶手纳图拉姆·戈德森是印度教教徒特质理论的拥护者，曾是 RSS 活动家。尼赫鲁就此宣布 RSS 是非法组织，公开表示"这些人的手上沾着圣雄甘地的血"。印度独立以来，RSS 总共被禁过三次❶，这是其中一次。[12] 但一年后，它就获准进行整改。再之后，RSS 衍生出一系列印度教民族主义者组织，即所谓的"同盟家族"（Sangh Parivar），涵盖贸易组织、农民组织、青年和学生团体等等，其中最有分量的是后来诞生的印度人民党。

贾苏德·帕坦认为将小时候的玩伴莫迪说成印度教狂热分子太过了，他说那个时候沃德讷格尔的很多男生都会参加 RSS 集会，目的主要是打发时间。不过，RSS 让少年莫迪感受到兄弟情谊和使命感也是不争的事实。据帕坦回忆，莫迪有时在阅兵场受到启发以后，会回到学校向他们发表有必要尊重印度军人的即兴演讲。"一般能讲十到十五分钟，士兵的职责也是他演讲的主题，"他说，"我们都觉得他讲得很不错。"莫迪在印度教教徒特质理论的灌输下，还形成这样一种认识：印度的伟大文明被带上了一条弯路。按 RSS 对他的教导，印度最早被莫卧儿帝国的穆斯林入侵者搅乱，随后又被英国殖民者引上歧途，好不容易到现代，又被新德里讲

---

❶ 1948 年 2 月，RSS 因甘地枪杀一案被取缔，8 月最高法院判定 RSS 与枪杀无关而解禁，但政府要求其仅能以文化意义上的组织存在，严禁参与政治。为避免被再次取缔，RSS 于 1951 年发展出政治分支人民同盟，其主要成员皆来自 RSS，二者关系密切，并对英迪拉·甘地领导的国大党政府不断形成挑战。
1974 年，RSS 和人民同盟积极响应纳拉扬领导的反国大党政府运动。1975 年，英迪拉·甘地宣布国家进入紧急状态，RSS 再次遭取缔，于 1977 年随紧急状态的结束而解禁。
1992 年，印度教教徒拆毁巴布里清真寺，当局因 RSS 可能威胁国家安全而取缔该组织，1993 年因未发现任何 RSS 从事非法活动的证据而解除禁令。

英语的精英阶层推上世俗主义和社会主义的外国道路。RSS 激进的民族主义也让莫迪接触到两位重要人物的思想，一位是 19 世纪的僧侣斯瓦米·维韦卡南达❶，他的访美之旅让印度教获得世界的认可；另一位是维纳亚克·萨瓦尔卡，他在 1923 年写了本《印度教教徒特质：谁才是印度教教徒？》，这本书让他成为印度教运动的领军神学家和莫迪的思想偶像。[13] 许多 RSS 的核心信条时常出现在莫迪的演讲中，如家庭的重要性、对国家的责任、社会秩序、清洁、为人正直的品格，以及将对腐败采取零容忍态度的承诺。

莫迪在 RSS 汲取的自信促成了他年轻时的一段独特经历：十八九岁时他和家里大吵一架，离家出走。莫迪老家有娃娃亲的传统，他蹒跚学步时就和邻村一个叫贾苏达本的女孩定下婚约，一成年就要和她结为夫妻。莫迪在十八岁时与小自己一岁的女方举行了婚礼，但这场婚姻明显和他的个人意愿相悖。[14] 没多久，他就抛下新婚妻子，走上为期两年的朝圣之旅。"我在喜马拉雅山上闲晃了很久，"他跟他的传记作者说道，"我那时同时受唯灵论❷和爱国主义情怀的影响，二者混杂在一起。这两种观念不可能阐释得清，我那段时间很迷茫，不知道到底想做什么。"[15] 他最终带着仅有的一小包衣物回家。但第二天一早，他母亲还没来得及高兴，他又收拾包裹，再度出发，这次是永远离开。[16] 他几十年间从未提过自己有妻子，对 RSS 也守口如瓶，直到 2014 年大选前夕才

---

❶ 又译为辨喜，印度近代哲学家，印度民族主义先驱。1893 年，他打破印度教禁止教徒出海远游的教规，只身前往芝加哥参加世界宗教会议，在美国各地发表数十场关于印度哲学的演讲，引起西方学术界的重视。

❷ 唯灵论（spiritualism）主张精神是世界的本原，不依附于物质而独立存在，人死后灵魂仍继续存在，并可通过中介与生者交往。在印度，唯灵论也意味着学习并传承先祖精神、知识和智慧，以获得内心的平静。

公开宣布这件事。[17]

我在艾哈迈达巴德采访了莫迪的弟弟普拉拉德，他如今是名成功的商人，住在城市树木繁茂的郊区。客厅的墙上挂着几幅有花环装饰的印度教神像，我们聊天时，他和妻子坐在高档的米色沙发上，小口抿着咖啡。普拉拉德穿着浅棕色的库尔塔衫，戴着金边眼镜。他和莫迪简直是一个模子刻出来的，二人的嘴唇都有些厚，留着精心打理过的花白胡子，不同之处在于弟弟看上去热情亲切，哥哥却据传个性冷淡。据普拉拉德描述，哥哥离开家跑到艾哈迈达巴德，在他们叔叔开的一家茶铺工作过一小段时间。"我哥哥并不喜欢这种生活模式，没多久就辞职了。"他告诉我。随后，莫迪成为 RSS 的全职志愿者。"他深度参与 RSS 的活动，为国家建设和爱国主义奔走……再后来，他决定将 RSS 作为自己一生的事业。"

莫迪当时住在 RSS 艾哈迈达巴德总部，白天替领导跑腿，晚上睡在地板的床垫上。他生活朴素，不喝酒，不吃肉，奉行独身禁欲的原则。这样的他进步很快，不久就晋升为宣传工作者，相应地，组织的纪律和禁欲理念在他身上留下的烙印也越来越明显。RSS 严禁女性探望，他的三个兄弟也极少有机会见到他。1999 年，莫迪父亲离世，他回老家沃德讷格尔待了几个钟头，除此以外再也没回去过。[18] 普拉拉德称哥哥已经和除母亲外的家人断绝往来，尽管如此，他谈话间还是尊称莫迪为 bhai，即兄长。我采访他的时候，他瘦高的儿子进来打了声招呼，十几岁的样子，穿一身宽松的西式运动服。普拉拉德说儿子没怎么见过那位大名鼎鼎的伯父。莫迪在新德里的总理就职宣誓仪式，没有一名家庭成员出席。"我们上一次见他还是 2007 年，去现场看纳伦德拉兄长连任首席部长的就职宣誓仪式。"他说。

莫迪作为宣传工作者,经常穿梭于各个城镇,有时步行,有时骑小摩托车。他在传播组织思想过程中,逐步练就抓人的演讲能力,这在之后成了他标志性的特色。会计师亚玛尔·维亚斯是印度人民党现任发言人。据他回忆,莫迪在20世纪80年代到他家吃过一顿便饭,并极力劝导他加入RSS。"他是天生的说客……有推销才能。"他坐在艾哈迈达巴德狭小的办公室跟我说道。1975年到1977年,印度进入紧急状态,其间,英迪拉·甘地实行专制统治,自由不复存在,反对人士被投入监狱,RSS再次被取缔。那几年,莫迪等组织者只能东躲西藏。他有时不得不乔装打扮,从一个城市逃亡到另一个城市。一张稀有的黑白照片展示着年轻的莫迪打扮成锡克教信徒的模样,乌黑的大胡子,戴着墨镜和白色包头巾。[19] 紧急状态期间,他的主要任务是印刷和分发反对紧急状态的宣传小册子,他也就此成为RSS政治反抗运动必不可少的重要角色。因为这一段经历,英迪拉·甘地的国大党也成为他的一生之敌。

1977年春,印度恢复民主制度,莫迪在RSS内部的影响力也与日俱增。他亲手撰写了一本关于紧急状态的小册子,工作地点也转移到印度中部城市那格浦尔的RSS总部以及政治中心新德里。那时候认识莫迪的人都认为他可以凭借自信脱颖而出,因为他善于争论又极富魅力,敢于硬碰硬,又能说服他人。他穿衣讲究,胡子打理得非常有型,这些都和RSS对个人着装的严格要求相悖。维亚斯回忆起莫迪到他父母家发表演说的经历时说道:"从前也来过别的人,但我都记不得他们的名字,那时莫迪的言行举止就已经和其他人有些不同。"

20世纪80年代中期,莫迪引起上层的注意,被抽调到成立不久的印度人民党工作。此党的定位大体是和国大党抗衡的中右派政党，主要争取保守的高种姓群体、小企业主以及印度教思想体系的拥护者这三类人的支持。实践证明，莫迪具有出色的组织才能，尤其在竞选方面，他总能对家乡邦的党派候选人保持密切关注。"早上5点到8点，他会坐在印度人民党办公室，安排四五个年轻人同时拨打几名候选人的电话，"维亚斯跟我说起20世纪90年代初期莫迪的工作，"大多数候选人那个时间点都在睡觉，等个四五分钟才有人接。年轻人将候选人叫醒的过程中，他会先和另外一两个人交谈。"这样的勤奋让他与其他政党领袖建立起联系，其中最重要的一次是1990年，他协助印度人民党领袖阿德瓦尼组织一场旨在煽动民意的游行，号称"战车之旅"。其间，阿德瓦尼乘坐一辆被装饰成印度教神话中的战车模样的丰田卡车走遍印度的大部分地区。他们的诉求是拆掉北方邦圣城阿约提亚的巴布里清真寺，并在原址建一座印度教神明罗摩的神庙。这场游行带来深远而暴力的影响，在两年后一群横冲直撞的印度教激进分子拆毁清真寺时达到高潮，让印度陷入最血腥的教派冲突。

那时的莫迪已然成了党内有名的煽动者，大家都知道他是有执行力的强硬派，也有手段鼓动民意。随着印度人民党势力的进一步扩张，莫迪的地位跟着水涨船高，他最早担任印度人民党古吉拉特邦秘书长，随后在1996年担任过一小段时间的印度人民党全国秘书长。1998年，他在时任总理阿塔尔·比哈里·瓦杰帕伊的提携下成为印度人民党总书记。古吉拉特邦在某种意义上成了传播印度教民族主义的大本营，莫迪可以在那儿找到研究印度教教徒特质理论的专家，他们无不担心基督教文明和伊斯兰文明会侵占日渐衰弱的印度教文明的生存空间。莫迪担任宣传工作者的时候，左派社会学家阿希斯·南迪采访过他。2002年，南迪发表一篇文章，称自己当时就在莫迪身上发现一种毫不妥协的"专制人格"，并认为这与他执着的信仰密切相关。"他身上混合着清教徒式的死板……以及对暴力的幻想，"他写道，"他跟我讲了一个针对印度展开的庞大阴谋，把每个穆斯林看成可疑的叛徒或潜在的恐怖分子。我直到今天还记得他说话时不慌不忙的冷静语调。采访结束后，我浑身颤抖着走出来……那是我头一次在现实生活中遇到教科书式的法西斯主义者。"[20]

没有道歉

2002年2月27日上午快8点的时候，一班满载乘客的火车驶入古吉拉特邦东部城镇戈特拉的火车站，这里离艾哈迈达巴德大概有一百二十公里。火车上的数百位乘客都是刚刚从圣城阿约提亚归来的印度教朝圣者，这座圣城的巴布里清真寺在十年前被毁。这之前的几天，还有许多印度教信徒和激进分子乘火车从阿约提亚出发沿同一条线路返回，他们刚参加完一场支持在巴布里清真寺旧址建一座罗摩神庙的示威游行。这次游行激怒了在火车站附近生活和工作的穆斯林。那天上午，双方的冲突进入白热化阶段，火车在这个过程中突然燃起熊熊烈火。这究竟是一场意外，还是有人恶意纵火，完全取决于你相信哪一方。[21]几小时后，救援人员从车厢中搬出五十九具烧焦的尸体。[22]

当天晚些时候，死讯传到莫迪的首席部长办公室。傍晚，莫迪同意为死者举行24小时的哀悼仪式，批评者后来对这一官方决定严加指责，认为这无异于邀请印度教教徒上街抗议。[23]印度不同宗教群体间的关系本就非常紧张，印度教教徒也很担忧美国

"9·11"事件以来伊斯兰教兴起的激进分支。愤怒的印度教教徒走上艾哈迈达巴德街头，他们坚信戈持拉的惨剧是针对虔诚印度教朝圣者的恐怖袭击，于是连续三天打砸抢烧，洗劫穆斯林的房子，烧毁穆斯林的店铺，破坏清真寺。他们带着武器在穆斯林社区犯下中世纪才可能出现的罪行，肆意屠杀穆斯林，肢解他们的遗体，强奸女性。这也是印度首场在电视上直播的暴乱，极端分子的野蛮行为震惊观众。他们破坏的穆斯林住处和店铺总共有2万多处，另外还有360座清真寺被毁。随着暴行在古吉拉特邦扩散，最终有15万人被迫流落街头。事后的官方报道称有1044人丧生，但人权组织等机构的估算结果是官方数据的2倍还要多。[24]

许多人认为这是莫迪身上永远无法洗去的污点，他们认为这起事件并非一场简单的无组织暴乱，而是精心策划的大屠杀。莫迪的支持者给他找了许多借口：他前几个月才刚当上首席部长，经验不足；他只用三天就控制住局势，以前的暴乱持续更久；他本人对此不负有直接责任。批评者还是不依不饶，他们称这场大屠杀就是莫迪的印度教民族主义者团体策划的，但他终止这场暴行的努力微乎其微。他们认为莫迪最轻也是玩忽职守，最重则可能是同谋。[25]事件结束两个月后，人权观察组织发布名为《我们没有接到搭救你们的指令》的详细报告，揭露和印度人民党有关的极端印度教团体如何在这场大屠杀的组织中发挥作用。[26]报告称闹事者拿着"各式武器，有剑、三叉戟（这种兵器在印度教神话中出现过）、精密炸药，还有气瓶。他们手上拿着打印着穆斯林住址和资产的材料，这些信息是从艾哈迈达巴德市政当局等多个渠道获得的。一场致命的暴行就这样打响，他们无所顾忌，因为知道警察站在他们这边"。

很多人难以相信，以严格要求下属出名的莫迪竟然不知道暴乱背后是谁，也无法快速控制局面。有批评者指责莫迪默许屠杀，既是为了平息印度教教徒的愤怒，也是为了给该邦不安分的穆斯林一点教训。十年后，在暴乱时任警局高官的桑吉夫·巴特跟法院说，莫迪曾给负责安保的官员下达指令，让印度教教徒"发泄一下他们的怒气"。莫迪坚决否认，桑吉夫·巴特后来也被免职。[27]人权观察组织称，莫迪直到这场暴乱恶化到不可控的地步才直接介入。哈佛大学的玛莎·努斯鲍姆是莫迪的尖锐批评者，这场暴乱结束一年后，她甚至发出这样的评论："最令人不安的一点在于，各级司法官员都是这起暴行的共犯。"[28]

印度自始至终都没有关于2002年这起事件的完整的独立调查，莫迪到底扮演了什么样的角色也难下定论。真相或许永远无法浮出水面，但对于批评者而言，莫迪无疑有罪。一直到前几年，许多国家的政府也认为莫迪参与了这起暴行。2005年，美国曾因此禁止他入境，英国等国家也不欢迎他的访问，直到他出任总理前后，这些国家才解除对他的入境限制。[29]不过，莫迪在他的支持者看来绝对清白。2011年，最高法院宣布没有证据表明莫迪直接参与这起事件，这次回应是因为在暴行中被残忍杀害的国大党政客的遗孀提起了诉讼。两年后，另一家法院宣布莫迪无罪。莫迪得知裁决后发了一条推特："神明是伟大的。"随后，他公开组织为期三天的禁食，活动目的是倡导各个群体和谐共处，但也被人怀疑是在庆祝自己的胜利。

莫迪从没有真正摆脱2002年的争议，但他确实在努力改善自己的形象。受新加坡和韩国启发，他开始淡化年轻时的激进观念，转而将发展经济作为主线。他将东亚的专制统治经验引入印度，大力发展制造业、公路和发电站。他举办名为"活力古吉拉特邦"的盛大投资者大会，商界巨头云集在圣雄会议中心，向莫迪致敬，并揭晓他们在古吉拉特邦数十亿美元的投资计划。他蹩脚的英语也提升不少，这自然有利于他和到访的外国首席执行官达成协议。他的统治风格容不得一点废话和异议。"喜欢和讨厌他的人对他的印象本质上是一致的，"作家维诺德·何塞注意到，"他们都认为莫迪拥有近乎绝对的权威，也有意愿打破体制和规则。他是一位有感召力的强硬领导人，只求'把事情做成'，过程中不会考虑礼仪或现有的等级制度。"[30]

莫迪的首席部长履历并非只有光鲜的一面。他的确修了很多崭新的公路和光纤，但他主政的邦在营养不良和未受良好教育的儿童人数方面则不足为道，阿马蒂亚·森等批评者也经常指出这一问题。[31] 莫迪以正直著称，但他的履历中也有牵涉滥用首席部长权力的丑闻留下的污点，比方说安排安全部门骚扰反对人士，再比如动用警力执行法外处决。2002 年的事情发生以后，莫迪基本上没有为印度教教徒和穆斯林的和解做过什么，他将古吉拉特邦建成经济强邦的同时，也让那里的社会隔离愈发严重，城市遍布人人自危的穆斯林聚居区。莫迪的裁缝惊讶地发现，他发表演讲时经常穿亮色的衣服，但从不穿和伊斯兰教联系很深的绿色。[32]

不过，2014 年参加大选的莫迪不再是之前那个有强势宗教主张的人。2012 年，他再度连任古吉拉特邦首席部长，在第三个任期快速巩固在党内的地位。印度人民党内部很多掌权的老牌政客并不看好莫迪，认为外界对他的看法过于分裂，他很难获得传统势力范围外的支持，赢得大选的可能性不大。出乎意料的是，莫迪轻而易举地摆平这些元老，并凭借自己作为党内印度教民族主义者英雄的声望挤跑对手。紧接着，他拿出在古吉拉特邦主政期间正直的技术官僚形象，将自己塑造成解决贪腐问题以及带动经济发展的最佳人选。他的竞选宣言基本上没有提到印度教民族主义，不论是修建罗摩的神庙，还是保护印度教教徒尊崇的牛。相反，讲发展的平民主义口号倒有很多。政治学家阿舒托什·瓦尔什尼称这是在有意创造一个"温和的莫迪"，先前那种引发分歧的话语都消失了。[33]

莫迪虽然要塑造温和的新形象，但他对2002年的事情戒心一直很重，从没有拿出来解释过。他准备参与大选的风声传出后，很多人认为他会在压力下象征性地发个道歉声明，哪怕是为塑造温和的形象，避免对手拿那场暴乱当攻击他的靶子。他确实偶尔表达过轻微的遗憾，"我备感震惊，"他在2013年写道，"一个人要是亲眼看见这样惨无人道的暴行，你无法用悲痛、伤心、难过、痛苦、哀伤或痛楚这样简单的词语来描述内心空落落的感觉。"[34]他还曾将自己对暴乱的感受比作一辆意外碾死一条狗的车上的乘客，很多印度人听后都觉得受到冒犯。"好比说车是别人在开，我们坐后座，这辆车意外碾死一条小狗，我们会不会难受呢？当然会。"莫迪跟记者说道。[35]不过，他从来没有在任何场合表明自己对这场暴行负有责任，也从未显露过更明显的悔悟。印度人民党可能早有预测，道歉会丢掉的支持者和会赢得的几乎一样多。莫迪对自己的魅力也有充分的信心，他觉得印度民众不论如何都会投他。他不想道歉，到最后更无必要。

最后的人

大选落幕几周后，莫迪盛大的总理就职宣誓仪式在新德里举行。那是5月末一个酷热的下午，距贾瓦哈拉尔·尼赫鲁去世刚好半个世纪。印度政界的自由主义者都感受到这里面蕴含的讽刺意味，他们当中的许多人都担心新任总理不久后会毁掉首任总理留下的世俗化遗产。莫迪取得的压倒性胜利说明他众望所归，但他究竟会成为一位怎样的国家领导人依旧是个谜。他或许会成为志在改革的印度版李光耀，一门心思抓经济建设，全力促进社会各个群体和谐共处，也可能成为一个更为极端的角色，他先前对少数群体的冷漠会不会在通往国家最高职位之门打开后卷土重来，谁也无法给出答案。

莫迪胜选前，媒体认为印度人民党的领袖莫迪和尼赫鲁的曾外孙拉胡尔·甘地旗鼓相当，应该会爆发一场大战，有大把的素材可以报道。但这个愿望很快落空，莫迪轻而易举地就将这位年轻英俊但政治经验不足的国大党领袖描绘成不称职的总理候选人。两方在竞选活动上也存在明显差距，国大党虽然花了很大力气，但还是无法和莫迪严密的竞选组织抗衡。和国大党走得很近的政治分析师普拉文·查克拉瓦蒂2014年大选期间跟我说道："大家并不知道印度其实有三场截然不同的竞选。这里既有19世纪的印度村民，又有20世纪的城市中产阶级，如今还有新增的21世纪青年，他们用着智能手机，希望在线上交流。"莫迪将这三个群体一网打尽，他用大型集会争取到第一拨人，花重金打电视广告争取到第二拨人，通过在Facebook、WhatsApp和YouTube的新频道NaMo上发动地毯式社交媒体宣传争取到第三拨年轻选民。政治学家克里斯托夫·雅夫雷洛将这场竞选称为"以莫迪为中心"

的竞选，印度人民党如此推举候选人前所未有。"印度人民党将莫迪塑造成党内的唯一领袖，"他写道，"他们并没有提名别的候选人……只他一人。"[36]

莫迪广泛的群众基础很大程度上源自他为选民提供的中产阶级愿景：有工作收入，孩子可以上不错的学校，家里有钱买摩托车甚至汽车。他虽是乘坐直升机和私人飞机到各地参加竞选活动，却去了印度人民党长期忽略的地方：从印度最南端到东北的几个小邦。民意调查表明老百姓担心找不到工作和物价上涨，莫迪承诺会不遗余力地促进印度的经济发展以解决这些问题。他的中心议题是腐败以及国大党执政期间的欺诈成风。印度的繁荣并没有带来公允的分配，贫富差距一天比一天大，现有的政策总让超级富豪和他们在政界的朋友受益。莫迪表示要扭转这一局面，但这里面其实充满矛盾，比如他信誓旦旦地说要整治宝莱坞寡头，但他竞选的资金却由这些人慷慨提供。无论如何，莫迪都拥有相对正直的形象，竞争对手则丑闻缠身，在这种背景下打反腐牌肯定有效。2014年年初，莫迪到过去一直是尼赫鲁家族地盘的北方邦城镇阿梅提发表演讲。他讲道："我的格言是我不会吃，也决不允许别人吃。"话音刚落，人群中就传来沸腾的欢呼声，他们都很清楚"吃"意味着贪污。[37]

正如美国的共和党会同时争取福音派基督徒、小企业家以及华尔街金融家的支持，莫迪也在用反腐的旗号建立自己不同寻常的政治联盟，其中既有强硬的印度教教徒，又有温和的中产阶级。他有号召力并不在于他是一名纯粹的技术官僚或隐匿的狂热分子，而是合二为一，让选民觉得他既能给印度带来繁荣，又能给人民带来更强的身份认同。作家伊恩·布鲁玛曾经写道："印度人民党的承诺与其说是重返印度教的黄金时代，不如说是将印度建设成现代化强国的同时，将阿约提亚奉为这个国家的梵蒂冈。"[38] 莫迪在 2014 年竞选演讲中主要谈的是发展经济，但看得出他的一些做法还是在维护自己的政治基础，比方说他获得议会席位的选区是印度教的圣城瓦拉纳西。大选期间，海滨大道上有个竞选广告牌，上面是莫迪的巨幅照片以及"我是印度教民族主义者"的标语。2002 年的流血事件引发了许多问题，但它也从侧面反映出莫迪在党内的声望，在他们看来，领袖坚决不给自由主义批评者道歉的做法反而体现了他的力量。

近几十年，印度取得丰硕的发展成果，旧的等级制度在发展面前逐步土崩瓦解，低种姓的政客赢得政治权力，妇女也走入职场。在这样的背景下，莫迪的宣传策略是抓住大多数印度教教徒，这部分人既希望为传统感到自豪，又希望享受现代市场经济带来的物质繁荣。莫迪的大获全胜推翻了印度政界多年来关于政治权力会被几个政党瓜分的共识。上一个取得压倒性胜利的还是拉吉夫·甘地，从那时起到莫迪当选的三十年间，国大党和印度人民党的势力都被地方党派和种姓党派削弱，新德里当政的也往往是各个党派组成的脆弱执政联盟。如今莫迪创造出全新的广受欢迎的民族主义，这也受益于国大党过去提供的稳固的身份认同日渐式微。

1989 年，莫迪的政治生涯刚刚起步，也正是那年，弗朗西斯·福山在《国家利益》上发表《历史的终结？》一文，预言西式的自由市场民主将取得最终胜利。他写道："这并不意味着所有的社会都会变为成功的自由社会，只意味着在意识形态领域，没有社会再将自己标榜为不同的或更高形式的体制。"[39] 过去走社会主义道路的印度现在已转型成西式民主国家，它应该能为福山的理论提供一个很好的测试案例。莫迪作为技术官僚，也确实有可能带领印度走上西式的自由市场和民主道路。

印度在拆除社会主义遗产的同时，的确在向资本主义快速靠拢，但并没有在自由上取得多大进展。选民支持莫迪，确实有对物质繁荣的向往，但另一方面也因他提供的印度教身份认同的强大安全感，可以帮他们抵御极端激进伊斯兰主义的威胁和世界经济冲击。正如美国作家罗伯特·D.卡普兰所写："在这个资本主义猖獗、民族和宗教冲突致命的新时代，印度人的精神世界经历了不安的转变，这些现象一定程度上也是对全球化带来的社会同质化的剧烈回应。"[40] 莫迪的上位本身就是更大图景的一部分，全世界都兴起一轮保守主义和民族主义的浪潮，从俄罗斯的普京到日本的安倍晋三，再到土耳其的雷杰普·塔伊普·埃尔多安，以及最具分量的美国的唐纳德·特朗普。莫迪在2012年说过这样一句话："我经常告诉我自己，世俗主义就是指'印度优先'。"[41]

莫迪的支持率虽然很高，但他的愿景依旧让许多印度人感到深深的不安。2014年5月大选结果出炉那天，我在快日落时坐车返回艾哈迈达巴德。车一路向南开，我看到年轻人骑着摩托在车流中穿行，后座上的人挥舞着印度人民党的党旗。那一天，莫迪包揽了家乡邦的二十六个席位，但我驱车经过古吉拉特邦主要的穆斯林聚居区居哈普拉时发现，并不是所有人都在庆祝。

平板卡车拉着印度人民党的支持者从居哈普拉外的主干道缓缓开过，车上的喇叭高声放着庆祝的舞曲。天逐渐黑了，居哈普拉内狭窄的街道上基本看不到人，这是因为穆斯林周五礼拜的时间到了，这也是他们在印度新政治时代的头一次礼拜。这个拥挤的聚居地位于艾哈迈达巴德市中心南部七公里处，是个约有四十万人的城中城。不过，光看里面安静的小巷，倒让人觉得这是一个村庄。2002年暴乱爆发以来，成千上万流离失所的穆斯林从古吉拉特邦别的地方迁到这里，用人数换取安全感，和附近以印度教教徒为主的生活区在物理空间上完全隔开。

生活在居哈普拉的政治活动家瓦克尔·卡齐在简朴的家里一边平静地抿着茶，一边跟我说道："这里的穆斯林对莫迪还有那场暴乱了解得一清二楚，他们也知道许多问题的源头都在莫迪身上。这里从未得到莫迪经济发展模式的半点照顾……我也没法到外面生活，因为我叫瓦克尔❶……艾哈迈达巴德彻底被宗教界限隔成不同的世界。"[42] 我们聊天的时候，印度人民党的支持者还在外面狂欢，他看上去很担心夜幕降临后会发生些什么。他问我们介不介意半夜再过来一趟，确认这里是否一切正常。

莫迪能赢得大选，很大程度上是因为他承诺会将艾哈迈达巴德的成功带给全印度。这一口号甚至在穆斯林群体当中也颇具吸引力，2014年大选，投印度人民党的穆斯林选民明显比以往多不少。莫迪的支持者认为古吉拉特邦代表着印度最好的发展方向：工业化和城市化蓬勃发展的贸易中心、亿万富豪诞生地、日益庞大的中产阶级，以及消费社会的家园。莫迪很喜欢引用印度国父圣雄甘地的名言，并表示他的商业友好型发展模式最终也会让甘地关心的社会最底层受益。"圣雄甘地说过这样一句话：'要考虑队伍中最后的人能从中得到什么。'"莫迪接受采访时说道，"我的发展理念很简单，要想办法让最贫困的底层人民受益。"[43] 不过，

---

❶ 瓦克尔（Waqar），南亚穆斯林男子常用的名字，源自阿拉伯语，意为"尊严"或"荣誉"。

他主政古吉拉特邦十年，居哈普拉基本没享受到发展的红利，居民经常抱怨街道坑坑洼洼，自来水说停就停，学校的教育也乏善可陈。卡齐对莫迪整治裙带资本主义的承诺也持怀疑态度，他表示莫迪和高塔姆·阿达尼这样的商界大鳄明明走得很近，并且据他所知，大多数情况下，古吉拉特邦的穆斯林不花钱根本办不成事。

居哈普拉整洁的街道和房屋说明这里并非贫民窟，非要定义的话，这里其实为所有背景的穆斯林提供了避难所，不论是生活窘迫的难民还是中产阶级的白领，抑或是富有的商人。2002年的事件残酷地提醒古吉拉特邦的穆斯林生活在印度教教徒包围圈内的危险，哪怕是最富有的穆斯林也不例外。扎希尔·詹莫哈米德是生活在居哈普拉的印度裔美国作家，同时还是一位人权活动家。他跟我说过："这里并非美国那种只有穷人的贫民窟，而更像19世纪欧洲的犹太人聚居区，不论什么阶层的犹太人都只能在这里生活。"莫迪当选的那个夜晚，全国各地都有群众为此庆贺，他们认为在古吉拉特邦拥有出色政绩的莫迪上台以后，印度经济有望发展得更好，反腐败斗争也可能在短时间内取得突破。不过，生活在他家乡这个角落的穆斯林并不这么看，他们的情绪甚至完全相反。他们对莫迪出了名的正直和善于管理持怀疑态度，也给他到新德里以后会取得什么样的成就打了个问号。"这里的人说，莫迪当选的唯一好处是他不再是我们的首席部长，我们的日子总算可以好过一点，"詹莫哈米德说，"果真如此吗？我觉得这种好事很难落到居哈普拉头上。"

第五章　欺诈季

净化之路

那是一个寒冷的秋日，印度内阁成员陆续走进新德里心脏地段一个镶有木板墙面的会议室。人到齐后，身着白色衬衫和无袖夹克的纳伦德拉·莫迪宣布会议开始，并将公布他就任总理两年来最具分量的决定。那一天，他的办公室在会前发出两则不同寻常的通知，一是所有部长必须出席晚上的会议，二是所有人不得携带手机。[1]直到入座的那一刻，绝大多数人看着桌上写着2016年11月8日稀松平常的日程表，还是一头雾水。健谈的能源部部长皮尤什·戈亚尔事后跟我说道："财政部部长冲我得意地笑了一下，我才意识到有大事要发生。"[2]

莫迪的计划在酝酿过程中一直是高度机密。一个小团队为这项计划在他的住处密谋了大半年，到后期才有零星几位部长和央行官员被纳入这个圈子。[3]"国家发展到一定历史阶段，就有必要采取某种强有力的关键举措，"那一晚，莫迪在会后的电视演讲中说道,"强力反腐……我们决定从今天午夜开始,500卢比和1000卢比面值的纸币将不得在市场上继续流通。"[4]在印度这样一个所有买卖基本上都用现金交易的国家,这不是个突发决定,而是一场地震。

莫迪还在演讲中向全国人民宣布,翌日银行将停业一天。之后,任何人想使用当时最高面额的纸币(500和1000卢比)——相当于7美元和14美元,两种纸币的总额高达2200亿美元——都要拿着旧版纸币到银行兑换新版。媒体被莫迪的决定打了个措手不及,他们那天在关注同时进行的美国总统大选,也几乎没有专家预见到这点。经济学家伊拉·帕特奈克在那年以前一直是莫迪的资深顾问,她谈及此事时坦率地说:"我完全被震住,从没想过会发生这样的事。"[5]

莫迪废除大额纸币的原因说来也简单,印度有严重的黑钱问题,即没有上税的现金或财富,这里面既有犯罪所得,也有体面的中产阶级忘记向税务部门申报的收入。这种对交税心不在焉的态度在印度其实是普遍现象,12亿人口当中只有3700万人纳税,这么低的比例在世界范围内也非常罕见。[6]不过,莫迪在那晚的演讲中主要将矛头对准腐败和犯罪活动,他声称废除当下流通的大额纸币是为了锁定恐怖分子和犯罪团伙的非法所得,以及那些常年"把大把钞票藏在床板下面"的贪官。任何持有大量非法现金的人,都必须到银行上交款项并解释清楚钱的来路。"这会带来一些临时的麻烦,"他补充道,"但印度人民为了净化我们的祖国,难道还不能忍几天吗?"[7]

仅仅两天后,麻烦变得非常明显,银行一营业就被围得水泄不通。新版纸币没印多少,供不应求的问题迅速凸显。自动取款机前排起长龙，没多久就被取空。大家越来越搞不懂用旧版纸币存款或换新的要求和限制条件。经济学家对这一计划提出批评，质疑其有效性。莫迪政府每天都会发布许多声明和规则调整，这说明他们事先根本没有想好实施细则。现代经济史上很少有政策会给民众生活带来如此大的冲击，数亿人的生活节奏被打乱，各大报纸的头版一连几周都印着银行门口大排长龙的照片。一天天过去，队伍没有变短，莫迪这项政策一开始被许多人奉为高招，但随着时间的流逝越来越溃不成军。

印度当时流传着一种阴谋论，称这一举措其实是个政治阴谋。所有政党竞选都离不开来路不明的资金，但现阶段资金充沛的印度人民党比竞争对手更能应对现金危机的冲击，如此一来就可以在即将到来的邦选举中获得优势。不过，莫迪的真实想法其实要简单许多，他这么做主要是不希望别人批评他反腐不力。2014年他执政以来，政府总体来说相当高效，虽然没有推动多少真正大规模的经济变革，但经济增长率还不错，通货膨胀率下降，民意支持率也比较高。相比之下，他在反腐上的成绩就差得远了。进展也不是没有，比方说国大党主政期间那种特大的欺诈丑闻基本消失。再比如，莫迪上台后规定公司只能通过竞拍而非与政府的关系，来获得煤矿和频谱等公共资产，这又有助于终止过去经常爆出的政府低价转让自然资源的丑闻。此外，莫迪对以权谋私的零容忍态度也赢得大多数商界领袖的认可。2015年年中，一名亿万富豪跟我说："过去，我早上起床看报纸，会看到一些新颁布的规定，神奇的是这些规定会给我的某位竞争对手提供便利……谢天谢地，这种事不会再发生了。"

不过，印度普通民众并没有感受到多大变化，花钱办事仍旧是令人不快的常态。莫迪当选两年前，民调表明印度超过九成的人认为国家是腐败的。[8] 2016 年，非政府组织透明国际发布的全球清廉指数排名中，印度位列第 79 位，5 年内这个排名基本就没变过。[9] 再下一年，透明国际的另一份调查表明，69% 的印度人在过去 12 个月有过花钱找政府办事的经历，这个比例是亚洲最高的。[10] 回扣和好处费依旧控制着国民生活的许多方面，从土地收购到公共合同。莫迪上台以来推出的反腐举措，如对黑钱实行一段时间的赦免期，都影响力有限且效果平平。邦和地方政府的腐败现象依然猖獗，针对过去欺诈丑闻的调查也迟迟没有进展。另一家机构的研究表明，印度每年和政府打交道的人当中，半数最后都得花钱打点。[11] 小孩上学，家人住院，房屋供水，出生证、结婚证、死亡证明的办理，都得塞钱。印度人为维持基本生活，仿佛不贿赂都不行。与此同时，靠着和政府关系做大的企业家大多还是高枕无忧。反对党领袖拉胡尔·甘地批评莫迪是"西装政府"❶ 的带头人，这是他创造的词语中难得令人印象深刻的一个，意思是说这个政府由西装革履的裙带资本主义富豪组成，且为他们服务。[12] 一般来说，大额纸币退市会损害属于印度人民党政治根基的一部分小公司，莫迪的这一决定说明他不惜付出巨大代价以摆脱拉胡尔的指控。

几周后，我走进孟买离我家不远的一家服装定制店，它在一条巷子里，两边都是殖民地时期破旧的房子。十几个人在巷子尽

---

❶ 2015 年，莫迪与时任美国总统的奥巴马会面时穿着高级定制套装，上衣的条纹用金线绣制的莫迪英文名全称排列而成。由此，拉胡尔·甘地在某次采访中用"西装政府"（suit-boot ki sarkar）形容莫迪政府，暗讽莫迪政府只为富豪服务，不关心占印度人口绝大多数的农民和劳工。

头的自动取款机前排队，这是附近为数不多能取出钱来的取款机。服装定制店年长的店长穆克什·帕胡贾坐在前台后面，旁边摆着一摞摞叠得整整齐齐的衬衫，等待客户前来提取。他抱怨生意最近差得一塌糊涂，在这个主要靠现金交易的行业，政策一出，客户都不消费了，销售额跌了七成。"一切都用黑钱交易，"他告诉我，"在服装行业……你如果想定制一套高级服装，加上刺绣，得花掉15万卢比（2200美元）。这么多钱谁会刷卡啊？不会有人这么干。"

大家一般称呼穆克什·帕胡贾为"米凯莱"，这是他名字的意大利语发音。他年轻的时候，住在附近的泰姬陵酒店的意大利航空公司空乘来找他定制便宜的服装，给他取了这个昵称。我从他那儿了解到，在1994年开店之前，黑钱就在这一行发挥重要作用。他还说，大多数黑钱交易和犯罪活动无关，只是不让税务人员知情罢了。一笔交易涉及的金额越大——婚纱、金表，甚至房子——大家越可能私下交易。购买公寓是个极端的例子，除了支付明面上的官方价格外，买家还要额外付一笔官方价格一半的款项。"大珠宝店那种价格高达200万卢比（3万美元）的独粒钻石也完全用黑钱交易，"帕胡贾说，"根本没有交易走正规渠道。"不过，他的话听起来似乎有些自相矛盾，因为他后面又宣称自己正常纳税。他说哪怕是"干净"的客户，也会被现金危机吓得够呛。"怎么能这么干呢？"他问道，"这明摆着是在欺负老实的纳税人。不过莫迪也没办法，他为消除腐败，总得做点什么。这样做或许真能帮上忙。"

印度黑钱问题的源头至少可以追溯到20世纪70年代，那时的总理英迪拉·甘地带领着国家和社会主义阵营走得很近。当时，政府一度向富人征收高达97.75%的惩罚性重税，这让富人学会隐藏财富，企业家学会掩饰利润。[13]"理论上讲，这个政策应该有利于印度早日步入社会主义天堂，"经济学家斯瓦米纳坦·艾亚尔评论道，"但现实情况是印度因此沦为庞大的黑钱市场。"[14]有条件的家庭都会想办法私下完成交易。我有一位朋友在孟买的金融圈工作，他曾经跟我谈起自己对20世纪80年代的回忆。"我爸那时想卖掉他的车，于是我们一路走到当地一家我们常买鸡蛋、面包和牛奶的商店。我爸跟老板说明来意后，老板说包在他身上。第二天就有人带着一整箱现金跑到我们家，我们把车钥匙递给他。那个年代的人就是这样卖车的。"

废除大额纸币的决定一出，人们回避官方机构的聪明才智再次派上用场。家里囤有大量黑钱的人很快就找到洗钱的好办法，其中之一就是找中间人。中间人以折扣价收购他们的旧纸币，而后小额分放给乡下的贫农，贫农为赚取手续费，会将这笔钱装作是自己的存进银行，等风声过了再取出新版的干净纸币，返还给原先的主人。莫迪形象地描绘了一些人将成箱的现金藏到床下的情景，但这和现实有很大出入，因为大多数赚到黑钱的人都会迅速将现金转换成黄金或房地产等硬资产。大量的非法所得都作为"benami财产"藏了起来，也就是将钱寄存在别人名下或通过被称为"hawala"的地下货币商人网络转移出去。没人说得清印度影子经济的具体规模，唯一能确定的就是肯定很大。世界银行的一项研究称，印度2007年影子经济的规模略高于当年国内生产总值的五分之一，而另一家机构给出的比例高达三分之二。[15]

莫迪的新反腐手段给印度人的生活造成极大困难，但他称之为自我牺牲。"亲爱的同胞，我之所以舍弃故乡，舍弃家人，舍弃一切，就是为了全心全意为国家服务。"大额纸币退市几周后，他在一次新闻发布会上动情地说道,有时几乎强忍着眼泪,"你们选我难道不是为了反腐吗?你们选我难道不是为了打击黑钱吗?"[16]按他的说法,这意味着对付有权有势的既得利益集团,不过他从未指名道姓地提过任何人。"我会一直坚持下去,就算有人要活活烧死我,"他在同一次讲话中说道,"他们可能不会让我活下去,可能会千方百计地毁了我,因为他们过去七十年搜刮的战利品,现在拿不安稳了。"[17]这番话完全不像技术官僚给出的合理解释,反倒给废除大额纸币的决定增添一种近乎洗罪和净化的宗教意味。他在讲话中频频使用道德名词,也很难不让人想到他青年时代在RSS习得的思想。这一决定是莫迪对那些谴责他不敢放开手脚的人的一记强有力反击,还被他塑造成实现国家复兴的必要阵痛。

用大额纸币退市的手段反腐肯定有缺陷,最突出的问题就是会对经济发展造成不必要的负面影响。除此之外,莫迪左右民意,煽动民众仇富情绪的做法也值得警惕,会引发不加思考的平民主义。大额纸币退市的决定发布以后好几周,电视台记者也没能在银行门口的长队中采访到一个愤怒的普通人或农产品卖不出去的农民。相反,大多数人好像还挺支持这一决定。莫迪巧妙地将火力对准公众脑海中的恶棍,也就是收受贿赂的警察、狡诈的官员,以及无法解释巨额财富来源的政客。表面上看,大额纸币退市就是用来惩罚这些人的。"中产阶级在心理上获得极大满足感,因为他们觉得这相当于给所有利用裙带关系的人和腐败分子一记响亮的耳光,"新德里的经济学家拉吉夫·库玛跟我说道,"这些走歪门邪道发家致富的人总算得到应有的惩罚,他们很开心。"[18]

欺诈成风

腐败在印度现代史上一直以不同的形式存在。英属印度时期，历代英国行政官员都曾因贪污问题被起诉，曾为东印度公司夺下孟加拉的冒险家罗伯特·克莱武就受过掠夺财富的指控，首任印度总督沃伦·黑斯廷斯在1788年也因涉嫌牟取暴利遭到审判。历史学家威廉·达尔林普尔饶有趣味地指出，loot这个在印地语中表示掠夺的词语很快被英语吸纳，主要就是因为当时英属印度腐败问题严重。[19]到20世纪，印度独立的呼声越来越高，贪腐现象依旧没有多少收敛的迹象。1939年，圣雄甘地对党内的财政违规行为大感失望，他愤怒地说道："我们好像是从内部被削弱的。真到不得已的地步，我宁愿给国大党一场体面的葬礼，也不愿它被猖獗的腐败摧毁。"[20]乐观的印度民族主义者认为一旦摆脱英国的控制，就有望组建廉洁政府。这种美好的愿望到60年代英迪拉·甘地执政的时候基本消失殆尽。许可证制度期间，贪腐现象非常普遍，就连报纸的星座版块都将此作为重要话题。1985年的一期《印度斯坦时报》就给处女座提出这样的建议："整体运势不错，但也要谨慎。如果给别人塞钱，一定要盯着他把事情办成。"[21]

经济自由化的拥护者曾预言印度的腐败问题会随社会主义道路的终结一同消失。从某些角度看，他们没说错。1991年以来，人们不再需要为了买水泥或小摩托车，又或是安装电话的事去贿赂别人。不过，这并不意味着改革彻底终止了贿赂，相反，它为那些无耻之徒催生出更为广阔的新途径。国家放宽限制以来，电信和航空等原先在印度经济存在感很弱的行业开始蓬勃发展。土地、商品等资产的价格也跟着大幅上涨，尤其在跟全球经济联系紧密的行业。正如经济学家贾格迪什·巴格瓦蒂所说："价格上涨意味着政府官员（以及和他们勾连的商人）有更多机会捞大把黑钱。"[22] 零售式的小规模腐败并没有消失，现在又爆出批发式的大规模腐败。可以说，在牵涉的领域和金额上，21世纪前十年轰动印度的丑闻和过去的贪腐完全不是一个量级。

腐败的意思是滥用职权，谋取私利。这个定义比较宽泛，贿赂、贿选、诈骗和任人唯亲都可以归在里面。不过，对于印度这样的新兴经济体而言，谈到腐败，更为凸显的问题是新近崛起的裙带资本主义——一位政治学家将其定义为"精英阶层同流合污"——以及与之相伴的巨额腐败。[23] 在发展中国家，政客、官僚、商人三方沆瀣一气，占据宝贵公共资源的例子比比皆是。俄罗斯的各个行业更是在1989年就被洗劫一空，之后又落入那些易受摆布的寡头手中。中国的经济改革并没有走全面私有化的道路，但政府依然和经济有着密切的联系，控制着庞大的国有企业，可以从中提取资源。印度和中国情况类似，经济在很长一段时间都由国家主导，但自由化改革以来很大一部分又重新回到私营企业手上。

在这一过程中，政府官员发现他们控制的国有资产突然变得值钱。米兰·瓦西纳夫在研究印度腐败和犯罪问题的专著《当犯罪可以带来回报》中谈到，随这一转变而来的是各种形式的权力寻租。一些官员有权力左右规则的制定，可以根据企业的需要进行倾向性调整。另一些官员掌控着矿产和土地等稀有自然资源的分配。还有一种情况和政治有关，尤其是政党对非法政治献金的需求。[24] 这些问题并非经济增长造成，波兰等国顺利推进且并未伴生裙带资本主义的市场经济改革就能说明这一点。腐败说到底还是政治问题，自由化改革的同时，政府也需要更新管理和调节经济的举措，否则，有权有关系的人为自己的利益，会轻易将商界巨头、政客、官员联系到一起，搭建人们常说的关系网络。腐败一词含有好东西腐烂的意味，但印度的腐败却是个充满"生命力"、和企业的发展紧密相连的过程，其特点是监管俘获❶下狡猾的暗箱操作和大胆尝试。21世纪初有一段时间，人们甚至觉得印度改革引发的裙带资本主义根本无法制止。

百分百的裙带资本主义

不过，这从来都不是一场一边倒的战斗，如果说有谁能控制印度日益猖獗的腐败之风，那一定是维诺德·拉伊，他此前是一名公务员，戴着眼镜，看上去很安静。2016年一个潮湿的上午，我跟拉伊在新加坡碰面，他当时在一所高校兼职，看上去相当放松，穿着棕色长裤和蓝红格子衬衫，一头银发梳成大背头，讲话时黑色的眉毛会跟着上扬。透过他办公室的窗户可以看到郁郁葱葱的校园，这幅景象和喧闹的新德里仿佛隔着好几个世界。早在2008年，他在新德里签署就任印度第十一任主计长兼审计长。

主计长兼审计长这份工作如字面般无趣，一般由谨慎的老人担任，主要生产没什么人读的枯燥报告。拉伊上任时，这座城市到处流传着负面消息。2008年的新德里简直成了个巨大的建筑工地，到处在紧锣密鼓地筹备2010年英联邦运动会。印度本想借这场盛事展示国家的经济发展成就，但没多久就沦为一桩腐败频发的大闹剧。同一时间段，曼莫汉·辛格政府正忙着给与政府关系密切的大公司发放电信牌照和采矿许可证。媒体很快爆出十几起腐败丑闻，也就是人们后来常说的欺诈季。印度似乎处在丧失道

---

❶ 监管俘获（regulatory capture），指政策制定者或监管部门受其监管对象的控制，只服务于该团体的商业或政治利益而非公共利益。

德底线的边缘，正需要一位公众英雄力挽狂澜，但谁也没料到这个人会是拉伊。他用几篇言简意赅的报告揭露腐败问题的真实规模，其中既有沉稳的体面，又饱含对政治阶级以权谋私难以掩饰的愤怒。

2008年1月，拉伊出任主计长兼审计长。"德里很多圈内人士都知道有问题，"他告诉我，"议论和八卦也很多，但你得用证据说话。"他用两年时间交出第一份重磅报告，谈的是2G频谱违规分配的问题。在那之前，电信行业一直是印度自由化改革的骄傲。作家兼国大党政客沙希·塔鲁尔曾描述20世纪80年代拨打长途电话的记忆。首先需要提前数小时预约，不然要加钱选择尊贵的"闪电"连线服务，只用等半小时就可以通上话。正如塔鲁尔所说："这就是印度，闪电也得等很久才能劈下来。"1991年以前，家庭有线电话绝对是富人才装得起的奢侈品。但短短二十年，印度拥有手机的人数就超过五亿，这也让印度成为仅次于中国的第二大手机市场。[25]"回首印度过去二十年的变革，我觉得手机是最能代表这一历程的东西。"塔鲁尔说。不过，照着印度后面的发展趋势，它恐怕会成为腐败最具代表性的标志。

拉伊刚上任没几天，"2G欺诈"就启动了。辛格政府计划以"先到先得"的模糊制度发放频谱牌照，而非公开拍卖。2008年1月10日，电信部在通知下发几小时后，召集投标者到新德里的电信部会议室开会。"十五名投标者按时到位，带齐了银行支票、银行保函在内的各种材料——这些通常需要准备好几天，"一篇报道写道，"显然有人提前给这些关系户通风报信。"[26]接下来的场景混乱不堪，各大公司的高管火急火燎地填表，从一个办公室冲到下一站。到这天下班的时候，电信部总共发放了一百多张电信牌照给八家公司。这起事件对印度声誉造成长达数年的损害。随着时间推进，细节一点点暴露出来，最后浮出水面的真相似乎囊括了一切不法的伎俩，既有空壳公司为背后的大公司打掩护，也有说客和巨头爆出色情通话。所有细节最终指向印度的电信部长安迪穆图·拉贾，他来自印度南部的泰米尔纳德邦，是名从政经历丰富多彩的政客。

直到拉伊发布他2010年的报告，被指控的电信丑闻才显现出真实的规模。审计长用公开拍卖可能募集到的资金减去电信部实际到手的资金，估算出这起事件让国家流失了1.8万亿卢比（260亿美元）。[27] 2011年，拉贾因此受到刑事调查并被关进监狱，等待审判。2012年，最高法院取消了之前发放的122张电信牌照的效力。[28] 此外，多名电信行业的高管也因此蹲了一段时间的监狱。这些处理结果引发了铺天盖地的报道，让拉伊备受争议，有人夸他是改革斗士，有人骂他是一心给印度企业抹黑的狂热分子。他没有向外部压力低头，还发布了更多报告，从英联邦运动会前夕的违规操作到天然气合同的腐败问题。不过，2006年至2009年间印度丑闻频发，拉伊的报告也只调查了其中一小部分。有人估计国家在这些丑闻中流失的总金额"高达数千亿美元"。[29] 20世纪80年代，经济学家罗伯特·克里特戈德将腐败的过程定义为"垄断+决定权-问责"。[30] 拉伊站出来以前，印度接二连三的丑闻和这一公式几乎完全吻合。

2012年，拉伊在报告中揭露"煤炭欺诈"，这起最晚曝光的丑闻或许也是最恶劣的。[31] 印度有将近十年的时间都免费给公司发放采矿许可证，附带条件是采到的煤只能用于周边的工业项目，如钢铁厂和发电站。一开始几乎没有公司申请，因为无论是国际市场还是国有矿业巨头印度煤炭公司都可以提供低价的煤炭。而2000年以来，受中国经济高速发展影响，煤炭在国际市场上的价格大幅上涨，印度国内矿业权的价值也跟着急剧上升。仅2004年到2009年的许可证发放量，就有两百余张。拿到许可证的很多都是知名工业家，也有部分是对矿业兴趣不大的公司。"比方说我是某个邦的报业大亨，又恰好和这个邦的煤炭部部长很熟，"拉伊跟我解释这里面的流程，"我会跟他说：'我打算建个电站，你为什么不帮我弄个矿呢？'他们就是这样拿到矿的，当然，谁知道具体交换了什么。"据拉伊团队估算，这一矿业政策总共让各个巨头发了三百亿美元的横财。[32]

印度的丑闻有规律可循，但每一起都有自己的运作方式。英联邦运动会牵涉许多合同，主要由印度奥委会牵头负责。违规操作最初曝光是因为高昂的花销，如运动员村一卷卫生纸购价高达4000卢比（62美元）。[33]还有指控称组织方为了回扣，将合同给了关系户。2G丑闻则主要是用贿赂换取牌照以及小公司被雇作大集团的代理人。不过，所有因丑闻被捕的人都坚称没做过任何违规的事。2017年年底，专门负责这起丑闻的法庭宣判前电信部部长拉贾在内的多人无罪，其中也包括几家企业的代表。法官在调查进行7年之后做出裁决，并在庭上严厉批评控方律师无法提供足够的证据定罪。[34]

煤炭丑闻大概是所有丑闻中最复杂的，直到2014年，最高法院突然以发放过程"武断，不合法律要求"为由，宣布国大党执政期间发放的许可证无效，这起丑闻才告一段落。[35]这也是唯一一起间接影响到曼莫汉·辛格的丑闻，因为他在两届总理任期的前期暂代过一段时间的煤炭部部长。接二连三的丑闻严重损害他的声誉，但这位身处困境的国大党领袖除了硬撑下去以外别无选择。他不止一次尝试过制止随意发放许可证，但事实证明，他有限的权力无法完全贯彻他的意愿。[36]煤炭丑闻依旧大行其道，政客、官僚、企业家三批人，再加上形形色色的中间人就这样将矿业权瓜分。比起别的丑闻，煤炭丑闻或许最能体现印度官商勾结的特点，也最能说明印度深入核心的腐败。"这就是裙带资本主义，"拉伊叹了口气，总结道，"百分百的裙带资本主义，没有别的成分。"

中间人

阿拉文德·阿迪加在他获布克奖的小说《白虎》中，以一种露骨乃至刺激的方式想象腐败：行贿人提着装满现金的箱子，径直前往权力中心送钱。故事的主人公巴尔拉姆是贫困的乡下人，在新德里找了份给有钱人家当司机的工作，但他最终杀了自己的老板，变成一个完全丧失道德底线的小商人。书中有这样一个桥段：巴尔拉姆开车送老板及其朋友前往勒琴斯的德里，那片行政区是英国建筑师埃德温·勒琴斯在20世纪初设计的新帝国首都。"我开车朝芮希那山丘的方向驶去，上山后，每隔一段距离就会有警卫伸手示意停车，检查车内情况，车最后停在总统府旁一栋高大穹顶建筑前。"巴尔拉姆描述道。[37]老板紧跟着走进去，几小时后气冲冲地出来，他觉得很丢人，因为一手提箱的钱仅仅换来几句之后会对投资项目提供帮助的模糊承诺。返回途中，老板突然瞥见印度德高望重的国父的雕像。"我们刚给部长送完钱，就乘车经过甘地的雕像。这真是个该死的笑话，不是吗？"他说。"印度的国情确实很复杂。"他的朋友答道。

现实生活中行贿极少这么明目张胆，但如书中描绘，送出去的钱确实有打水漂的风险，这也是为什么人们需要能给双方提供信任感的中间人牵线搭桥。拉伊跟我说，在新德里大多数人都知道，某些政客的伙伴可以作为中间人，代找政客办事或请他关照，有的是政党的工作人员或政党领袖的助手，还有的是资深政客的亲戚，以及同乡或同种姓的心腹。但大多数情况下，中间人只是纯粹的权力经纪人，可以帮助企业家绕过烦琐的手续，直接和当权者对接。印度自由化改革已经数十年，按学者苏尼尔·基尔纳尼的说法，印度在这一过程中变成"依赖接待员的社会"。2010年，拉伊的电信报告发布没多久，基尔纳尼就写下这样一段话："近几十年的巨变到头来只是增加了腐败的风险、可能性以及必要性。如今，站在新社会阶层顶端的正是这批接待员，他们有能耐把人带进政客的接待室、官员堆满文件的办公室，以及首席执行官配有维特拉❶办公家具的会议室和沙龙。"38

所谓接待员并非突然冒出来的，社会主义阶段印度社会各个角落里的代理人就是他们的前身。我有一次跟印度知名的单口喜剧演员阿努瓦卜·帕尔聊天，他跟我说："过去在印度，人们有时会说：'我到德里买什么什么，但没找对人。'"青年时期他就意识到，买最基本的商品，也得花钱和找中间人打点。"我在这样的经济体制下成长，直到今天，还是觉得通过一个会说'包在我身上'的中间人买东西更有安全感，即使网购透明得多，而且中间人十有八九在撒谎。"1991年以来，印度人买电视、双门冰箱之类的物件，再也不用找中间人，但中间人对商人越来越重要。与此同时，

---

❶ Vitra，创办于 1950 年的瑞士家具品牌，以精细的工业水准和创新的设计理念著称。

对于那些想要收受贿赂的官员和政客来说，中间人也免去他们亲自索贿的尴尬，保住了他们的面子。正如一份研究所说："中间人可以帮助民众和官员降低交易成本。他们知道应该找谁、如何找，也知道哪位官员更为'靠谱'。"[39]

在我即将离开印度，和妻子头疼如何带走猫时，我发现中间人在日常生活中也发挥着至关重要的作用。[40]我们当初带着两只缅因猫来印度工作，这种品种的猫毛发浓密，并不适合在印度炎热的夏天生活。我们那时想尽办法才把它们带进印度国门，没承想带它们出境简直是场行政手续的噩梦，既要填表，又要看兽医。我后来在朋友的建议下，花一笔不小的钱请了位宠物出境代理人，在他的帮助下，很快办到最后一步。那天，我开车前往郊区一栋政府办公大楼，车内坐着代理人的助手以及我的两只猫。到停车场以后，我们一直坐在车里等。一小时后，代理人约的农业部检查员终于现身，他象征性地瞅了眼两只猫，然后递给我一张关键的证明。谁也解释不清为什么非要有这个证明。我也说不上来给代理人的那笔钱究竟有多少用作"加急费"。其实可以推说不知情才是关键，代理人帮我把手续办妥，我当然高兴，但更高兴的是我对全过程是否存在行贿受贿行为毫不知情。

虽然家境优渥的中产阶级免不了抱怨中间人，但实际上，中间人对穷人造成的伤害最深。根据一位学者的估算，近半数印度人每天仅靠38卢比（0.5美元）勉强度日，对这些人而言，再少的打点费也会给他们的生活带去极大冲击。[41]我去过一次印度的南部城市海得拉巴，特地跑了趟城内的贫民窟，那里尽是泥泞的土路和用瓦楞铁板充当屋顶的小屋，但它的名字（Nandanavanam）翻译过来却是"空中花园"。[42]一位叫贾伊玛·邓帕的女士身穿有些褪色的红绿纱丽服，站在仅有一个房间的家外面，向我展示如何用铁皮水桶改成的简易炉子给一家七口人做饭。她大多数情况下都用木柴生火做饭，但地上也堆了些别的东西充当应急燃料，比如一个泄气的旧足球。理论上讲，政府可以免费为居民提供炉子，但真要拿到手，还得给中间人好处费，邓帕说她出不起这笔钱。她每周都要去当地市场买木柴，再用头顶着回家，这一趟要花费好几个小时。她希望有朝一日可以得到个炉子，但她知道一时半会儿肯定用不上。"这种东西本应免费，"她跟我说，"但一到这儿就全变成收费。"

一份出色的学术报告发现，随着印度经济的发展，中间人发挥的作用越来越大，他们似乎可以搞定一切，大到让货物顺利通过海关，小到通过驾照考试。[43] 这份报告的研究员跟踪了许多在新德里学车的人，发现近四分之三的人都找了中间人，绝大多数都顺利拿到了驾照。相比之下，那些试图靠自己本事通过考试的人有很大概率拿不到驾照，即使他们车技不错。报告在结论中称，中间人会设法将一部分服务费转给负责考试的人，并且考官常常会在考试现场随意给不请中间人的考生不及格，如此一来，他们下次就知道该怎么做了。这也解释了为什么 2011 年成立的反腐网站 ipaidabribe.com 上，关于驾照考试的抱怨会那么多，全都是公众在上面匿名发表被敲诈的经历。网站还列出腐败的详细类别，每一类下面都可以找到相关业务当下的"行情"，比方说办身份证需要 200 卢比（3 美元），免去用电检查需要 1 万卢比（157 美元）。事情越复杂，价位越高，像土地登记这样的事自然需要一大笔钱才能搞定。有时钱到位了，一切手续都可以免除。有名网友在 2017 年发帖吹嘘没参加考试就拿到了驾照。"我并没有直接花钱贿赂谁，"他写道，"但我找了区域交通办公室代理人帮忙，肯定有人通过他拿了好处。"[44]

中间人在商界最为活跃，常常能促成巨额的地下交易，其中，跨国公司经常是特殊客户。1991年，印度吸引的国际直接投资仅有1亿美元，但到2017年这个金额就激增到600亿美元。[45]随着大量资金流入，一种新阶级兴起，有人说它为官僚提供"护航服务"，目的是帮无助的外国人应付当地法规，赢得政客青睐。印度是武器进口大国，军火商只要有需要，中间人就可以牵线搭桥，促成暴利的军火交易。中间人对英美等国更是具有特殊意义，这些国家的反腐败法明确规定海外行贿违法，公司找中间人可以规避风险。外企也经常和本土公司合作，这样一来，本土公司就可以帮外企跟当地政府打交道。维诺德·拉伊跟我说了一件发生在2013年他即将卸任主计长兼审计长时的事。那时他跟一家外国电信集团的负责人吃午饭，那家集团之前和一家印度公司在印度组建合资公司，并随之卷入2G丑闻。"他非常坦诚，"拉伊跟我说起那位负责人，"他原话是这样讲的：'别人跟我们说，要想在印度做生意，只能这么干。'要是出问题，他也有很清晰的应对思路，大可以说这是印度合作伙伴的责任。这也是他对那些事视而不见的原因，不过，事情最后还是败露了。"

我们所在的国度

不论你从哪个角度看，印度的腐败问题都很复杂。中产阶级虽然对奸诈狡猾的政客和行为可疑的富豪非常不满，但他们大多也都是行贿和避税的专家。行贿在印度社会可以说是积重难返，政府首席经济顾问考希克·巴苏甚至为此在2011年呼吁将其合法化。[46]提议引起公愤，但他的逻辑其实很简单：行贿人得知自己不会受罚后，更有可能坦率交代行贿经过，这将有助于警方找出索贿的源头。

也有人不认为腐败是社会顽疾。社会学家阿希斯·南迪是左派元老，他几年后的一席话也引起类似的轩然大波。他将腐败称作"一种可以带来平等的力量"，可以帮助穷人，尤其是那些低种姓的穷人。[47]美国作家凯瑟琳·布在《美好时代的背后》讲述了个类似的故事。她在书中记录了孟买机场附近贫民窟的生活，并用富有同情心的笔触描述了阿莎的经历。阿莎本是一无所有的穷人，但她后来成为贫民窟的政治掮客，赢得一定的权力。"在印度的部分精英之间，贪腐这个词全然只有负面意义，会阻挠印度现代化与全球化的努力，"凯瑟琳·布写道，"然而贪腐对穷人而言……反倒是仍未消失的一个真正机会。"[48]

腐败和经济发展的关系也同样令人困惑。大部分人直觉上认为腐败不利于经济发展，世界上最腐败的国家大多数也确实是穷国。腐败会扭曲经济活动，损害政界和商界之间的信任，本应用于促进生产力的资金被轻易挪作他用。印度的经济发展趋势似乎也证明了这一点，欺诈季在2013年发展到顶峰，之后几年的经济明显陷入低迷。

不过，也有人持相反的意见，最有名的当数美国政治学家塞缪尔·亨廷顿的论断。他认为腐败并不单纯是经济发展带来的不良副作用，相反，很多情况下腐败是有益的，可以充当"现代化道路上很好的润滑剂"。[49]一份学术研究指出："亚洲经济高速发展阶段，裙带关系和其他形式的寻租普遍存在。"[50]在这些国家，交易的好处费促使官员和政客做有利于投资的事。乔·史塔威尔在2013年出版的《亚洲大趋势》中指出，将裙带关系和经济增长捆绑到一起的手段成为这些国家有意为之的经济发展战略。在韩国和马来西亚这样的国家，商人捞钱得到政府默许，只要他们投资政府倡导的出口行业以及基础设施建设。史塔威尔写道："成功的发展中国家将寻租当成吸引和控制商人的诱饵。"[51]

从亨廷顿的观点出发，印度的问题与其说是腐败，不如说是未能有效利用腐败促进经济发展。尽管如此，印度陈旧的腐败系统还是为拉动投资做出了贡献，欺诈季过后连续数年的低迷经济形势就是明证。莫迪大力反腐，加强审计员、法官、媒体的监察力度，裙带关系在这一背景下确实低调不少。不过，陈旧的腐败系统停止工作的同时，并没有更为廉洁的新系统取而代之。官员害怕承担违反规定的风险，没有人敢做决策，新德里就此瘫痪。商人不再投资新项目，产业投资也大幅萎缩。

腐败背后隐藏着一个长期困扰印度的问题，即政府不够强势。高速发展的经济一直在试图追求外界更具活力的商业环境，同时也对政府提出新要求。不过，印度的国家机器有许多问题，常常无法满足经济发展的需要。马尼什·萨哈瓦尔是班加罗尔外包集团"团队租借"（TeamLease）的董事长，他对政界和商界的往来有很多深入思考。他跟我说："我们国家有这样一种传统：除明确可以做的事情以外，别的事都禁止。这可以一路追溯到英属印度时期。"几十年以来，印度都是从经济角度理解改革，很少关注政府采购这样的基本问题。中国政府非常高效，相比之下，印度政府有的领域插手过多，有的领域又管理偏松偏软。萨哈瓦尔简要地将印度的问题形容为"官僚主义的胆固醇"，认为这个低效且腐败横行的体制从内部堵塞了。

世界银行每年发布的"经商容易度"指数都说明印度政府的表现非常糟糕。2016年，也就是莫迪禁止大额纸币流通那一年，印度可悲地在190个国家和地区中排第130位。[52] 很多问题出在立法层面，如1948年通过的工厂法案恐怖到规定工厂主粉刷楼梯并且给窗框涂上清漆的时间。[53] 有人估算在印度开一家工厂需要57张许可证，开一家宾馆需要90张。[54] 联合酒业之前的老板维贾伊·马尔雅曾公开表示，运营这家公司需要的许可证多达20万张。[55] 此外还有一大批难缠的执法人员，包括工厂总监察员、警戒监察员和锅炉压力容器监察员，随便一个人都有权让工厂的机器停止运转。[56] 这些令人头疼的行政问题也为腐败提供了温床，如果不打点到位，监察员就会一直拖着不让工厂开工。

哈佛大学学者兰特·普利切特谈到印度政府的表现时，并没有用失败这个词，他的原话是"失控"：印度政府也有能力，主要集中在上层，但越往下问题越多。他写道："警察、税收、教育、医疗、供水供电，这些和民生息息相关的领域基本上都是旷工、服务态度差、履职不力和腐败的重灾区。"[57] 拿地的猫腻出了名的多，复杂的土地法规让企业很难直接从农民手上买地，多数情况下只能仰仗政府控制的"土地银行"。土地能否转化为工业用地，也是政府官员说了算，他们借此大幅度抬高地价。这些现实情况都在给官商勾结创造条件，也确实催生出人们常说的"土地势力集团"，即商人和官员组成松散的联盟，通过低价买地、变更土地性质，再高价售出的方式赚取高额利润。许多国有资产都这样被瓜分，比方说"水资源势力集团"就控制着运往孟买和班加罗尔市区的水资源，再比如"沙子势力集团"为满足建筑行业对沙子源源不断的需求，在全国各地的河床非法采沙。

政府的低效还会导致其他形式的腐败。印度东部的恰尔肯德邦经济比较落后，但矿产资源丰富。一项研究称在该邦采矿，开工前总共需要到政府机构办理240道手续。[58] 这一系列烦琐的手续要从基层办事员那里一路办到工程项目监察员和授权委员会的办公室，最后还得送到首席部长的办公桌上。问题并不仅仅出在手续繁杂上，别的国家审批这样的工程项目，也要过很多道关卡，但印度审批程序的要命之处在于每一步都可能拖延很久。企业家推进工程项目，常常会绝望地说"材料"卡住了，和项目有关的纸质申请材料经常要很久才会从一个部门交给下一个部门。项目耽搁可能造成的损失促使很多企业家直接找决策层，最好是高官或资深政客，有他们打招呼，手续很快就可以办下来。

这样一说，印度政府看似凶猛，但其实更像一头异常虚弱的野兽，随国情日渐复杂而在治理国家上越来越力不从心。从公务员占人口的比例看，印度几乎是中国的三倍。[59] 印度行政局（IAS）是印度公务员系统的金字塔顶，总人数不到五千人，中央政府和邦政府的多数要员都是行政局成员。不过，行政局的公务员精英大多在新德里以外的地方工作，担任"县收税官"，也就是在县里说一不二的地方长官，管理着面积常常相当于好几个小国面积总和的区域。

英属印度期间，印度上亿人口由不到1000名英国官员管理，这么多年过去，权力巨大的印度行政局在结构上的调整微乎其微。尽管被亲切地称作"先生"（babus），但行政局的官员在民众眼中是高高在上、能力不足以及腐败堕落的形象。一提起他们，许多人就会想到身着白色制服的高官，坐着线条优美的印度大使牌经典轿车，行驶在新德里的马路上，后窗窗帘一般都拉着，车顶还闪烁着蓝灯。尽管如此,印度人还是把公务员看得很高,必须通过世界上竞争最激烈的考试,考试每年仅招1000人左右,报名参加的却有50万人之多。[60] 行政局官员常常智力超群,拥有行使和改变规则的强大政治能量,商界领袖也对他们心存畏惧。不过,很多体制内的人会私下惋惜体制的吸引力没有过去强大,他们担心私企发展势头的迅猛会挖走越来越多优秀人才,也忧虑其中相当一批官员在新德里之外工作后,将自己的政治前途和当地强大的政客捆绑在一起,滋生更多的腐败。

腐败还会以别的形式破坏政治生态,最明显的就是职位任命。印度最不缺年轻人,哪怕最基层的岗位也非常抢手。2015年,北方邦要招一名送货员,月薪1.6万卢比(240美元),最后申请的人数竟然超过200万。[61] 领导岗位的主要吸引力并不在于本身的光环,而在于有权力吃更多的回扣。1982年,英国政治经济学家罗伯特·韦德写过一篇著名论文,直指印度南部买卖灌溉工程师岗位的乱象,揭露背后复杂的买官卖官流程。[62] 他发现这个岗位可以利用职权拿到大笔好处费,因为他们可以决定许多事,例如灌溉用水去哪个镇,不去哪个镇。他还发现,这些人拿到的钱不用上交给更高层领导或政客,这种运作模式既简单又巧妙,每个人最初成为灌溉工程师就花钱打点过,金额和这个岗位能捞到的钱成正比。当时的行情是,拿到基层一个"运营和维护"岗位需要10万卢比(1570美元),一旦坐上这个位置,后期收取的好处费大概是这个金额的3倍,如韦德所说,"这个收益非常可观"。

这种类型的腐败在印度普遍存在,形成一个买卖公共部门岗位的成熟黑市。这导致整个系统充满逆向激励。有一份研究表明,孟买警察都愿意花钱将自己调到犯罪率高发地区,因为这样就有更多的机会从犯罪嫌疑人和受害者身上捞好处。[63] 同样的道理，消费税官员愿意花钱将自己调到大港口。税务官员削尖脑袋也要拿下负责大公司和高收益行业的岗位。流经一个岗位的资金越多，能从中捞到的钱就越多。行政局官员面对这样的形势别无选择，要么对此视而不见，要么和底下的人同流合污。正直的求职者从一开始就不大可能申请那些需要花钱打点的职位。至于那些因大环境不好而"小题大做"的正派公务员，很快就会被调到没有油水的普通岗位。

印度经济腾飞那几年，有很多例子足以说明腐败加剧和政府能力弱脱不了关系，其中颇具代表性的事件发生在果阿邦。这个前葡萄牙殖民地以栽有棕榈树的沙滩闻名，但2005年以来，关于该邦违规采矿现象猖獗的报道越来越多。几十年以来，旅游业和矿业一直是果阿邦的两大支柱产业。这里的海滩充满魅力，铁矿资源则提供稳定的繁荣。过去，该邦的铁矿一直由当地家族企业控制，它们会挖掘邦内的红土，而后将采出的铁矿运往当地钢铁厂。不过，国际行情上去以后，果阿邦的形势也跟着发生变化。一天下午，该邦印度人民党的首席部长马诺哈尔·巴里卡坐在俯瞰该邦首府帕纳吉城市景色的豪华住宅里跟我说："2005年前后，中国的作用突显出来。"巴里卡在公众心目中是有能力的官员，2012年，他凭借反腐旗号在选举中取得压倒性胜利。2013年，他提到中国为准备2008年北京奥运会有过一段时间的建筑热潮，国际市场上的铁矿价格也跟着大幅上涨。果阿邦的矿业就此进入繁荣期，当地的钢铁厂为满足中国市场需要，不断提高产能。"这掀起采矿热，"他说，"那是个机遇期，从没采过矿的人也想赚赚快钱，这里面也包括一些有政治背景的人。"

我2013年到果阿邦的时候，这股热潮早已过去，但后遗症还很明显。一天上午，我和当地一家大型矿业集团的负责人安巴尔·蒂姆布洛驱车前往该邦的内陆地区。[64]我们经过好几个小镇，每个小镇都有刷着明亮白漆的天主教堂，再后来经过的就是小一些的村落，路两边可以看到村民整洁的单层房屋，很多房屋外都停着个头挺大、颜色鲜艳的自卸货车。蒂姆布洛解释说，经济繁荣期，国际市场上的铁矿价格猛涨，整个果阿邦跟着陷入疯狂。一般来说，开新矿要走好几年的手续，但突然之间，新许可证的发放变得混乱不堪。一时间投机者和骗子到处都是，他们能提供包括采矿设备和黑市资金在内的一切。数百万吨铁矿遭到非法开采。蒂姆布洛谈起本邦那段疯狂的历史，好像还有几分尴尬。"拿到采矿许可证的有政客，也有他们的密友……不诚信的人到处都是，有新面孔，有商人，还有货车承包商，那时真是糟透了。"许多村民贷款买自卸货车，等着当地矿业公司雇他们拉矿，但后来中国经济降温，国际行情一落千丈，企业也用不上他们的车了，直到今日，果阿邦各地的村子依旧停放着数百辆无所事事的货车。

果阿邦南边毗邻卡纳塔克邦，这个邦面积更大，当初的采矿热也更为疯狂，其中带头的是有权有势的雷迪三兄弟，三人都和当地政府走得很近。加利·贾纳尔达纳·雷迪在三兄弟中最有影响力，他也在2004年国际铁矿价格刚刚开始上涨时最早拿到采矿许可证。他甚至将矿业城镇贝拉里变成私人领地：一个国中之国，遍布戒备森严的院落和进口的豪车，与其说这是果阿邦一个中等规模的城镇，倒不如说是哥伦比亚毒枭的藏身地。数百家矿业公司涌现，每天开采的铁矿可以装满上千辆货车，铁矿一上车就被拉到附近港口，随后走船运前往中国。政府本就疏于管控这些公司,加利·贾纳尔达纳·雷迪当选邦部长后更是如此。后来,一项官方调查斥责"地方政府在管理上完全失守",并指出有七百多名官员存在严重渎职的情况。[65]雷迪称自己没做过任何违规的事,但2011年,他还是因非法开矿入狱,三年多后才获准保释。

接二连三的欺诈行为说明印度政府确实难以应付全球化提出的新要求。放眼印度,果阿邦不论经济还是邦政府的治理能力都相对不错,但面对新环境的挑战,还是很快败下阵来。"非法采矿"变成一个含义甚广的说法,可以指矿业公司的开采量超过许可证允许的份额,也可以指它们在没有许可证的情况下直接开矿。矿业备受追捧的那段时间,官方称产量翻了一番,但实际上,大家好像都知道偷偷开采和出口的矿远不止这个数,多出的部分自然不会记在账面上。环保主义者列出采矿热期间的数十项违规行为,包括在野生动物保护区或森林自然保护区采矿。邦内负责的林业局和矿业与地质理事会却连最基本的执法手段都没有。果阿邦为经济学家口中的"监管俘获"提供了一个例子,那些本应制止非法采矿的人反倒从中得到好处。环保组织果阿基金会的克劳德·阿尔瓦雷斯表示,很多官员最终都被矿业公司的说客和政客买通,在利益的诱惑下交出矿产。"每个人都赚到了钱。"他说。

到最后,果阿邦借助外力才终止邦内的欺诈行为。2011年,最高法院先后对卡纳塔克邦和果阿邦出台全面的铁矿禁采令。[66]这和后来取消电信牌照和煤矿开采许可证是一个性质,是司法系统无法忽视过于张狂的腐败分子而采取的休克疗法。用作家古尔恰兰·达斯的话讲:"矿业暴露出印度改革不彻底引发的各种问题。这是一张由政客、官员、警察和大老板组成的关系网,他们聚在一起左右劳动力市场,损害当地居民权益,破坏环境。"[67]矿业的顽疾也反映了更深层次的问题，即贪腐并非仅仅由人们的贪欲造成，还牵扯到政府执政能力不足这一更复杂的现实情况。

这背后隐藏着棘手的政治难题。大多数丑闻细究起来都牵涉政党资金问题，以及政党所依赖的商界政治献金的收受方式。我和维诺德·拉伊聊到尾声的时候，试图让他透露更多细节。欺诈季时他们具体是怎么勾结到一起的？行贿时会原始地把钱装在信封里，还是有更复杂的交易方式？我最关心的是这些钱有多少流进政客自己的腰包，有多少留给政党。拉伊叹了口气，他当时虽然在那个位置，但还是没能查清煤矿开采许可证和电信牌照的交易价格，也很难说出钱具体是怎么给的。"这里面有竞争和游说，而且人们为拿到煤矿，肯定愿意暗地里塞钱……每100卢比，政客可能会把70卢比上交给政党，30卢比留给自己，但也可能反过来，上交30留下70。谁说得准呢？但涉及的金额显然很大。"

第六章　金权政治

人人都在用黑钱

在外忙碌了一整天的阿希列什·亚达夫回到宽敞的办公室，跟我们这些采访者坦诚地讲了几句。那时正值印度人口最多、政治地位也最为重要的北方邦选举期间。亚达夫当天乘坐直升机到北方邦多地发表了七场集会演讲，随后返回首府勒克瑙。翌日，他还有十几场这样的活动。那是 2017 年 2 月，我和一批学者、记者共同采访他，讨论选举的情况。他身着白天演讲时穿的朴素白库尔塔衫和黑马甲，急匆匆地走进办公室，让人觉得他后面还有更紧急的事情要处理。四十出头的他梳了个大背头，长着一张娃娃脸。看到他的人很难不注意到他变形的鼻子，那是他年轻时踢足球留下的伤。远处的墙上贴着一张他的竞选海报，由十几个更小的亚达夫组成的蒙太奇风格头像。外面天都黑了，他桌上有个自行车形状的时钟（他政党的标志正是自行车），时间是晚上 7 点 55 分。

北方邦——或缩写为UP——每5年举办一次选举，基本称得上世界最大的地方性选举。拥有2.2亿人口的北方邦西起新德里边界，东至圣城瓦拉纳西，横贯近800公里，位处印度"圣牛区"❶的中心地带。[1]这里有恒河流经，还拥有数不胜数的宗教圣地，是当之无愧的印度心脏地带。不论是在如今作为独立国家的印度，还是当初的英属印度或莫卧儿帝国，此地对印度人的身份认同都具有重大意义。北方邦的人口众多决定了它在选举中无出其右的分量，但2017年选举的竞争尤为惨烈。5年前，亚达夫的社会党顺利拿下北方邦，但2017年它们要面对的印度人民党早已今非昔比，后者在纳伦德拉·莫迪的带领下于2014年大选中取得压倒性胜利。

竞选过程中，各个政党的领袖都将腐败作为攻击对手的武器，指责对手吃本邦项目的回扣或私底下用黑钱交易。亚达夫坐在勒克瑙的办公室，坦言印度所有政党都存在使用黑钱的情况，他的政党也不例外。"钱其实没有黑白一说，我们印度人就是这样做事情。"他还谈到新德里的反腐举措，并着重否定了莫迪废除大额纸币的决定，考虑到他的立场，他这么判断也不足为奇。"村民买房买车完全没有交税的意识，他们觉得'这是我自己的钱'，自己挣来的血汗钱，"他跟我们解释为什么很少有人愿意如实上报收入，"你怎么可能从穷人手上收税呢？他们本身就没什么钱……反腐，怎么反？选举中人人都在用黑钱！"

政治学家阿舒托什·瓦尔什尼认为，印度过去的这个世纪由三种宏大叙事定义。[2]第一种是尼赫鲁和甘地倡导的世俗民族主义，

---

❶ 圣牛区（cow belt），印度的文化区域概念，包括北方邦和比哈尔邦的大部分地区。这些地区在印度独立后一直在政治文化中占主导地位，人口众多。

官方上这仍是印度政府的信条。第二种是印度人民党和 RSS 倡导的印度教民族主义，是对第一种理念的回应。第三种是"基于种姓的社会正义"，如今代表低种姓群体的政党也开始在政治上崭露头角。不过，你如果有几分愤世嫉俗的话，可能会加上第四种：金钱。

自由化改革以前，印度的民主并不昂贵，技术含量也很低。但 1991 年以来，金钱开始源源不断地涌入政治，2005 年前后印度经济进入繁荣期后，这一趋势更为明显。表面上，各大政党囿于开销的严苛限制，好像没有花多少钱，但实际上，人人都心知肚明，这些热闹非凡的盛事每一次都可以烧掉数十亿美元。有学者估计，仅 2014 年的大选就耗费五十亿美元。[3] 这意味着印度和美国相比差不了多远，都靠大把钞票维系民主，唯一的区别是印度很多钱不写在账面上。要根治印度的腐败问题和裙带关系，普遍的共识是要先切掉政治黑金的毒瘤。不过，很少有政客愿意谈这个话题，这让亚达夫坦率说出"选举中人人都在用黑钱"显得尤为难得。

20 世纪 90 年代初期，亚达夫的父亲穆拉亚姆·辛格·亚达夫创立印度社会党，该政党的出现明显反映了种姓将再次对印度政治产生影响的趋势。大体上讲，有上千年悠久历史的种姓制度将印度人分为四个等级，最顶层的是名为婆罗门的宗教群体，最底层是名为首陀罗的劳苦大众。四大种姓可以细分出名目繁多的亚种姓。这些种姓之下还有一类人叫达利特，他们一度被称为"不可接触者"，根本没有资格被纳入种姓制度。1991 年以来，城镇化和城市生活带来的流动性逐步破坏农业社会的旧等级秩序，种姓制度也相应地出现松动的迹象。达利特人出身的社会改革家和印度宪法之父比姆拉奥·拉姆吉·安贝德卡很早就预言了这一变化，他也颇为尖锐地评论乡村生活："乡村不就是地方主义的洼地，以及供无知、狭隘观念、地方自治主义藏身的巢穴吗？"他的观念和甘地对乡村田园牧歌式的想象完全对立。[4] 不过，随着时间的推进，种姓在印度许多地方再次成为重要的政治。20世纪90年代初期，政府推出新的官方种姓划分方式——先进种姓、其他落后种姓、表列种姓以及部落——并据此分配抢手的体制内工作。在这之后，种姓在政治上的作用就更明显了。说到社会党，虽然名字听上去像是左派，但它在定位上是坚定的种姓政党，主要靠亚达夫人的支持，这个种姓的人传统上大多是农民，占北方邦近十分之一的人口。[5] 亚达夫人也借助社会党的权力成了北方邦最具影响力的种姓群体。

穆拉亚姆·辛格·亚达夫性格随和、讲话直接，不论从哪个方面讲，都称得上高明的政客：再偏远的村庄他都会保持联系，多么小的生日或婚礼邀约，他都极少忘记。他总共当选过三次北方邦的首席部长，直到2012年儿子当选才离任。英属印度时期，北方邦一度被称为联合省，是全印度出名的明星邦，不仅有富饶的农田，还有不少国际化大都市。不过，印度独立以来，形势发生逆转，原先落后的南部和西部地区发展迅猛，北方邦和印度北部几个中心地带的邦却受制于当地封建主义、低效的行政体系以及部分群体极度贫困的现状，发展的步伐逐步落后。后来，尤其是在亚达夫家族主政期间，北方邦兴起 Goonda Raj 的说法，在印地语里是"恶棍统治"的意思，指那些无法无天和肆意贪污腐败的行为。

此外，北方邦野蛮的庇护政治也很出名，即政党为赢得某一种姓的支持，会为其提供特殊照顾，并且这背后往往有残酷的暴力撑腰。据传，北方邦的许多地方都被犯罪分子控制，东部边界尤甚，其中还有不少都被各个政党拉拢进自己的阵营。阿希列什·亚达夫担任首席部长以来，一直都在努力洗刷本邦的负面形象。他在澳大利亚受教育，如今四十出头的他看上去就像个普通的印度人，没什么架子，也不怎么优雅。他年轻的妻子丁珀的美貌比起宝莱坞电影女主角也毫不逊色，这也为他的邦政府增添一抹光彩。

年轻的亚达夫在办公室一口气说出自己的政绩：投资兴建工厂，设立免费报警和急救热线，建成连通勒克瑙和新德里的收费公路。他和莫迪一样，都热衷于推进大型基建项目，也喜欢在科技上做文章，曾经给孩子发放 100 万台笔记本电脑。他还提到北方邦在他的治理下，电力供应有所改善，大城市再也不断电了，"小村庄每天的供电也可以有 16 到 18 个小时"。他谈话间还表现出跟本邦迅速增多的年轻人间的共鸣，尤其是那些到他演讲现场的人。"我仔细观察台下的支持者，他们穿的是蓝色牛仔裤，并且都有手机拍照片。"他谈起当天早先时候在北方邦一个偏远角落的集会时说，"我觉得我们生活在一个非常透明的时代。"

亚达夫虽然一直试图改善社会党的形象，但成果非常有限。北方邦的经济在印度各邦几乎垫底，但犯罪率位居前列。翻开邦内的报纸，谋杀、绑架和纵火的报道屡见不鲜。我见到亚达夫之前的几个月，他跟父亲为争夺社会党的控制权闹得不可开交，这也有损他正派的形象。北方邦每年都会有 100 多万年轻人涌向本邦的就业市场，但工作机会少得可怜，这也没办法，这里和最繁荣的西部和南部相比，市场确实要萧条许多。社会指标也很不好看，尤其是和女性相关的部分，性侵问题一直广受诟病。2014 年，穆拉亚姆·辛格·亚达夫谈到频发的强奸案件时漫不经心地说了句"男孩总会犯错",因此受到公众严厉的批评,因为这句话明显有为强奸犯辩护之嫌。[6]

印度北部经济落后的邦不止北方邦一个,它南边的邻居中央邦和东边的比哈尔邦也好不了多少。不过,大家最关注的仍旧是北方邦,因为它的面积和重要的象征意义。印度15位总理有8位来自北方邦。此外,北方邦在瓦尔什尼提到的三种宏大叙事中都位居舞台中央:第一种,它是国大党的堡垒和世俗民族主义的基石;第二种,20世纪90年代,印度人民党正是在此激起印度教民族主义的再度觉醒;第三种,这里是低种姓政治的摇篮,穆拉亚姆·辛格·亚达夫和拥有政治魅力的达利特人玛雅瓦蒂都在这里成为首席部长。尽管如此,北方邦在经济发展上没有取得多少成就,这或许是因为它在朝第四种宏大叙事转变的过程中一直走在"前列",而这种叙事重塑了印度民主政治的形态,曾担任印度选举委员会一把手的沙哈布丁·库莱西将这一叙事称为"金钱权力"的崛起。

有污点的民主

近些年,金钱不断涌入印度政治,单凭玷污了历史上最引人注目的民主实验之一这点,这一现象就关系重大。1947年,印度正式走上议会民主制道路。一开始并不被外界看好。现代理论模型表明,民主制度极少能在贫穷国家走得通。波兰裔美国政治学家亚当·普沃斯基在一份研究中称,一个国家的人均国内生产总值不能过低,否则难以维持民主制度,他给出的门槛是6055美元。[7]印度独立之初根本就望不到这个门槛。此外,那时的印度等级制度森严,全国绝大多数地区是乡村,五分之四的人口是文盲。从教科书上的理论模型看，印度要不了多久就会变成专制国家，就像分裂后它的邻国巴基斯坦一样。塞缪尔·亨廷顿曾经说过："大多数富国都是民主国家，大多数民主国家都是富国，但这里面不包括印度，它是个惊人的例外。"[8]

除了20世纪70年代英迪拉·甘地宣布国家进入紧急状态的一小段插曲外，印度不牢固的民主制度还是颤颤巍巍地运行着。"那些在印度政治中一度坚固的东西现在却垮掉了，"学者苏尼尔·基尔纳尼在20世纪90年代末出版的《印度理念》中写道，他指的是世俗民族主义在印度政治中弱化的趋势，"不过一个例外却在过去半个世纪的风起云涌中，凭借着自身强大的生命力延续下来，它就是印度的民主制度。"以基尔纳尼为代表的自由主义者常常为印度的世俗化身份认同衰弱感到遗憾，相比之下，以宗教、种姓、语言为旗号发起的政治活动搞得如火如荼。有的人会责备民主制度复杂的规章制度限制了经济发展，尤其是没能让印度像中国一样大力发展基建。尽管如此，印度的民主还称得上成功，生活在这片次大陆上的人，语言和民族的差异程度远大于中国，很容易分裂成欧洲那个样子，民主制度却让这个国家没有散掉。

涌入印度政治的金钱并没有污染选举本身。尽管有大量证据表明印度存在贿选，但选民投票的过程仍称得上自由和公正，目前尚无有力证据表明存在选票作假的情况。选举委员按行为准则办事，堪称铁面的选举警察。在印度，举办喧闹的街头竞选活动是违法的，并且投票成本被控制得非常低。真正的问题在于各个政党在竞选中高速增长的巨额选举成本，这意味着它们要非法筹集大量资金，其中大头肯定来自大公司。相应地，政党领袖建立政治机器，掌握的金钱和权力可以轻易超过以19世纪纽约坦慕尼协会为代表的先例。

我离开阿希列什·亚达夫的办公室没几天，就跑到北方邦东部。途中，我碰巧在路边结识了维尼特·维克多，交流之后我发现他很清楚金钱对政治的危害。那是2月底一个温暖的周六上午，天空很蓝，我在恒河边一个距离圣城瓦拉纳西往西两小时车程的小村庄停下来歇脚，道路坑坑洼洼，常常变成土路。附近的选民过两天就要去投票站投票，选出一位邦议会议员到勒克瑙任职。我跟维克多聊天的时候，路上不时传来摩托车的轰隆声。我们身后是一家卖零食和烟的简陋小店，店前有两根木杆撑起的遮阳篷。不远处有家清真寺，隔着树仍可以看到四座绿白相间的宣礼塔。

维克多是当地的教师，不过他牛仔裤、浅黄绿polo衫和时尚无框眼镜的打扮显然更像会计或信息技术顾问。维克多跟我说，亚达夫这个人看上去不错也无济于事，他的社会党在当地势力强大，但党派内部的恶棍太多。前几年，一名社会党政客当选当地议会的领导人，这并没有给维克多的家乡带来多少好处，那名政客自己倒是很快脱贫致富。维克多称她为begum，意为女强人。"全都跑到他们自己口袋里去了，"他说起那位政客和她的家属，"他们过去一无所有，没有像样的房子，也没有像样的车子，但现在什么都有了。"

不少人围在我们旁边，七嘴八舌地提到许多别的政客，称他们先用钱买权，再用手中的权力敛财。他们说邦政府的扶贫专项资金都被这些政客揣进自己腰包，当地还存在买卖工程项目和公职的情况。警察系统被亚达夫人控制，经常对别的种姓群体反映的问题视而不见，穆斯林和基督徒在他们眼中更是透明人。其间，有人跟我提到一起特别的丑闻，涉及从政府新近的扶贫计划中窃取资金。这项计划旨在资助那些没有厕所的村民建设新的室内厕所,政客却和承包商沆瀣一气,用假的厕所照片骗取巨额政府补助。

"我们这样的平头老百姓累死累活一辈子,也赚不到他们手中的财富。"维克多苦涩地说道。不过,他觉得自己已经算幸运,有老师的工作,与妻子和两个孩子也有个能用得上自来水的小窝。他戴的手表个头挺大,上面有类似卡尔文·克莱恩(Calvin Klein)的标志。他说这一片很少有他这么幸运的,因为这里工作机会很少,很多男人只能种地或者到建筑工地打工。这一片的年轻人至少有半数会选择离开,去勒克瑙或新德里,运气好的也会去迪拜这样的地方。十年前他也打算去欧洲打工,但为了照顾年迈的父母,还是在最后一刻放弃了。

维克多生活的地方是北方邦的犯罪高发地带,人们习惯将其称为"疯狂的东部",宝莱坞拍摄以劫匪和黑手党为主角的电影时,常常将这里作为故事背景。不过,等我真的到了传闻中的法外之地,感受到的更多是经济萧条,一路上都是农民种的芥菜和小麦,几乎没有工厂,唯一称得上产业的就是砖窑,经常可以看到它们圆锥形的烟囱点缀在农田之间。大一点的镇子倒能看出发展的痕迹,路两边竖起移动通信电线杆,屋顶可以看到卫星电视天线,大多数墙起码是砖砌的。但一旦拐入附近的村庄,路很快就会变成土路,房屋也变成泥土和稻草筑成的摇摇晃晃的破旧棚屋。

东部大一些的城市通常人口密集,卫生环境差,街道两旁常常堆满垃圾,空气中满是呛鼻的烟雾。不过纵使在这些城市,你依旧可以从街边广告牌看出大家对成功的迫切渴望,有的在卖水泥,有的在推销某位瑜伽大师创立的某个品牌的阿育吠陀医学药物。不过，最常见的还是教育类广告牌，比方说"DPS 国际学校"、"圣玛格丽特学院"和"圣公立学校"，每开车经过一个城镇，都可以看到十几个这样的广告牌。每种产品都在以自己的方式提供一种逃离这个国家某个地方的承诺——那里享受不到最基本的经济成果：一个新家、一种适度的消费生活、子女接受教育的机会。广告牌试图告诉路人，你大可以抓住契机，到外地工作。

回到卡查万，维尼特·维克多称北方邦经济发展滞后，很大程度上是种姓政治和腐败造成的。他说每次选举投票日前一晚都会出现贿选，各个政党的人会到村里挨家挨户地敲门送酒和钱。我想到阿希列什·亚达夫在办公室说的一连串政绩，就问维克多当地的供电情况。他向上指了指从水泥电线杆蜿蜒穿过的黑色电线，说卡查万前不久才接入电网。虽然如此，包括我们当时所在的好几条街道已经安上路灯。他说选举前几个月，用电难的问题突然神奇地消失，如他所说："我们现在确实拥有质量不错的电线，电力供应也很少出问题。"不过，他预言选举一结束，电力供应就会再次出现问题，过不了几个月就是酷暑，到时候一天的供电时间估计又会锐减至六到八个小时。"选举前我们不会有用电难的问题，但选举结果一出来，问题就会再次冒出来。"

办假婚礼的好日子

印度的民主来得并不便宜。短短一代人工夫，参选政党数量就从最初的十几个激增到 2014 年的近 500 个。[9] 这里面虽然只有很少一部分有能力角逐全国性的位置，但这么多的政党确实让地方选举变得更激烈，也更昂贵，动不动就有三四个政党同台竞技。注册选民数近些年也大幅增加，2014 年达到 8.14 亿。[10] 与此同时，

第六章 金权政治　　171

在经济高速发展的背景下，印度政治权力的变现能力与日俱增，这意味着政党为保住自己的位置，愿意花的钱也随之激增。印度缺乏对政党开支的有效监管，但有意愿私下出政治献金的公司比比皆是，在这样的背景下，我们应该问：这些政党究竟能筹到多少钱？

大型政治集会支出只是选举开销的冰山一角。在北方邦的一天上午，我挤到人群前面看即将到来的莫迪。集会地点在代奥里亚的郊区，那个城镇在北方邦的最东边，经济相当萧条。现场冲着莫迪来的人多达数万，主要是男性。狂热的支持者都穿着橘黄色的衣服，挥舞着旗子，高喊印度人民党的口号。当地村民三五成群地站在会场附近的屋顶上，即将开始的集会对他们而言不亚于一场娱乐盛宴。印度政客常常乘直升机去乡下参加集会，主要是为节省时间，但其实也有作秀的成分。集会开始前，所有人都在期待政客的到来，他们最先看到的是天边的小黑点，随后，旋翼的转动声越来越响，地上的灰尘也被卷起，每一步都会增加集会的戏剧性。有不少人专程过来看直升机降落，飞机一落地他们就拥向出口离开。直升机一般会降落在舞台边上，这也是政客身份地位的象征。那天上午，莫迪搭乘的不是一架，而是三架军用直升机，多出来的两架是迷惑潜在袭击者的假目标。

三架直升机都降落在舞台左侧，紧接着，莫迪穿着亮黄色的短外衣，肩披绿色围巾现身。他凭借印地语和出色的演讲技巧在近一小时的演讲里牢牢地抓住听众，还在演讲中严厉批评阿希列什·亚达夫的不作为，同时为自己废除大额纸币的决定辩护。其间，他嘲讽"哈佛和牛津毕业的高才生"，虽然没有指名道姓，但明显是在说阿马蒂亚·森和前总理辛格，这两个人都公开指责过他废除大额纸币的决定。"一头是哈佛毕业的高才生,"他讽刺地说,"一头是穷人的孩子,试图用自己的努力改变现在的经济形势。"[11] 莫迪为带动听众的情绪,每讲到重点都会用力地比画,有时还会戏剧化地停顿很久,每到这时他会身体前倾,一只胳膊撑着演讲台,仿佛要跟台下听众分享秘密。他输出观点时,会双手抓住演讲台,放慢语速,从左到右扫视一圈台下听众。做完这个动作,他才会加快语速,一只手从空中划过,另一只手高高举起,还甩动手指以示强调。"我生下来就是为穷人服务的,这也是为什么现在这些富人都要攻击我。他们攻击我,谁来保护我呢?"他在演讲尾声问道。"我们!"台下的支持者大声喊道。

莫迪讲话的时候,我环顾四周,想算算政党竞选的开销,直升机、舞台、音响设备、给当地权贵搭设的遮阳篷,会场后面还有上百名安保人员手拿一米来长的木棍维持秩序。听众手上拿的橘黄色旗子、头上戴的帽子以及胸前系的围裙都是组织方免费发放。很多人是组织方派大巴从附近城镇拉来的,有的可能还拿了数百卢比的出场费。有人估计这样一场大型集会能花掉一百多万美元,大城市更是如此。[12] 除集会以外,现代竞选的其他花费也一样不能少,民意调查人、政治顾问、街边广告牌、电视广告和脸书推送。不论是 19 世纪的传统项目,还是 21 世纪新兴的选举技巧,政党都要买单。

印度行政局前官员沙哈布丁·库莱西曾在选举委员会任职,他在那场集会结束一周后告诉我,纵使把这些合法开支加起来,也仅仅是政党总开支的一小部分。库莱西在 2010 年开始担任选举监督人,一头银发的他总会直率地说出自己的观点,这也让他迅速成为这一岗位上颇具代表性的人物:"打第一次新闻发布会开始,我们就明确表态不会放过金钱权力,会采取新的休克疗法对付它。"

库莱西在任期内记录下他发现的五花八门的贿选方式。"他们都非常狡猾,"他说,"有的直接送现金;有的举办假婚礼,用好酒好菜招待村民;有的送手机、SUV或纱丽服之类的礼物;有的帮选民解决工作问题。总之只有你想不到,没有他们做不到。"他在自传中列举了四十来种贿选方式,有通过村干部给下面人送钱的,也有送太阳能灯、毒品、牛、肥料等礼物的。他表示,要想判断哪种方法更有效并不容易,但政党很清楚这么做的目的,他们小心翼翼地分发这些好处,无非是为争取摇摆不定的选民或巩固已获得的支持。选民大可以拿各个党派的礼物,最后投谁的决定权还是在自己手上。不过,有一点可以肯定,在竞选中不送礼的政党肯定会输,因为竞争对手没有不送的。

依照选举委员会的规定,政党只要如实上报开销明细,花多少钱没有任何限制。2014年,印度人民党宣称在大选中花费71亿卢比(1.11亿美元),但从大多数专家的分析看,这笔钱恐怕只是花销的一小部分。[13] 不过,选举委员会对候选人的开销有严格限制,以2017年北方邦的邦议会选举为例,候选人的花费不得超过4.3万美元,再比如2014年大选,议员候选人的花费上限只比10万美元多一点。[14] 大多数人私下里都承认,根本没有人把规定放在心上。2013年,印度人民党的资深政客戈皮纳特·蒙德短暂地公开承认自己在竞选中花费8000万卢比(120万美元)才赢得西部的马哈拉施特拉邦的席位,这番话引起公愤。[15] 他见状很快就收回自己的话,但库莱西告诉我,这样的开销在印度其实很常见,许多政客据传都花掉上百万美元的竞选资金。"矿业、酒业和地产行业的老板一抓一大把,大家都不差钱,"他说,"他们是这样想的:

投资可能会带来收益，可能不会，但我们有的是钱，为什么不试一试呢？"

要想查清这些根本不现实。每有竞选活动，选举委员会都会安排人在活动现场巡视，试图截住选举季从各地用汽车或私人飞机运来的非法现金。选举委员会宣称，单单在北方邦选举的前几周，就缴获1800万美元的现金，还有200万桶酒水和2725公斤毒品，政党用这些财物争取摇摆不定的选民。[16] 不过，库莱西每堵死一条贿选的路，政党会立马找到另一条。印度民主早期诸如后勤保障差和选举季的暴力冲突等不少问题，大多已被解决，但愈演愈烈的非法筹集资金现象完全没有停下来的迹象。"我们缺乏控制金钱权力的有效手段，"他最后跟我说，"每个政党和个人都在违反规定，问题只不过是谁会被抓到而已。"

他有门路

一窥印度选举中的非法开销后，我们不禁要问，钱都从哪儿来。依据规定，大公司可以走专门的选举信托机构为政党捐款，想捐多少捐多少，尽管如此，真正成立信托机构的大公司屈指可数。[17] 以个人名义捐的钱要多得多，并且依照规定，个人每次的捐款金额超过2万卢比（300美元），才会被强制登记个人信息。[18] 只要低于这个数字，捐赠人就可以安心地保持匿名状态，政策也没有禁止多次捐款，他们大可以每次捐19999卢比。研究选举经费的专家认为，像这样走正规渠道筹集的资金和私下筹到的非法资金相比，只是小头。有报道称2014年大选总共烧掉50亿美元，其中非法资金大概可以占到80%。[19]

很少有政客愿意公开发表对非法政治献金的看法，但经济学家出身的国大党议员拉杰夫·高达是个例外，他善于交际，我在启程去北方邦的六个月之前和他见了一面。2014年，高达代表南部的卡纳塔克邦成为印度上院联邦院的议员。毕业于沃顿和伯克利的他写过不少关于行为经济学和财务风险的学术文章，这些研究大多在美国完成。我通过他回班加罗尔后写的一篇专门探讨金钱对政治的危害的文章偶然发现了他。邮件沟通时，他跟我说他最早对竞选经费产生兴趣，就是因为之前尝试竞争议会席位落选后的沮丧感。

我跟他约在2016年8月的一个晚上，那时正值新德里的雨季。天眼看着要下雨，但一直没下，我叫了辆电动三轮车前往高达在洛迪花园边上的平房，那个公园草木繁盛，还有许多15世纪的坟墓。他站在大门口等我，衣着休闲，穿着朴素的尼赫鲁夹克和挺括的白衬衫。五十出头的他语速很快，讲话习惯用问句结尾，这让我想到希望抓住学生注意力的大学老师。我们坐在空旷的客厅聊天，他一边小口抿酒，一边跟我解释他父亲和爷爷都从政，他回国是希望自己可以跟随他们的脚步。

高达一开始挺乐观，底气源自响当当的家族背景和出色的履历。他四处寻找机会，询问政党领袖自己有没有可能成为印度下院人民院某些席位的候选人。随着时间的推移，他碰壁的次数越来越多。"他们一发现我提供不了多少钱，就立马没兴趣了，你知道我在说什么吧？"他问过很多席位的情况，没有一次得到过正面反馈。"他们眼中有价值的候选人是可以提供巨额黑钱的人，明白吗？"他继续讲道，"'这家伙是彻头彻尾的骗子，别人要是看到我们跟他打交道，丢人就丢大了。'他们不会这么讲，他们只会说'这家伙正合适。他可以给我们提供很多钱。他有门路'。"

所谓门路是指有能耐为政党的工作人员提供资金，为志愿者提供食物，为所有人的出行提供车辆。此外，政党组织竞选集会和公众集会、打广告、办娱乐活动，都需要有门路的人买单。说到竞选经费，最基本的投票间就是一笔不小的开支，每个选区都要设立上千个投票间。"政党一旦参与进来，肯定便宜不了，"高达笑道，"他们会说：'没问题，我们会到你的选区组织集会，还会带上一些明星活动家。'但谁为集会买单呢？你必须想办法找到这笔钱。"越接近选举日，钱烧得越快，门路的重要性也越凸显。多数情况下，光有钱肯定不足以赢得选举，但没钱被选上的可能性更微乎其微。

高达最终放弃下院，转而在上院谋得一个由上面指定、无须选举的席位。不过，其他资源有限的候选人就没这么好运，他们只能寻找有钱的靠山提供经费，有的会直接找当地的商人，有的则和下面的政客搭上线，安排他们用自己的名义筹钱。"你觉得我为什么会蠢到觉得自己可以竞争下院的席位呢？"高达问我，"还不是因为我认识的人多，虽然兜里没什么钱，但总觉得可以凭借关系找到出路。"

我从另一位印度知名政客的口中听到过类似说法。他说候选人想拿到下院的席位，至少要花"六七千万卢比"（约一百万美元）。要是运气好，你的政党可能会出一部分钱，但多数情况下都得靠自己去筹。"你如果非常走运，或许能在选区找到一位出手阔绰的老板，"他解释道，"理想状态下，这位老板会跟你说他信任你，并且不会让你立马回报什么。"政客要是找不到这么配合的老板，托底下的人帮忙筹钱往往是最佳选择。"有的人会打着你的旗号筹钱，但你连他们是谁都不知道。"他解释道。如此一来，本身正直的政客也免不了卷入腐败的游戏规则。"这让人觉得非常可悲，但游戏规则就是这样，根本没法绕过。"

政客和支持者都不希望他们打交道的细节被别人知道，因此他们的关系主要靠信任维系。有的支持者出钱纯粹是因为热心公共事务，并不指望对方回报什么。另一名在印度南部负责政党核心组织运营的政客跟我举过一个例子：他手下有个人原本是卖报人，最后成功当选市政委员会成员，他的群众基础很好，但没钱，每天骑自行车在市里卖报。这位政客希望他竞选邦议会的席位："我说'你要参与竞选了'，他听后哭着说'先生，我连车都没有，拿什么竞选啊'。我知道他呼声很高，一旦参与就会胜选。所以你猜怎么着？我问了个做生意的：'你有辆车闲置着，能不能送给他？'然后我问了个人：'他得有新衣服穿才成，请想办法帮他弄几件。'每个人都帮忙了。"

不过，多数人出钱还是希望得到回报。政客为了收回为胜选投入的大量成本，免不了利用职权吃回扣。这些地方存在的问题在首都新德里会放大很多倍，因为大党领袖需要的选举经费跟地方完全不是一个概念，这也导致他们越来越依赖超级富豪。从根上讲，印度的金钱权力系统不倒下，就没有人可以堂堂正正地赢得选举。高达跟我说："现如今大家想到政客，想到的不是'天哪，我要能成为他那样的人就好了'，而是'天哪，这个混蛋为什么不把他的财富分一点给我'……这个系统已经失控，未来还会继续失控。这和军备竞赛差不多，没有上限。"

莫拉达巴德的黑道家族

最后一轮投票结束后几天，北方邦选举结果在3月初一个周六上午公布。那一天,阿希列什·亚达夫的希望彻底落空。这位年轻的首席部长为在第二任期连任下了大力气,但他的努力还是无法阻挡印度人民党以压倒性优势获胜,这也有力证明了莫迪在印度心脏地带的号召力。莫迪的反腐承诺、创造更多就业机会的打算以及言语中透露的印度教的自豪,为印度人民党赢得范围远超其传统阵营的广泛支持,也让它拿下北方邦邦议会近五分之四的席位。实质上,这一结果既体现民众对莫迪总理的认可,也体现他们对北方邦臭名远扬的高犯罪率和邦政府黑钱泛滥的不满。

北方邦政客的做法确实比别的地方要露骨许多,但印度的主要政党实际上都离不开黑钱。有的政客甚至能想出非常有创意的筹钱方式。小个子的西孟加拉邦首席部长玛玛塔·班纳吉就用艺术为自己的崔纳木国大党筹钱,过去十年该邦基本上由这个党派主政。身为业余画家的班纳吉想出义卖画作的方法,她声称自己找了几位关系要好的商界领袖,这些人最终以一幅200万卢比(3.1万美元)的单价拍下她的多幅作品。她就这样为政党合法筹到大笔经费。[20] 不过,多数政党领袖筹钱的方式都更为有限。他们要么将富人拉拢到自己的政党,让他们捐赠资金,要么和党外的富人成为朋友,请他们直接资助自己。政客要的钱可不是小数目,我震惊于他们为此花费的精力。一方面,他们一直有筹钱的压力,另一方面,他们还得私下和对方达成共识,等有机会就把人情还回去。

在印度,有一类新崛起的被称作"千万富翁"(crorepati)的政客,指身价超过1000万卢比的人。这也体现出印度政界近来对金钱的极度追捧。3月初的那个周六,新当选的北方邦议员有四分之三都符合这个头衔,换言之,他们都有15万美元或更多的资产。上升到国家层面，印度议会议员的身价平均下来至少有200万美元。[21]再往上还有真正的超级富豪，这些人往往是商界人士，政党会准备好位置拉拢他们，有时甚至是上院的席位。2004年，社会党推荐阿尼尔·安巴尼代表北方邦出任上院议员，当时这位亿万富豪恰好在北方邦投资。达利特人玛雅瓦蒂是北方邦社会民主党的领袖，她主政期间，外界都知道她有许多独特的筹钱手段。她还被指控销售候选人"门票"，那意味着代表她的政党竞争议员席位的权利。玛雅瓦蒂对此矢口否认，但维基解密网站披露的一条美国外交密电中提到，2009年大选期间，社会民主党一张门票的售价"约为25万美元"。[22]密电有一个颇具诗意的标题叫"玛雅瓦蒂：贵妇人画像"，还揭露了她担任北方邦首席部长期间的奢靡生活。"她想要新鞋时，私人飞机会专程空着飞到孟买去取回她喜欢的品牌。"类似的报道常常引起印度警方的关注，这些年他们对她展开多次反腐调查，但都无功而返，她也坚决否认。[23]

筹钱还导致有犯罪记录的政客越来越多，这一副作用非常糟糕。大多数国家的选民都对有犯罪记录的候选人避之不及，但印度国情不同，印度人民党和国大党会明目张胆地用这样的候选人。2014年大选，大概有五分之一的当选议员有"严重"的犯罪记录，抢劫、勒索和谋杀都有，这个比例是十年前的两倍。[24]选民不仅不反感这类人，还常常病态地将暴力犯罪行为视作实力的象征，觉得这恰恰说明这些人有能力保护他们，有手段从国家要到资源。米兰·瓦西纳夫在《当犯罪可以带来回报》中写道："很多选民并不把犯罪记录当缺点，相反，他们正是冲着这点投给政客。"犯罪记录对选民的吸引力太大，有前科的候选人当选概率是没有前科的四倍。

性格和善的比利时学者吉勒·维尼尔斯住在新德里，是备受尊敬的北方邦政治评论员。一天下午，他跟我解释政治、财富和犯罪活动的复杂关系。"这和《黑道家族》的剧情非常像。老实讲，这部剧真的让我大开眼界。"他坐在位于城市南郊的家中，穿着飘逸的库尔塔衫，边喝甜茶边对我说。跟托尼·索普拉诺❶明面上以废弃物处理顾问的身份赚钱一样，北方邦各路富豪表面上大多在酒业、建筑业等行业拥有合法营生。他们如果想拓展业务，免不了和黑道背景的对手发生冲突。"你做到一定规模后必须有靠山，因为找你麻烦的人随时可能出现，"维尼尔斯跟我说，"你可以自己当政客，也可以找政客当靠山，他们很乐于为你服务，因为你是带着钱过去的。"有犯罪污点的政客拉低了整个政治制度在人们心目中的地位。不过，这类人一旦当选，常常会走有几分罗宾汉风格的平民主义路线。"他们是不是道上的并不重要，"维尼尔斯说，"重要的是他们是否慷慨大方。有犯罪记录的政客如果过于贪婪，肯定会被淘汰。"

在北方邦，很少有人比臭名昭著的酒业大亨和投资人古尔迪普·"庞蒂"·查达更能代表犯罪、商业和政治在同一人身上的交汇。2012年11月，年仅五十二岁的他在位于新德里南部树木繁茂区域的家中被枪杀。"众所周知，查达能在商业上取得成功，离不开他和掌权者的密切走动。"记者梅赫布·杰拉尼在《大篷车》杂志中写道。[25] 他遭遇枪杀是因为与弟弟不和，这样的离世方式反倒加强了他那印度当代有黑道背景的大商人形象。

查达体形高大，有明显的啤酒肚，喜欢穿大牌。但他其实出

---

❶ 托尼·索普拉诺（Tony Soprano），美剧《黑道家族》的主角，率领的犯罪集团在一家垃圾处理厂的掩护下，通过贩毒、开赌场、谋杀等渠道赚取丰厚利益。

生在工业城市莫拉达巴德一个贫困小家庭,那里距离新德里以东三小时车程。父亲和叔叔们主要靠批发酒养家糊口,他青年时代就跟着他们一起干,后来逐步建立自己的酒业王国,短短几十年工夫就控制了印度北部大部分酒业市场。他一开始靠打手和贿赂扩展业务,慢慢认识到政治靠山的价值。1989 年,穆拉亚姆·辛格·亚达夫竞选,查达以父亲的名义一包一包地送钱。他和亚达夫的政党越走越近,20 世纪 90 年代亚达夫首次就任首席部长,他的生意也跟着水涨船高。酒业之外,他借势向采砂业和房地产进军,后来还涉足从制糖业到食品加工业再到宝莱坞电影投资等各个领域。他为拓展人脉,专门举办豪华派对,杰拉尼称之为"盖茨比式的农舍派对"——"农舍"在新德里是对"豪宅"的低调说法。他会包机接外地客人赴会,并且据媒体报道,他还会在一年一度的排灯节派对上送出上千块劳力士和欧米茄手表。"参与过同一场派对的人都会戴同一款手表,"一位客人讲道,"看到那款手表,大家就知道怎么回事了。"[26]

查达仰仗的这种政治靠山往往无法长久。在这种关系中,商人是政客的"钱袋子",主要发挥捐钱、存钱和洗钱的作用。政客一旦失势,商人往往也会跟着倒霉。不过,善于见风使舵的查达是个例外,他一开始确实跟亚达夫父子走得很近,但这对父子的劲敌玛雅瓦蒂上台没多久,查达就转换阵营,混得更好了。北方邦的历任领导其实也乐于跟查达合作,因为他出钱干脆爽快,提的要求也不过分,跟他合作不仅有大把经费可拿,还不复杂。长久来看,查达还是赚了,他得到许多没有政治靠山根本享受不到的优惠条件:酒业许可证、便宜的地产、优惠的税收政策、警方的庇护、司法机构的照顾。他去世前不久甚至开始追求好名声,为此将公司并入主攻房地产和大型商超的浪潮集团。该集团的分公司和政府签下了为学生提供免费午餐的合同，利润极其丰厚。[27]

查达或许称得上北方邦最臭名昭著的商人，但论名气大小，他完全无法和当地另一位商人相提并论，不过，他们手中的金钱和权势都是靠自己打拼出来的。这个人便是总部在勒克瑙的撒哈拉集团董事长苏布纳塔·罗伊，他最早在北方邦东部的贫困城市戈勒克布尔讨生活，骑着兰美达牌小摩托四处送快餐。20世纪70年代末，他成立一家小型的"平行银行"机构，为农民、出租车司机和佣人等没有获取正规银行服务渠道的穷人提供高利率的服务，很快吸引到数百万客户。随着人数增长，存款也越来越多，他能调动的资金也跟着大幅上涨，他以此为资本，创办了一个拥有一百多家子公司的商业帝国，在金融、房地产、基建和日用消费品领域都有涉猎。他风头最盛的时候创办了一家航空公司，拥有一支一级方程式车队，赞助印度板球队的球服，还买下纽约广场酒店和伦敦格罗夫纳酒店在内的好几家外国酒店。

罗伊身价上来以后，越来越喜欢在集团搞个人崇拜。他让集团一百多万名员工称他为他们的"管理人员"，每周还得穿一次黑白制服和白色袜子，向老板罗伊经常穿的黑马甲和白衬衫看齐。罗伊高高瘦瘦，黑发总是打好发蜡，八字须也总打理得一丝不苟。他因爱开长会闻名，会议第一项内容就是合唱激动人心的集团之歌。与会人员要将右手张开放在左胸前，用撒哈拉集团特有的方式打招呼。接下来就到"管理人员"的发言时间，他喜欢讲两个主题，一是爱国主义的重要性，二是他个人近乎神秘的哲学观，叫"共同唯物主义"。[28]撒哈拉集团众多古怪做法并没有影响它发展壮大，它的资产高达一百多亿美元，包括许多家奢华的机场酒店和遍布印度的高端住宅区。

罗伊还斥资在勒克瑙东部建了一个名为"撒哈拉·沙阿"的超大别墅，里面随处可见翠绿的草坪和闪耀的白色大理石，音乐厅、电影院、高尔夫球场和板球场也一应俱全。与其说这是一栋单纯的别墅，不如说是一座莫卧儿堡垒，罗伊住在里面，可以远离外界的喧嚣。他偶尔会在这里举办高端派对，请来许多宝莱坞明星和政治掮客。他和所有政党的政客都有往来，不过走动最多的还是亚达夫父子。2012年，罗伊专门为阿希列什·亚达夫当选首席部长举办盛大的庆功宴，准备了许多辆白色奔驰当摆渡车，载客人去到他私人领地的任何角落。[29] 罗伊和查达一样，都借助与亚达夫父子的密切关系获得商业上的便利。21世纪前10年，他进军地产行业，从邦政府拿到大块土地，最终拥有的土地面积高达137平方公里，大致相当于四分之三个华盛顿哥伦比亚特区。[30] 他还有一件值得炫耀的事情：遍数印度所有上市公司的股东，他持有的股份比例是最高的，这没有政界朋友的帮忙，基本没法实现。

有人怀疑罗伊跟政客存在更深层次的利益往来，认为他手上数百万笔声称来自穷人客户的存款中有可能藏着政客的赃款。记者塔玛尔·班迪奥帕迪专门写过一本关于撒哈拉集团的书。2014年，他在政府对这个集团展开严密调查的背景下，曾当面向罗伊提出两个问题："撒哈拉集团有没有帮政客藏匿赃款？""撒哈拉集团有没有提供过洗钱服务？"[31] 罗伊否认了这两项指控，就像该集团一直坚决否认它们的投资项目是庞氏骗局。话虽如此，该集团资金的具体来源至今仍是个谜。2012年，监管机构要求罗伊将三十多亿美元退还给投资者。[32] 三年后，六十五岁的罗伊因拒绝参与一场关于他的金融产品的庭审，被控蔑视法庭，关进了新德里的提哈监狱。接下来几年,他出入监狱好几趟,其间一直试图重振摇摇欲坠的商业帝国。此外,他完成自传三部曲,用颇为浮夸的方式介绍自己的管理经验,并极力否认外界的指控。

查达和罗伊这样的人既可靠,又能拿出数目可观的政治献金,渴望资金的政客自然愿意跟他们合作。这样的裙带关系闭环会自我加固,关系越密切,商人就越有钱,如此一来,他们能提供的政治献金也就越多。"选举的花费就像坐火箭一样噌噌往上涨,"吉勒·维尼尔斯解释道,"竞选活动的开销只是一部分,不论是建立恩庇网络,还是一开始成为候选人,都需要大笔资金。"政治领袖要的不仅仅是胜选,还有上台以后长期保住自己的位置。此外,他们还要精打细算,留足资源,这样一来,就算像2017年阿希列什·亚达夫那样连任失败,也有东山再起的机会。"这是一个完整的闭环,"拉古拉迈·拉詹在央行就职期间表示,"狡猾的政客需要商人出经费,如此一来,他们才有钱拉拢穷人和竞选。腐败的商人从狡诈的政客那里以优惠价拿到公共资源和合同。政客需要穷人和弱势群体的选票。这里面每一个组成部分都要仰仗其他部分的支持。"[33]

在北方邦之旅接近尾声的时候,我试图问一名在晚宴上遇到的高职务公务员,选举越来越烧钱和黑钱的需求量越来越高之间存在什么联系。晚宴在戈勒克布尔一名政府官员的豪宅中举行,撒哈拉的创立者罗伊最早就是在这座东部城市起步。从勒克瑙往东走大概270公里,就是脏乱差的戈勒克布尔,即使在北方邦,那里的贫穷、犯罪和暴力问题也臭名昭著。不过,这一切仿佛都非常遥远,因为那时我们正站在屋外的花园享受温暖舒适的夜晚,一边放松地聊着正在进行的选举,一边用手赶走身边的蚊子。

这名公务员告诉我，莫迪废除大额纸币的做法，斩断了当年选举中黑钱肆意流转的可能性。不过，他承认印度面临一个更为普遍的问题，即过去十年选举的花费一直在高速增长，国家如果不采取措施，这一趋势很可能会继续保持下去。尽管如此，当我问到金钱权力在他的邦是不是尤为猖獗时，他还是皱了皱眉头。"我们确实有这个问题，不过你要知道，北方邦是个穷地方，戈勒克布尔就更穷了。"他似乎受到了冒犯。他解释说印度北部的反腐丑闻一般都和侵占或挪用扶贫资金有关。不过，北方邦能捐出大笔政治献金的企业相对较多，因此选举的花费和其他邦相比其实相当克制。"你如果想见识货真价实的高端裙带关系，"他微笑着说，"你应该去南方。"

第七章 南方的裙带关系

阿妈崇拜

　　2014年春天的一个上午，我走在金奈一条绿树成荫的安静大道上，朝一处个人崇拜的地标走去。那是一栋三层楼高的白色精美建筑，入口处悬挂着许多旗帜。希腊风格的圆柱和二楼的阳台显示出殖民地时期的特点。曲线优美的字体表明这栋建筑是全印度安纳达罗毗荼进步联盟（AIADMK）的总部。过去二三十年，印度南部泰米尔纳德邦的政局主要被两个政党控制，AIADMK就是其中之一。前院有该政党创始人的小型黄金雕像，他戴着帽子和厚厚的眼镜，一只手高举着摆出V字胜利手势。不过，他的风头完全被该政党现任灵魂人物贾娅拉姆·贾亚拉利塔盖过，她是一名个子不高但极具权势的女性。前院有四幅贾亚拉利塔面容严肃地俯视下方的巨型广告牌，其中一幅基本和这栋楼一样高。

　　金奈是南方的经济中心，但它的气质和别的印度城市不一样。它仍然是个拥有七百万人口的大都市，气候潮湿闷热，空气中弥漫着难闻的气味,但城市节奏比孟买或新德里慢得多,市中心的道路一点也不喧闹,两边都是低层建筑而非正在施工的玻璃大厦。当地的精英阶层也觉得自己不一样,他们不睡懒觉,生活节俭,追求的更多是精神层面的东西,比方说研究微积分或听卡纳提克古典乐。他们当中的许多人依然会怀旧地将金奈称作马德拉斯,这个名字是当年英国人起的(20世纪90年代中期,马德拉斯更名为金奈,以纪念1639年此地被东印度公司占领前的当地统治者达玛尔·金奈帕·纳亚戈尔)。不过,当地人保守的习惯让他们对贾亚拉利塔的个人崇拜显得更加古怪,似乎这些习惯让他们更容易被政客蛊惑,也更容易受到与之相伴的裙带资本主义影响。

贾亚拉利塔既独断专行,又与世隔绝,她那时已经很少在公众场合露面。不过,你只要到了金奈,就不可能不注意到她,在路口、公交站和立交桥上可以看到她数千张鲜艳的宣传海报。AIADMK总部的墙上贴着十几张她的海报,门口货摊上摆着各种各样为该党支持者设计的纪念品,不仅有贾亚拉利塔的金框画像和明信片,还有印着她头像的颜色鲜艳的小地毯和椅套。她从政前是泰米尔语影视明星,年轻时非常有魅力,货架上可以看到她那个时期的照片,或是风情万种地看着镜头,或是手搭着下巴,面带微笑望着附近的景色。不过,大多数纪念品上的她都是上了年纪以后的样子,神情严肃,穿一身传统的纱丽服,有双下巴,脸色也较为苍白,前额点一个红点,长长的黑发端庄地盘成圆髻。

对于贾亚拉利塔的追随者而言,她唯一的称呼就是"阿妈"(Amma),这个词在泰米尔语里是妈妈的意思,现在却被一大批公共机构和商店所用,令人眼花缭乱。金奈街道上可以看到许多阿妈餐馆,工人可以在里面买到优惠力度很大的早餐,一卢比就能买到一个蒸米浆糕或一份用米和黄扁豆熬的粥。除餐馆外，还有可以买到低价蔬菜的阿妈货摊，货架上的瓶装水和水泥袋上都印着阿妈的头像。这种疯狂的政治宣传覆盖到生活的方方面面，从折扣药店到电影院，再到盐铺茶铺。她党派的不少支持者都来自乡下，在那里她的形象出现的频率只会更高。她如此毫无顾忌地推行平民主义，将自己的脸印得到处都是，恐怕中东的许多独裁者见了都会自叹不如。

贾亚拉利塔如此重视图像，部分原因是泰米尔纳德邦人非常热衷于看电影。她小时候聪明伶俐，喜欢读书，后来在她曾是演员的寡母的劝说下进入影视圈。她十几岁时凭借与马鲁杜尔·高普兰·拉马钱德兰的合作开始走上坡路，对方是当时最负盛名的泰米尔演员，金奈的AIADMK总部前院摆的正是他的雕像。随后，两人常常联袂出演，逐步发展成情人，共同迈上成为权力掮客的道路。那时种姓身份在泰米尔纳德邦正引发激烈冲突，贾亚拉利塔跟随拉马钱德兰的脚步进入政界。

20世纪50年代，泰米尔纳德邦一个名为"达罗毗荼人进步联盟"（DMK）的政党发起运动，旨在提高低种姓泰米尔人的地位，攻击政界高种姓婆罗门大权独揽。1967年，DMK首次拿下该邦的执政权，开始排挤政界的婆罗门。拉马钱德兰本身是DMK的忠诚党员，但他在二十岁党龄时成立了和DMK对着干的分支AIADMK，并在1977年当选首席部长。1987年，拉马钱德兰逝世，贾亚拉利塔作为伙伴和副手，在和他遗孀经过一番激烈的公开较量后，继承了该党的领导权。接下来三十年，贾亚拉利塔率领AIADMK和DMK反复交手。巧的是，DMK的领袖也有电影行业的从业经历。[1] 一本传记是这样写的："泰米尔纳德邦的独特之处在于，过去近半个世纪，该邦主政者由一名编剧和两名演员轮流担任，三位都是影视行业的翘楚。"[2]

贾亚拉利塔在她的五届首席部长任期内开创性地践行了一种富有想象力的新型平民主义。印度许多政客都认为选民并不在乎意识形态，只在乎救济品和赠品，这也是为什么他们争相给选民送礼以赢得支持，这个过程也被称作"竞争性平民主义"。[3]因此，一到选举期间，政客常常会承诺免除农民债务，或者直接给穷人高调地送东西。贾亚拉利塔比别的政客更有创意。2011年，她承诺将动用二十亿美元的经费，为泰米尔纳德邦的学生采购近七百万台笔记本电脑，这批电脑最后被装在印有她头像的背包中发放下去。[4]她还针对女性选民量身定制包括阿妈牌电动搅拌器、食物研磨机在内的赠品，对于农村选民则送种子、绵羊和山羊。

贾亚拉利塔定期在全国性报纸整版整版地打广告，吹嘘自己慷慨赠礼的事迹，这样明目张胆贿赂选民的做法免不了被外界嘲讽。不过，这作为政治战略无疑是成功的。1991年，贾亚拉利塔首次上台，到2014年第四个任期的中点，她已经是泰米尔纳德邦毋庸置疑的政界一把手。她在位时间越长，就越专横，基本上没有接受过记者采访，也极少发表演讲。与此同时，她的支持者也渐渐落得报复心重的恶名，批评者稍微指摘贾亚拉利塔，就有可能面临法庭上的高声训斥或街头围攻。一名公务员离职后打算从政，有人认为她可能成为贾亚拉利塔的政敌，就将硫酸泼到她的脸上。[5]贾亚拉利塔因政党里基本上都是对她阿谀奉承的男性而尤其受人诟病。有人为表忠心，见了她就拜倒在地，有人干脆直接将她的头像文在前臂上。

据传，泰米尔纳德邦的所有重大决定都由贾亚拉利塔一个人做出，就连许多小事也都是她定调。没有人可以代表她，但她又很少在公开场合讲话，整个邦常常苦于无法领会她的意图。年长的乔·拉马斯瓦米是她少有的几名亲信之一，他主抓文化活动，之前干过演员和编剧。2014 年我们见面时，他在运营一家预算不多的报社，主要以讽刺的写法报道时事，有点像泰米尔纳德邦版的《私家侦探》或《洋葱报》。"她是很有主见的领导人，从来没怕过什么。"那天下午他坐在市中心乱糟糟的报社办公室里跟我说，空气中弥漫着焚香的味道。"可惜的是，政党里的男同志却因此养成依赖她的习惯，"他的表情流露出些许尴尬，"他们不但毫无主见，还非常谄媚。"

我为了了解更多的情况，专程拜访该邦的商界领袖和立法委员潘迪拉詹，据说他还保留着一点自己的判断。他前不久刚刚脱离 DMK，加入贾亚拉利塔的阵营，尽管多数人觉得，身为前对手的他永远无法赢得贾亚拉利塔的信任。尽管如此，好几位朋友还是向我表示，如果有人能帮我一瞥贾亚拉利塔统治集团内部的秘密，那就是他。我们在他的办公室见面，办公桌上醒目地摆着贾亚拉利塔的照片，墙上还有一张。

潘迪拉詹是一家成功的猎头咨询公司的创始人，我们一开始聊商业聊得挺愉快，但谈到他的领袖，他的语气就变了。他一下子变成贾亚拉利塔的忠诚追随者，罗列她的众多优点：坚持将经济发展放在中心；对国际事务有着极为细致入微的了解；很有语言天赋，传闻她可以讲八门语言；将来出任印度总理再合适不过。他说了半天也没有停下来的迹象，我为打发时间，开始不自觉地盯着他的衣服看。他跟 AIADMK 的所有政客一样，穿着胸前有着半透明口袋的白衬衫，里面明显塞着一张贾亚拉利塔的照片，这样做是为了尽可能公开地表忠心。我透过口袋看到她正神情严肃地听着我们的对话。

如果说贾亚拉利塔统治的一面是奴性，另一面就是腐败。2014年，贾亚拉利塔因非法获取巨额资产被捕入狱。印度的首席部长在任期内进监狱还是头一遭。20世纪90年代初，她首次出任首席部长，其间她名义上一个月只领1卢比薪水，但实际资产从近乎0增长到5.3亿卢比（800万美元）。[6] 后来的庭审揭露了她令人瞠目结舌的巨额财富的细节。警方突袭查抄了她一个住处，单这一次就搜出700多双鞋、10000多件纱丽服以及大量的黄金首饰。[7] 她的案子前前后后审理了近29年，到后半段，司法部门担心在她的地盘根本没法公正开审，于是将案子移交给邻邦卡纳塔克邦。她最终被判有罪，在印度引发轰动。印度的首席部长被指控贪污并不是新鲜事，但她是头一个被判有罪的。据当地媒体报道，有十几人自杀表示抗议，还有更多的支持者因惊吓过度死去。[8] 接替她的代理首席部长是一名信仰坚定的党员，他忠心耿耿地等她回来继续执政，代理期间连她的桌子都没碰。

贾亚拉利塔虽然坐过牢，但这对她呼声的影响微乎其微。法庭判她四年，但她刚进去不到一个月，就因法律的技术性细则被无罪释放，她也因此得以第五次担任首席部长。2016年邦选举，泰米尔纳德邦的七千万民众让她以绝对票数优势赢得选举，这让她成为这一代人中唯一能在该邦混乱的政治体系下连任的一把手。她的竞选手段和过去类似。"选民已经开始期待阿妈会送什么，这次或许是冰箱或摩托车，"杂志《观点》选举前夕的一篇文章写道，"她从没让选民失望过。"[9] 在此之前，她送过手机，为选民购买小摩托提供补助，给学生采购笔记本电脑，还曾给即将结婚的女性赠送八克重的金币。

贾亚拉利塔被判有罪,但这并不影响支持者继续狂热地追随。2015年,在她67岁生日那天,一位忠实信徒、空手道教练世韩·侯赛尼为了向她致敬,特意将自己钉在十字架上。他当时穿着白色T恤衫,正面用大号的红字写着"阿妈",让他空手道学校的徒弟将他双臂张开地钉在胶合板制成的十字架上,在上面忍受了6分钟。不少AIADMK的工作人员受邀到现场观看,此外还有好几家电视台摄像机直播现场的画面。[10]两年前,贾亚拉利塔65岁生日,侯赛尼送出一幅她的半身画像,是用他本人的11升鲜血花了好几年精心绘制的。这种做法当然属于个例,但就算不像他那么极端,也有不少人会采取自残的方式向贾亚拉利塔致敬。

卑躬屈膝的党员、表达敬意的热诚举动、时不时的自残行为——这种个人崇拜现象,也不免让有怀疑精神的泰米尔人开始质疑:这是否说明统治阶层和人民群众已经失去联系,参与其中的人只是照本宣科地重复早已丧失真正含义的剧本。不过,据我观察,这些人是发自真心地爱戴和尊敬贾亚拉利塔。她有过贪污记录不假,但这并不影响金奈许多家境优渥的专业人士将她奉为有能力的官员,私下甚至崇拜她专制的统治方式。许多当地村民都意外收到过以她名义送出的礼物,在他们眼中,她是有善心的慈善家,确实有几分宣传中塑造的泰米尔人"母亲"的意味。

2016年年底,贾亚拉利塔去世,民众流露出来的悲痛看上去也确实是真的。她身体欠佳的传闻在金奈已经流传多年,这也解释了她为什么越来越深居简出。不过,这个话题在公众场合基本上是禁忌,她的支持者从来不会提到她很早就患上糖尿病,记者怕吃官司,也不会报道她的病情。这也是为什么她长时间住院后突然离世的消息会引发如此大的轰动。据说有一百多名支持者为此了结了自己的生命。整个邦都有声势浩大的悼念活动，其间发生好几起自杀未遂事件，还有一名支持者为了表示对她的敬意，砍掉自己的手指。[11]"对她健康问题的焦虑，或者更准确地讲是对她生命竟然是有限的这件事的焦虑，在民众当中引发荒诞的回响。"她离世后不久，泰米尔历史学家吉塔在讣告中写道，"她的健康状况放在平常都是禁忌话题，这种不成文的规定在她身上打上一层新的脆弱的光芒，换言之，她在支持者心目中是超越人类的存在。"[12] 她的离世也带来某种意义的解脱，贾亚拉利塔多年以来一直都是泰米尔纳德邦坚不可摧、近乎半神的统治者，不过是人就难免一死，这个地方总算步入没有她的时代。

定居的小偷

贾亚拉利塔人生经历丰富，再加上时不时的铁腕手段，很容易让人将她和喜剧中的独裁者形象联系到一起。但她实际上非常复杂，并且在很多方面都是个值得敬佩的人物，她的统治风格本身就诠释了印度裙带资本主义的多样性。她那些比电影还要精彩的故事流传甚广，从一开始充满魅力的女明星到后来品格坚毅的政客，她跌倒过很多次，但每一次都站起来了。她能掌权有双重意义：一是女性在男权社会获得权力；二是她虽然是婆罗门，但依然可以在一个敌视高种姓的邦爬上去。她有时也会利用女性身份给自己铺路：从政初期，她曾在邦议会遭到男性政客的粗暴对待并愤怒离场，许多人将她的遭遇和《摩诃婆罗多》中的女性人物德劳帕蒂被当众扒下衣服受辱的故事相比较，她也因此赢得不少人的同情。[13] 不过，她后来超越了这种女性形象，舍弃了青年时期女明星的身份，成功将自己塑造成既庄重又令人生畏的公众人物。

贾亚拉利塔的私生活非常复杂，一个很重要的原因是一名女助手在她金奈的高档平房住了好几十年，跟她关系密切，既是亲信，又是政治顾问。这件事惹来许多闲言碎语，但她还是凭借自己的权威让大家接受了这件事。许多印度的政治领袖都在千方百计地建立自己的政治世家，但贾亚拉利塔很少在这方面下功夫，她离世后没多久政党就陷入内斗便是明证。报纸揭露了她巨额财富的惊人细节，尤其是她收藏的鞋子，多到可以跟菲律宾第一夫人伊梅尔达·马科斯一争高下。但实际上，她后期的群众基础在很大程度上都源自她生活朴素和言行保守的形象。认识她的人都称她睿智、思想深邃，讲一口女修道院教育出的无可挑剔的英语，相较政治更喜欢文学。我有一次跟新德里一位常因公和她打交道的资深外交家聊到她，他说："她的阅读面很广，还让我给她推荐书。"她病情恶化以后避世的生活方式，也赢得不少人的同情。她的非官方传记作者、泰米尔作家瓦桑提在她去世前几年写过这样一句话："她的过去塑造了她的现在，而她过去生活的标志性特点就是孤独。"[14]

在贾亚拉利塔个人身上的许多谜团背后，还隐藏着一个更复杂的问题，即泰米尔纳德邦在这种情况下竟然还发展得挺好。在以北方邦为代表的北部诸邦，裙带关系常常和经济发展乏力相伴。泰米尔纳德邦在她主政期间，虽然也存在严重的腐败，但经济上取得大幅发展。她首次上台刚好赶上印度1991年的自由化。21世纪初，她大权独揽的时候又赶上印度大范围重新拥抱全球化。得益于人口大迁徙、繁忙的港口以及靠近连通东亚和西方航线的地理位置，她的邦成为印度与外界交往最为紧密的几个地区之一。泰米尔纳德邦的工业化程度本就走在印度前列，又令人羡慕地吸引到大量外资。1996年，贾亚拉利塔以免费土地和优惠税收政策为筹码，成功说服美国汽车巨头福特在金奈建立首家印度工厂。[15] 这之后，现代、雷诺、宝马等品牌也跟着过来，金奈因此成了自封的"印度底特律"。

金奈还逐步发展成技术中心，城市南部主干道两旁的商业园区和软件中心越来越多，沿着这条大道一路往前走，可以通往曾是法国殖民者贸易站的本地治里。此外，泰米尔纳德邦凭借创新公众项目，很快就在社会发展上取得突破，其中包括为学生免费提供午餐的开创性"中午餐食"项目，以及为了制止杀害女婴恶习而制定的儿童领养项目。在她的治理下，泰米尔纳德邦变得更安全、更富有，当地人的受教育程度也得到提升。[16] 她当了近二十年的一把手，其间贪过巨额财物，动不动就一言堂，为赢得政治上的支持时常给选民发放救济品。尽管如此，2016年，一项调查依旧将泰米尔纳德邦评为全国治理最好的两个邦之一。[17] 她去世后不久，评论家米希尔·夏尔马写道："好也罢坏也罢，贾亚拉利塔已然成为全印度首席部长争相效仿的榜样。"[18]

即使是她刚去世时，也很少有人否认她在任期内腐败过。法庭记录表明她的个人资产直逼一千万美元，这个量说小不小，说大不大。她的支持者常常愤愤不平地说，新德里那些看似体面的政客实际上贪的多得多。而且，以她为代表的泰米尔政客用于选举和维系恩庇网络的开销也远大于他们的个人资产。尽管如此，贾亚拉利塔和她的竞争对手不仅顺利筹到政治经费，还没有对本邦的经济造成多少负面影响，相比之下，新德里却因为接二连三的惊天丑闻逐步陷入瘫痪。

　　印度南部五邦的裙带资本主义有突出的地方特色，和北部经济滞后地区差异很大。这五个邦是喀拉拉邦、泰米尔纳德邦、卡纳塔克邦、特伦甘纳邦和安得拉邦，除喀拉拉邦以外，余下四个邦都是腐败的重灾区。根据一份调查数据，卡纳塔克邦的贪腐问题最为严重，安得拉邦和泰米尔纳德邦分别位于第二位和第三位。[19] 尽管如此，这些邦无一例外地取得了经济上的成功，发展程度和东南亚以及非洲撒哈拉沙漠以南的地区相近。印度南部政治长久以来的地方特色在一定程度上与当地大多数民众讲达罗毗荼语有关，而南部领导人大多会主动抵制讲印地语的北部日渐增长的文化和政治影响力。除此之外，南部还发展出地域特征显著的本地裙带关系模式，为塞缪尔·亨廷顿认为腐败可以和经济增长并存的理论提供了活生生的例子。"你完全可以说南部的政客在侵吞公款，但与此同时，他们也在努力把蛋糕做大，"宾夕法尼亚大学政治学教授德维什·卡普尔跟我说道，"印度北部的政客都是能拿多少蛋糕就拿多少，转眼的工夫，旁人连蛋糕渣都看不到了。"

　　贾亚拉利塔或许是最能代表印度南部这种巨额但有序的贪腐模式的领导人。在2014年莫迪胜选之前的几十年，许多有权有势的政客在地方担任一把手，民间习惯称他们为"总督"，除了南部的贾亚拉利塔以外，还有许多其他地区的领袖，如西孟加拉邦的玛玛塔·班纳吉、北方邦的穆拉亚姆·辛格·亚达夫和玛雅瓦蒂。外包集团"团队租借"的董事长马尼什·萨哈瓦尔将这些领导人根据政绩划分成两类，一类是"流动的强盗"，一类是"定居的小偷"。他跟我解释道："流动的强盗指像中国古代的忽必烈那样的政客，北方邦的玛雅瓦蒂就属于此类，他们的口头禅是'把你的东西都交出来'。定居的小偷指贾亚拉利塔这类政客，他们会这样说：'这个项目收益的百分之十归我，好了，你现在跟我讲讲打算怎样推进这个项目吧。'"

这个划分方式和美国经济学家曼瑟·奥尔森的观点一致。奥尔森在《权力与繁荣》一书中提到，古代强盗式的政治领袖走向衰亡并逐渐被当地更有根基的统治者取代，这一变化在人类发展史上具有重大意义。萨哈瓦尔的观点在于，印度北部的当代政客表现出来的更多是强盗的特点，他们找到什么就掠夺什么。由于他们的辖区缺乏商业投资，他们想捞钱，多数情况下只能将手伸向本邦的资源，如侵占扶贫经费。南部则不同，裙带关系到贾亚拉利塔等南方政客手里变得非常高效，这里也因此更像马来西亚等国，这些国家近些年来既有高速的经济增长，也有猖獗的腐败，这种现象被称作"东亚悖论"。[20] "南部的幸运在于那里有更多定居的小偷，"萨哈瓦尔跟我说，"政客的回扣和民众的利益紧密捆绑在一起，这也是为什么南部的贪污相对没那么猖獗和没底线。"

贾亚拉利塔在首个任期付出不小的代价才认识到分蛋糕的重要性，那段时间她招致贪婪和挥霍无度的恶名。公众对她的不满集中体现在1995年她为养子举办的奢华婚礼上，宾客总数逾10万人，总开销高达2300万美元。[21] 这场婚礼至今保持着两项吉尼斯世界纪录，一是婚宴规模最大，二是宾客人数最多。[22] 一篇报道写道："从寺庙到她的豪宅约5公里，沿途可以看到闪闪发光的希腊式圆柱以及许多造型颇为色情的印度王子雕塑。"[23] 这场婚礼办得红红火火，但却是一场不折不扣的政治灾难，很大程度上造成她翌年选举的惨败。

2001年，贾亚拉利塔再次当选首席部长，这一次她的行事风格低调了许多。一天下午，我走进金奈市中心附近一栋没什么特色的办公楼，跟她底下的高职务公务员聊起她的变化。他表示，贾亚拉利塔第一个任期那种出格的表现在印度政界相当普遍，因为很多政客在从政初期都缺钱。他说："他们觉得有必要大捞一笔，来保障自己、孩子以及孩子的孩子。"不过，这种敛财和政客为政党筹集的选举经费相比，就显得没那么重要，涉及的金额也完全不在一个数量级上。"你或许可以将他们的做法称作选择性贪污，他们确实想在一些领域拿好处，但同时也会想在别的领域有所建树。"政客可以吃政府合同和投资项目的回扣，也可以侵占政府项目的经费。他们具体的选择取决于哪一种被抓的可能性更小。与此同时，他们也要想着如何促进发展，至少要投选民所好，推进一些关注度高的基础设施建设和公众项目。贾亚拉利塔想到的折中方案是将酒业和矿业等少数几个行业当作她的提款机。至于别的行业，她会在一开始拿一笔好处费，如签订合同时约定一定比例的回扣，或要求公司在建工厂前给她送钱。好处费到手后，她会让下面的人正常推进项目，并指示他们保质保量地如期完成任务。这种做法政客和公众都可以接受，皆大欢喜。

贾亚拉利塔令人捉摸不透的点在于她一方面很腐败，另一方面又坚信领导人应该治理有方，尽管她的治理之术会给贪污和筹集政治经费留足空间。她发自真心地走平民路线，给选民发放礼品，并且到晚年越为明显。她在 2006 年的选举中败给 DMK 的竞选对手后更为彻底地贯彻平民路线，后者给选民免费发放电视，盖过了她的风头。在这之后，她谨慎地不让同样的事发生第二次。AIADMK 和 DMK 这两大泰米尔政党虽然水火不容，但在意识形态上并没有多大区别。双方都坚信执政才是关键，并且都认为有计划的腐败加上选举季给选民慷慨送礼是赢得执政权的最佳方式。相比之下，贾亚拉利塔至少重视经济发展，也会推行相关的政策。

"他们发现贪污没什么大不了。"这名公务员告诉我。泰米尔纳德邦的选民好像并不介意领导人贪污，只要别太过分，能干实事就成。商界领袖也不太在意，在他们看来，贿赂贾亚拉利塔跟缴税差不多，是做生意必不可少的开支，好在这部分开支是可预见且可控的。维基解密网站揭露的美国政府官员的一份外交密电写道："商人更愿意跟贾亚拉利塔合作，因为她的 AIADMK 拿钱就办事，效率更高。"这名官员还引用当地巨头的话，证明商人赞赏她的治理方式："我只要把钱交给她，就知道事情有着落了。"[24]

安得拉企业家

印度的议会大厦从远处看相当宁静，那是一座低矮的圆形大会堂，外面围着一圈圆柱，新德里浓重的雾霾依旧遮挡不了它的轮廓。1927年议会大厦竣工，外墙内藏有议会的三个分支，即人民院、联邦院和王公院，王公院用于英属印度治下名义上仍是独立土邦的各邦领主共同议事。赫伯特·贝克爵士设计的议会大厦是权力和帝国统治的象征，融合了古希腊和印度的建筑风格。不过，并不是每个人都喜欢这座建筑物。"这看上去跟西班牙的斗牛场差不多，"批评者在1931年写道，"水车轮意外侧翻倒地，就是这副模样。"[25]

议会大厦高雅的中央大厅见证过许多和印度独立相关的大事件，从1947年的权力移交，到后几年新宪法起草时的高格调辩论。不过，近些年以来，议会的讨论越来越粗野，下院尤其如此，动不动就有议员互相谩骂或集体离席。印度民主的历史早已被贴上暴脾气的标签，即便如此，2014年2月13日议会爆发的惊人事件和事件主人公拉加达帕蒂·拉贾戈帕尔还是在历史上占据了特殊的位置。

那天的争端与议会提议在印度南部设立名叫特伦甘纳的新邦有关。提议并非突发奇想，而是由来已久的"分邦运动"的最新进展，法案的目标是将安得拉邦一分为二，为所有讲泰卢固语的人提供一个独立的邦。20世纪50年代印度出现呼吁政府按民众讲的语言重新分邦的全国性运动，这就是其中之一。打那时起，生活在安得拉邦落后地区的活动家就一直在争取分邦，他们表示，生活在富饶滨海地带的人要来控制本邦的政治，夺取本邦资源，侵占他们的利益。他们数十年的努力终于在2013年有了收获，国大党作为当时的执政党做出让步，同意将分邦的法案提交给议会审核。

这一消息引发安得拉邦内部的严重分歧，支持者在举行庆典，反对者则在愤怒地游行示威。2014年2月13日，双方的冲突蔓延到议会。争论到激烈处，几名恼火的反分邦议员直接冲到人民院会议厅中心和对手打起来，有人甚至从座位上拔下麦克风当武器，挥舞得十分卖力，以至于现场记者在报道中误写成挥舞匕首。还有人手举写着"我们要的是统一的安得拉邦"的广告牌，走到议长桌前赖着不走。国大党议员拉贾戈帕尔是分邦的坚定反对者，他冲进混战，跟另一名议员扭打在一起，没过多久，他突然从口袋里掏出一瓶胡椒喷雾剂，高举着向空中猛烈喷射。

议员在震惊之余赶紧拿出手帕捂住脸，慌忙跑向出口，脸上泪水直流。一名议员因为这场骚乱心脏病发作，好在被及时抬上等在一边的救护车。[26]不少议员冲出议会后斥责拉贾戈帕尔等人，认为他们的做法再次拉低了本身就有问题的印度民主的下限。"这是我们议会历史上最耻辱的一天。"一名议员跟外面等候的一大堆记者说道。"无耻至极,前所未有,不可原谅!"另一名议员生气地补充道。[27]

自此以后,拉贾戈帕尔就被称作"胡椒喷雾剂议员",不过公众关注他还有一个原因。"议会有史以来行径最恶劣的就是他(不做点什么还真拿不到这个'荣誉'),但与此同时他还是备受欢迎的印度商界传奇明星。"这场打斗结束没几天,身为报纸编辑和知识分子的谢卡尔·古普塔写道。[28]拉贾戈帕尔对外公布的身价是30亿卢比(4700万美元),是印度最富有的议员之一。此外,他还是一直在壮大的印度企业家议员队伍的一分子,维贾伊·马尔雅等人都属于这个行列,他们完全可以合法利用个人资源为政治生涯铺路,并且,政治上的进步往往意味着他们可以为自己的生意谋得更多利润。这一类政商两栖的领导人在印度南部比较普遍,其中就包括贾亚拉利塔的泰米尔纳德邦。不过,最出名的还是安得拉邦,这里的巨头因在政商两界的交汇处大肆敛财而出名。民众甚至为此给他们起了个"安得拉企业家"的外号。

几年后,我到拉贾戈帕尔家采访他,谈起那出胡椒喷雾剂的闹剧,笑呵呵的他没有半点悔意。他那时已经不是议员,2014年他为了反对分邦出尽洋相,但那年年中,安得拉邦还是一分为二,他为此辞去议员职务以示抗议。不过他依然在政界活动,角色类似于美国的说客,主要为由他哥哥掌控的家族生意跑腿。他在新德里一处僻静的高档住宅区拥有一栋三层楼高的别墅,小区不远处就是丹麦大使馆,灰色大门外可以看到站岗的武装警卫。他晚到了一个多小时,一进起居室就连连向我道歉,解释说耽误是因为刚才在跟政府的部长会谈。他的手腕上戴着一个金手镯，上面刻着 Om Shanti❶，这句祷词在冥想中经常用到。我发现他为人周到，很有绅士风度，又帮我倒茶，又跟我聊他年轻的儿子，这一切都跟他既是政治流氓又是精于算计的裙带资本家的公众形象相去甚远。

按照拉贾戈帕尔的说法，2014年那一天，他的做法不仅不恶劣，甚至还很英勇。"我那么做都是为了自卫，更准确地说，是在守护我的议员同僚。"他解释说主要是因为一名年长的议员陷在里面脱不开身。他反对建立特伦甘纳邦的政见让他成了政治暴力的对象。"想要袭击我的人太多，我随身携带喷雾剂是为了保护自己，因为我不想用枪或匕首。"他并不后悔在议会的做法，也没有为此受到什么真正的惩罚。实际上，他反倒因为这件事成为安得拉邦滨海地带的英雄，他为阻止分邦运动投入的大量心血赢得许多人的钦佩。

拉贾戈帕尔属于有经商头脑的卡马种姓，年轻的时候就加入父亲创立的兰科基建技术公司。20世纪80年代和90年代初，公司规模逐步扩大，先后将生铁和水泥纳入业务范畴。印度推动自由化改革以来，公司得以快速扩张，并在基建领域确立了领先地位，从海得拉巴的高档住宅区到新建的煤电站都可以看到它的身影。2005年前后，公司在巨额贷款的助力下实现爆发式增长，抓住印度倡导用公私协力❷的模式建设大型基建项目的契机，成为

---

❶ 梵文，意为和平、平静。
❷ 公私协力（Public-Private Partnership，简称PPP）模式，也称"政府和社会资本合作"，指公共部门和民营企业在某些公用事业项目的建设或运营中合作的模式，具体形式包括合同承包、租赁、对已有设施的运营维护协议等。

该模式的领头羊。和中国主要由国企建造桥梁和公路不同，印度更像处于19世纪70年代铁路修建热潮的美国，项目大多依托私企完成。

有一段时间，大家觉得公私协力项目简直是魔法，因为这些项目在不给国家财政增加一卢比债务的情况下，就可以拉来几十亿美元的投资。[29] 受西方类似模式的启发，早期支持者希望严格的交付合同可以成为印度基建行业的反腐神药，终结随意交易的不良风气。但事与愿违，公私协力的模式反倒催生出全新的贪腐方式，涉及的金额更是天文数字。没多久，这个模式无处不在，承包此类项目的公司也变得极具权势，以至于评论家普拉塔普·巴努·梅塔在2013年称印度沦为"承包商的国度"——"一个归承包商所有、由承包商治理、为承包商享用的政府"。[30]

公私协力模式在安得拉邦尤为流行，邦内的大公司很快就成为该模式的熟练玩家，竞标拿到公路、港口、机场、公共住房等各类基建项目。我行走在印度的大地上，常发现各地对商业精英耍心思做的一些不合规的事情竟有一种病态的自豪感。例如，孟买的银行家私下其实很欣赏金融骗局，北方邦的政客侵占社会福利经费虽然可恨，但也有很多人暗中钦佩他们。话虽如此，最能代表印度高水准裙带资本主义的或许还是安得拉邦，这里有复杂的恩庇政治和名声在外的安得拉企业家，这种称得上纯粹的艺术的模式不久就被别的邦争相效仿。

如何成为裙带资本家

海得拉巴是新独立出来的特伦甘纳邦的首府，大部分安得拉企业家都住在这里，长久以来，这座城市都与财富有着密不可分的联系。它曾是印度最大土邦的第一大都市，该土邦始于 18 世纪初期的伊斯兰王朝，是莫卧儿帝国的继承者，在 1948 年之前都由名为尼扎姆的君主统治。王朝的最后一代尼扎姆是奥斯曼·阿里汗，他不仅是当时的世界首富，也是人类历史上最富有的人之一，得益于他拥有的广阔疆域和戈尔康达价值连城的钻石矿。

这位尼扎姆即使在统治濒临土崩瓦解之际，依然保留着大量怪癖：安排劳斯莱斯车队去海得拉巴的街头收垃圾，让宦官保管自己海量的珠宝等等。最古怪的莫过于他复杂的情感生活，他总共有几十个嫔妃，私生子更不知有多少个。"最后一代尼扎姆去世时，服侍他的人总共有 14 718 人之多，"一篇报道写道，"单是主殿就有大约 3000 人负责安保工作，28 人端茶倒水，38 人清扫枝形吊灯的灰尘，此外还有几个人专门负责敲核桃。"[31] 1948 年，他的土邦迫于压力成为新印度的一部分，统治也就此宣告结束。不过，他统治期间的惊人财富依旧为海得拉巴留下恢宏的宫殿和博大精深的文化，分量丝毫不逊于德干高原边上动人心魄的岩地。

近些年以来，海得拉巴发展为印度南方的经济重镇，财富的意义和过去相比也发生了变化。乘客一下飞机，首先看到的是当地最著名的安得拉企业之一 GMR❶ 集团修建的崭新机场，沿着另一家当地企业修的高架路前往市区，沿途可以看到城市中令人印象深刻的玻璃钢筋建筑。20 世纪 90 年代，海得拉巴的一部分被官方打造成"赛博拉巴"，这主要是因为锐意进取的时任首席部长

---

❶ GMR，总部位于新德里的跨国集团，由多家公司组成，采用公私协力模式，是印度最大的基础设施开发集团之一。GMR 是亚洲最大的私人机场运营商，拥有包括印度最大机场英迪拉·甘地国际机场在内的多家机场，也是唯一一家在海外运营机场的集团。GMR 在能源和交通设施建设领域也全国领先，还拥有德里勇者等多家板球队的特许经营权。

钱德拉巴布·奈杜唤醒了这座沉睡的首府，赋予它信息技术中心的新身份，海得拉巴也因此拉到微软和甲骨文的投资。多数人倾向于认为印度的科技行业不会有多少腐败问题，但海得拉巴的科技行业是个例外，萨蒂扬计算机科学公司曾是这座城市风头最盛的外包公司，但2009年董事长承认公司存在超过十亿美元的收入造假问题，偌大一个公司轰然倒塌，这也是亚洲目前为止最严重的公司欺诈案之一。尽管如此，海得拉巴之所以能获得当下的财富，还在金融领域招致骗局频发的恶名，主要还是靠安得拉企业家垄断的地产和建筑等传统行业推动。这些企业家是一批新兴的"泰卢固商人，专做基建生意，是投机分子，但也愿意承担极大的风险"，用编辑谢卡尔·古普塔的话讲，他们是"安得拉的寡头"。[32]

2016年年中，我在一个下午见到反腐活动家贾亚普拉卡什·纳拉扬，他说："你现在所处的地方称得上全印度最腐败的地区。"我们在他海得拉巴的办公室见面，里面空荡荡的，仅有的装饰是墙上的印度地图和角落的小型甘地胸像。纳拉扬体形偏瘦，举止非常优雅，他曾怀揣着建立廉洁政府的理想，创建过自己的政党，一度当选为安得拉邦的邦议会议员。但随着时间的流逝，他逐渐对竞争激烈的印度选举丧失信心，感到幻灭的他成立了名为"民主改革基金会"的智库，总部设在破旧居民楼的八层，隔壁是一家大酒店。

纳拉扬喊来智库的三名实习生，让他们一起听他描述当地严峻的腐败形势。他表示，不论是安得拉邦还是特伦甘纳邦，选举的烧钱能力都可以排到印度前几位，这两个邦的非法竞选经费也排得非常靠前。选举的开销持续走高促使地方政党领袖不断探索更加隐秘的交易方式，从商人盟友那里顺利地拿到黑钱，才有资本去争取大批选民的支持。"我们可能是革新者。"他这句话的意思是说过去几十年间，具有当地特色的裙带模式已经打磨得非常成熟，在这种模式下，政客和开发商的利益紧密地捆绑在一起，已经分不清你我。"在这片土地上，这个模式已经实现制度化和职业化，印度其他很多地区也在快速跟进。"

纳拉扬称这种模式是在两名政治劲敌的较劲中逐渐成形的，他们在自由化改革后的几十年里，主导着安得拉邦的政局。首先登场的是海得拉巴复兴的总设计师奈杜，从 20 世纪 90 年代中期开始，他身为泰卢固之乡党的领袖，担任了近十年首席部长。他是亲商的技术官僚，大力推动邦内的基础设施建设，在吸引外国技术公司方面也很有一套。他的政绩赢得外界的广泛赞誉，1999 年《时代》称他为"印度最有远见的政治家"，一年后，克林顿总统参观了新近完工的科技园"高新技术城"，盛赞纳拉扬的投资友好型政策。[33] 纳拉扬虽然在经济上很有头脑，但还是在 2004 年选举中彻底输给劲敌拉贾塞卡拉·雷迪，后者性格火暴不少，是公开的平民主义者。2009 年，雷迪的首席部长生涯在一起直升机空难中戛然而止。

"这两位可不是一般的政客，他们无耻、野心勃勃且干劲十足，同时也是政治上的死敌，"纳拉扬说，"他们为了获得权力，都可以不择手段。"二人都是建造政治机器的行家里手，凭借着强大的恩庇网络获得巨大影响力。奈杜干净一些，但出身普通家庭的他也凭借从政变成富人。不过，主要还是雷迪让安得拉邦成为裙带关系出了名的温床，他也确实有能力让经济发展和根深蒂固的腐败并存，从这个角度讲或许只有贾亚拉利塔可以和他相提并论。

雷迪担任首席部长期间，推出一系列医保和住房等领域的邦政府开支项目，这提供了很多捞油水的机会。安得拉邦的经济发展带动地价上涨，雷迪在这样的形势下欣然将土地分给关系要好的商人。他主政期间也推动经济改革，精简本邦的官僚体制，减少赤字，营造更优越的投资环境，但与此同时，这里面也有打着平民主义旗号大肆贿选的情况，以及不少藏有猫腻的项目，最有名的就是后来被《印度时报》戏称为"欺诈之母"的大型灌溉项目"水之崇拜"（Jalayagnam）。[34] 政府跟当地六家公司签下合同，审计员后期审计发现，几十亿美元在这个过程中不翼而飞。维基揭秘网站揭露的美国外交密电不无幽默地称这个项目"即使对印度而言，也腐败出了新高度"，并将此事定性为雷迪任期的标志性事件。[35] 密电还引用当地报纸编辑的原话："我们觉得奈杜已经够腐败，但他和现在这位比，简直就是小孩子过家家。"

从某个角度讲，猖獗的裙带关系并没有给安得拉邦造成多少危害。1991年以来的几十年，该邦经济发展势头迅猛，社会发展也取得令人羡慕的成绩，好像丝毫没有被本邦精英阶层的贪婪和沉瀣一气耽误，这一点和泰米尔纳德邦的情况非常相近。两位宿敌在各自任期内也确实投入不少精力，留下好几项印度顶尖的基础设施，这些项目基本上摊分给六家当地公司，其中就有兰科基建技术公司和GMR，它们的竞争对手GVK❶是全国领先的大公司。在其他地方，如贾亚拉利塔治理的泰米尔纳德邦，也存在腐败和发展并存的体制，但安得拉邦的独特之处在于，政治和经济在这里无比紧密，谁也无法找出两者的界限。

---

❶ GVK，总部位于海得拉巴的大型企业集团。它建立了印度第一座独立发电厂，在机场、港口、运输领域也有大量投资。

"政客和承包商的渊源非常深。"纳拉扬告诉我。邦议会座椅上就座的政客中,有很多兼有商人身份,或者家族和种姓群体里有大企业家。以拉加达帕蒂·拉贾戈帕尔为代表的企业家更不用提。奈杜担任首席部长期间喜欢用"告别班加罗尔,欢迎海得拉巴"的口号,意在吹嘘这座城市要不了多久就可以超越劲敌班加罗尔,成为印度的第一科技城。不过,在安得拉邦一名风险投资人看来,这两座城市存在明显区别。"班加罗尔和海得拉巴截然不同,在班加罗尔,赚钱的商人跟治理城市的政客是分开的,"他告诉我,"但在海得拉巴,两者混在一起,政客要么原本就是企业家,要么家里有人经商,这些家族又往往和政界有着密切往来。"这种政界和商界的重叠意味着信任,又继而为腐败提供无比肥沃的土壤。

安得拉邦的交易表面上跟印度别的地方区别不大,无非是政客将有赚头的基建项目和国有土地资源交给关系要好的公司,以此换取回扣。市场上也从来不缺觊觎这些肥肉的企业家。不过,如哈里什·达莫达兰主要探讨种姓和商业复杂相互作用的书《印度的新资本家》所写,政客还是要谨慎行事。对雷迪这样的政客而言,承包商拿钱跑路,不能保质保量如期交工,或将交易内幕透露给媒体,都属于风险点。在安得拉邦,种姓关系往往可以给他们提供安全感,这也是为什么多数大型基建项目都被卡马和雷迪这两大主导安得拉邦商业的商人种姓拿走。"他们想要的是真正可以信任的人,"达莫达兰告诉我,"这意味着得从同一种姓找,最好是同一家族。"

做这样的交易,最理想的状态就是两边都有亲戚。对家族企业来说,最便捷的方式就是派一名家族成员进军政界,他成为立法者后可以直接在政界内部谈生意,游说影响政策并提供有用的内部情报。议员孔达·维斯韦什瓦尔·雷迪从政之前就是富商，他代表的选区包括海得拉巴的机场。"有人甚至会露骨地说：'该死，我们为什么不直接影响他们？我们为什么不自己当政客？'"他告诉我，"安得拉邦在这方面全国领先，"他说这句话的时候流露出些许自豪，紧接着说起本邦几家基建公司的成就，"这些公司的老板都是大人物，最好的能源项目、最值钱的土地和最大的基建项目都被他们拿走。"

从政客的角度讲也是同样的道理，他们想办法自己开公司，然后为自己的公司提供合同和优惠政策。有的政客确实公开这么干，但多数情况下都是幕后操控，明面上负责的都是他们的亲戚或熟人。南方的这种常规操作很快扩散到新德里，因为那里的大人物也很快意识到最高效的捞钱方式莫过于开办公司，而后利用手中的权力篡改规则，为公司谋取发展资源。"我们印度有一种非常独特的现象，我称之为政客经商。这种现象在过去五六年间生根发芽，"2012年上院议员兼电信公司前任老总拉杰夫·钱德拉塞卡尔跟我说，"他们（政客）会说'我们不想再要装满钞票的公文包或瑞士银行的账户。我们想要拥有自己的生意。我们想要股份'。"[36]

公司想获利，就要善于"把握环境"，这其实是印度人表达兜售影响力的委婉说法。公司为了在竞标中拿下公共项目的合同，要价常常会低到不可思议，它们的算盘是先拿到合同，后面再动用关系重新谈判，将要价大幅度抬高。有时候，公司无须竞标就可以直接拿到合同，或者竞标结果已经内定，让其他有意的公司知趣地避开。相比之下，公司其实更喜欢漫天要价，开一个高到离谱的价格，这笔钱减去项目实际开支就是公司赚得的高额利润。

不过，这也需要把握好平衡，这是跟印度南部好几个邦政府打过交道的公务员告诉我的。政客的标准并不只有出价的高低和回扣的多少，像贾亚拉利塔和雷迪这样精明的政客，会有意避开明显不靠谱的承包商。他们喜欢那种既能输送利益，又能把项目做好的公司。换言之，这些公司既要有能耐办好灌溉工程和机场等项目，又能在赚到钱后大方地分蛋糕。"100卢比的活儿，他们（好的承包商）可能会收你140卢比，但至少会正儿八经地用100卢比给你把活儿干好，"这名公务员说，"别人可能只收105卢比，但他们大概率会偷工减料，只用80卢比，做的东西可能3年就散架，你肯定不会想找这样的人。"

更高明的手段也有。雷迪在位期间，最臭名昭著的丑闻是儿子贾甘·莫汉·雷迪带头干出来的。小雷迪在父亲担任首席部长期间开始经商。帅气迷人的他先后成立了一批公司，从水泥到房地产都有涉猎，还有一家传媒公司，用它旗下的报纸专为父亲充当喉舌。小雷迪没什么商业背景，但事实证明他还是拉到很多赞助。这本身并不稀奇，印度的家族企业在这方面本身就很在行，国外许多天真的私募就给海得拉巴的家族企业投了巨额资金。但小雷迪的手段更巧妙，正如警方调查公布，投资者会以极高的价格买入他公司的股份，以换取他父亲的照顾。[37]政府的审计员宣称雷迪在位期间将数千公顷的土地交给关系户，其中有相当一部分是他儿子控股的公司。[38]

这种做法最终还是引火烧身，小雷迪2012年因涉嫌贪污被捕，等待审判和获取保释之前在监狱待了近两年。（成书时他的案子还没有判决。）他在被捕前一年当选为新德里议会议员，当时他公布的身价是5700万美元，这让他成为印度最富有的议员。他的野心并没有因为蹲监狱而受到影响。父亲意外离世后，他为了充分利用父亲的名声，脱离国大党自立门户，成立新党派 YSR❶ 大会党。按作家普拉文·唐提的说法，他呼声很高的部分原因是当地人早就对领导人贪污腐败习以为常，而且他主要靠私营公司捞钱，没有直接动过政府项目的资金。[39]

安得拉邦所有的交易里面，土地的暗中交易大概是最可恨的。海得拉巴许多繁忙的街道旁都有一长串白色混凝土的石墩，预备为未来的城轨线路提供支撑。这个城轨项目有两处蹊跷：一是早在 21 世纪初就有了方案，但我在十多年后的 2017 年去海得拉巴时还是看不到列车的影子；二是该项目前所未有的融资方式。正如记者马克·贝尔根所说：“海得拉巴的城轨和世界上绝大多数地方的轨道不同，不会完全靠公款修建。”当地政府将未来地铁站附近的土地送给施工的承包商以抵部分修建费用，理由是城轨建好后地价会涨上去，承包商自然可以回本。[40]

这个计划遭到广泛质疑。"城轨只是障眼法，"抗议者说，"他们真正想发展的是房地产。"海得拉巴公开的秘密是，城轨按照规划修下去，迟早会修到拥有土地的几大政治家族家门口，那时他们手中的地就会大幅增值。这样明目张胆的捞钱行为听上去多多少少有些不可思议，但安得拉邦的"地产黑手党"可是臭名昭著，它们常在政府开发计划公布前就听到风声，提前低价收购农民的土地，并且对当地的政界和商界精英而言，房地产是他们之间流通的非正式货币，如此看来，这个阴谋论的真假确实难辨。

在安得拉邦，地产往往还是高明的裙带关系的最后一块拼图，

---

❶ YSR 是他父亲名字 Y. S. Rajasekhara Reddy 的缩写。

因为它可以将基建行业的回扣和非法竞选筹款联系起来。政客要考虑时间差的问题，他们要想办法把违规筹集的资金藏起来，等下次竞选的时候再拿出来用。"政客会把他们的钱存在房地产老板那里，"政治学家德维什·卡普尔告诉我，"他们从不担心老板会拿钱跑路，因为这些人以后还要仰仗政客拿到更多的地。"这是一笔双赢的买卖。房地产开发商可以从政界的朋友那儿拿到大把想怎么用就怎么用的廉价资本，只要在选举季政客要钱的时候还回去就行。一名资深政客告诉我，开发商可以通过多种方式在短时间内为政客筹钱，"但他们（大老板）大多数情况下都是卖地，用这种手段可以快速拿到相当于土地价值70%到80%的现金"。

卡普尔和合著者米兰·瓦西纳夫曾做过一项天才的学术研究验证这一理论。开发商一下子从公司提那么多钱还给政客朋友，手头肯定会比较紧张，一时半会儿没有财力去做别的事情，最明显的就是新工程项目的推进。[41]"水泥是施工必不可少的原材料，"卡普尔告诉我，"我们主要看选举季水泥的市场需求量会不会下降。对比数据后确实如此，和我们的设想完全吻合。"这种政商关系不一定是严格意义上的等价交换，更像一种默契，双方都会在对方有需求的时候提供帮助。"你在选举季给的一切都是人情世故，"安得拉邦的企业家跟我说，"在印度做生意还是得靠政府。不和统治者搞好关系，他们是不会帮你的。"

这个模式对安得拉企业家一度非常有效，他们的公司因此赢得多年的高速扩张期，你几乎能在印度的每个主要机场看到这样的成果。直到2008年，伦敦政治经济学院的经济学家梅格纳德·德赛写过这样一句话："你如果去中国，会看到新机场、空荡荡的公路和上海的磁悬浮列车，在印度看到的却是像贫民窟一样的机场。"[42] 但同年晚些时候，GMR 就依照先前签的公私协力合同，如期交付海得拉巴的新航站楼。2010 年 GMR 又在新德里建好一栋更气派的国际航站楼。班加罗尔和孟买的乘客也拥有了崭新的航站楼，只不过施工方是 GVK。过去，你可以在印度找到世界排名倒数的破机场，但现如今目之所及的是世界顶级的机场，这一转变仅用不到十年时间。大概在同一时期，海得拉巴几家名不见经传的地方基建公司也一跃成为行业龙头。

拉加达帕蒂·拉贾戈帕尔坐在他新德里的起居室内回忆过往，那个时期，他和商界同行野心勃勃，但最终还是败给自负。他告诉我："问题在于，那时的经济增速是 9%，但大家都觉得印度经济有望像中国一样实现两位数增长。"兰科基建技术公司当时极具野心，在经济繁荣期一开始就取得开门红，随后贷款越贷越多，因为决策层认为经济会一直增长，基建的投资热潮也会持续下去。那时，拉贾戈帕尔抓紧一切时间建发电站、挖矿、铺高速公路。许多当地的竞争对手也在做同样的事情，找国有银行贷款，用贷来的钱投更大的项目。那个时期盛行的理论是印度日益增长的需求和有限的供应之间长期存在结构性鸿沟，基础建设行业更是如此。安得拉邦基建行业最大的 5 家公司为了填上这个鸿沟，总共贷了高达 220 亿美元的贷款。一份研究报告写道："基建行业的龙头有两个有趣的共同点：一，老板不是政客，就是政客的近亲；二，大多数公司都背负着国有银行的巨额债务。"[43]

不过，经济形势还是变了，一开始逐渐恶化，后面则全线溃败。拉贾戈帕尔脱口说出一连串事件：2008 年的全球金融危机、印度经济的放缓、欺诈季以及后来一系列震惊政商两界的反腐调查，这些调查也进而导致新德里行政系统瘫痪。"很多商业活动都陷入停滞，"他说，"供需之间的鸿沟消失。我们企业家为了推进这些项目花了很多心血，以为经济有继续增长的潜力，但想法落空了。"

一时之间，原来在印度复杂的经济环境下如鱼得水的企业家突然发现自己一蹶不振。全印度的企业家都被波及，安得拉邦基建行业一度无限风光的几位巨头更是受到重创。拉贾戈帕尔非常具有代表性，他的遭遇清晰反映了他们的困境，这名因胡椒喷雾剂而声名狼藉的商人在新德里四处活动，一方面给半死不活的项目找出路，另一方面想办法为深陷泥潭的公司偿还巨额债务。"道理很简单，如果无法偿还债务，"他面带愁容地说，"你的生意就完了。"

第三部分 新镀金时代

第八章　债台高筑

大公牛

5个小时了，我才明白为什么有人提醒我晚上跟拉凯什·金君瓦拉出去可不是闹着玩的。那天晚上，我们先在他孟买办公室的露天平台上干掉一瓶450美元的尊尼获加蓝牌威士忌，随后找了间酒吧继续，再后来去了一家口碑不错的中餐馆。我已然精疲力竭，但他看起来好像刚刚热身完毕。

金融家拉凯什·金君瓦拉是个有趣的人，喜欢直言不讳地表达观点，爱在日常交流中讲一些黄色段子。2012年，《福布斯》报道了这位金融家的传奇经历，他开始投资时口袋里仅有100美元，如今这笔钱已经变成12.5亿美元。我跟他也正是在2012年见面。[1]他体形庞大，圆脸，啤酒肚高高隆起，将白衬衫撑成帐篷。服务员都认识他，毕恭毕敬地请他入席雅座。"我只管理自己的钱，不碰别人的钱，"他肉鼓鼓的手里握着一大杯威士忌说道，"老伙计，我喜欢自由。我不想对任何人负责，让他们见鬼去吧。这也是为什么我想说什么就说什么。"

金君瓦拉讲话直白是出了名的,但他更有名的点在于他从未动摇的乐观看法。印度火爆的财经新闻栏目称他为"大公牛",既指他庞大的体形,也指他对自己投资的坚定信心。他是印度首位身价超过十亿美元的金融家,非常擅长挖掘被低估的公司。市场一度不看好的钟表制造商泰坦公司就是个典型,21世纪的前十年,泰坦股价一直在大涨。他对印度的未来也充满信心:"印度的发展势不可当,在民主制度、人口红利和企业家三大要素的推动下,明天会更好!"

我在2012年10月一个闷热的晚上见到金君瓦拉,那时雨季刚刚结束,我走进办公室,发现他正坐在至少摆着五台电脑显示器的桌子背后看盘,显示器上的数据在不断更新。助手带我刚进去的时候,金君瓦拉咕哝了一句问候的话,但眼神并未离开屏幕。我在办公室角落站了几分钟,他一直盯着那些闪烁的数字,这一幕颇有《黑客帝国》的感觉。他时不时拿起电话,用印地语大喊"买"或"卖"的指令,交易额听上去好像都是百万美元级别。他穿着朴素,但手指上戴了惹人注目的超大号钻戒,在弥漫着浓重烟味的房间里让人们不那么关注他烟不离手的样子。办公室的一角摆着带有花环装饰的象头神神龛,这位能给商业冒险带来好运的印度教神灵天性快活,圆鼓鼓的大肚子看上去和金君瓦拉的有几分相像。

当天交易结束后,我们挪步到办公室外的露天平台聊天,那里有铺着人造草坪的酒吧,藏酒丰富且视野极佳,可以看到孟买南部破败的金融区纳里曼区令人目眩的摩天大楼。我站在十五层的平台极目远眺,在高楼间隐约看到远处的马拉巴尔山,那一片是可以俯瞰海湾的高端富人区，金君瓦拉和妻子以及三个孩子就住在那儿。北边可以看到安蒂拉高大的悬臂式轮廓，夜幕降临，灯光随之亮起。

我问金君瓦拉是如何起步的，他说自己一开始条件很一般："安巴尼家族这样的大商业家族都是商业帝国的缔造者，其中的成员可以继承家业，但我没这样的条件。"他对股票感兴趣主要是因为当税务官的父亲和朋友喝酒的时候喜欢讨论股票市场。"我小时候好奇心非常非常强。"他说。青少年时期培养的浓厚兴趣让他选择了全职交易员的道路。亚洲首家证券交易所孟买证券交易所成立于1875年，但一个多世纪以后印度的股票市场依旧很小。金融业当时的名声很不好。"我妈跟我说'谁会愿意嫁给你啊'，但我还是入了这一行。"那时候交易大多被股票经纪人同业联盟控制，市场被操控是常态。"那时的市场并不透明，完全不受管制。"金君瓦拉饶有兴致地回忆起达拉勒大街的旧时光，那里相当于孟买的华尔街。"但我一直坚信印度会告别社会主义，如果印度会诞生新的庙宇，那肯定是股票市场。"

我们到餐厅以后聊到投资的诀窍。他的回答带有黄色的幽默："市场就好比女人，总是威严、神秘、难以捉摸、脆弱，又令人兴奋！"随后，他让我关掉录音笔，开始第二段下流的独白，向我解释为什么市场也像性交，我跟他保证不公开这段话。但他不知道的是，我在采访一周前的会议上就听他说过类似的话，只是用词没那么污秽，当时他跟另一名参会者展开激烈辩论，高声宣称没有高端夜店和脱衣舞吧的孟买永远无法成为世界金融中心，这番话引起哄堂大笑。

用餐期间，他语速很快，略微蹩脚的英文说明他小时候没机会接受良好的教育。除了停下来吸烟和因烟瘾造成的偶尔干咳，他就没有停止过说话。他胃口极佳。"我是个美食家，我爱美食！"他偶尔毫无顾忌地打饱嗝也印证了这一点，分贝之高惊到旁边几桌的用餐者。

这位金融家确实有他高调的一面，他不仅是宾利车主，还有购买私人飞机的打算。几年前，他为了庆祝自己五十岁生日，在毛里求斯办了一场盛大宴会，有两百名客人飞过去参加。但他也有低调的一面。他表示毛里求斯的短期旅行是个特例，他平常不爱出国，从没去过美国，也确实没兴趣。他对印度展现出的强大信心更是令人感动。"2001年前后，我对印度的未来变得前所未有地乐观，"他说起纽约的恐怖袭击，"在我看来，三千名美国人的离世并不会改变历史进程。"

2002年，他专门写文章论证印度"即将迈入长期的结构性牛市"，理由是印度人民党政府推动的改革即将带来成效。"2003年，我一直在大声疾呼，"他回忆道，"买，买，赶紧买！赶紧卖了你老婆该死的珠宝去买股票！"他的预言应验了，印度股市进入长达五年的大牛市，大盘接连创下新高。他买的最赚钱的几只股票更是翻了好几倍，泰坦就是其中之一。经济一片繁荣，身价超过十亿美元的亿万富豪越来越多，金君瓦拉也在其中。

金君瓦拉这样纯粹的金融家在印度的亿万富豪群体里很少见。印度登上福布斯富豪榜的金融业富豪总共没几个，其中有白手起家的乌代·科塔克，他是科塔克·马欣德拉私人银行的创始人，住处和金君瓦拉的办公室仅隔几个街区。西方世界新近崛起的亿万富豪有很大一部分都是对冲基金经理和银行家，但印度的亿万富豪还是以企业家为主。金君瓦拉赚取财富的方式在印度非常少见，但他表现出来的乐观态度在当时的印度商界上层普遍存在。

21世纪前10年末，人们普遍认为印度即将像中国一样走上经济发展的快车道，8%甚至更高的增长率有望维持10年。即使在2008年全球金融危机的背景下，印度经济似乎依旧坚挺。商业领袖都认为它具备经济发展的根本要素——与金君瓦拉提到的要素一致：年轻的人口、对基建投资日益增长的明显需求、民主制度的法规政策优势（不论有多不完善）以及人民对发展的强烈渴望。他们对这些要素的作用深信不疑。

不过，问题就出在他们乐观的看法和现实突然变得格格不入。欺诈季爆出后，印度的政治议程中可以看出大家对腐败的焦虑越来越明显。我们聊着这些，越喝越多，都有些醉意，金君瓦拉陷入沉思。后面他用自己的话重述镀金时代钢铁大王安德鲁·卡内基的名言："以富豪的身份去世是可耻的。"前一年，金君瓦拉对外宣布打算将财富的四分之一捐出去。他这么做离不开美国投资大师沃伦·巴菲特的启发，至少在印度，他常常被拿来与巴菲特比较，而巴菲特曾劝说世界顶级富豪捐出更多财富。金君瓦拉在办公室外墙上贴了一句巴菲特的名言："倘若仅靠历史知识就可以玩转投资，那么这个世界上最富有的人将是图书馆管理员。"但我觉得他这么做更重要的原因是想缓解内心深处的不安，他不希望被印度亿万富豪近些年越来越臭的名声拖下水。我问他是否打算捐更多，他看上去还没拿定主意。"我或许会将捐献比例提升到二分之一，谁知道呢？"他最后这样答复我，好像无法摆脱投资者加倍下注的职业病。

夜深了，我们也喝多了，金君瓦拉让我搭他的奔驰回家，我晃悠悠地坐上后座。他在车上告诉我，自己的雄心一直没变，他那时明显在想印度最近的腐败问题。"我想成为世界上最富有的人不假，但我会清清白白地做到。"他说所有商业帝国和家族企业早晚都会走上衰落的道路，还引用了一句印度教谚语，大意是说富不过七代。我问他担不担心腐败日益成为印度的标签。"我跟政府没有任何往来。我没有许可证，没有煤矿，没有政界的朋友，也从来不进政府的办公室，"他说，"我不爱吹牛，但我的声誉确实无可指摘，还没有哪家银行不愿意贷款给我。"

债台高筑

不知情的人很难想象印度企业界的丑闻最早竟然是从孟买市中心的思捷大楼爆出来的。这是一栋可以俯瞰阿拉伯海的十二层写字楼，紧挨着连通机场和金君瓦拉办公室所在的纳里曼区的主干道。写字楼的地理位置极佳，和阿尔特蒙大道的高档住宅区相距不远，去当地金融家喜欢聚在一起闲聊或谈业务的四季酒店也很方便。写字楼左侧有个汽车展厅，里面停满闪耀的捷豹和路虎；右侧是贫民窟，有一条恶臭的排水沟直通大海。写字楼的老板之前担任国大党部长，据传是印度最富有的政客之一。他住在写字楼顶层的豪华公寓，顶层以下的空间基本上都租给巴克莱、罗斯柴尔德、野村等知名银行，其中甚至还有尚未破产的雷曼兄弟。印度报纸一度将思捷大楼称作"印度最贵的写字楼"。[2] 很少有地方比这里对印度大公司及其老板更友好的了，但正是在这栋楼第九层一间简朴的办公室内，印度资本主义根底上的腐败首次露出马脚。

阿希什·古普塔在 2010 年的前几年加入瑞士信贷，入职以后一直在这家瑞士投行位于思捷大楼的办公室上班。他是年近五十的股市分析师，工作以来一直在为金融机构服务，对银行业了如指掌。他身材瘦削，黑发留成偏分造型，鹰钩鼻上戴着一副金属丝框眼镜，说话像律师一般严谨。身为研究主管，他的工作内容就是撰写充满要点和图表的研究报告，写好后会送给投资集团和对冲基金等客户，随后买方客户给投行转账，委托投行交易股票。他做研究，除了仔细研读财务报表，还得抽空参加商务会谈，和有业务往来的公司或银行的人打交道。报告一般都很枯燥，用词也非常谨慎，但私人交谈中，他还是有机会畅所欲言，也可以借此深挖商业问题的根源，聊大人物的八卦或搜集商业情报。全球金融危机结束没多久，他就在交谈中听到令人担忧的消息：好几家印度顶级公司的财务状况都出了问题。

"我渐渐听到一些传闻，说很多商界的大人物都不好过。"他在 2017 年跟我说道。他的思绪回到十年前，那时世界尚未从金融危机的余波中走出来。2010 年前后，大多数本土的股票分析师都很乐观。印度和中国一样，仿佛已经安然度过那场全球危机最凶险的阶段——这也难怪许多亚洲国家当时都称这场危机为"西方"金融危机。2009 年，辛格成功连任的消息进一步鼓舞了金君瓦拉等乐观主义者，他预言辛格总理会进一步推动更为激进的经济改革，经济将更上一层楼。印度的工业集团也一路高歌猛进，在国外大肆收购炫耀性资产，在国内野心勃勃地投资新项目。1991 年，辛格出任财政部部长，声称希望经济改革可以唤醒印度的"野兽精神"。[3] 站在第二个总理任期起点的他似乎已经实现这个目标。

古普塔参加几个会议后，很快捕捉到好几个不同的信号。一开始只是小道消息，诸如某个大工程项目遇到麻烦，或某位大老板恐怕这辈子也还不上巨额债款，只能先做假账蒙混过关。他起初只是听到零星的内容，没过多久，就在不同的地方听到同样的传言。再后来，他遇到的公司高管在辩解时也开始承认情况确实不妙。"我跟这些大公司的人见面时，发现对形势有信心的人寥寥无几，"他回忆道，"那时我就决定要深挖一下。"

2012年8月，古普塔用电子邮件将研究报告发给客户，这份报告很快就引发反响。投行报告的标题通常枯燥且程式化，但他这次特意用了个颇有诗意的标题："债台高筑"。[4] 长达十年的投资热潮给印度留下偌大的金融烂摊子，这份三十五页的材料干脆利落地将这一现实暴露无遗。从21世纪初开始，许多印度巨头大肆从银行贷款，加杠杆融资，以此获得资本开展大胆的商业冒险，包括建发电站、修收费公路以及开采铝土矿。大多数项目顺利地给集团带来丰厚回报。随后，到金融危机前后，新一轮的大规模投资开始，这次巨头从银行贷的款更多。他们热爱债务的恶名甚至被写入小说。"要想发达就得加杠杆。杠杆是以小博大、以大博巨的利器……杠杆万岁。"莫欣·哈米德在2013年出版的小说《如何在崛起的亚洲暴富》中写道。[5]

集团的决策层想当然地认为第二轮商业冒险也能赢利，却开始陷入困境。其中也有例外，最大的两家集团塔塔和穆克什·安巴尼的信实并没有被波及，这两家的资产负债结构依然合理。古普塔在报告中分析了印度十家负债情况最严重的集团，包括安得拉邦最大的三家集团，即GMR、GVK以及拉加达帕蒂·拉贾戈帕尔的兰科。同样在里面的还有高塔姆·阿达尼的集团和阿尼尔·安巴尼分到的那一半信实。专门做能源和基建生意的爱萨也在其中，并且爱萨总部所在的摩天大楼跟思捷大楼就在同一条街上。

古普塔的论述虽然简短克制，但意思再清楚不过：这些集团形势严峻。"过去5年，这10家（集团）的总债务增加了5倍。"他写道。印度不缺背负巨额银行贷款的集团，维贾伊·马尔雅的翠鸟和他的国有竞争对手、破败的印度国际航空公司就是两个典型例子，但它们的贷款规模和这10家债台高筑的巨无霸相比完全是小巫见大巫。10家集团总共欠下840亿美元，比整个银行系统借出的钱的1/8还要多。

这份报告的言下之意是印度的银行系统形势危急。古普塔跟我解释道，银行借给这些集团太多的钱，这也让它成为全亚洲最脆弱的银行系统之一。更重要的点在于，如果仔细分析这些集团的资产负债表，它们不仅仅是要耗费大量金钱偿还债务，真实情况是有可能永远无法偿清。[6]那个时间段前后，一些投资者开始担心债务水平高的中国会遭遇经济危机，但到头来，印度的情况似乎更为严重。"《债台高筑》的标题看似平平无奇，但内容让金融圈大吃一惊。"印度最大的财经报纸《经济时报》评论道。

乍一看，金融圈的反应似乎有些反常，但《债台高筑》之所以能引起广泛关注，正是因为人们在印度很难挖掘出如此详细的财务信息。结构不透明是印度企业集团的常态，它们会有意地为控股公司设计许多层子公司，资金会在这些公司之间以外人很难追踪流向的方式来回流动。这些集团的部分子公司是上市公司，它们必须按要求向投资者披露有关的财务信息，但没上市的那些基本不用公布任何信息。

更难的是，伴随着全球化的加速推进，许多印度的集团都将业务拓展到国外，这里面就包括古普塔提到的好几家集团，它们不是在非洲买矿，就是在英国搞工程。这种趋势无疑为分析集团财务状况增添了一道难关，因为这意味着集团的部分资金和相当比例的贷款很有可能在海外，并且常常是走避税天堂流转出去的。对于古普塔这样的分析师而言，想调查钢铁厂或发电站等新项目的融资渠道非常简单。但一旦到集团层面就不行了，借了多少钱，钱是从哪儿借来的，只有"主办者"知道（印度人喜欢将集团的老总称作"主办者"）。古普塔和他的团队为了弄清这十家集团背后的真相，悉心调研数月，一边仔细研读财务信息，一边找银行的熟人私下了解情况。拼图就这样一块一块地拼出雏形。"显现出来的真相非常令人震惊。"他告诉我。

他们之所以吃惊，部分是因为这些集团在21世纪初的经济繁荣期扩张得太快。"我看能源行业的数据时受到极大的震撼。"古普塔解释道。集团凭借公私协力模式，投资数十亿美元兴建发电站，除几十个煤电站以外，还有几个新一代的超千兆瓦电站，古吉拉特邦的阿达尼港附近就有这样的新项目。古普塔发现3/4的投资都出自《债台高筑》里罗列的10家集团。"太惊人了，"他说，"往前推10年，这里面有好几家还是默默无闻的小公司，但它们现在的投资额竟然达到100亿到120亿美元。"

更让人震惊的是这些企业家在财务上居然失算了。他们是印度最杰出的商人，因迅速评估风险和在迷宫般的政治生态下自由活动的能力而备受推崇。但他们最有名的还是"把握环境"的能力，即能和政府官员私下达成协议。现如今，在他们比以往任何时候都需要这种能力时，他们身为宝莱坞寡头的魔力却突然失效，以往都是别人在印度做生意难，但他们现在也同样如此。他们本可以顺利办下大型工程项目的层层审批和几十道手续，但欺诈季过后，新德里陷入瘫痪，原本百依百顺的官员也改变行事风格，拒绝签字，项目随之陷入僵局。项目越无法推进，他们越无法偿还债务。

《债台高筑》随电子邮件发出当天，就有人给古普塔打电话兴师问罪。银行高管抗议说他们放出去的债早晚会收回来，并声称古普塔和他的团队是在毫无意义地夸大问题，只会给市场制造恐慌。上榜的 10 家集团更是怒不可遏，各家代表都表示现在只是特殊情况，停滞的项目很快就会回归正轨。"有好多家伙打电话批评我，"古普塔回忆道，"后来还有人把电话打到我们全球首席执行官那里。"

翌年证明，印度的坏账问题进一步恶化。2013 年 8 月发布的第二版《债台高筑》数据表明，这 10 家集团的总债务已经激增到 1000 亿美元以上。[7]巨头在公开场合抱怨经济形势不好，私下里却对政府暴怒，宣称是政府的不作为耽误了原本行得通的项目。"政策瘫痪"的说法在新德里盛行起来，指人们对裙带关系的指控导致政府的决策机构陷入瘫痪。

政府官员并不这么看，他们声称一切延期都是巨头自己造成的。"这些家伙从来不会想着先把许可证办齐，他们会说'等我需要的时候会想办法搞定'。"国大党政客贾伊兰·拉梅什后来告诉我，他从政前是喜欢论战的经济学家。2013 年，还是环境部部长的拉梅什是巨头的眼中钉。他动不动就叫停投资项目，包括几个要在林区建的大型矿业和能源项目。他表示这些巨头总喜欢得寸进尺，没得到批准就动工，目的是先斩后奏，还总觉得自己在政界的人脉之后可以帮他们摆平一切。"这里面也有总理的原因，他当然是非常正直的人，但总反复说释放野兽精神，"他告诉我，"这让企业家越发觉得自己可以为所欲为。"

有些政府层面的决定巨头确实无法左右，但《债台高筑》揭露的另一个更深层次的问题完全是他们自己的责任，那就是要伎俩骗贷。"打个比方吧，你建一个发电站需要一百美元，那么你一般会贷七十美元，自己出三十美元。"他解释道。这也是金融教科书里介绍的比较合理的债务性资金和自有资金的比例。企业家自己出资非常关键，因为这可以确保他们和借贷方共同承担风险，并在项目出问题时发挥缓冲作用。银行通常会希望企业家自己投一部分，这会让他们有更充足的动力做好项目，即使出问题，自有资金也可以吸收损失。不过，古普塔发现巨头常常虚假出资。他们用一个非常巧妙的骗术，告诉甲银行自己会投资某个项目，但这笔钱其实是从乙银行的贷款中提出来投资另一项完全不同的项目的，他们就这样暗地里拆东墙补西墙。甲乙两家银行一直被蒙在鼓里，到头来巨头一分钱都没出。

你如果试着了解一下这个问题的严重性，就会发现《债台高筑》为每家集团绘制了一张复杂的蜘蛛网图表，贷款会在集团大大小小的子公司之间来回流动。古普塔发现，银行判断是否放贷的时候，只会评估这家公司本身的财务健康状况，并不会评估它背后的集团的总体负债情况。许多银行根本没觉察到巨头私下里将贷款倒来倒去的勾当，也不知道它们的总债务不声不响地越积越多，远高于银行原先了解的信息。

印度第一大行印度国家银行的总行行长阿兰达蒂·巴塔查里亚后来向我坦承，她跟别的行长确实中了巨头的花招。"我们并没有评估集团整体的资产负债比率。"她在2013年第二版《债台高筑》刚出来几个月后跟我说道。[8] 报告揭露了许多表面看起来资金充裕的项目，实际上竟然完全是靠债务性资金，公司一点钱也没出，即使出了，比例也小得可怜。这些项目一旦出了差错，不会有任何自有资金吸收损失，银行要直接承担一切风险。与此同时，每名巨头的总债务都达到警戒线,其中很多都是靠灵活倒腾贷款借来的。"我们称之为层层贷款(the layering of debt),"古普塔说,"这也是我们的报告叫《债台高筑》的原因,债务搭成的工业公司随处可见,没有一点自己的资产,随时都可能塌掉。"

说好听一点,巨头的问题可以用经济学家丹尼尔·卡内曼和阿莫斯·特沃斯基提出的"规划谬误"来解释,指人们做规划的时候,心理上偏向于"做出近似于最佳可能的离谱预测"。[9] 放在印度,这意味着巨头建新钢铁厂时预设市场对钢铁的需求会永远保持上涨趋势。同理,他们建新发电站也是基于永远可以买到廉价进口煤的假设,这也是为什么那么多的发电站建在距东部主要产煤区千里之外的印度西海岸。他们宏观上的预测是经济会继续增长,还总觉得自己可以搞定任何政府方面的问题。巨头开始得意忘形。"主办者都觉得形势一片大好,"古普塔告诉我,"假设你是住在阿尔特蒙大道上的富豪,住隔壁豪宅的家伙投了两个新发电站,你听后肯定也会心痒。"

最恶劣的情况下,巨头的寻机性会计行为会变成彻头彻尾的腐败。印度的主办者善于从项目里捞钱是出了名的,即使是那些最终赔钱的项目。"镀金"是最常见的伎俩。打个比方,一个公司找银行贷款建钢铁厂,声称总共要花费二十亿美元,公司自己可以出五亿美元,剩下的要由银行贷款提供。但实际上,老板很清楚这个项目用十亿美元就可以建好,多出的贷款就成了他的收益,可以揣在兜里去投别的项目。

公司还可以跟供应商勾结行骗,"高开发票"是他们的惯用伎俩。比方说建钢铁厂,建筑供应商交给公司的项目账单高于真实开销,但这一点只有供应商和公司知道,银行并不知情。同样的招数还可以用在进口原材料上，如煤炭和铁矿公司可以故意报高进价，也可以对公私协力的合同动手脚。[10]

"这些都属于裙带资本主义最恶劣的形式，"时任莫迪政府财政部副部长的贾扬特·辛哈在 2015 年跟我谈起上一届国大党政府时说，"它们（银行）将储户的钱统统交给孟买以及海得拉巴的裙带资本家，这些资本家接着拿这笔钱去建自己的项目，他们根本不会在意有些项目完全行不通，因为赚得实在太多。"并不是每一家公司都有债务问题，消费品行业的公司贷款普遍较为理性。尽管如此，还是有许多项目最后资金不足。"开发商为了取出自有资金，大都采取'镀金'的伎俩虚报项目成本，如此一来，项目即使没产生现金流，他们也可以把钱提出来。"经济学家兼银行家拉吉夫·劳尔在 2015 年写道。[11]巨头已经发展到失控的地步。"当时的大环境就是如此，连总理都在大谈释放野兽精神，"贾伊兰·拉梅什跟我说道，"但这些野兽最后变成吃人的猛兽。"

《债台高筑》从本质上说明印度经济的一个关键齿轮失效了。这些集团都是基础建设行业的龙头，但它们最大的项目还是陷入停滞。用经济学家的术语讲，这些集团遇到"债务过剩"的问题，它们既无能力也无意愿继续投资，这导致整个基础建设行业发生倒退。过去，巨头喜欢吹嘘自己开拓进取的精神，但这次他们还是因为没有适应政治经济环境的重大改变栽了跟头。他们中的很多人在自由化改革前就已经成年，那时印度缺少资本，但政府还比较容易协调。这两大认知都不再和时代吻合，一是资本随 21 世纪以来的全球化进程加速越来越廉价，长期饿肚子的巨头尽可能多地到处融资；二是腐败丑闻接连曝光后，他们发现以前和政界打交道的手段都已失效，负债累累的他们在政界突然吃不开了。

糟糕的银行

拉古拉迈·拉詹身为印度央行行长，是收拾银行资产负债表这个烂摊子的第一责任人。不过，他要做成这件事，首先得让各家银行认识到自己有问题。他 2016 年卸任央行行长，快一年后从孟买回到芝加哥的课堂，那时他跟我说："我记得一位国有银行的行长跟我说，他把钱贷给一位我不能提名字的巨头后，发现他正从一个投资项目中挪用资金，于是跟我讲：'他彻底激怒了我，我为此将他的信用额度下调 10%！'我听到这句话时几乎要笑出声来。'这就是你处理这件事的方式吗？就只是把他的信用额度下调 10%？'你不觉得这很荒谬吗？"

巨头严重违反规定，行长的处理却如此保守，这就跟不痛不痒地打一下对方的手腕一般。这件事让拉詹深刻意识到印度金融系统深层次的失衡问题，一边是有权有势、喜欢冒险的巨头，另一边是谨小慎微、薪资微薄的国有银行行长。"我不是说行长怕他们，但你要理解，他们都知道这些巨头手中握有的权力远超他们，在权力走廊的影响力也不是他们可以企及的，"他继续讲道，"不论是看电视、读报纸还是看花边新闻，他们在日常生活中都可以看到巨头的身影，你现在让他们一下子站出来跟巨头对着干，确实很难。"

拉詹的学术背景让他成为解决这种不平衡问题的绝佳人选。很多研究银行业的经济学家都喜欢纯粹的理论，抗拒和金融系统凌乱的日常现实打交道，但拉詹是个反例。他在麻省理工学院写的博士毕业论文叫《论银行业》[12]，由三篇独立文章组成，质疑认为金融市场是绝对高效的观点，最后一篇直接探讨公司、放贷机构和债务的关系。他在学术生涯初期研究了许多金融行业的冷门话题，其中就包括债券定价、银行信用和资本结构。

腐败也是拉詹的研究兴趣之一。20世纪90年代末，亚洲金融危机结束以后，他发表文章解释为什么一个国家的投资如果像马来西亚和泰国那样"基于关系网络"——即猖獗的裙带资本主义，金融体系就特别容易崩溃。[13]后来，他前往国际货币基金组织工作，成为该组织研究部门有史以来最年轻的负责人，并于2005年在那里发表演讲，重点强调金融家冒险行为带来的风险，并预言了许多后来全球金融危机期间发生的事。[14]虽然有这样的学术背景，拉詹也曾亲口告诉我，他刚到印度央行履职的时候，也拿不准印度的债务危机究竟有多严重。他花了近两年时间才揭开这一谜团。

他刚上任的时候有别的问题要处理，头一个是通货膨胀，这是印度从来没有真正解决过的头疼难题。就在他上任前几个月，印度遭遇了一场严重的金融危机。当时，美联储主席本·伯南克在发言中透露将逐步收紧美国的量化宽松政策，这一政策指的是美联储上万亿美元的放水，将很大程度上暂时阻止全球金融危机的爆发。消息一出，全球的投资者惊恐万分，开始从新兴市场撤资，首当其冲的是印度，因为它长期以来薄弱的公共财政以及堪忧的经常项目赤字❶。印度突然陷入1991年以来最严重的金融危机，卢比暴跌，金融市场一片混乱。政府也手忙脚乱，一时间找不到应对危机的良策。

拉詹是个实事求是的人，2013年9月一个周三下午，他走进印度央行的新闻发布厅，以央行行长的身份首次发表讲话。他用

---

❶ 经常项目赤字（Current Account Deficit，CAD），指一个国家或经济体进口的商品和服务的总价值大于出口总价值时的贸易逆差状态，是衡量国家经济健康状况的重要工具，若长期存在，会导致该国货币贬值，经济增长失去动力。

尽可能平静的语气描述现状："形势不好，经济面临许多挑战。"但他也明确暗示，不久后将和违反规定的巨头开战。"企业家并不理所应当地享有无论将公司治理得多么糟糕，都能继续管理公司的权利，"他在收尾时讲道，"他们也没有权利让银行为他们失败的项目注资。"[15]这些话从印度央行一把手的口中讲出来，无异于宣战。"我想让大家清醒地意识到，银行不会独力承担所有的损失，"他后来跟我讲道，"企业家在形势大好的时候将收益占为己有，形势不好时又将苦果塞进银行口中。不能再这样下去。"

当时，官方数据表明近十分之一的银行贷款被列为坏账，严重程度在亚洲位居前列。国有银行的数字更不乐观，它们控制了印度银行业市场四分之三的份额，也主导着对大公司的贷款业务。外界很清楚，许多国有银行或多或少存在财务问题。拉詹搬进跟穆克什·安巴尼的安蒂拉同在阿尔特蒙大道上的印度央行行长府邸时，第二版的《债台高筑》刚公布没几周，这份报告清楚表明许多银行的资产负债表都存在严峻的问题。多年以来，孟买消息灵通的人都听过这样的传闻，银行的问题远比公布的严重，这个结果据传是体制造成的，很多时候巨头想拿到新贷款，只需向贷款机构的负责人行贿，极少在意能否还款。真出了问题，巨头也可以动用新德里的人脉，让政府的朋友向贷款机构施压以推迟还款日，或大规模地进行债务重组，或在对他们自身有利的条件下推行债转股。最恶劣的手段叫"常青"，这是一种诡计，企业无力偿还银行贷款时，会从银行再贷另一笔钱，而后悄悄用第二笔贷款去填第一笔的坑。企业在这个过程中会把财务结算日往后推很久。

拉詹在央行工作初期，曾委托说话柔和的美国投行摩根士丹利的前任印度区负责人 P. J. 纳亚克牵头调查印度的国有银行，探究它们为何会出这么多问题。纳亚克在 2014 年年中发表的报告中，描述了印度国有银行缺乏竞争力和资本匮乏的现状，并指出银行的领导层行事谨小慎微，决策也常常受到政治干预。[16] 纳亚克指出，印度的坏债问题有可能进一步恶化，这意味着政府下一步有可能要拨更多的资金来救急。不过，如果不对银行体制进行大改，拨再多的钱也是打水漂。

拉詹在印度央行内部主要靠手下一小批勤奋工作的督察员监督银行，他们密切监视金融机构的动态，确保它们不出问题。拉詹拿到纳亚克的报告以后，授意督察员对银行予以更多关注。随后，他们开始挖掘更多的信息，给银行高管施压，让后者交代银行账目的真实情况。督察员的调查结果描绘了一幅令人不安的画面。许多看上去没什么问题的巨额贷款实际上早已变成坏债，可能永远无法收到还款。与此同时，很多表面上没问题的大工程实际上已经因为政府手续不齐全等原因停工，而银行和巨头每一天都在赔钱。"我的直觉告诉我这些数字背后还隐藏着更大的问题，"拉詹说，"那时我们就说，确实有必要搞清这个窟窿的大小。"

到这时，随着 2013 年的市场恐慌逐渐散去，人们又找回对印度经济的信心，财经报纸都在欢呼"拉詹回暖"，赞扬行事稳健的央行行长。[17] 更重要的是 2014 年年中，莫迪的胜选带来改革的希望。乐观主义者预言银行系统将迎来大改革，落后的国有银行或许会实行新的管理模式，政府甚至有可能将其私有化。尽管如此，根本的坏债问题还是愈演愈烈。有人认为莫迪上台后会重振奄奄一息的能源和钢铁项目——坏债的两类重要来源，但事实证明他们想错了。每过一个季度，坏债问题都会进一步恶化。拉詹为了摸清情况，在翌年启动了一项无害的内部调研，被称为"资产质量审查"。他为此成立专门的调研组，详细查阅银行的贷款登记簿，给银行施压，让它们交代实情。这一次调研首次揭露了银行账目上坏债的全景。拉詹已经给自己打了预防针，但看到结果还是吓了一跳。"这至少是我预期的两到三倍，太可怕了，"他告诉我，"在这之后，我们要考虑的问题就是如何让它们（银行）承认这一切真实存在。"

拉詹调研组挖出的部分问题就是纯粹的腐败。印度偶尔会爆出某位金融家因为收受钱财被警察逮捕的丑闻。2014年，辛迪加银行一位身材中等、看起来不起眼的行长被捕，他涉嫌受贿，给深陷债务危机的钢铁巨头提供贷款。不过，他后来还是被保释。[18]（我写这本书的时候，这起案子还在审理之中）。这样引起轰动的大案非常少见，但银行系统内部多半存在许多金额没这么大的类似情况，从经理收受名表，到高管收了好处费而为公司提供债务重组或新的贷款。

"一般来说，腐败的（银行）老大会安排下面的高管出面……为那些不符合条件的借方提供贷款，同时从中抽取一定比例塞进自己的腰包。"金融专家塔玛尔·班迪奥帕迪在2016年一位银行行长被指控收受贿赂后写道。[19]常有人跟我说，这个国家最狡猾的企业家会想方设法地把银行系统内听话的人送到关键岗位以帮助他们申请贷款。这种说法很难核实，但考虑到银行如此大方地给濒临绝境的公司发放那么多贷款，也不是完全没有可能。纳亚克跟我谈起他写报告前的调查过程："我见过几位退休的银行行长，他们透露的行业内部的失信问题确实非常令人震惊。整个银行系统都存在腐败，假装这件事不存在是没有意义的。"

不过，正如拉詹解释，腐败并非印度金融系统的本质问题，债权人与企业家之间那种不易察觉但又非常关键的权力失衡才是。银行经营不善只是表象，本质上是印度金融机构缺乏管理制度，无法像别的国家一样让借方遵守规矩。信息差确实是个漏洞，债权人没有能力或缺乏意愿去掌握子公司背后集团的整体状况，也难以知晓企业家有没有在子公司之间转移债务。印度也没有可用的破产法，国家既无法让衰败公司的企业主出局，也无法变卖其资产。印度资本昂贵的一大原因就是生意一旦出现差池，很难收回资金。

在大多数国家，企业家在经营不善的情况下想继续保有公司，只能央求银行帮忙，答应银行提的任何条件。但这在印度完全反过来。"这里的基本游戏规则是你如果是企业家，有麻烦了根本不用还钱，除非你自己想还，"拉詹告诉我，"并且你想还清贷款的原因只有一个：想以此为交换得到更多的贷款。"

仗打了一半

老实讲，你只要走进一家印度国有银行的支行，用不着仔细翻阅资产负债表，就可以明显感受到它们的了无生气。辛迪加银行的总行行长在2014年被捕入狱，这家银行的一家衰败支行就在我位于孟买南部的办公室附近，我时不时会去那里的自动取款机取钱。这家银行的标志是一条橘黄色的阿尔萨斯狼狗，边上有"忠诚和友善"的标语。走进这家支行，你会看到破旧的家具、泛黄的纸张和干起活来慢慢悠悠的职员。仅有的一台自动取款机三天两头就会出故障。印度仅有不到半数人拥有银行账户，他们大多觉得国有银行安全可靠而选在这样的支行办理业务。

辛迪加这样的银行并不由政府直接运营，它们通常已经上市，但仍由国家持有大部分股份。1969年英迪拉·甘地推动银行国有化后留下一大堆错综复杂的规定，政府一直沿用这些规定继续控制银行。国有银行虽然效率低下，但储户都觉得它们可靠，相信万一出问题国家会出面兜底。国有银行最基层的岗位也从来不缺应聘者，因为这是一辈子的铁饭碗，福利待遇也不错。国有银行高管的收入和民营银行的同行相比差一大截，以印度国家银行总行行长阿兰达蒂·巴塔查里亚为例，她的年收入大概是4.5万美元。[20] 但这些岗位可以给人带来威望，并且附带很多待遇，其中就包括免费的豪华平房。总体来说，国有银行体制奖励的是那些求稳的人。它甚至被嘲讽为"懒惰银行"，因为它们总是规避风险，乐呵呵地将大部分资产投进极有保障的政府债券。[21]

谨慎到如此地步的国有银行竟然会毫无顾忌地放贷，着实令人意外。拉詹回忆道："我跟一家知名建设公司的老板聊过，他说这些家伙（银行的人）都拿着支票簿追在他屁股后面，巴不得他赶紧贷款。"这与21世纪前十年全球过低的利率水平有关，在那种背景下，印度银行可以轻易地吸引到资金。而国内的经济形势也一片大好，很多世纪初的项目都获得不错的收益，轻松地还掉贷款。大家的设想是这种成功模式可以复制，并且可以进一步扩大规模。

企业家对印度的未来充满信心，他们的狂热很快就影响到本应厌恶风险的银行高管。维贾伊·马尔雅的翠鸟集团就是个典型的例子，他的生意出现问题后，银行重组他的贷款，给他提供更多时间解决财务问题，并以优惠的利率为他办理债转股的业务。[22] 马尔雅还款明显无望后，银行陷入进退两难的境地，根本没有办法采取任何法律措施去处理翠鸟的资产，甚至没法勒令马尔雅用手中的资产偿还部分债务。债权人和债务人之间的权力失衡极其严重。

尽管如此，拉詹的努力还是起了作用。有几起案件引发社会的广泛关注，其中最有名就是维贾伊·马尔雅，银行逐步没收了包括他的别墅和私人飞机在内的多项资产。像马尔雅这个级别的巨头竟然会被强制执行还款，这不禁让负债累累的企业家不寒而栗，他们私下抱怨这是一场猎巫行动。"企业家为此跑到德里……开始抱怨，德里官员的回应值得称赞，他们说'你们必须自己想办法解决'。"拉詹回忆道。总理莫迪并没有兴趣推动彻底的银行业改革，也否决了银行私有化的方案，但他至少承诺了一个政府官员对银行放贷"不干预"的新时代。[23] 在新德里任职的贾扬特·辛哈和拉詹是同班同学，他的一大职责就是推进银行改革。他为莫迪的政府设计了一套新的银行政策，其中就包括新破产法，还有为挣扎的国有银行注资以及让管理体系焕然一新的承诺。他想一次性解决三个问题：一是迫使银行承认自身存在问题；二是为银行提供资金渡过难关；三是帮银行对付债务人。用辛哈的原话讲，就是"直面问题、资本重组、坚定不移"。

但要实现这些，印度的银行首先要向外国银行看齐，这意味着债务减记，强迫企业卖掉资产和不留情面地踢走管理层。不过，实践证明，这条路上的每一步都无比艰难。实行债务减记的银行有可能会被外界指责搞裙带关系，因为这相当于放跑负债的企业主。银行想赶走企业主也常常要闹到法庭。"法律上的一堆事会把你搞得不知所措。"阿兰达蒂·巴塔查里亚在 2014 年告诉我。

潜在买家购买从能源项目到收费公路这类不良资产时也非常

谨慎，他们担心会遇到行政上的障碍，或者可能会因此跟项目之前的企业主陷入争端。银行即使真的有意强制执行，也难以展开拳脚，因为它们常常是集体提供贷款。以维贾伊·马尔雅为例，他的贷款是十七家银行联合贷给他的，如果要对他采取措施，这些银行必须事先达成一致。理论上讲，这么做可以分摊风险，但实践中的多数情况下却成为银行不作为的借口。"银行有点像被车头灯照到的鹿，被风险吓得动都不敢动，"拉詹告诉我，"他们很容易这样想：我还有三个月就要退休，干吗没事找事？再说这样做大家都会不高兴。"

2016年，阿希什·古普塔飞到新德里给财政部的官员做一场内部报告。他在会上透露，印度近20%的贷款最终会沦为坏债，这个比例高得吓人。不过，即使在那个当口，还是有许多病入膏肓的项目没有被认定为"不良"，这意味着投给这些项目的钱永远不可能被偿还。许多类似的项目都被往后延，有的甚至已经把钱花光，这也意味着企业主对项目失去兴趣，因为他投入其中的股权已经不再有任何价值。以兰科为例，拉加达帕蒂·拉贾戈帕尔管理公司期间总共贷了3900亿卢比（60亿美元）的巨额贷款，这里面仍有一大部分未被列为坏债。即使在这种情况下，银行和借方多半会说一切都会好起来，但这一般只是个幌子，只是为了给延后债务人的还款日提供借口，这种方法被称作"用伪装换取延期"。

政府的首席经济顾问阿尔温德·萨勃拉曼尼亚后来跟我说，改革进展缓慢反映的其实是更深层次的政治问题。基本上每个置身事内的人都很清楚，要想拯救印度千疮百孔的经济，就必须拿出真正的举措。代价要大家一起承担：银行要债务减记；公司要销售资产和重新融资；政府方面则要为公司停滞的项目提供援助和为国有银行注资。问题在于，执行这些看上去像在为巨头服务的举动会造成恶劣的政治影响。大的投资项目一旦失败，银行根本没法轻易追回损失，也没有相应的法律手段让背后负债累累的僵尸公司破产。萨勃拉曼尼亚认为这个困境说明印度经济发展模式发生了转变。过去的社会主义体制下，私企没法进入新市场，原因要么是国家不允许它们进入某些行业，要么是名目繁多的许可证保护着国有企业。自由化改革改变了这一切。不过，现在的市场又出现新问题，许多行业的资本都陷在经营不善的公司里，包括能源、钢铁、建筑、航空等行业，就连银行业也是如此。用萨勃拉曼尼亚的话讲，印度由"限制进场的社会主义变成无望离场的资本主义"。创造性毁灭在印度无法实施，整个系统都卡住了。

性格温和的拉詹竟然会对印度市场的顽疾动刀，这多少有些令人意外。他出身于现有体制内，父亲曾是印度级别最高的特工之一，是相当于美国中情局或英国军情六处的印度情报机构的创始成员，尽管他小时候并不知道这件事。他去美国前先后在德里的印度理工学院和艾哈迈达巴德的印度管理学院求学，这是培养印度商界精英的两大基地。拉詹擅于创新，但他的经济观点其实相当传统，即信奉市场和怀疑政府。此外，他对裙带资本主义的憎恶也有明显的道德考量。"有些人能在印度赚到巨额财富，并不是因为他们多么会经商，而是因为他们知道怎样玩转体制，"他告诉我，"我想让印度回归真正的资本主义，一种你冒险就可能获利的体制，但仅此而已，不能有别的东西。"他回印度前和一位学者合著了一本总结他学术观点的书：《从资本家手中拯救资本主义》。

拉詹最后没打完这场仗，并不是因为性格，而是没有足够的时间。印度央行行长一般只有两届，一届三年，但2016年6月一个周六下午，拉詹出人意料地发表声明，称自己经过"再三考量"，决定干满一届后就卸任。[24]

消息一出，印度民间谣言四起。拉詹并没有给出任何解释，只说是时候返回学术圈了。他朋友透露他在任时得罪了利益集团。"他的政策虽然是对的，但也确实间接动了许多人的利益。"拉詹在芝加哥大学的同事与合著者路易吉·津加莱斯写道，弦外音是拉詹的卸任与他跟裙带资本主义的开战脱不了干系，他还指责"印度寡头的贷款来得太容易了"。[25] 拉詹发表讲话总带有一定的政治意味，这让新德里的官员感到不适，甚至还激怒了一些莫迪的强硬支持者。不过，媒体的猜测主要集中在是不是焦虑的企业家施压要求解雇拉詹。不论真相如何，银行行长和企业家肯定乐于见到他离开。更糟的是拉詹刚刚卸任不到一个月，贾扬特·辛哈就在内阁的大洗牌中被调到另一个部当副部长。[26] 他们二人本打算一起改革印度衰败的银行系统，将印度从过火的裙带资本主义中拉回来。他们的离开让改革的工作最多只算干了一半。

辛哈给他们的成就加上了一层乐观的滤镜。"印度踏上通往新资本主义模式的旅途，裙带资本主义被一扫而空，"他履新后跟我说道，"总理（莫迪）对此完全支持。这场旅途虽然还没有顺利抵达终点，但肯定不会开倒车。"他和拉詹离开的时候，尽管债务危机还远未解决，但银行的问题至少被放到了明面上。国有银行主导的银行业结构仍没有大的调整，多数国有银行的财务危机也没有解决。实际上，因为许多银行交代了坏债的真实规模，形势反倒比拉詹刚上任的时候更为严峻。纳亚克团队提出的大多数建议都被忽略。"我们在报告中明确说：'你们如果不快点有大动作，问题只会进一步恶化。'问题后来确实恶化了许多。"纳亚克在 2017 年告诉我。印度国有银行不作为的风气并没有消失。即使放到今天，拉詹曾温和嘲讽过的那位只敢降低违规企业家信用额度以惩罚对方的迂腐行长，恐怕也很难做出更硬气的决定。

乐观地想，这场仗虽然只打了一半，但至少这一半打赢了。长期关注印度企业的人觉察到了变化。拉詹首次以行长身份讲话的时候，就攻击巨头"理所应当的权利"，即他们不论将公司管理成什么样，都可以继续当一把手，继续滥用银行贷款。这种权利现如今已经不再神圣不可侵犯。他试图将涉案债权人绳之以法的努力也确实抓到几条大鱼，维贾伊·马尔雅流亡海外，别的巨头也感到压力，因为银行已经开始催促他们售卖资产，偿还债务。《债台高筑》涉及的亿万富豪可能还没还款，但他们多半没法像以前那样轻易地拿到新贷款了。旧世界给他们提供的那种可以凭借关系和诡计完好维系商业帝国的安全感，现在至少得打上个问号。印度的巨头一度充满自信，但他们现在一天比一天焦虑。

第九章　焦虑的巨头

我们梦寐以求的印度

纳文·金达尔站在高耸钢塔的平台上，指了指远处绿树成荫的山。一大片工业用地在远处延伸开来：一座发电站的三个红白相间的烟囱；钢铁厂；还有一座海绵铁工厂，顶部是由铁锈色金属制成的高高的观景台，通往顶部的电梯又慢又晃。头戴安全帽的金达尔穿着一件价格不菲的浅蓝色衬衫。站在高处俯视即将完工的浩大工程，这对他这样年轻的亿万富豪而言，本应是个志得意满的时刻，但他紧跟着将目光投向另一个方向，那里除树林以外什么也没有。"煤矿就在那边，离这儿大概几公里，"他说这句话的时候皱了下眉头，"我们就是冲着煤矿才来的。"他转过身指了指塔下的工厂，早晨炎热的阳光反射到他的太阳镜上。"我们修这些全都是为了煤，但他们后来撤销了我们的许可证，工程没法推进下去了，"他停顿了一下，但很快就露出欢快的笑容，仿佛意识到自己情绪过于低落，"这就是事情的经过，任谁也只能说：'唉！

这可如何是好？'"

金达尔的工业中心位于印度东部矿产丰富的奥里萨邦的安古尔，本有望成为全印度排名前几的综合型工业中心，每年可以生产数百万吨的钢铁和数千兆瓦的电。[1] 动工之初，这个野心勃勃的项目和这位风光的巨头看上去也非常匹配。纳文·金达尔是早在自由化前几十年就已是钢铁生意专家的奥姆·普拉卡什·金达尔的小儿子。2005年，父亲因直升机空难意外离世，才35岁的他继承了部分家业。金达尔很快就打造出自己的多重形象：既是年轻的土耳其企业家，也是穿着时尚、擅长打马球的花花公子，弹无虚发的神枪手，还一度是全印度薪水最高的商人，年薪高达7.3亿卢比（1100万美元）。[2] 他跟父亲一样也涉足政界，父亲离世时是新德里西部的哈里亚纳邦部长，金达尔则在2004年成为国大党的议员，代表的选区是同一个邦的古鲁格舍德，这也是大概10年前他父亲出任议员时代表的选区。

批评者指责他利用职权为公司谋取资源，因为他公司仰仗的土地和矿产都只有政府可以提供。他对此矢口否认。和同为议员的巨头维贾伊·马尔雅不同，他在议会中发言时会有意地避开和自己生意有关的议题。尽管如此，21世纪初，政府发放采矿许可证，最大的赢家还是金达尔钢铁与能源有限公司（JSPL）。[3] 一直到2014年，他才看清好运的另一面，最高法院宣布"煤炭门"丑闻涉及的所有许可证无效，这个决定影响了几十家工业集团，金达尔公司的股价因此受到重创，建到一半的工业中心也因没有煤炭燃料而砸在手里。

三年后，我到新德里的金达尔公司总部和他喝咖啡，想看一看他拯救公司的努力有没有成效。我准备起身离开的时候，他临时起意，邀请我隔天跟他一起飞往他的工业中心，碰头地点是新德里机场的贵宾厅。第二天一大早6点刚过，我就赶到机场，服务人员引导我走进宽敞的贵宾厅，里面有大理石地面、淡黄色皮沙发和五颜六色的插花。贵宾厅正中央有一个玻璃罩子，里面摆着一架私人飞机的塑料模型，有人想买私人飞机便可以直接联系卖家。厅内还有用磨砂玻璃隔开的僻静区域，想必是用来接待最重要的宾客。

大约半小时后，我走过专属安检通道，同去的还有几位金达尔公司的高管和六个穿着不合身西装的人，我后来才知道他们是一家大银行的职员。走出航站楼，晨光打在我们身上，飞机跑道上一排接机的白色轿车闪着橘黄灯光，很快地驶上停机坪，穿梭于停放的商用客机间，将我们带到要乘坐的飞机前。我们下车后，金达尔才刚刚到，他跳下SUV，逐一跟员工握手，而后走过一小段红地毯，一步跃上登机梯。

机舱内部很舒适，总共有二十个商务舱的皮椅座位，光滑的镶板都是胡桃木质地，入口处还有橱柜供乘客放鞋。一名空乘人员忙着分发果汁，飞机也开始在跑道上滑行。金达尔和银行职员坐在和前面隔开的机舱后部，我后来才知道那几位就职的是给他公司放贷的几大银行之一，他们参观金达尔的工业中心，就是为了和他商讨用以渡过项目难关的贷款事宜。金达尔需要钱并不是秘密，他声称采矿许可证被撤销让他损失了至少10亿美元。当然，遭遇同样命运的远不止他一个人。[4]许多巨头希望莫迪救活他们奄奄一息的项目。但我跟金达尔见面的时候，距莫迪赢得2014年大选已经过去两年多，巨头失望地发现变化微乎其微。很多曾经有冒险精神的巨头已经负债累累，手头的项目遇到难以克服的政治阻力，于是干脆选择放弃动用新资本。

两小时后，飞机在萨维特里·金达尔机场降落，这个机场以金达尔年迈的母亲的名字命名，航站楼和跑道周边基本上什么都没有，距离安古尔的工业中心只有几公里。二十多个金达尔公司的销售员从拉贾斯坦邦专程飞过来，在航站楼外接机。他们主要售卖用以加固混凝土的钢筋。金达尔明显露出喜色，他虽然不再是议员——三年前，他在莫迪的浪潮中失去席位，但他在零售行业的声望还是很高，开心地跟他们挨个合影留念。这些人身材高大，留着大胡子，瘦小的金达尔跟他们站在一起看上去甚至有几分孩子气。这一切好像都有固定流程，合影之后他做了个简短发言，主要是肯定销售员的工作。"我坚信，只要继续努力，印度早晚会成为我们梦寐以求的国度，"他最后讲道，"这里面将有你们每个人的功劳。"

我坐在一辆大号白色丰田吉普的后排，在前往工业中心的路上，金达尔开始讲述这个中心遇到的种种坎坷。他在拿下 Utkal B1 煤矿的矿业权后才决定建这个项目，他后来在高塔的平台上说的就是这个煤矿。他最早乘坐直升机考察这片区域时这里根本没有路，只有零星几个村庄、低矮的灌木丛和树林。尽管如此，他还是决定继续推进这个项目，因为这里的煤矿储藏量非常丰富，至少可以供应建好后的工业中心二十五年。2008 年，项目正式动工。六年后采矿许可证被撤销，这个项目已经投入近三十亿美元，但建设进度还是远远落后于计划。⁵ 奥里萨邦别的地方的工业项目常常会因为纳萨尔派❶反政府武装的存在难以推进，相比之下，

---

❶ 印度主要左翼激进势力，于 1967 年在印度东南发动了纳萨尔武装叛乱，后在多地开展武装活动，被政府认为是印度最大的安全威胁。

金达尔的项目在许可证被撤销以前遇到的麻烦都是小打小闹，比方说项目延误、环保人士的抗议和监管纠纷，还偶尔会有当地村民不满搬迁补偿的金额。到工业中心以后，我下车时十分费力才关上车门。"这门是防弹的，难关很正常。"金达尔解释道。他紧接着又笑着补充一句："再小心也不为过。"

接下来几个小时，金达尔带不同银行的人乘坐轿车参观工业中心，车队从一座巨大的工业建筑行驶到另一座。他解释说采矿许可证被撤销以后，原先的部分计划只能搁置，他转而决定投资更多钱建钢铁高炉。再后来，他为了让钢铁厂和发电站运行起来，只能到市场上购买高价煤炭。但这条路走得也不太顺畅，当时国际市场上钢价低迷，他在公司开会时常抱怨中国进口钢铁的价格下降，公司的员工听后也纷纷点头。金达尔的头像在工业中心随处可见，他或在广告牌上俯瞰，或在安全海报上远眺。有一块广告牌上印着他的笑脸，旁边的标语是"我们的领袖：他知道方向何在，指明方向，并勇往直前"。

工业中心的入口处有一个环岛，里面立着一根巨大的旗杆，顶部是超大号的印度国旗，金达尔在这里驻足向宾客介绍他最引以为傲的政绩。他在美国得克萨斯州求学，回到印度后对美国人悬挂本国国旗的习惯印象深刻。那个年代，印度只允许公民在少数几个国家节日悬挂国旗。金达尔成功发起运动，废除这一规定。[6]国旗在某种意义上成了他的标志，也成了有用的政治武器，他被定位为一场爱国运动的领袖，基本上没有印度人会反对那场运动的诉求。金达尔平日里总会戴着国旗胸针，他的员工也如此。他的基金会出资修建了十几根超大号的国旗旗杆，顶部飘扬的国旗有游泳池那么大。"这个旗杆的高度是63米，"他骄傲地望向头顶的旗帜,"这种大号的旗杆和国旗印度最多,这都是我们公司的功劳。"

奥姆·普拉卡什·金达尔早在离世前就定好如何将家业分给四个儿子。[7] 小儿子金达尔分到的最少,只有一家钢铁厂和几个矿。不过,喜欢商业冒险的他扩张得很快,公司的营业额从1998年他刚接手时微不足道的数字,提高到2012年时的三十多亿美元,但也正是这年,他真正的麻烦开始了。[8] 他敢于突破进取,通过建印度第一个私营商用发电站小赚了一笔。[9] 他也十分擅长收购煤矿和铁矿等稀有资源。他一路向国外拓展,先后在澳大利亚、博茨瓦纳、南非等地开矿,还用十亿美元签下玻利维亚一个巨大铁矿,但这笔生意在2012年失败。[10] 然而那年金达尔遇到更令他头疼的问题,主计长兼审计长维诺德·拉伊在报告中提到他的四个煤矿。[11] 两年后,最高法院将这四个煤矿的许可证一并撤销,警方也开始介入调查他获取许可证的经过,突击搜查金达尔公司的办公室,并正式对腐败问题立案侦查。[12] 金达尔从头到尾都没有承认任何违规行为,但这次经历让这位格外注重个人形象的富豪成为印度反裙带资本主义长久战中的反面典型。

参观过后,金达尔带一行人到会议室座谈,他坐在长桌上首,两侧分别是他公司的高管以及六家银行的代表,我坐在边上旁听。其间,他们你来我往地讨论项目的进度和延误情况。座谈的氛围友好,但我依旧可以明显感觉到紧张的暗流。金达尔的总债务已经达到惊人的七十亿美元。[13] 银行代表追问为什么还需要贷更多的钱。讨论有时会陷入僵局,这时大家的目光都会恭敬地看向金达尔,等他找出前进的道路。他在这个位置上承受的压力之大令我备感震惊。几十亿的贷款,建了一半的工程项目,还有数千名每天都能在海报上看到他头像、盼着他早日找出解决方案的员工。同一天稍晚些时候,他坐在工业中心一间空旷的办公室里跟我说道:"银行的人都想让你提供个人担保,政府方面又想让你做这做那。做出成绩,功劳会算在老板头上,但出了问题,老板也要承担所有压力,不论这是不是他应该承受的。"

我和金达尔接触时,发现他很有礼貌,相处起来也令人愉快,没有看出传言中他脾气火暴、动辄痛骂属下的迹象。不过,他在讨喜之外肯定还是有冲动的一面。"煤炭门"期间,他和苏巴斯·钱德拉的不愉快经历闹得尽人皆知,同为富豪的钱德拉是 Zee 新闻电视台老板,这家电视台曾多次报道金达尔公司的负面新闻。金达尔为了报复钱德拉,安排自己公司的高管和电视台记者会面,并让人用录音设备录下记者索贿的经过。[14] 这场对决最后闹得一团糟,对两个人的声誉都没好处。将金达尔塑造成上层人士并不难,因为他打马球,马厩里养满了马,穿衣讲究,喜欢穿笔挺的尼赫鲁夹克,看上去甚至有些像邦德电影中的反派。不过,这和他从政期间塑造的普通爱国者形象截然不同。"他在古鲁格舍德拉从来不穿戴剪裁得体的高级服装和飞行员墨镜,"2013 年,记者梅赫布·杰拉尼在一篇人物简介中写道,"他以拒绝攻击对手为荣,也不碰那些在电视台黄金时段吵得不可开交的敏感话题。"[15]

同样地,金达尔不会以自己的麻烦为由指责莫迪政府。他说自己和国大党联系密切,这层关系让他很难从印度人民党获得多少帮助,但他还是希望最后能拿回 Utkal B1 煤矿。他为了这处煤矿四处打官司,但并不自信能在短时间内有好结果。他一度坚决否认政客和商人两种身份的利益冲突,但现在承认自己当初的选择确实制造了不小的麻烦。"如果有人问我,我会告诉他们'不要同时介入政治和商业'，"他说，"虽然我自己都没法践行这条建议。"我们聊的时候，或许他意识到自己的话听上去太悲观，会时不时突然露出笑容。"我觉得只有我们有所改变，印度才能成为我们梦寐以求的国度，否则一切都是空谈。"这是他当天第三次用到这个表达的变体。我问他有没有重回议会的打算，我个人觉得他有此想法。(他那时依旧保留着一个政治宣传网站，首页的口号用到同样的表达，"努力建成我们梦寐以求的国度"。)他面露微笑，并没有直接回答我的问题，只说可能性不大。

　　金达尔等企业家在公众眼中是极有手段的内部人士，在新德里认识许多帮得上忙的朋友。不过，我从他口中听到的完全是另一回事，他说自己一直在努力克服政府和技术方面的难题。我可以明显看出，他对那些针对他展开的反腐调查非常不满，言下之意是说这些都是政治因素造成的。"很多地方的人都希望你给他们塞钱，"他告诉我，"但我们公司从来没干过这样的勾当，他们因此跟我们结下梁子。他们会说：'好，你走着瞧吧。'后面就会想方设法地找我们麻烦。"大多数观察员都认为原先发放采矿许可证的程序存在严重缺陷，相比之下，新的竞拍制度要公平和高效许多。不过，金达尔一听别人说他是白白拿到矿业权的，就非常恼火，他不止一次强调自己拿到许可证的过程符合当时的法规政策，并且这只是十年劳作的开始，此后挖矿还要投入巨额资金和承担巨大的不确定性。"我们的名誉被严重玷污。煤炭欺诈？我们在这里搞诈骗？"他用手指了指身边偌大的工地，"这个工程量和建旧金山的金门大桥差不多，在这儿干活的工人加起来有三万之多，他们竟然说我们在骗人？"

拉拉之城

晚上，飞机即将返航，我坐定后开始思考金达尔的困境以及更广泛意义上印度企业家群体的困境。空乘人员依次为乘客倒上起泡葡萄酒，这位巨头和银行代表还是坐在机舱后的隔断内，我可以听到他们碰杯的声音，说明谈话进展得不错。我们很难同情乘私人飞机回家的亿万富豪，但他这个人确实有历经沧桑和讨人喜欢的一面。

很少有人比他更能代表印度繁荣时期的冒险精神，但他现在却在这里想方设法争取银行的支持，以维持生意运转，他害怕失去工业中心这个他最雄心勃勃的大项目。批评者指责他以权谋私，没有获得批准就违规建设项目，他对此坚决否认。不论这些指控是真是假，这里面都暗含进退两难的困境，凡是在印度负责大工程项目的人都会遇到：具体而言，你如果遵守每一项规则，每次过路口都等官方的绿灯，那基本什么也建不成。这件事背后还有一个问题值得思考，金达尔公司的业务在不断拓展，但未来如何还是有许多未知数，这点对印度别的工业集团也同样适用。

金达尔的确很自信，但他明显觉得自己没有获得应有的赞许。他收获了不菲的财富，但还是觉得这配不上他项目的技术成就，以及他足以让灌木丛变成钢筋水泥丛林的强烈意愿。白天聊天的时候，我问他从商业帝国遇到的各种难题中学到什么。他想了想说："你对待任何事情都不能有一点马虎。"

他刚开始安古尔的项目时，银行非常愿意贷款给他，外国投资者也从来不缺。那时似乎没有建不成的项目，梦寐以求的国度仿佛触手可及。金达尔并没有明说，但我猜那是一个令企业家上瘾的年代，筹措资金、达成交易和拓展业务是家常便饭，公司成长的潜力是他父亲那代企业家难以想象的。在长达二十年的超全球化期间，筹措资金从来不是难事，政治体制也可以灵活地满足企业家的需求，金达尔和同行都将公司的发展赌在印度的美好未来上。不过紧接着反腐呼声越来越高，政府官员都不敢轻举妄动，此外还有国际市场的价格波动，许多发电站和钢铁厂因此暂停运营。与此同时，许多公司现金流紧缩，债台高筑。企业家本以为他们的果敢可以赢得丰厚的回报，但突然发现公司能活下来就不错了。

金达尔的困境只不过是印度企业在波涛汹涌的几十年历史中的一个极端例子。像金达尔钢铁与能源有限公司这样无计划扩张的公司在西方早已过时。各大商学院强调的都是核心竞争力的优势，印度出生的管理学家C. K.普拉哈拉德是该理论的创始人之一。投资者对多元化经营公司的估值也会因"多元化折让"❶大幅度降低，因为他们认为这样的公司过于臃肿，没有重点，如果再碰巧是家族企业，还十分受制于创始人的一时兴起。

不过，家族企业称霸印度商界的时间过长，长到让人们觉得它们的存在天经地义，这在亚洲别的地区也如此。印度家族企业的老板牢牢地把握着公司的所有权，他们可以大胆地做长期投资，忽视股东的短期需求。崇拜者声称这种管理方式体现他们对劳动者和社区的关切，典型的西方企业家很难做到这一点。此外，他们大多早早地跟政界搭上线，这在印度这样的国家明显是个优势，因为在这里能否得到政府关照往往决定着商业的成败。大家最看重的是，像金达尔这样的企业家按道理来讲是善于评估风险的，

---

❶ 指为一个拥有多条业务线的公司做估值时，通常需要降低公司的总价值，因为多元经营通常会比强化某优势领域的经验投资效率更低。

因为他们常常用自己的钱投资，用大家的话讲是"风险共担"。这么多年以来，不少西方专家都预言印度的企业集团会逐步淡出历史，取而代之的将是传统的盎格鲁-撒克逊模式，所有权分散，经营者和股东也分离。他们虽然频繁地提出这种可能，但实际上从未实现。

企业集团的成功可以用很多文化和历史理论解释，但这些理论大都衍生自瑞典经济学家冈纳·默达尔的"软政权"❶。[16]西方企业可以在金融市场筹措资金，享受国家建设的良好基础设施，从名校招毕业生，上法庭解决争端，但这些在印度不成立，这里资本稀缺、基础设施破旧、人才短缺且司法体系既陈旧又不可靠。[17]迫于现实情况，许多印度企业都决定自己揽下这些事。

很多本应由国家解决的事情却没人管，用塔伦·康纳1997年在《哈佛商业评论》上一篇被频繁引用的文章来讲，这是一种大范围的"制度缺失"，那篇文章解释了多元化经营公司为何可以在新兴市场取得成功。[18]融资非常困难。由于印度筹措资本的成本过高，巨头都成了利用旗下子公司倒腾资金的行家，并且正如拉古拉迈·拉詹担任印度央行行长期间发现的，他们的手法往往非常隐蔽。将股份卖给外部投资者会稀释他们的所有权，因此他们转而从公司内部筹措资金，确保家族对公司的绝对控制权。这类公司在最不堪的时候会被讽刺地称作"拉拉"公司，这个词在印地语中指那种基本上由一个家族说了算的公司，基本不存在专业化经营和良好的管理。

---

❶ 默达尔在研究南亚国家政权特征时提出的概念，用于形容无序的权力行使状况：社会下层成员利用手中有限的资源逃避或违背法律，掌握政治权力的社会上层成员则任意图谋私利。

倘若说企业集团壮大是印度软弱的政权造就的，那它也离不开政权强势的一面。回到金达尔父亲管理家族企业的那个年代，政府通过许可证控制生产。许可证一证难求，不论什么行业，企业家都会争先抢到自己篮子里再说。这个历史时期造就了许多稀奇古怪的企业集团，它们可能横跨好几个完全不相关的行业，维贾伊·马尔雅早期的商业版图就是个例子，他那时候既做威士忌和啤酒的生意，也卖比萨和电子元件。

许可证制度虽然荒唐，但这一制度居然在企业家群体当中受到欢迎，这主要是因为许可证可以帮他们挡掉许多潜在的竞争对手，还常常鼓励他们去找关系。许多公司都专门在新德里安排说客，争取许可证和努力推动规章制度朝着有利于自身的方向发展。贾瓦哈拉尔·尼赫鲁和英迪拉·甘地两位总理都希望通过动用政府力量实现美好的社会主义，但事与愿违，他们的政策起的是反作用。事实证明，有政治背景的巨头可以游刃有余地跟政府打交道，小老板根本不是他们的对手。与此同时，这两位领袖留下的政体，政府在社会很多方面干预过多，但在一些该出现的地方又近乎缺失，这种政体为企业集团的繁荣提供了理想土壤。

1991年以来，市场竞争加剧让一些老牌商业家族被甩在后面，但对别的公司而言，自由化提供了发大财的好机会，房地产大亨可以进军手机市场，报业大亨也可以建发电站。印度企业家当中较为理智的阿南德·马欣德拉曾跟我谈到他的马恒达集团，谈话中他坚持称其为"商业联邦"，认为集团在那个时期发展得非常顺利。"C. K. 普拉哈拉德过去经常来印度，每次都狠狠批评这里的企业做生意没有重点，"他说，"我每年都会主动过去挨一顿批。他过去常说'你为什么不坚持做针织品'。"不过，马欣德拉表示，许可证制度成为历史以来,他的集团那种什么都做的企业集团——涉足从汽车到太阳能,从航空航天到度假村的各种领域——反而可以用已有的业务线充当企业孵化器,为打造新的创新型企业提供理想平台。

这番话听上去有几分道理,但即便在1991年以后,印度企业集团的蓬勃发展更多还是因为同样的老原因。印度在基础设施建设上没什么长进,金达尔和高塔姆·阿达尼这样的企业家迫于现实条件,只能像美国19世纪巨头一样自己修铁路和公路。企业家不用再派人去争取许可证,但在经济蓬勃发展的大背景下,许多规章制度都有空子可钻,因此新德里的办事处还是一如既往地忙碌。"环境保护法规这样的新元素为政府拍脑袋做决策提供了新平台,可以说是另一种形式的许可证制度。"报纸编辑T. N.宁南写道。[19] 麦肯锡管理顾问的一份研究称2013年印度收入最高的50家企业中,企业集团占据"惊人的90%",它们没有如预言所说的那样走向衰落,反而进一步加强了自身的统治地位。[20] 根据投资银行瑞士信贷的数据,印度最大的上市公司有2/3都是家族企业,这个比例在全球主要经济体中是最高的。[21] 纳文·金达尔等巨头虽然有许多困难亟待解决,但他们无序扩张的企业集团依旧主导着印度的新镀金时代,一如一个多世纪以前的美国。

臃肿的巨头

纳文·金达尔公司的总部位于新德里一栋红砖建筑,和许多企业集团的总部类似,它看上去很像一座家庙,随处可见金达尔父亲的照片。穆克什·安巴尼在孟买南部的办公室也有类似的感觉,比起跨国公司的总部,它看上去更像中世纪的王宫。塔塔集团现在可能已经不由塔塔家族直接管理,但它的总部——位于我与妻子居住的那条街上——内部还是有许多家族成员的雕像和画像,这说明印度的家庭纽带依旧在商界发挥着重要的黏合剂功能。

种姓也常常扮演类似角色,尤其在印度北部,主要商业家族大多来自少数几个种姓和族群。维贾伊·马尔雅就是一例,他是婆罗门亚种姓高德萨拉斯瓦特婆罗门(Goud Saraswat Brahmins)的光荣成员。不过,占比更高的是班尼亚人和马尔瓦尔人,福布斯全球亿万富豪榜上排名靠前的印度人大多出自这两大商贸种姓,包括安巴尼兄弟、高塔姆·阿达尼和爱萨的鲁雅兄弟。引用一位作家的说法,印度商业是"婆罗门-班尼亚霸权"主导的。[22] 种姓纽带催生信任,为交易和融资提供便利,同时还营造了不仅重视利润和收入,也重视信用、历史和族群的经商文化。但另一方面,种姓和亲属的纽带也常常为利益交换和裙带关系提供理想土壤,这也是为什么班尼亚这个词有非常负面和不择手段的意味。

"他们培养的不是员工,而是狂热的信徒,这些人不仅为薪水工作,也为荣誉而战。"小说家拉纳·达斯古普塔写道。他描述的是一种主导着印度许多大商业家族的"好战"的企业文化。"印度北部的商业家族一直将商场看作战场,灾难和毁灭反倒能激发出他们的斗志。那些更具前瞻性的商业家族在 21 世纪初的大变革中抓住机遇,极大地扩张了家族生意的版图。"[23] 大变革带来的一大改变就是规模不同,原先小打小闹的"拉拉"公司老板一夜之间成长为名副其实的巨头,他们富有进军国际市场的雄心,掌握着巨额财富。不过,他们也会效仿传统商业精英在态度和风格上的转变,这是我从魅力型传媒大亨苏巴斯·钱德拉那儿得知的观点,他是 Zee 新闻电视台的老板,有一小段时间还和纳文·金达尔闹得不可开交。我在他位于孟买市中心的办公室跟他有过一次对话。"我们国家在过去四五百年都是被奴役的状态，统治者先是莫卧儿人，而后是葡萄牙人，最后是英国人，"他跟我说道，"我们印度人可能被压迫了八百来年……现在不一样了。"

风格的转变在新兴的炫耀文化上体现得最为明显，过去土里土气的商业家族也开始大批购买豪车、私人飞机和巨型游艇。很少有东西能比外形奇特的新豪宅更彰显他们的成功，穆克什·安巴尼也是这方面的先锋，他在宝莱坞寡头里率先用一栋别人难以忽视的建筑物展现自己的财富。并不是每位寡头都会选择盖新家，金达尔就住在新德里市中心一栋宽敞的老平房内，他在郊区还有超大的牧场风格的住所，里面设有养着数十匹纯种马的马厩。有的宝莱坞巨头会选择买旧房翻新，年长的医药大亨和赛马爱好者赛鲁斯·普纳瓦拉就是个例子，他在 2015 年花 75 亿卢比（1.13 亿美元）买下位于孟买破浪糖果地带一座有年头的宫殿。这座宫殿原先叫万卡纳楼，是万卡纳土邦邦主的居所。普纳瓦拉买下这栋年久失修的建筑，打算让它再次变成昔日荣耀的宫殿，这也被称为印度有史以来最贵的一笔房地产交易。[24]

即便如此，最吸引眼球的还是新楼，从普纳瓦拉计划翻新的宫殿往前走，就可以看到一栋 36 层的新摩天大楼，周围的建筑物都因为它的存在显得矮小了许多，其中就包括小说家萨尔曼·鲁西迪年轻时的豪华住所温莎别墅。《午夜之子》中，鲁西迪回忆道，他小时候的卧室可以看到白皮肤的欧洲人在路对面"破浪糖果俱乐部里的地图形状泳池内嬉戏"。[25] 现如今，这栋名为 JK 大楼的新高楼俯瞰着俱乐部，它也是印度最高的私人住宅，正式封顶后的高度是 145 米，超过了安蒂拉。JK 大楼的主人是 50 多岁的高塔姆·辛哈尼亚，雷蒙德集团的现任掌门人，这家集团有包括印度最知名的男士西装连锁店和时装零售店在内的许多业务。

JK大楼和安蒂拉的相似之处并不只在于高度，更在于外形。辛哈尼亚的大楼和它更有名气的兄弟建筑一样，都以悬臂式设计为特色，大楼主体之外有许多突出的阳台。刚到孟买的人就算觉得安巴尼给自己建了两栋楼，也没什么好奇怪的。JK大楼内部的奢华程度据说也可以跟安蒂拉媲美，里面设有两个游泳池和一座私人博物馆，陈列着辛哈尼亚家族的纺织品帝国创立以来的纪念品。巧的是，辛哈尼亚正是在安蒂拉将近完工的时候开始谋划建新住所。这座建筑的施工过程比较坎坷，2012年还被孟买市议会以违反规划为由叫停。[26] 随后，官司来来回回打了好几年，其间这栋盖了一半的大楼一直被深绿色的网覆盖着。

我目睹了JK大楼的各个施工阶段，至少在我去破浪糖果俱乐部泳池游泳时，大楼施工或停工我都可以看得一清二楚。看到后面，我对大楼主人辛哈尼亚产生好奇心，尤其想了解他花重金建这样一个仿制品背后的独特心理动机。印度翻天覆地的变化如此之大，就连富豪给自己盖摩天大楼都不一定算得上了不得的事情。尽管如此，辛哈尼亚这位巨头还是近乎完美地贴合花花公子的形象：派对动物、夜总会老板以及各种昂贵跑车的爱好者。他驾驶法拉利豪车和私人飞机参赛，还拥有四艘快艇，分别以四部詹姆斯·邦德电影《黄金眼》《金手指》《八爪女》和《霹雳弹》命名。他还是孟买超跑爱好者俱乐部的创始人，据传他在JK大楼安排了好多层当车库，专门停放他丰富的藏品。

辛哈尼亚穿衣服也非常高调，这也符合外界对纺织业大亨的预期。JK大楼2016年封顶后没多久，他同意在办公室接待我。

他那天穿着黑白色的一脚蹬乐福鞋以及紫色和橘色条纹的衬衫。我想借此机会聊聊 JK 大楼，尤其是它为何在设计上和另一栋楼出奇地相似，但他礼貌地回绝了我，这令我备感遗憾。他说起对赛车的热爱和对雷蒙德集团的规划，态度倒是非常友善。这家集团虽然生产纤维和织物，但最出名的还是西装店，JK 大楼最下面两层便是它的西装旗舰店。跟阿南德·马欣德拉非常像，他说他不喜欢别人说他的集团是家族企业，更希望大家称之为"家族管理的专业型组织"，即会从外部聘请专业人士管理公司大部分业务，但家族持有大部分股份和重大战略决策权。和纳文·金达尔类似，谈话间我感受到他有些抵触自己用大把钞票堆出来的花花公子形象，或许是不满外界因为他热衷于昂贵的爱好便质疑他严肃的商业计划。

辛哈尼亚家族出身于马尔瓦尔社群，是印度最古老显赫的商业家族之一，他们的纺织生意最早可以追溯到 20 世纪 20 年代。这个家族虽然在历史上占有一席之地，但近些年来还是被更具竞争力的新对手取而代之。我猜想他盖这样一座标志性建筑物，会不会是单纯为了维持家族在孟买商界第一梯队的地位。辛哈尼亚说他欢迎经济自由化，但又会时不时流露出怀旧的一面。"过去，我从孟买飞德里，上面的乘客我基本上都认识，但现在几乎一个都认不出了。"他告诉我。"现在机会远比过去多，但赚钱也比原来难多了，"他补充道，"时代变了，不需要许可证了，那个年代你需要想办法搞定政府，今天你需要想办法搞定自由经济。"

倘若说 JK 大楼和安蒂拉这样的现代豪宅是富豪财富的有形展示，那么盛大的婚礼就是他们展现自身财富的常用社交场合。印度富豪举办婚礼以时间长和奢华闻名，在这样一个阶级和种姓有着悠久历史的国度，婚礼一直有着特殊意义，近些年更是成为不同阶层财富和品味差异的象征。在印度父母看来，给子女办一场体面婚礼是天大的事，即便是普通人的婚礼常常也要一连办上好多天，客人加起来往往达到数千人。凉爽的冬天是办婚礼的好时节，人们对理想的婚礼场地的竞争非常激烈。哪怕是中产阶级的父母也会东拼西凑地借很多钱给子女办一场完美的婚礼，花销包括五六套新娘礼服以及租借新郎骑到现场的白马的费用。对于真正的有钱人而言，预算是无限的，问题只有一个：婚礼究竟能奢侈到什么程度？

我刚到孟买没多久就收到一个豪华礼盒，邀我参加高塔姆·阿达尼儿子的婚礼，那是我首次见识印度婚礼的派头。不过，他的豪华礼盒跟2016年矿业巨头加利·贾纳尔达纳·雷迪送出的数万个奢华蓝色礼盒相比，就显得普通多了。这位巨头也是当初印度南部的卡纳塔克邦爆出铁矿丑闻时，雷迪兄弟当中陷得最深的一个。蓝色礼盒上面镶嵌着小显示屏，播放着雷迪女儿和未婚夫共同演唱一首宝莱坞风格歌曲的视频，背景是电脑生成的动画，有戴着花环的公牛和跳动的白马。[27]

即使在印度这样一个因喜欢办豪华婚礼出名的国度，雷迪这场婚礼还是足以让外界惊异。光是婚礼场地就占去班加罗尔心脏地带的14.5万平方米地盘，里面还有一处仿照这位矿业巨头的家乡——卡纳塔克邦东部的贝拉里领地建造的实景模型，其中有穿着戏服的演员，还有为了再现亨比遗址而设计的建筑，这处遗址位于贝拉里附近，是联合国教科文组织认证的世界遗产。庆典一连办了好多天，总共有5万多名宾客参加，据传光是新娘的纱丽服和珠宝就花了上百万美元。[28] 这场婚礼的总开销成为外界竞相猜测的热门话题，这主要是因为以往印度人办婚礼都会使用大量黑钱，但这场婚礼刚好赶上莫迪废除大额纸币的决定，整个印度都现金紧张。雷迪本人称他只花了3亿卢比（460万美元），但报纸称总花费达到惊人的55亿卢比（8500万美元）。

这场婚礼对雷迪本人而言，是一场社交意义上的救赎。他们兄弟三人之前卷入一起被指控与印度人民党政府合谋的矿业丑闻，婚礼正值他本人因此入狱后出来没多久。他将婚礼场地定在卡纳塔克邦首府正中心的宫殿广场，似乎也是想借此宣布自己的回归，别人说他玷污了卡纳塔克邦的声誉，他偏偏要回来，还想借此非难那些原先是朋友，但在出事后避之不及的司法和行政系统官员。研究婚礼文化的社会学家帕鲁尔·班达里认为，印度权贵婚礼的核心是"竞争、保守主义和权力"，[29]雷迪办的这场婚礼是一个赤裸裸的例子。顶级婚礼往往出自名声有问题的人，这并非偶然，从泰米尔纳德邦贾亚拉利塔办的那场破纪录的盛大婚礼，到2004年撒哈拉集团董事长苏布纳塔·罗伊为儿子在勒克瑙超大豪宅举办的超奢华婚礼派对。

富豪举办婚礼，在某种程度上也是为了展示高端品位和深厚的社会背景，最高档的婚礼在选址上也非常讲究，果阿邦和拉贾斯坦邦的历史名城就比较受欢迎。2007年，演员利斯·赫尔利就是在拉贾斯坦邦的焦特布尔嫁给纺织大亨阿伦·纳亚。国外更受欢迎，新加坡、毛里求斯和马尔代夫都是热门目的地。钢铁大王拉克希米·米塔尔甚至专门在巴黎为女儿举办婚礼，庆典为期一周，一开始的订婚仪式在凡尔赛宫举行。一家报纸称这场婚礼耗费3900万美元。[30]不过，对这些富豪而言，举行盛大的婚礼还有一重功能：将家庭和商业捆绑在一起。婚礼双方属于同一商业种姓在印度并非新鲜事，雷迪的婚礼就是个例子，新郎父亲也是同一种姓的企业家，名字里也有雷迪二字。婚庆仪式往往有公司庆典的味道，高塔姆·阿达尼办婚礼时就专门在艾哈迈达巴德和他港口附近的城镇蒙德拉各安排了一场招待会，阿达尼集团的数千名雇员都参加了。婚礼也是他们明晃晃地炫耀政治背景的平台，富豪会参加政治世家子女的婚礼，相应地，政客也会赏光参加富豪子女的婚礼。穆克什·安巴尼有时候会在安蒂拉一楼大厅给关系要好的亲戚举办婚礼，每次都会有上百名位高权重的客人出席。"权贵举行婚礼，分量轻重主要还是看宾客名单，"班达里说，"客人反映主人的权力和地位。"

应对衰落

盛大的婚礼和奢华的府邸都说明印度的商业精英越来越自信了。一位作家在雷迪女儿婚礼的后几天写道："社会主义价值观盛行的年代，大家都不愿意露富，但这样的观念在今天似乎变得多余。"[31]这种现象并非印度独有，从俄罗斯的寡头到中国的新富，几大新兴市场都可以看到新兴的炫耀文化。不过，事实证明，印度人展示自己财富的需求更为迫切，这和印度的贫富悬殊不无关系。

这种炫耀的背后还有更大的文化背景，拉古拉迈·拉詹将其称为"基于关系的资本主义"。在这种文化的影响下，慷慨之举和贿赂混在一起，公司会照顾雇员和伙伴，对公司有帮助的人也会得到回报。这种特质有可能是令人钦佩的，广受赞扬的塔塔和博拉就是如此，这两家集团对慈善事业的贡献很大，运营着不少医院和民间组织。但若是不讲原则的人，这种基于关系的网络就会暴露出阴暗面，公司既然可以为员工子女解决上学问题，自然也可以把名额给帮得上忙的政府官员；家庭慈善基金在资助公益事业以外，也可以成为有心人给朋友和商业合作伙伴输送资金的渠道。在印度，就算往轻了说，慷慨之举和贿赂的边界也往往是模糊的。

这里面也常有性情的因素，印度的富豪通常善于交际、富有魅力。我曾受邀到亿万富豪拉维·鲁雅位于果阿邦的豪宅喝一杯，鲁雅兄弟是如今深陷债务危机的爱萨集团的创始人。爱萨以进攻性著称，不过鲁雅本人倒是平易近人，对别人也非常关照，幽默的个性让人很难想象他已经六十多岁。他的豪宅位于山巅，俯瞰大海，几公里外就是维贾伊·马尔雅的翠鸟别墅，鲁雅称两家人过去经常到对方的游艇上聚会。豪宅内部宽敞而奢华，有一个铺有黑色大理石的酒吧，起居室边上有一块音乐区放着架子鼓和电子琴，墙上随意挂着名贵的艺术品。鲁雅一家慷慨大方的习惯也体现在他们在孟买主要住处举办的派对上。那栋豪宅要比这栋大得多，带有可以俯瞰阿拉伯海的草坪，楼内的房间足以住下整个鲁雅家族——鲁雅两兄弟以及他们的儿子、儿媳以及孙辈。儿子辈的普拉桑特·鲁雅跟我说，家族的大部分商业决策都是在餐桌上定的，他们会定期共进午餐或晚餐，边吃饭边慢慢谈计划和交易。[32]

拉维·鲁雅爱交际似乎完全出自本心，这也是印度文化的一部分，对朋友和同事要多加关照，哪怕只是点头之交，这样对生意也确实有好处。和其他印度工业巨头一样，鲁雅也对自己在古吉拉特邦建的世界领先的炼油厂非常骄傲。炼油厂旁是穆克什·安巴尼旗下的超大工业中心，周边还有不少发电站和钢铁厂。很少有公司可以像爱萨这样飞速扩张，2005年，它的总收入大约为20亿美元，10年后激增到270亿美元。爱萨从北美到津巴布韦一路收购钢铁厂，还有英格兰西北部的柴郡的一家炼油厂。它旗下一家子公司甚至一度在伦敦证券交易所上市。[33] 不过，如此高速的增长其实是靠巨额贷款推动的，根据2013年的第二版《债台高筑》提供的数据，爱萨的债务足有150亿美元，再加上后来监管方面的压力、项目延期和商品价格波动，爱萨还债就更吃力了。[34] 这家公司的财务状况凶险不是一时的。不过，印度基本上不存在债务违约的概念，这也是为什么银行反而会给这样的公司提供更多贷款。话说回来，1999年爱萨的钢铁部门虽然拖欠外债，但最后还是想办法脱离了困境。[35]

更确切地讲，我们很难不得出这样的结论：鲁雅家族的慷慨大方和生意紧密联系。欺诈季期间，爱萨卷入2G丑闻，和别的公司一样在2017年被法庭宣布无罪，理由是证据不足。2015年，《印度快报》刊登了一系列泄露的内部电子邮件，内容表明爱萨曾在鲁雅家族位于法国里维埃拉的游艇上招待印度人民党资深政客尼廷·加德卡里及其家人。[36] 此外，邮件还提供了爱萨游说政府官员、拉拢记者的细节，以及为关系户提供工作的经过。这些都不违法，爱萨的发言人也宣称集团没有做过任何违规的事情。不过，这至少说明像爱萨这样体量的集团，在新德里游说的方式非常讲究。邮件泄露一年后，《大篷车》杂志刊登了一篇描述爱萨运作方式的文章，明确指出这家公司"处理政府关系比处理自己的财务在行多了"。[37] 爱萨再一次声称没有任何违规行为，还起诉该杂志要求赔偿，但没有成功。

这样的关系文化在印度巨头创立的公司中并不少见。以高塔姆·辛哈尼亚为代表的印度企业家无数次跟我说，公司虽然是家族生意，但"管理是专业的"。不过，多数情况下，家族生意的高管都跟老板来自同一种姓或同一地方，完全是忠诚的家臣。公司董事会的成员也多是高薪的年长人士，常常也跟老板来自同一商业族群，老板说什么，他们都会支持。外国私人股份集团给印度家族生意投资时，往往会因这些公司充满秘密和决策不透明而大感震惊。不过，这些做法也有存在的道理，它让外人很难插手公司事务，不论是小股东还是急于收回可能再也追不回来的债款的银行行长。事实证明，家族生意的战略是有效的，除极少数例外，印度大多数负债累累的巨头即使出了问题，也牢牢把握着公司的控制权。

尽管如此，欺诈季过后，印度的公司整体来说还是遭遇了大变故，很少有能毫发无损的。在很大程度上，过去那种依托关系做生意的方式已经很难行得通。新德里的政客和政府官员突然不给公司开后门了，担心被指控搞裙带关系。银行也是一个道理，高管和经理不再敢给友商提供巨额贷款，公司自然也很难拿到新贷款。很多巨头发现他们不得不变卖资产，爱萨集团后来就将古吉拉特邦的高端炼油厂卖给一家俄罗斯的石油公司。[38]

巨头当然不会将自己视作兜售影响力的人。在他们眼中，自己是企业家、国家的建设者和善于克服困难的能人，可以跨越他人难以跨越的障碍，顺利推进项目，创造财富。大多数巨头都说自己没贿赂过别人。穆克什·安巴尼在《纽约时报》问及信实过去兜售影响力的传闻时答道："我并不觉得钱本身能发挥作用。要我说，钱能做的事非常有限……我们信奉的是关系。"

我对印度这些企业集团内部的运作逻辑了解得越多，对这些老板肩负非比寻常的压力的感触就越深。资金方面的担忧最明显，那些有过虚构融资黑历史的老板更是如此。据传，最狡猾的公司一般会记两本账，一本对外，一本对内，对内的只有家族内部成员才能浏览，资金的真正流向都记在里面。老板还要时时刻刻考虑到政府，因为政客和政府官员可以随时让任何行业的公司举步维艰。一个公司的财务状况越差，老板就越觉得会被政客轻易左右，他们因此更加敬重政客。"他们希望企业家双手合十地求他们，而且还得带上手提箱，不停送钱。"一位巨头跟我说道。这一点到政府公布年度财政预算的时候最为突出，各行各业的领军人物都会排着队夸赞财政部部长公布的措施。隔天的报纸会刊载一些商界领袖对财政部部长明显是恭维的评价，总分是十分的话，八分以下的打分基本没有。

家族经营公司本身就会带来许多矛盾，诸如父子或兄弟意见不合、由谁继承公司的棘手问题等，几个孩子完全有可能为了继承权大打出手，他们要是对继承公司完全不感兴趣就更糟了。考虑到经营家族企业竟然要承担如此大的压力，这么多巨头信教甚至迷信也可以理解。

宗教信仰对维贾伊·马尔雅的重要性再明显不过，他每年的朝圣之旅和给寺庙捐的财物就是明证。在印度南部做水泥生意的巨头纳拉亚纳斯瓦米·斯里尼瓦桑是印度板球管理委员会主席，他对印度教也出了名的虔诚。尽管如此，要说信仰，很少有人可以跟年长的贾普拉卡施·高尔相提并论。他一手创办了捷披集团，这是另一个负债累累的集团，也在《债台高筑》的名单中，它修建了印度首条 F1 赛道，还有连通德里和泰姬陵所在的阿格拉的公路，这是印度数得上的好路。高尔的办公楼墙上随处可见印度教神灵的画像，他开会时动不动就会一边发表评论，一边向某位神灵祈求保佑。[39]

在拉纳·达斯古普塔眼中以好战著称的巨头竟会焦虑到如此地步，确实令人震惊。不过，莫迪当选以来，印度巨头确实没有因为"战争"流露出兴奋，反而表现出更多不安。他们经历高峰与低谷再正常不过，这本身就是做生意的常事。如果不冒险，又何以称得上巨头？19世纪70年代，美国兴起铁路修建热潮，大工业家以贷养贷，积累巨额债务，后来无不因此重重摔在地上。话虽如此，繁荣与衰落确实会影响巨头的心理。过去，很多印度巨头在投资上都无所畏惧，但他们如今不仅缺乏资金，也没了往日的野兽精神。说到底，看好印度的人信心也没那么足了。

纳文·金达尔在安古尔和我聊天时说，他的抱负变了。他过去想建一堆全国最大的钢铁厂和发电站。但他现在的目标变得保守许多，一是还清贷款，二是完成已经开工的项目，然后才有心思考虑未来。他还说他担心钟爱的马球会害他无法集中精力带领集团走出困境，因此正在减少打马球的频次。

"我们过去都是毫无保留的打法，但现在变得非常保守。"他说起印度工业家的现状时表示。过去几年，印度刮起反腐风暴，席卷经济的每一个角落，受到影响的不仅仅是工业巨头，还有近乎所有重要产业，从媒体到最受重视的国民运动板球。在这样的高压态势下，21世纪初那种强烈的乐观和抱负都变淡了。"那些东西有朝一日可能会再次出现，但就现阶段而言，我觉得它们确实消失了。"金达尔说。"人们会学着变得更加谨慎。我本人肯定会变得极度保守，"他补充道，紧接着抬起双手，"我们印度有这样一种说法：人是空着手来到这个世界，也是空着手离开。这几年确实不好过。"

第十章　不单纯的比赛

U 形弯行动

"海滨大道 U 形弯"行动是在 2013 年 5 月中旬一个潮湿的夜晚开始的，出发地距阿拉伯海只有几米。快到午夜时，尚塔库马兰·斯瑞桑特开车从孟买万克迪板球场的大门驶出。他效力的拉贾斯坦皇家队在当晚的印度板球超级联赛中输给了对手。不过没关系，酒会已经安排好了。这位明星投球手一路脚踩油门，奔着北边郊区的富人区班德拉一家夜店和朋友会合。他完全不知道警察跟在后面，更不知道他们已经跟踪他好几周了。

　　U 形弯行动这个名字是根据警察蹲点的地方起的，比赛期间，他们在海滨大道尽头的死胡同等待下一步指令，这里近到可以听到板球场传来的欢呼声。比赛结束，三支特别行动小队成扇形分头展开行动，其中一队跟着斯瑞桑特的车向北驶去。几小时后，跟着他的警察在车上抓捕了这位已经喝得分不清东西南北的投球手。那晚总共有三名拉贾斯坦皇家队运动员被捕，警察当晚同时在全国范围内展开突击搜查，总共逮捕了十一名赌博业经营者。印度国球有史以来最大的丑闻就这样公之于众。

抓捕行动的消息很快就泄露出去，隔天下午，警察局局长尼拉杰·库马尔在新德里召开新闻发布会，本就非常关注板球的媒体更是陷入狂热。库马尔身材肥胖，有些谢顶，身着暗淡的卡其色警服，宣读警方指控时看上去非常疲惫。台下的照相机不停地闪，照得他身上的银质勋章闪闪发亮。"板球运动员和赌博业经营者商量好，到某轮投球时会故意输掉几分。"他说。这种欺诈手段被称作"定点操纵"，可以操纵一场板球比赛的一小部分，下注的人可以专门赌比赛对应阶段的比分，但整场比赛的结果不一定会因此发生转变。

库马尔称双方会提前定好暗号，好让内部人士知道假球何时开始，运动员有可能做一个特定手势，或转动一下手表，斯瑞桑特这次的暗号是毛巾，他冲刺投球作假的时候专门将毛巾塞进裤袋。警方公布了这起事件的一些可疑细节，并表示运动员收受总金额为七万美元的成袋现金。在某个远离板球场的地方，这些看似无害的小动作通过非法赌博的方式给某些人带来巨额收益，他们的具体身份无人知晓，有可能是下了很多赌注的赌徒、见不得光的赌博集团，或国际上的黑社会犯罪组织。"幕后黑手这一刻还在国外逍遥呢。"库马尔说。

印度板球超级联赛自2008年举办以来，丑闻就没断过。这场为期两个月的联赛是印度板球产业自觉的高调重生，启动没多久，产业就焕然一新。过去，身穿白色运动服的板球运动员一场比赛一打就是五天，最后的比分还经常是平局；改革后比赛缩短为三小时，运动员穿的都是亮色服装，堪称一场激动人心的视觉盛宴，平局也不再可能出现。过去多是老年人颇为斯文地看板球,上座率能达到一半就不错了。现在每到春季,板球场都会迎来为期八周的疯狂,场地上既有世界级的明星运动员,也有备受欢迎的本土运动员,热情的年轻支持者抢着到现场观看比赛,场地边上还有啦啦队摇旗呐喊。为了助兴,场地音乐的音量调得很高,淹没了板球拍击球的声音。

印度板球超级联赛很好地开发了新兴消费阶级对观看比赛似乎无穷无尽的需求,并提供完美的直播,观众晚上回家可以第一时间打开电视观看,这带来源源不断的资金。印度球队有时会和死对头巴基斯坦队碰上,每到这种时候,电视观众的规模可以达到 5 亿。[1] 不过,印度板球超级联赛问世以前,印度并没有这种既有热度又备受消费者喜爱的联赛。2007 年,首届印度板球超级联赛的前一年,组织方以 7.23 亿美元拍卖出 8 个城市的职业球队,大多数买家都是穆克什·安巴尼和维贾伊·马尔雅这样著名的巨头,但也有少数几个买家是宝莱坞巨星。此外,组织方更是依靠转播权和赞助商赚到几十亿美元。联赛举办以来,过去收入微薄的板球运动员两个月就可以赚到一笔数目可观的财富。不过,联赛并不只是满足消费者被压抑已久的需求,运动员、行政人员和钻营拍马的人意识到板球真正的含金量以后,也要面对金钱引发的新诱惑。

板球在印度的地位并非单单由支持者的狂热铸就。印度虽然常常被称作潜在的超级大国,但它真正拥有绝对优势的领域非常少,实事求是地讲,只有板球这项运动。早在印度板球超级联赛启动以前,印度就在正式参与这项运动的十几个国家里面占据领先地位,甚至逐渐将传统强国英国和澳大利亚甩在身后。印度一个国家的板球迷比其他国家所有的板球迷加起来还要多。这项运动在这个国家内部也拥有无可撼动的统治地位，一有大型板球赛事，街道上都看不到人，解说员会把足球和篮球等运动不屑地称作"非板球运动"。

印度民众对板球的热爱可以追溯到好几代人以前，不过，1991年印度经济再度开放后，这种支持才通过电视转播权转化成可以带来更多经济回报的力量。自由化改革初期，印度只有一百万户家庭有电视看，能收到的频道还只有一个半死不活的国营电视台，即印度国家电视台。[2] 到2005年前后，印度经济高速发展，媒体行业的局面完全变成另一幅图景，有线电视频道和卫星电视频道加起来有数百个，它们最想要的就是板球比赛的转播权。印度板球超级联赛问世以来，转播权总共卖了几十亿美元，没有人可以再质疑这项运动的印钞能力。

很少有什么能比板球更能代表印度的走向。它一度由业余人士管理，但突然之间，原本运营别的体育赛事的国际管理公司和专家开始向板球进军，板球开始职业化。跨国公司抢着给印度板球超级联赛的球队当赞助商，给斯瑞桑特这样的运动员支付出任品牌大使的高额代言费。消费品公司发现，要想让印度多达上亿且还在继续增多的富足消费者看到自己的产品，唯一可靠的途径就是依托板球做宣传。国际传媒巨头也送来巨额资金，鲁珀特·默多克的卫视体育台和索尼是具有代表性的两家，后者更是用前所未有的十亿美元拿下印度板球超级联赛十年的转播权。联赛热度持续走高，估值也跟着水涨船高。一家市场营销公司对联赛的品牌价值进行分析后给出的估值是四十亿美元，这个数字经常被引用。[3] "现在再说板球'全球化'已经不符合现实情况，"澳大利亚作家吉迪恩·黑格说道,"我们如今面临的是板球的'印度化',这一运动中,印度抵制的都不会发生,印度拥护的都会成为主流。"[4]

印度板球超级联赛虽然看上去非常光鲜,但实际上问题重重。传统的板球爱好者对联赛的 T20 赛制 ❶ 并不满意,认为这是为了迎合电视转播而采取的赛制,会将板球带上永无休止的商业化之路。T20 赛制并非印度首创,它在几年前由英国率先推出,印度随后采纳并大范围推广。很多爱好者本就担心肮脏的商业主义会毁了板球的运动精神,这一变化更是让他们大感失望。联赛的明星运动员上印度的八卦小报简直成了家常便饭,不是醉酒,就是斗殴,有时更糟糕,还有不同程度的管理纠纷和财务方面的问题。印度板球产业的行政管理本身就有很浓的政治意味,随着联赛开办以来牵扯到的资金越来越多,利益相关方对控制权的争夺也越来越激烈。第二届联赛从头到尾都在南非办,这主要是因为 2008 年孟买袭击事件后主办方对恐怖主义的担忧。第三届联赛总算回到印度,但板球界的两位大人物——一位是拥有超凡魅力的联赛总设计师拉利特·莫迪,另一位是富有权势的巨头纳拉亚纳斯瓦米·斯里尼瓦桑,同时是管理联赛的印度板球管理委员会主席——却因为争夺联赛的控制权打了一场史诗般的战役。

印度板球超级联赛虽然饱受争议,但 U 形弯行动揭露的事情完全是另一个概念。尚塔库马兰·斯瑞桑特这样在印度拥有极高人气的国际板球运动精英被指控打假球还是头一回。各大新闻频

---

❶ 传统板球比赛中,每局须有 10 人出局才会结束,没有回合数限制,比赛常持续 4 到 5 天。但 T20 赛制(Twenty20)以 20 个回合为限,无论是否有 10 人出局,达到 20 个回合即结束;但若 20 个回合前已有 10 人出局,比赛也结束,赛事在 1 天内完成,过程更为紧凑。

道都在滚动播放这样一段视频：警察将睡眼惺忪的他从警车中押送出来，这位印度最有魅力和最自负的板球运动员之一看起来除了震惊就是失落。迫于外界舆论压力，身为印度板球管理委员会主席的斯里尼瓦桑承诺立即展开调查，但仅一周后，他的女婿古鲁纳特·梅亚潘被警方拘留，那时离联赛的总决赛只剩下几天。

警方声称梅亚潘和赌博业经营者暗中交流，为他们提供另一支参赛队金奈超级王者的信息，这支队伍名义上由梅亚潘管理，但背后真正的大老板其实是斯里尼瓦桑本人。消息一出，本就怒气冲冲的新闻频道更是展开二十四小时不间断的轰炸，不断要求斯里尼瓦桑引咎辞职。斯里尼瓦桑成为板球大王前是水泥大亨，身为印度板球超级联赛的主管部门印度板球管理委员会的主席，他常常被称作板球产业最有权势的人物：神秘莫测，拥有的影响力很难具体解释，却可以将触角伸到这项运动的每一个角落。这些最新的指控似乎将他和丑闻直接联系到一起。他坚称没做过任何违规的事情，但梅亚潘被捕还是让人产生怀疑，联赛日益严重的危机并不只是几名有问题的运动员造成的，相反，这很可能意味着板球界高层存在腐败。粉丝都很纳闷，像斯瑞桑特这样的大明星为什么会为一小袋钱而拿自己的国际职业生涯开玩笑，不过，丑闻引发的更为迫切的问题是，腐败的祸害有多大？斯瑞桑特能否继续打球？联赛能否继续办下去？

联赛的丑闻关乎的不仅仅是印度人对板球的热爱，还暴露出不堪的管理现状和欺诈成风的财务状况，从这个角度讲，板球产业的问题似乎和电信行业以及矿业一模一样。自由化改革以来，管理板球产业的依旧是先前的二流机构，根本无力妥善应对突然涌来的大批资金。联赛的财务状况并不透明，但管理者、赞助商和球队老板的利益之争显而易见，谈到斯里尼瓦桑的事情更是如此。这一切的背后还有产业链规模达到 7500 亿美元的骇人的非法赌博，据传，掌控这个产业的是地下财团。印度人酷爱赌博是出了名的，但官方禁止体育博彩，非法赌博因此如鱼得水。2013 年 5 月那个闷热的夜晚，警察跟着斯瑞桑特一路往北走，也正是从那一刻开始，民众逐渐看到板球背后的几股势力。丑闻激起公愤，引发板球产业乃至整个印度的地震。这背后是两个不同风格的人的兴衰史，二人用各自的方式代表着新近崛起的板球：一个是性急的总设计师拉利特·莫迪，他赋予联赛生命；另一个是神秘莫测的权力掮客斯里尼瓦桑，他领导着印度称霸世界板球产业，但也不得不面对自己的帝国一步步走向分崩离析的命运。

莫迪镜头下的国度

2008 年 4 月一个潮湿的周四下午，印度板球超级联赛的首场比赛在班加罗尔的钦那斯瓦米板球场举行，给板球带来立竿见影的变化。对阵的两支球队是班加罗尔皇家挑战者队和加尔各答骑士队，前者的老板是班加罗尔声名显赫的巨头维贾伊·马尔雅，他恬不知耻地用自己一款叫皇家挑战者的威士忌为球队命名，后者的老板是宝莱坞巨星沙鲁克·汗，球队名字源自 20 世纪 80 年代的一部美剧，但没人能详细解释为什么起这个名字。

开幕式绝对称得上盛大，有踩高跷的，有耍杂技的，还有身着球服的勇者从板球场顶部表演绕绳下降。专门从华盛顿红人队请过来的啦啦队在烟花和激光灯的背景下热舞。不过，真正的"烟花"绽放在赛场上，新西兰名将布伦登·麦卡勒姆用 73 次投球拿下 158 分，这是 T20 比赛有史以来的最高分。板球比赛从未见过这样的阵仗，而这一切的总导演正是拉利特·莫迪，从最开始的设想到联赛的首秀，都由他一步步推进。

一些负责体育赛事的人喜欢在幕后安静地管理调度，但莫迪不会放过任何露脸的机会。每到联赛赛季，他都会乘坐私人飞机往返于有赛事的城市，下榻比赛场地附近的高端酒店。他比赛前日程很满，基本没时间睡觉：见运动员、赞助商和球队老板，烟不离手，随时随地用黑莓手机大声下达指令。他到现场看比赛通常会穿一身时髦的阿玛尼西装，戴一副无框眼镜，现场的温度常常让他微微冒汗。这样的他在赛场非常显眼，比赛期间还有专门的"莫迪镜头"拍他的特写，镜头拉近的过程也会拍到他身旁的影视明星、政客，或是当地的富豪。比赛通常在临近午夜的时候结束，赛后他会浩浩荡荡地带上许多人去参加派对，运动员和下班的啦啦队队员饮酒狂欢，年长的大人物则看上去多少有些茫然，需要时间消化一下不温不火的板球怎么一下子变成这副模样。

莫迪在联赛的官方头衔是主席兼总干事，他的网站将他描述为联赛的"创始人和总设计师"。不过，相比于行政管理人员，他其实更像一位主办人：是主持人、组织者和发起人，是出点子的人、搭建舞台的人。莫迪跟美国电视转播的摔跤比赛中偶尔出现在台边席位的老板一样，也很快成为他一手创造的演出的主演，他还亲自撰写剧本，演出呈现的再小的细节都在他的掌控之中。

莫迪性格中有许多古怪的地方，尤其引人关注的就是没有人说得清他究竟喜不喜欢板球。他出生于一个古老的商业家族，生活富足，上的是贵族学校。其间，他没有展现出一点打板球的天赋。[5] 他十几岁开始在美国杜克大学读书。据传，美国篮球和棒球的职业化打法令他十分着迷，打那时候起，他就开始思考类似的运作模式能否让印度的国球脱胎换骨。[6] 也正是在那个时候,他后来职业生涯中表现出来的破坏性开始露头。当时,他跟三个同学凑了一万美元,一起找毒贩买了半公斤可卡因,败露后被警察逮捕。"那个毒贩其实没有可卡因,但他带了一把猎枪,这四个学生在他的胁迫下交出了一万美元,"作家萨曼斯·苏布拉曼尼后来写道,"第二天,他们四人围攻另一名同学,称他们被抢都是他布的局。"[7] 莫迪因为这件事被指控买卖毒品罪、绑架罪和袭击罪。他认了罪,但没过多久就以健康问题为由,说服美国法官同意他回国完成剩下的社区服务。

莫迪回到印度后,拒绝在主营烟草的家族集团任职。他决定成为传媒大亨,为此成立莫迪娱乐网络公司。那时自由化改革的帷幕已然拉开,印度一下子涌现出几十家电视频道。莫迪和不少希望拿到一定市场份额的国外公司签订协议,但大多数尝试都以失败告终。20世纪90年代中期,他初次向板球产业进军,也失败了。他的想法是创立新的锦标赛,但印度板球管理委员会断然回绝他的申请。不过,这些挫折似乎反倒激起他想得到认可的斗志,磨砺出他粗暴却又充满活力的经商风格。

他对自己的板球愿景深信不疑,为了寻找机会,他开始巴结印度板球管理委员会的要员,还跟一些政客建立往来,借此拿到影响力很大的邦级别的板球管理委员会高级职位。即使在那个时候,莫迪也没法完全压住古怪的性子。他很有活力,也很会说服人,但总流露出权贵颐指气使的姿态,哪怕是和一些面上要结交的人闲聊时也会露出不屑。这样的他很容易树敌,但为他工作过的人还是会盛赞他旺盛的精力、精于计算的头脑以及做生意的直觉。曾在国际知名体育赛事管理集团 IMG 协助莫迪设计印度板球超级联赛的高管告诉我:"跟莫迪共事是一件非常有趣的事。他是一个没有秘密的人,做出决策以后会告诉别人。我觉得他是一个有权力欲的人,但他真正的爱好其实是站在聚光灯下。"对他而言,最重要的事情似乎就是将自己打造成新型的商业人士——板球巨头,以主宰这棵即将种下的摇钱树。

莫迪一手创立的联赛是场闹哄哄的赛事,大家都凭感觉走,开办没多久就变得臭名昭著。"联赛挺疯狂的,又是派对,又是美女。"前联赛球队经理跟我说道。他跟我讲过一个参加过早期赛季、世界上最有名的板球运动员的故事。"这位运动员有一次过来找我,跟我说:'有的人有酒瘾,但我有性瘾,我需要女人。我比赛前一晚要是能和女人上床,比赛的时候就可以发挥得更好。'"他说,"我能说什么呢?我打电话找人,说明情况,他们说会想办法满足他的需求。"

啦啦队队员大多是从东欧或北美请过来的,她们对运动员而言有独特的吸引力。几年后,一名叫加布里埃拉·帕斯卡洛托的二十二岁南非金发女子开始匿名写博客,题为《印度板球超级联赛啦啦队队员的秘密日记》,很多内容都在暗示一些已婚的运动员行为不检点。"我们和行走的色情片差不多。"她在一篇博客中写道。她的身份最终还是曝光了,随后不久被屈辱地遭返回国。"他们后来开始将运动员和啦啦队队员安排在不同的酒店,"这位球队经理回忆道,"我们很快就意识到,将啦啦队队员安排在离运动员几公里以外的酒店才是稳妥之举。"不过,大多数行政管理人员一开始不会插手运动员的交友。"管理变得越来越松散。老板对这样的事也非常宽宏大量,"他告诉我,"他们会说:'嘻,我们不是刚赢一场比赛嘛,让这些小伙子尽情喝吧,干吗扫他们的兴呢?'

久而久之，大家就会想：'我为何要自找麻烦？我为什么非要唱黑脸并执行这些规定呢？'"

尽管莫迪的联赛确实是一场狂欢，但它也是一桩奔着赚大钱的严肃生意。2007年9月，他在一场新闻发布会宣布联赛即将启动，那时他手头上只有印度板球管理委员会提供的初始资金，以及为数不多的几位明星运动员，球队、板球场和赞助商通通没有。之后，他开始疯狂地谈合作，六个月后，首届联赛在班加罗尔开幕，联赛签下了八支球队的特许经营权，还有一批知名赞助商以及一群随时准备上场击球投球的世界级板球巨星。莫迪和印度板球管理委员会约定，五年以内联赛由他全权负责，其间，他也确实用他的职权管理联赛的方方面面。他非常善于营销，成功说服那些怀有疑虑的公司，让他们相信还是新生事物的联赛可以赚钱。

联赛的每一个元素基本上都用心地加上品牌，从运动套衫到球板再到包厢都有商标。联赛最初几年的缩写是DLF-IPL，因为DLF这家基建公司花20亿卢比（3100万美元）买下联赛的总冠名权。每一场比赛，莫迪都可以想办法插进70多条电视广告。联赛允许球队在比赛期间叫几次"策略"暂停，这一规定表面上是给球队制订防守策略提供机会，实则只是为了创造更多插播商业广告的机会。他为了吸引更多的观众，采取了一个既简单又高明的手段，将印度人的两大爱好板球和宝莱坞结合在一起。在他的游说下，一些宝莱坞巨星入股球队的特许经营权，比赛时在看台热情地为球队摇旗呐喊。

莫迪凭借自身的魅力和胆识成功创立联赛，这让他性情刻薄的传言不攻自破。顶级运动员到联赛打比赛可以拿到100万美元甚至更多的薪水，他们具体拿多少钱都由激烈的拍卖会决定，莫迪本人担任拍卖会的解说员。莫迪的商业世家背景让他能轻易接触到商界的上层人士，他依托这一优势说服一些亿万富豪用一亿美元甚至更高价格买下球队的特许经营权。一支联赛球队的管理人员透露了莫迪如何利用投标者的焦虑：他会跟有中意球队的巨头说他的死对头也看上了这支球队，或者吓唬他再不出手，球队就会被另一个城市拿下。著名板球迷、历史学家拉玛昌德拉·古哈也发现这一规律，他在2013年写道："凡是以专业水准高、创新能力强、技术水平卓越著称的印度公司，都不会碰印度板球超级联赛。"但一大批重量级的宝莱坞寡头涌向联赛无疑抬高了联赛的可信度。安得拉邦的基建集团GMR拍下德里球队的特许经营权，纳拉亚纳斯瓦米·斯里尼瓦桑家族旗下的印度水泥公司拍下金奈球队的特许经营权，宝莱坞女明星普丽缇·泽塔和希尔帕·谢蒂则分别买下旁遮普邦和拉贾斯坦邦两地的球队。没过多久，国外电视台纷纷提出转播联赛的意愿。"外国资本支持这些有线电视公司购买转播权，"板球产业的高级行政管理人员后来跟我说道，"这个行业可以支配的钱越来越多。"

　　印度板球联赛向上向好的势头让为此运动焦虑的传统主义者感到前所未有的担忧。不过，在莫迪看来，联赛实际上拥有高尚的目的：一方面，它让板球这项在莫迪看来已经和年轻人渐行渐远、不复往日活力的运动焕然一新；另一方面，它还可以整治板球污浊的管理生态。"所有参与首届联赛的板球运动员都是我们这一代人的榜样，"他在2008年开幕式上激动地说道，"世界各地年轻人都应该立即从这一伟大运动的价值观和拼搏精神中汲取养分，这对他们至关重要。"这种反腐的豪言壮语其实也有算旧账的成分。他对早期申请办锦标赛的失败怀有怨气，声称当时没申请下来的主因是他拒绝向印度板球管理委员会的官员行贿。"我们损失惨重，"他后来说道，"我那时候就下定决心，有朝一日一定要大力整治板球产业。"[8]莫迪的批评者可能不信，但这番话听上去确实发自真心。他受印度近些年自由化改革的启发，计划将联赛打造成自由论者的天堂。过去的板球比赛总是有幕后操作，他希望用公开的规则以及透明的运动员、球队、转播权拍卖等系统来替代老一套的做法。"我的使命是打破同业联盟，"他在2006年受访时说道，"我相信自由市场可以决定一切。没有价值就是没有价值，一切都是人民说了算。"[9]

联赛首个赛季临近决赛的时候，人民的选择已经很明显。赛场座无虚席，每一场比赛都有数千万观众在荧幕前收看。第一赛季落幕后，球队的价值飞涨，莫迪新拍卖的两支球队的成交价都在三亿美元以上。联赛的人气高到疯狂的地步，尽管如此，还是存在一些不和谐的声音。以斯里尼瓦桑为首的印度板球管理委员会高层对联赛带来的一系列争议渐露不悦，对莫迪这位新总干事傲慢的行事风格更是极为不满。保守的印度教信徒也指责啦啦队队员的暴露着装和运动员接连不断的行为不检点的八卦新闻。第二赛季，莫迪将比赛场地搬到南非，但这一举动还是惹恼了新德里身居高位的政客。更要命的是，虽然每个人都承认联赛没少赚钱，但基本上没有人说得出具体金额和去向。莫迪大手大脚的工作风格也招致非议，他光是为了办公就在孟买四季酒店的顶部长期租用一间套房。[10]英国和澳大利亚板球行政管理人员担心本国明星运动员在印度板球超级联赛高额薪酬的诱惑下，日渐丧失本国球队的忠诚度，转而投向联赛球队的怀抱，于是开始公开呼吁莫迪下台。许多印度人也表示支持。

莫迪擅长玩板球政治，但也容易树敌。直接的导火索是第二次拍卖球队特许经营权。一开始，媒体称最有可能拿下两支新球队的是高塔姆·阿达尼集团和一家叫创视通（Videocon）的传媒和电子产品集团。不过，印度板球管理委员会突然宣称之前的手续不作数，要求重新来过。第二轮拍卖，胜出的是另外两家公司，一家是印度西部城市浦那专做地产生意的撒哈拉集团，老板是高调的亿万富豪苏布纳塔·罗伊，另一家是喀拉拉邦滨海城市科钦的投资者财团，名为"会面"（Rendezvous）。

委员会插手拍卖让莫迪大为恼火，他为此公开反对拍卖结果。他尤其猛烈地抨击科钦的球队特许经营权拍卖，结果刚公布没多久，他就在推特上发表煽动性文字，称中标公司的控股模式有问题，并说这和沙希·塔鲁尔有关。塔鲁尔是喀拉拉邦的政客，为人彬彬有礼，同时在国大党政府担任部长。莫迪的推特卷起新一轮媒体报道热潮。塔鲁尔称自己从未做过任何违规的事，但他迫于压力还是辞去了部长职务，这让尚未从之前的欺诈季缓过来的政府雪上加霜。在印度的政治生态下，商人理应乖乖地听从新德里大人物的指示。莫迪鲁莽的反击很快带来严重后果。几天后，税务检察员突击检查联赛及其下属球队的各项财产，他们就莫迪商业帝国违规情况撰写的报告很快就泄露出来，成为媒体的头版头条。

莫迪吸引到的火力越来越多，联赛第三赛季决赛结束后，委员会突然对他发难。当时比赛刚结束没几个小时，委员会就停了他的职，理由是涉嫌违反多项规定。有的问题并不严重，如未告知委员会联赛有三支球队的特许经营权都由他亲戚控制；但有的是大问题。斯里尼瓦桑在一封三十四页的公开信中列举了莫迪二十多项违规做法，包括在转播权交易中收取名为"好处费"的回扣，以及允许毛里求斯的空壳公司持有球队股份。性质最恶劣的一条和球队特许经营权的拍卖有关，委员会的意思是莫迪提前将阿达尼和创视通内定为赢家。莫迪情绪激动地否认一切指控，为此和委员会打起官司。双方走法律途径你来我往地交战了好几个月，但六个月后，他还是被委员会开除。莫迪因担心人身安全而搬到伦敦，之后他不快地说，早先有人因他拒绝协助操纵比赛而要暗杀他，与此同时，他也继续和前雇主打官司。莫迪虽然离开了联赛，但他的怨气和被解雇的戏剧性经过永远地留在那里。

板球博彩业

莫迪职位被撤所引发的争议一直是印度板球超级联赛的标志性丑闻，直到那一晚的 U 形弯行动启动。那晚的行动让联赛陷入新危机，但事件的后果表明这一切背后隐藏着更为阴暗的可能：联赛的管理不透明且有争议，除此之外，部分运动员和高管可能跟国外肮脏的博彩公司狼狈为奸，操控比赛。

十来年前，公众首次意识到板球也存在赌博问题，当时警方公布了印度赌博业经营者和南非板球队队长汉斯·克龙涅的电话录音，那段时间两国正进行板球系列赛。克龙涅因此被终身禁赛，在此之前，板球一直被视作绅士运动，是多项深受非法赌博之害的体育运动之外的一方净土。这之后又陆续爆出更多丑闻，尤其是 2011 年一家英国小报设下圈套，抓住了巴基斯坦板球队两名投球手和队长打假球的证据。2012 年，印度板球超级联赛爆出定点操纵的丑闻，尽管算不上严重，还是有五名运动员受到禁赛处罚。

印度官方禁止板球博彩，但还是经常有富人偷偷下注。地方小报动辄刊登一些和赌博团伙有关的惊险故事，他们大多是孟买的黑社会，但真正操纵大局的是流亡迪拜或巴基斯坦的印度不法分子。这也是为什么尚塔库马兰·斯瑞桑特被捕后，警察局局长尼拉杰·库马尔会在发布会上说"幕后黑手这一刻还在国外逍遥呢"。这一切确实不是秘密，知情者大有人在，但 U 形弯行动还是有特殊意义，因为它真正让公众认识到赌球对板球的危害。

公众注意力一开始主要集中在比赛如何被操控，以及像斯瑞桑特这个级别的运动员为什么会被诱惑上。联赛赛制为赌博提供了理想土壤，正是在这种极为宽松的氛围中，行政管理人员、赞助商、溜须拍马之人才能跟运动员和官员称兄道弟。联赛运动员也是众星捧月，朋友、经理、公关、教练、造型师都围着他们转，说他们是联赛的王族也不为过。球队信息也发展成一桩赚钱的买卖，有的人会打电话找认识的内部人士获取小道消息，有的会直接到球队下榻酒店的酒吧交换情报。对那些设定赔率的人而言，任何信息都有可能帮得上忙，从比赛阵容到运动员的伤病情况，再到球队战术和比赛场地的情况。信息掌握得越多，赢面就越大，这也是为什么赌博业经营者和准备下大赌注的人有时会铤而走险，直接贿赂运动员。他们一开始拿一小笔钱试探换取内部信息，运动员要是愿意合作，赌博业经营者会进一步钓他上钩，让他按指令去做或不做一些事情。总部位于卡塔尔的国际体育安全中心是专门追踪非法赌博的机构，该中心的主任克里斯·伊顿曾跟我说："比赛期间，赌博业经营者常常到酒店和酒吧给运动员和裁判送礼。有可能是美女，也有可能只是现金。体育职业化是一个漫长的过程……再加上印度近五年经济高速发展，这个地下市场的规模也在跟着疯狂扩张。"

媒体上并不缺乏对板球博彩的猜测，但要穿过迷雾，了解这一神秘的非法赌博产业、洞悉上述情报和信息的去处，绝非易事。最好的板球博彩报告出自博彩专家兼作家埃德·霍金斯之手，他在《赌博业经营者、赌徒、代理人、间谍》一书中引人入胜地揭露了板球博彩不堪的阴暗面。霍金斯设法结交了几位小体量的印度赌博业经营者，专程跑到偏远城镇看他们组建临时投注站。[11]这些小老板会带上笔记本电脑和几十部手机前往订好的酒店，要不是他们，这些房间常年空无一人。比赛一开始，他们的手机就会接二连三地接到赌徒打过来下注的电话。

这些赌博业经营者依托的是由几家较大的赌博财团控制的系统，赔率是财团定的，资金是财团出的，全国各地的自由赌博业经营者也会跟这几家财团合作。系统运转靠的是口口相传和彼此的信任。赌徒通过相识的赌博业经营者下注，没有现金往来，一切金额都是事后找时机结算。多数人认为那些豪赌的人能赚到钱，靠的是操控比赛中一些低概率的微小事件，比如买通一名投球手，让他在某一轮投球中故意犯规投球一次，然后花重金压这个结果。不过，霍金斯告诉我，真实的赌局没这么简单，能下注的选项并不多，其中最受欢迎的就是"环节"赌博，赌徒会猜比赛某个特定阶段的比分，比方说结束前六轮投球后的比分。"斯瑞桑特如果真的做了警方指控的事情，那这大概率是操纵'环节'比分的典型案例。"他说。

但这一切都无法解释斯瑞桑特为什么会打假球，他身边的朋友倒是没有因为这位性格火暴的运动员陷入麻烦显露出多少震惊。斯瑞桑特出了名的放肆，他的"掌掴门"在印度尽人皆知。[12]那是联赛首个赛季的一场比赛快要结束之际，魁梧的锡克教投球手哈巴詹·辛格扇了斯瑞桑特一巴掌，他因包着宗教头巾和从不拖泥带水的球风被板球迷亲切地称作"包着头巾的终结者"。斯瑞桑特走出赛场，面颊流淌着泪水。辛格为什么要打斯瑞桑特，除八卦小报的猜测外，并没有正经解释，但掌掴门确实反映了斯瑞桑特顽劣和好哭的特点，他为人任性，队友都不喜欢他，其中就包括时任印度板球队队长的马亨德拉·辛格·多尼。

"大家都知道多尼讨厌他，"联赛的行政管理人员跟我说，"老实讲，没有运动员喜欢他。"那些和他走得很近的人却给出完全不同的答案：他善于交际，慷慨大方，是个开心果，非常传统和虔诚。不过，在他尚未在板球界崭露头角时就认识他的密友说，他也有缺乏安全感和渴望关注的一面。"他那时常常自比迈克尔·杰克逊，我当时的反应是他脑子有病，但迈克尔·杰克逊确实是他的偶像之一，"他的朋友讲道，"话说回来，仔细想想，他们的确有相似之处，身上都有值得别人崇拜的点，也有遭人恨的地方，身边都是一群奇怪的人，有些神经质。"

斯瑞桑特虽然被队友孤立，但随他住在五星级酒店的跟屁虫却越来越多。这个小圈子至少给他居无定所的生活提供了些许归属感，他的日常就是带着五六个行李箱辗转各个城市打比赛或训练。这样的生活每过一段时间就会迎来激动人心的比赛和醉生梦死的狂欢，除此之外的大多数时间都是乏味的。与此同时，他无时无刻不被仰视，这会让人逐渐迷失自我。"斯瑞桑特的身边总围着一群拍马屁的人。我非常纳闷，这些人连工作都没有，怎么会有钱跟着他一起浪呢？"他的朋友说道。人们最终发现，这位板球运动员为他们买单，支付机票和酒店房费，一捆一捆地送他们用于日常开销的现金，还邀请他们参加那些极力邀请斯瑞桑特这个咖位的运动员的盛大派对。"他们不论何时出去，都会有很多人围观,粉丝的狂热难以用语言形容。天天都是如此。"他的朋友告诉我。也正是在这种混乱、狂欢的氛围下,定力不足的年轻人有可能被名利带偏,甚至被劝诱做出一些令自己追悔莫及的事情。

斯瑞桑特被拘留了近一个月,大部分时间待在恶名远播的提哈监狱。一开始,警方宣称他对所有的罪行供认不讳。不过,他获保释出狱后又说自己是无辜的。U形弯行动曝光后,记者最初质疑的是莫迪创办的印度板球超级联赛的松散文化,其中几乎没有针对打假球的监督机制。不过,古鲁纳特·梅亚潘被捕后,他们将注意力转向球队和球队老板,在拉贾斯坦皇家队的老板承认自己对联赛的比赛下注后更是如此。梅亚潘被捕导致纳拉亚纳斯瓦米·斯里尼瓦桑直接卷入争议的旋涡,愤怒的板球迷开始指责这些板球产业的高层管理人员让这项运动沦落到这个地步。新闻一连好几周都在滚动播出这一事件,一点点小的进展都被视作令人震撼的重量级新闻。《时政要闻》是印度最火的英语新闻频道,它对斯里尼瓦桑的攻击尤为猛烈,喜好争论的主持人阿纳布·戈斯瓦米更带头要求他辞去委员会主席的职务。

斯里尼瓦桑并不擅长对付媒体,他一开始的想法是将外界的注意力从他女婿的身上转移走。媒体报道称金奈的球队是梅亚潘运营的,斯里尼瓦桑矢口否认,并说他没有任何正式职务,这套说辞在许多观察员看来没有说服力。"斯里尼瓦桑给出了最简单的解释,他说古鲁纳特·梅亚潘只是板球队的死忠粉。"阿贾伊·希尔克跟我说道,他是彬彬有礼的商人,后来成为印度板球管理委员会的行政管理人员,委员会的政治形势一直在变,他有时跟斯里尼瓦桑是一个战壕的。"但他为什么会在每一场拍卖会上代表金奈的球队呢?官方文件上又为什么会将他标注为这支球队的负责人呢？还有，他为什么会出现在运动员的休息棚下呢？要我说，运动员往他身边凑，还不是因为想攀附权力。"斯里尼瓦桑发现局势失控以后，改变了策略。几周后，他在一场新闻发布会上脾气暴躁地试着跟女婿的丑闻划清界限。不过，他越是抗拒，就越显得心虚，仿佛生怕别人会将矛头转向他，质疑他的多重身份以及这些身份引起的利益冲突。一场权力斗争就此打响，斯里尼瓦桑为了保住自己的位置，做出最后的挣扎。

幕后老大

倘若说拉利特·莫迪是板球运动的主办人，那么斯里尼瓦桑就是板球的权力掮客。站在印度板球超级联赛的强光灯下，一个人很容易产生这样的想法：不断涌入的资金为板球带来脱胎换骨的变化。但这只是表象，板球的权力结构基本上还是老样子。用作家吉迪恩·黑格的话讲，板球过去由"一群没多大抱负的庸人控制，他们通常顶个荣誉头衔，职责主要是确保板球不发生变化"，现在的结构依旧是从过去延续下来的。[13]

正如莫迪所发现的，旧世界的印度板球主要通过邦一级的机构来控制比印度板球管理委员会低一级的各地板球产业，如拉贾斯坦邦板球协会和马哈拉施特拉邦板球协会。有的邦的机构采取家族王朝般的子承父业模式。有的则是当地大公司的私人领地，斯里尼瓦桑的印度水泥公司就是个例子，这家公司通过为当地经营不善的俱乐部和手头紧张的运动员提供经济支持，控制了泰米尔纳德邦板球协会，以此为大本营，斯里尼瓦桑一步步爬到印度板球的权力顶点。这种板球体制在一定程度上是民主的，至少在狭义上如此，不论谁想担任国家级领导，都要先获得下一级的支持，但也因此滋生出政治恩庇网络，板球产业越来越赚钱，上面的人也会设法将更多好处输送给下面的人，以此赢得他们的选票。"每年9月举行的（印度板球管理委员会）选举龌龊至极，卡利古拉❶想必都会为这样的选举感到自豪。"板球杂志《威斯登》印度版的主编迪利普·普雷马钱德兰写道。不过，争取选票可是斯里尼瓦桑的强项，他总能找出别人想要的东西来换取支持。

斯里尼瓦桑本人看上去远谈不上威严，中等个子、体格粗壮，脸上总充满疲惫，皮肉松弛下垂，灰白的头发用发油梳成大背头。拉利特·莫迪是个很会表演的人，但通常被大家喊作"斯里尼"的斯里尼瓦桑不是这样，他说话缓慢，言简意赅，声音听上去仿佛在低吼。他和莫迪还有一点不同，他干这行离不开对板球长久以来的深厚感情。金奈民众对他评价颇高，这主要是因为他的家族是当地保守组织的重要支柱，不仅给学校球队免费发放体育用品，还帮助退役运动员再就业，赢得众人的好感。他商业生涯的头些年并不顺利，跟叔叔为家族水泥生意的控制权斗了好几年，有人认为他就是那时候习得作为领导统御全局的能力。他确实很富有，但又有着印度南方的那种不张扬，还是一个既保守又虔诚的印度教教徒，额头上经常点着红点。据各种说法，他和公开同性恋身份的独子关系很僵。

U形弯行动开始时，斯里尼瓦桑出任委员会主席已经有两年之久，在此之前先后做过委员会的财务主管和干事，其间一手策划了莫迪的停职。他大多数时间都在金奈主持大局，有时会乘私人飞机前往孟买开会。印度板球管理委员会就是靠一个个委员会

---

❶ 罗马帝国的第三位皇帝，以暴虐残忍著称，大肆兴建建筑和举办宴会，导致财政急剧恶化，又企图增加苛捐杂税缓解危机，引起各阶层怨恨。

的缓慢运转维系，事实证明，斯里尼瓦桑在这样的环境中如鱼得水。财务委员会更是由他主导的特殊领地，议事日程和会议记录都是他说了算，他对委员会资金的去向和具体流向了谁也一清二楚。依照记者拉胡尔·巴蒂亚的说法，斯里尼瓦桑真正的天赋在于他直截了当的行政管理才能。巴蒂亚在《大篷车》杂志中这样介绍斯里尼瓦桑："他总能将会议准备得滴水不漏，能像会计一样思考。他的身边也总有顾问帮着参谋，几乎从没有辜负过支持者，总让他们都很满意并得到丰厚的回报。"[14]另一位板球行政管理人员这样描述他的一贯做法："对俱乐部秘书，要聚拢、同化、剖析和了解。甲需要什么，乙需要什么，丙需要什么，都要知道。每个人都有软肋，每个人都有弱点。"

U 形弯行动曝光时，整个印度其实都不太平，那是 2013 年年中，腐败引发公众难以平息的焦虑，接连曝光的多则电信、矿业丑闻引起公愤。不过，斯里尼瓦桑并不是个彻头彻尾的骗子，他表现得更像玩转政治恩庇的马戏导演。板球日益增长的经济价值带来前所未闻的巨额资金，他可以让资金流向正确的地方，从而确保自己在未来赢得选票。这是一种简单的带有欺骗性的控制机制，具体言之，板球产业的各类群体都被丰厚的回报笼络到同一阵营，各地的行政管理人员、现役和退役的板球运动员、解说员和政要都囊括在内。"美第奇家族对佛罗伦萨的全面控制，都比不上印度板球管理委员会对板球的掌控，"印度解说员穆库尔·凯萨文曾经说道，"他（斯里尼瓦桑）在位期间，板球丛林的大多数生物都成为委员会的宠物，身体被合约拴着，嘴被钱堵着，灵魂也成了委员会的奴隶。"[15]

印度板球的地方机构远谈不上管理得当，但放在问题重重的印度体育运动机构中,已经是众人看来最干净且最职业化的。2014年,斯里尼瓦桑被任命为国际板球理事会主席,该组织的一位前官员跟我说道:"斯里尼的任务总关乎控制,但他并不是不正直的人……他让系统得以运转。斯里尼从没有做过牟利自肥的勾当,要我说,他反倒投进去不少钱。"斯里尼瓦桑对U形弯行动发酵出的越来越严重的舆论危机严阵以待,打算利用自己建好的恩庇网络度过危机。"他看上去思路清晰,仿佛一切都在掌控之中,"凯萨文后来告诉我,"他真的以为不论犯了什么事,只要将政客打点到位,就可以全身而退……只要人人有利可图,就不用担心利益冲突。"

斯里尼瓦桑要想保住自己的位置,维系政治上的支持至关重要。板球单纯凭借自身的影响力吸引了不少政要加入委员会,有的确实是出于对这项运动的热爱,但大多数还是冲着委员会提供的多种资源。其中最具分量的是阿朗·杰特利和萨拉德·帕瓦,前者从政前是老奸巨猾的律师,后来一直做到纳伦德拉·莫迪政府的财政部部长,后者是马哈拉施特拉邦强势的"总督",出了名的狡诈和有钱。就连莫迪本人也在板球体制内挂过名,他本人对板球并无多大兴趣,却担任过五年古吉拉特邦板球协会主席,2014年当选总理后才将这一职务交给他最亲密的政治伙伴阿米特·沙阿。(纳伦德拉·莫迪和拉利特·莫迪并无亲戚关系。)斯里尼瓦桑用他自己的方式和这些政客保持往来,灵活游走在他们各自不断调整的阵营之间。他觉得只要有这些人的支持,自己的位置就不会丢。不过,访谈节目的动静越来越大,报纸的专栏文章也开始频繁要求他引咎辞职,他的这一信念似乎也不太立得住了。

斯里尼瓦桑本人并没有受到任何指控,很少有人会觉得这样严谨的人会跟女婿一样参与赌博并跟赌博业经营者打交道。他在采访中一再强调自己是无辜的,也毫不掩饰对他口中的"媒体审判"的愤怒。[16] 不过,批评者的质疑也很合理,他既是老板,又是监管者和涉案者的亲戚,集多重身份于一身的人如何能确保 U 形弯行动之后的调查公正展开呢?

随着丑闻的发酵,外界的注意力逐渐集中到更为普遍的利益冲突问题上。斯里尼瓦桑是印度板球管理委员会的一把手,而印度板球超级联赛又是委员会的下辖机构,因此他拍板决定了联赛许多项收入的去向,还将一大笔收入分给下设机构的工作人员。作为印度水泥公司的董事长,他不仅间接地拥有一支联赛球队,同时还是联赛的主要赞助商。事实证明,他作为金奈超级王者队背后大老板的身份尤为棘手,因为这实实在在地违反了特许经营权拍卖首次进行时委员会严禁行政管理人员拥有球队的规定。斯里尼瓦桑各个身份之间的冲突大得出奇,相比之下,板球中下层随处可见的恩庇网络反倒显得无关紧要。他代表的各种利益网络之间的冲突显而易见,但他还是我行我素地干下去了。一年后,他用批评者非常反感的幕后操纵手段解决了自己拥有金奈超级王者队的问题。他带头修改委员会法规,让一个人可以同时担任联赛球队的老板和委员会的行政管理人员。

事态真正恶化是在 6 月初举办的委员会危机峰会,那时 U 形弯行动刚过去几周。斯里尼瓦桑主持会议,他一开始提的几个议题和丑闻并无关系,讨论过后又将自己描述为唯一有能力帮委员会脱困的人。不过,外界让他下台的呼声过高,就算是委员会中对他忠心耿耿的人也感到不安。会议最后达成妥协,斯里尼瓦桑同意引退,至少在调查结束前不会再插手委员会事务。接下来的一段时间，委员会先后宣布一系列小的整改措施，比方说禁止球队老板和板球运动员应酬，禁止举办赛后派对，承诺取缔场边啦啦队。委员会在金奈安排了两位法官对案件展开调查。与此同时，最高法院也安排专项组展开调查。委员会的调查结果率先面世，报告不出所料地显示斯里尼瓦桑没有做过任何违规的事情——在他看来，这份"无罪证明"为他重新拿回自己的位置提供了依据。

国内的丑闻闹得沸沸扬扬，印度在海外的地位却越来越高，这也让斯里尼瓦桑的角色变得更为复杂。U形弯行动结束一年后，他当选为国际板球理事会主席，也正是在这个岗位上，他主持了一场臭名昭著的瓜分，让未来的电视转播收入绝大部分被印度、英国、澳大利亚这三大板球巨头分割，其中印度因印度人在板球迷中占比最高，贡献的转播收入远超二分之一，获得的份额最大。像新西兰和西印度群岛这样的板球弱势地区，机构只能靠销售印度巡回赛的转播权勉强撑下去。长久以来，印度在板球上只有听别人的份儿，新德里和伦敦、悉尼分庭抗礼是近些年才发生的事。印度板球界根本无法就如何解决国内问题达成共识，但他们空前团结地认为，国际社会应该认可印度板球独一无二的霸主地位，并相应地赋予其更多话语权。

斯里尼瓦桑在国际板球理事会宣布决议时我行我素的态度激起强烈反对。板球小国本就对印度霸道的行事方式非常敏感，对这件事更是怒不可遏，板球迷也非常不满。2015年，两名年轻的板球迷拍了一部名为《绅士之死》的低成本纪录片，因批判金钱对板球的腐蚀作用赢得广泛赞誉。斯里尼瓦桑也在片中出镜接受采访，但很多人都认为他回答问题时闪烁其词。

"印度终于获得非同小可的能力，足以改变整个板球运动的局面。"板球圣经《威斯登》的编辑劳伦斯·布思在同一时期写道。他认为印度在板球界说一不二的地位似乎带来新的"T20民族主义",主要标志是"私企参与度上升和高层次利益冲突增多"。[17] 许多板球迷担忧印度板球管理委员会强硬的外交策略,混合着纯粹的经济考量和不知廉耻的印度优先的态度。国际板球理事会的插曲有力地证明,斯里尼瓦桑正着手将印度板球管理委员会的管理风格、与之伴生的赚钱买卖和幕后争执移植到国际舞台上。

说回国内,另一场权力之战仍在继续,旧委员会也找了法院调查,但主要目的是控制U形弯行动带来的不良影响。2014年,委员会公布调查结果后一段时间,最高法院专项组的调查结果才出炉。专项组称斯里尼瓦桑是清白的,但他的女婿古鲁纳特·梅亚潘确实存在非法赌博问题。最高法院决定展开第二轮调查,并专门找了位退休的法官牵头负责,给他们更广泛的职权,以设法改革板球的管理体制。最高法院对斯里尼瓦桑重回委员会的想法不予理会,一位法官直言他的管理方式"令人恶心"。[18] 法官最终占据上风,剥夺了他参与2015年委员会选举的机会,换言之,他再也不能以主席的身份重返委员会。

同年晚些时候,委员会成员似乎意识到他们曾经不可一世的老大没了往日的威风,取消了他在国际板球理事会的职务。随后,最高法院专项组实施大刀阔斧的改革,禁止政客在板球委员会及其下设机构任职,停掉拉贾斯坦皇家队和金奈超级王者队两年内在联赛的任何赛事。2017年年初,最高法院的耐心终于耗尽,他们宣布组建临时四人委员会管理板球,这一举措相当于架空原委员会。这四个人里面就有拉玛昌德拉·古哈。最高法院似乎也说不清板球的腐败丑闻与困扰印度的其他大型丑闻究竟有何联系,他们为此专门挑选在主计长兼审计长职位上就一直在做反腐工作的维诺德·拉伊担任四人委员会的主席。

牵涉U形弯行动的人名声大多一落千丈。尚塔库马兰·斯瑞桑特被终身禁赛,再也无法在板球赛场上竞技,尽管2015年德里的初审法院因证据不足撤销了对他的所有起诉。古鲁纳特·梅亚潘破坏板球运动声誉的罪名成立,不得再从事和板球有关的工作。拉利特·莫迪则继续在伦敦生活。他没丢掉吸引公众注意力的本事,一有机会就在推特上发表指控政敌和板球产业昔日伙伴的煽动性言论,时常公开发泄不满。斯里尼瓦桑回到金奈,很少抛头露面,小心翼翼地维系着对泰米尔纳德邦板球协会的控制权,等待形势再次对他有利。

莫迪和斯里尼瓦桑迥然不同的风格清晰地体现在他们各自的衰落史上。板球尽力摆脱他们的遗留影响的过程中,二人的共同点也显现出来。他们都继承了不菲的财富,出身于做政府管制生意(分别是水泥和香烟)的商业世家,影响力和政治人脉在这类行业里起决定性作用。二人都看不上板球运动老一套的业余运作方式,都曾努力推翻旧游戏规则。印度经济高速发展期间,他们凭借直觉感受到翻天覆地的变化即将到来,并预料到这有朝一日会改变板球。二人既是创新者,又是老派当权者,他们触发变化,但也被变化送下台。

丑闻爆发十年后,想评价印度板球现状并不容易。U形弯行动发酵到顶点时,一些有头脑的人预言联赛迟早要被取缔。不过,自此以后,联赛反而更上一层楼,每个赛季的规模都比上一个大,赚得也更多。哪怕是联赛最危急的时刻,支持者对打假球的指控也置若罔闻。"印度公众的记忆力非常短暂,等到下一个赛季,就差不多忘了这些事,"备受推崇的工业家哈什·戈恩卡表示他也有意购买一支联赛球队,"可悲的是,联赛跟(美国电视上的)摔跤比赛有点像。大家都知道比赛被操控,但问题在于你并不知道谁会赢,所以看起来还是刺激。摔跤可能百分百被操控,联赛可能只被操控百分之一。所以人们还是会去看比赛,这就是现实。"话虽如此,莫迪和斯里尼瓦桑被扫地出门的经历还是给联赛留下不可磨灭的印记。这也是为什么今日的联赛比过去正规不少。啦啦队还在,但赛后派对变得低调许多,还实施一系列举措制止赌博。

板球纯粹主义者虽然有很多抱怨,但其实也有很多要感谢联赛的地方。印度的板球运动在成为霸主以前,已经缓慢但不可避免地走上衰落之路。那个年代的比赛一打就是5天,除了忠实球迷,一般人看到最后只会觉得无聊。联赛的流行终于让保守的板球机构认识到变化的必要性,还为板球的新生提供了人气高、吸金能力强的赛制。今天,印度能有优越的板球场,板球俱乐部能有充裕的资金,板球运动员能有优渥的收入,都是电视转播和赞助商合同的功劳。说起20世纪60年代板球运动员的收入,可能都不会有人相信,但他们那时打一场5天的比赛确实只能拿到250卢比,也就是日薪50卢比,他们如果仅用4天就赢下比赛,就会少拿1天薪水。[19] 我们今天似乎没理由怀念那个板球离职业化很远的拮据年代。"像斯里尼瓦桑这样的人一被扣上损人利己和权力寻租的帽子就怒不可遏,他们的愤怒并非全是伪装。"穆库尔·凯萨文告诉我。他想说这些人为板球带来革命性的变化,他们愤怒是因为觉得自己的贡献没有得到应有的认可。

不可否认,印度处于上升期的板球以及它催生的赚足关注和资金的新赛制依然存在严重问题。不论你是否拿拉利特·莫迪当回事，他让板球依照透明规则运转、成为自由市场一部分的愿景显然落空了。莫迪一度认为联赛可以成为没有污点的印度成功故事，变成基本没有腐败问题的信息技术外包产业的体育运动界版本。不过，联赛首个十年结束以后，反倒更接近印度经济的阴暗面，充斥着权力政治、对裙带关系此起彼伏的指控，以及瓜分联赛财富的有权有势的巨头。在这方面，印度并非独一份，英国和澳大利亚也有过类似的不堪经历。不过，印度板球跟这些国家完全不是一个量级。长久以来，印度的板球行政管理系统深受利益冲突之害，但那时的利益总共也没多少钱，所以关系不大。随着板球的吸金能力越来越强，不透明的管理方式和身兼数职的板球文化成为严重的问题，直到今天还没有被彻底解决。

板球的恩庇和影响力系统根深蒂固，改革跟其他产业一样困难。讽刺的是，最高法院为了整改板球产业，只能指派维诺德·拉伊这类业外人士。这一措施和其他行业的反腐举措也有相似之处，以铁矿为例，法院最后只能下令停掉所有铁矿的开采工作。板球的病情似乎也恶化到这个地步，腐败已深入骨髓，法官别无选择，只能关停整个委员会，才有成功整改的一线希望。我们很难同情斯里尼瓦桑这样将板球视作自己独立王国的人。不过，他的下台至少反映出一种深层次的积极变化，也说明他误判了印度的发展趋势。板球能否以更公开透明的方式运作，摆脱过去明目张胆的利益冲突，还有待观察。但U形弯行动引起的广泛关注和媒体对此的密集报道至少证明，过去那一套再也站不住脚了。

2013年，斯里尼瓦桑暂时引退，他为了挽回自己的名誉，专门上了《时政要闻》电视台一档由阿纳布·戈斯瓦米主持的采访节目《有话直说》。面对主持人连珠炮似的提问，他看上去有些慌乱。"你们有电视台,你们有媒体,"他抱怨道,"你们想说什么就说什么,但我可没电视台。"[20] 实际上,U形弯行动刚过去没几周时,他就在一场火药味十足的新闻发布会上发出过类似的抱怨。"我认为所有人都有必要警惕媒体审判,"他说,"电视新闻频道播的都是无法核实的言论,毫无真相可言。"[21] 他抱怨这么多,但从头到尾都没有找到回应新时代以媒体为首的问责的方法。公众的愤怒显而易见,印度法院又如此上心,媒体更是不依不饶。公众对合法性的追求与幕后交易针锋相对,两者相撞,赢家只有一个。

第十一章 国家想知道

首席扒粪者

2016年9月一个看不到月光的夜晚，一小队伊斯兰激进分子穿过巴基斯坦边境线潜入印度，袭击印控克什米尔地区乌里村附近的军事基地，造成十七名印度士兵死亡。[1]近两周后，印度派伞兵发动反击，针对位于印度和巴基斯坦在克什米尔分界地带的恐怖分子营地发起一次外科手术式打击，印巴双方都称该地区是自己的领土。印度军方称此次打击大获全胜，它们想维持争议地区的和平稳定并非易事，经常指控巴基斯坦协助激进分子实施跨境袭击。这次打击在印度社交媒体引发民族主义热潮，新闻频道中播放着街头巷尾兴高采烈的印度人挥舞着国旗庆祝的画面。不过，很少有人比主持人阿纳布·戈斯瓦米更支持这次行动，他主持的《时政要闻》为这次行动推出爱国特别节目。"今夜，整个印度都在庆祝。"他在节目中说道，还鼓励观众在推特上发带有 #*印度回击*# 的动态。他怒气冲冲地斥责巴基斯坦两面派的做法，盛赞印度士兵的勇猛，据报道，他们在这次行动中击杀三十余名激进分子。戈斯瓦米的话语中几乎听不出任何新闻报道的客观性。"我们《时政要闻》的所有人都支持这次外科手术式打击。"节目刚播放两分钟，他这样讲了两遍。

这一晚的特别节目很好地反映了戈斯瓦米活跃的主持风格，沙文主义、博眼球的画面和不喘气的说话方式都是他的标志性特色。他固定主持着工作日晚9点播出的《阿纳布·戈斯瓦米的新闻一小时》（后文简称《新闻一小时》），这是印度收视率最高的英语政治新闻节目。不论是欺诈季，还是印度板球超级联赛的腐败问题，印度人了解公共丑闻消息时最常收看的就是这档节目。阿纳布·戈斯瓦米惯用的咄咄逼人的主持风格让他成为全国最知名的主持人，同时也变成最具争议性的公众人物之一。

阿纳布·戈斯瓦米是《时政要闻》的主编，在一个滚动新闻频道只有不到十年历史的国家，很多人都说他创造了一种新的咄咄逼人的报道风格。尽管如此，印度的观众就那么多，几十家新闻频道都在抢同一拨人，他们大多在模仿戈斯瓦米快节奏的说话方式和对突发新闻的偏执追求。当地的喜剧演员和宝莱坞电影有时会嘲讽这位换气过度的主持人，他的恶名甚至传到国外，2014年，英国喜剧演员约翰·奥利弗曾在他的美国脱口秀节目上放了一段戈斯瓦米粗暴发问的视频，他难以置信地评论说印度竟然诞生出比福克斯新闻❶更过分的新闻风格。[2]

---

❶ 福克斯新闻（Fox News），由传媒大亨鲁珀特·默多克创办，常用耸动、煽情、戏剧化的新闻风格进行报道。批评者指责其常以爱国主义和国家利益的名义误导受众，使用影射、暗示和渲染的新闻手法，说服受众接受某种政治观点，实际上是为了商业利益的最大化。

印度的媒体圈又大又复杂，总共有82 000多种报纸和近900个电视频道。[3]大多数媒体不用英语。印度媒体常常吹嘘自己珍贵的纸媒传统，《印度时报》是世界上读者最多的英文报纸。[4]话虽如此，1991年之后的几年，数千万家庭陆续购买首台电视机，媒体的天平也逐步从纸媒倒向电视节目。2006年《时政要闻》首次开播，很快就凭借报道的民族主义色彩脱颖而出，尤其是戈斯瓦米动不动就会邀请巴基斯坦人到节目做客，只为了在最后粗鲁地赶他们下台。不过，戈斯瓦米的家喻户晓主要还是靠他的主持风格以及对中产阶级胸中酝酿的怒火的洞察力。从2010年英联邦运动会丑闻开始，他的《新闻一小时》一直在跟进报道各类丑闻，后来的欺诈季更是如此。他的节目猛烈抨击印度人熟知的恶棍，有作风不正的部长、狡诈的商人，也有腐败的板球行政管理人员。印地语电视台可以吸引到更多观众，但《时政要闻》对讲英语的城市居民的吸引力赋予它非同一般的分量。戈斯瓦米节目的收视率越来越高，在政治上的号召力也水涨船高，也正因如此，他负责进行2014年大选最受期待的两场访谈，受访者是拉胡尔·甘地和纳伦德拉·莫迪，前者表现平平，后者相比之下要自信许多。

戈斯瓦米的目标受众对他的能力深信不疑。"说白了，这个潮流就是阿纳布带起来的，后面的人无非是赶潮流。"维贾伊·马尔雅在伦敦跟我说道。他非常不满戈斯瓦米说他当初突然飞往英国是为了逃避法律制裁。深居简出的穆克什·安巴尼在2016年一次罕见的采访中表示自己有收看《新闻一小时》的习惯。[5]这一切的一切都让戈斯瓦米成为全印度最令人生畏的监督员，他既是法官，又是陪审团和国家的道德裁判。他的口头禅："国家想知道！"采访中间，他经常会对着嘉宾喊出这句话。印度新近崛起的媒体冲劲十足，是名副其实的第四权力，他这句话也成为媒体的代名词。

外资涌入印度媒体市场以来，像《时政要闻》这样的新闻频道确实反映了后自由化时代风起云涌的变化，但与此同时，新闻频道也是这个时代的创造者之一。它们和别的独立民主机构肩并肩，共同调查贪污腐败，挑战旧等级秩序。这里所说的机构包括激进的法官、政府审计员和依照信息自由法揪出不法行为的反腐公益组织。19世纪末，美国新闻界兴起"扒粪运动"❶，专门和垄断企业、贪官污吏作对。戈斯瓦米在崇拜者看来正是这一光荣传统的继承者。不过，厌恶他的人也不少，他们认为他的做法跟美国报纸发行人威廉·伦道夫·赫斯特散布恐惧的"黄色新闻"如出一辙。2012年，自由主义学者马杜·克什瓦在一封公开信中就以此为由抨击戈斯瓦米，她在信中将戈斯瓦米的节目比作袋鼠法庭❷，理由是主持人忽视"新闻记者和社会改革斗士之间的必要界限"。[6] 批评者在戈斯瓦米节目中看到一种印度形式的"后真相政治"，嘉宾晚上的交锋非但没怎么增进公众间的理解，还加重了社会分化。

2014年下半年，我邀请戈斯瓦米共进午餐，见面前一晚，我看了一整期《新闻一小时》。那期的主题是和当时闹得沸沸扬扬的印度板球超级联赛丑闻有关的官司，戈斯瓦米在过去两年里一直在追踪报道这起官司。节目一开始，戈斯瓦米就展现出高超的开

---

❶ 美国在19世纪末20世纪初掀起的新闻报道浪潮，一些记者和报刊致力于深入调查报道黑幕，揭发丑闻和社会阴暗面。罗斯福在演讲中将这批记者比作小说《天路历程》中只埋头打扫地上秽物的反派人物，记者欣然接受，并用"扒粪"命名这次运动。

❷ 美国19世纪对不公正法庭的称呼。当时一些法官在西部偏远地区巡回办案的收入来自办案数量和被告的罚金，这种临时法庭便被称作袋鼠法庭。一种释义认为，之所以取名为袋鼠法庭，因为法律就像袋鼠育儿袋中的幼儿一样由袋鼠左右。

场技巧,喊道:"他会被开除吗?"他攻击的正是当时还想重回印度板球管理委员会掌舵的纳拉亚纳斯瓦米·斯里尼瓦桑。戈斯瓦米身着深色西装,看上去相当严肃,他斥责行政管理人员"恬不知耻","欺骗人民,欺骗你和我",他停顿一下后直接跟荧幕前的观众交流起来,声音也有意抬高八度:"你还会看已经堕落至此的比赛吗?"

随后,主持人大声喊道:"我们开始辩论吧!"观众熟悉的喧闹场景就这样开始。他依次介绍八位嘉宾,但没有一位在演播室。《新闻一小时》虽然节奏快,喜欢播放博眼球的画面,但归根结底是个低预算节目,许多嘉宾都坐在办公场所或家中凌乱的工作室接受采访,背景是书架和盆栽。那晚受邀参与节目的明星是二线男演员维度·达拉·辛格,他在2013年板球丑闻爆发时涉嫌非法赌博被捕,后来被保释。(我写这本书的时候,他的审判结果还没出来。)他的背景是毫无特点的棕色窗帘,让人觉得他仿佛是从照相亭连线现场。

这场混战中,戈斯瓦米既是总导演,又是总策划。他会给嘉宾喝倒彩,还会想办法让他们掐架。有时八位嘉宾会同时出现在荧幕上,荧幕左侧留给主持人戈斯瓦米,右侧会被分成八个画面,上下各四个。他专门质问某位嘉宾的时候,荧幕上只有三个画面,左边是主持人,右边是嘉宾,中间是博眼球的影像资料,其中就包括运动员被捕和联赛行政管理人员躲避摄影师的画面。说话者的画面会被红色和蓝色的方框包裹,框里不断滚动播放醒目的文字。

这期节目没有报道任何突发新闻,但"突发"两个字几乎一直在荧幕上。除了商业广告和戈斯瓦米偶尔的简短独白"今晚的辩论直接关系到我们对板球的热爱"外,混乱的辩论一刻也没停过。他每次说这句独白时，下面就会闪过"开除委员会主席"的字幕。节目将近尾声的时候，他连续向达拉·辛格发问，又在辛格想回答时提高音量压下对方的声音，手还一直在空中激动地做手势。辛格最后扯下麦克风离开房间，画面上只剩下棕色窗帘。主持人和观众都从这一幕中获得感情宣泄。节目看起来确实令人兴奋，但也着实让人疲惫，我看到最后只想躺下来休息一下。更令人警觉的是，我看了整整一小时的节目，对当日基本事实的了解却没怎么增加。

我们第二天见面的时候，他本人和电视上的差异大得超乎我的想象。四十出头的他看上去比荧幕上年轻和温和许多。笔挺的西装也换成黑色休闲衬衫和深蓝牛仔裤。现实生活中的他没打发胶，一大缕黑色刘海下是嬉皮士风格的方框黑色眼镜。他平静地讲起最近的牛津之旅时，压迫感十足的声音也消失不见，他曾在那里拿到社会人类学硕士学位，这次回去还专门就印度媒体现状做了一场演讲。他既有魅力，又有思想，交流全程都非常客气。他现实中的温和形象让我想起超级英雄漫画中有双重个性的超人，就仿佛我本打算跟超人见面，但最后现身的却是克拉克·肯特❶。

我跟他在孟买市中心的《时政要闻》演播室附近的高档酒店见面，周围是好几栋正在施工的玻璃大厦和熙熙攘攘的街道。戈斯瓦米跟妻子以及年幼的儿子一起住在酒店这条街上，他看不上充满阴谋诡计氛围的新德里，更愿意住在这座金融首都。他住在孟买主要是个人和家庭的选择，但他表示这也是政治选择。他将自己塑造成首都新闻机构的局外人，这也是他最看重的形象，他

---

❶ 超人这一角色在日常生活中的名字。

尖刻地将首都新闻机构称作"勒琴斯的乌合之众",德里的心脏地带由勒琴斯设计,这个短语被他用来嘲讽那个居住着印度许多最有权势的政客、商人、资深媒体人的排外小圈子。

仿佛是为了再次彰显反传统斗士的形象,戈斯瓦米在2016年播报乌里村突袭事件后的几个月离开《时政要闻》,并宣称要建立属于自己的电视频道。六个月后,他的频道正式上线,名为共和国电视台。他这么做的部分原因是为了自己说了算。《时政要闻》是媒体巨头贝内特·科尔曼公司旗下的频道,《印度时报》也隶属于该公司,戈斯瓦米虽然是业内知名人士,但说到底只是公司职员,要按老板的意思行事。我们在孟买用餐时,他也暗示过这么做是为了实现自己的野心。他说印度媒体现在扮演的角色是国内的反腐监督员,但不久就会孕育出一批足以匹敌半岛电视台和CNN的国际电视媒体,届时,印度媒体将在国际范围内扮演更重要的角色。"印度讲英语的人这么多,我们早晚会成为世界媒体之都。"他告诉我。这简单的几句话让我想起他晚上主持时展现出的不可救药的浮夸风格:"印度有许多优势,竞争力强、科技发达、英语普及率高、民主政体充满活力,这样的我们肯定可以成为世界传媒强国。"

超级黄金时段

印度电视新闻在1995年2月5日步入繁荣期,那晚,身着米色西装的主持人普拉诺依·罗伊带着新节目《今夜新闻》和观众见面,他的声音听上去相当严肃,不过,节目刚开播就遇到麻烦。"那晚是我们新闻节目的首秀,又是我主持,我想稍微显摆一下,"罗伊回忆起他首次主持这个节目的经历,它也是印度首个由私企制作的新闻节目,"节目一开播,我看了看手表后跟观众说道:'现在是 8 点钟,你看到的是现场直播。'总理办公室某位大人物听到'现场直播'几个字后大发雷霆。"[7]

印度政府迫于多年压力,终于松口允许民营制作公司为国营电视台 Doordarshan 制作新闻节目。谨慎的政客认为直接做不掺水分的"现场直播"迈的步子过大,于是向罗伊施压,让他提前十分钟开始录制。无论如何,新德里电视台(NDTV)都在那晚用实际行动打破了政府对电视广播的长期垄断,这一行动定下的主基调不可逆转,别的公司很快就会跟进,口子只会越开越大。同年,另一家民营企业在自己的电视频道上播出首个现场直播的夜间新闻简报,这之后不到十年,印度就涌现出几十个滚动新闻频道,有讲英语的,也有讲其他主要语言的,其中包括新德里电视台在 2003 年开始运营的滚动新闻频道 NDTV24×7。

印度新闻先锋的表现并不像正规军,他们的演播间都是临时搭建,预算也非常有限。不过,以罗伊为代表的创始人依旧满怀信心,他和妻子拉蒂卡在 1988 年共同创立制作公司新德里电视台,他们这批人认为自己年轻的公司有望复制以 BBC 为代表的公共服务广播公司的运作模式,完美地融合教育性和客观性。这些公司很快就吸引了一批满腔热血的青年新闻记者,阿纳布·戈斯瓦米就是其中之一,他在 1995 年加入新德里电视台,没多久就得到晋升。那代新闻主播的成长路径大同小异,戈斯瓦米的上司拉杰迪帕·萨尔德赛就是典型代表,他也于 2005 年离职,自立门户,创立滚动新闻频道 CNN-IBN。另一个典型代表是卡兰·塔帕尔,他着装一丝不苟,讲话故作上层口音,我有时会作为特邀嘉宾出席他主持的风格严肃、思想性强的晚间辩论节目。

罗伊夫妇是最有资格代表这批创业者梦想的人，他们气度不凡、品德高尚，又是德里上层的内部人士。他们虽然是媒体行业中的激进派，但也是印度体制的坚定拥护者。这对有影响力的夫妇在电视节目上看到推动印度进步的可能性和改变国家的希望。换言之，罗伊夫妇代表的一切几乎都会成为戈斯瓦米后来反对的东西。

这里面有私人恩怨的因素。戈斯瓦米的头一份工作是在加尔各答的《每日电讯报》做初级编辑，之后才到新德里电视台，十年间，他逐步成长为该电视台比较有名的人物，既是高级编辑，又拥有一档也叫《新闻一小时》的个人节目。不过，他在新德里电视台的工作经历并非始终愉快，到后期，他对自己只是台里第二梯队的主持人感到不满，也因萨尔德赛毋庸置疑的台柱子身份恼怒。

就在那个时候，印度顶尖的传媒公司邀请三十出头的他组建新频道，这样的机遇在任何情况下都令人难以拒绝。不过，戈斯瓦米同意加入《时政要闻》，除了情绪上的不满，还因他和老东家新闻播报风格的分歧越来越大。"传统的新闻简报一般开头是政治新闻，中间是体育新闻，最后是娱乐新闻或科教文化新闻，这种报道方式太90年代了，"他吃饭的时候跟我说，"观众打开电视，可没耐心等你走完这一小时的新闻套路。所以我们改变策略，将大部分注意力集中到正在发生的事情上。"

《时政要闻》的开局远谈不上成功。戈斯瓦米作为主编，白天敲定频道播放什么新闻，晚上在节目演播室讨论这些新闻。这个频道除了板球和宝莱坞这些常规节目，就是政治和商业的大杂烩，再加上一些专题报道，并不怎么受观众待见。几个月后，传闻戈斯瓦米正在费力维持贝内特·科尔曼公司两位传媒巨头维尼特和萨米尔·贾殷兄弟对他的信任。"他变得心神不宁、反复无常，根本没安全感。"记者拉胡尔·巴蒂亚在一篇报道中写道。他那段时间压力很大，还被报道对待下属非常苛刻。"节目结束，他从数百万人的视线中消失后，会在演播室扔东西、踢凳子。有一次，他跟一位执行制片人发生争执，一不小心把自己的肩膀弄脱臼了。"[8]

《时政要闻》是逐渐站稳脚跟的，第一步是舍弃公司传统的报道方式，第二步是依照戈斯瓦米的直觉，寻找关乎人们切身利益或悲惨遭遇、能引发观众情感共鸣的故事，可悲的是，这种素材在印度随处可见。戈斯瓦米没法跟竞争对手拼资源，只能聚焦别的频道看不上的新闻。他会安排记者和转播车拍摄博眼球的实况录像，不间断地报道，希望可以把本身不起眼的小新闻转变成举国关注的大事件。有的和社会不公有关，如种姓暴力冲突或妇女遇到的不公正待遇，但更多的是单纯的不幸，如郊区一栋楼塌了或医院提供了糟糕的医疗服务，抑或是印度公民在澳大利亚和美国受到歧视。这些都是老百姓日常生活中可能遇到的不幸或麻烦，按理说一发生这样的事，政府机构就应该立马有人被揪出来为此负责。

午餐时，戈斯瓦米告诉我，他特别引以为傲的是找到那些"关于个体失落或悲剧的故事"，没有他，这些事多半会"埋没在报纸内页"。白天，他将这些故事炒作成热点新闻，晚上则在辩论节目中充分讨论这些新闻。这种新闻报道风格奏效了，没几年的工夫，《时政要闻》的评分就打败主要竞争对手新德里电视台，自此以后，他不厌其烦地逢人就说这件事。

2016年的一个周六，我到孟买的图书节现场观看了戈斯瓦米精彩的演说，他讲述自己刚到《时政要闻》工作时领略过外国记者关于"新闻报道基本原则"的说教，简而言之，就是要不偏不倚地报道，避免发表自己的观点。"天哪，我们为什么不能表达自己的观点？"他向观众大声问道。紧接着，他列举了一系列引起过公愤的事件，英联邦运动会丑闻、2G丑闻、矿业丑闻和印度板球超级联赛丑闻，他的频道对此都表达过清晰的观点。这番话引起观众席经久不息的热烈掌声。

将戏剧性的突发新闻和民愤结合起来是戈斯瓦米的独门绝技，2008年，他对孟买恐袭事件的报道尤其具有代表性。那段时间，巴基斯坦的激进分子在一系列激烈的恐怖袭击中杀害了160多人，最后在激进分子和警察于孟买著名的泰姬陵酒店发生的枪战里告终，戈斯瓦米回忆道："我们大概报道了100多个小时，我自己就主持了75到80个小时。"他停了一切商业广告，几乎没离开过演播室。他愤慨的报道方式吸引了许多观众，先将火力对准激起印度民愤的巴基斯坦对袭击的支持，到后期又将注意力转移到中产阶级对政府应对不力越来越明显的耻辱感上，这次冲突中，激进分子用的是冲锋枪，而警方用的却是警棍和老式步枪。孟买的快速反应部队倒是有 AK-47，但他们已经3年没有配发子弹。[9]

戈斯瓦米对贪污腐败高度关注的背后，是他对中产阶级不满情绪的敏锐嗅觉。他远不是首位因报道腐败丑闻而出名的印度记者。早在20世纪80年代中期，《印度快报》编辑阿伦·舒利就跟德鲁拜·安巴尼有过一场令人印象深刻的战斗，几年后他又跟《印度教徒报》联手揭露军火公司博福斯的丑闻，不过，以他为代表的老派新闻记者，大多靠长时间的投入和呕心沥血的报道出成果。

戈斯瓦米自然也靠努力换来过不少独家新闻，但他的新闻使命早就跟老一辈记者分道扬镳。2011年以来，他想做的是印度新反腐抗议浪潮的啦啦队队员。现在的观众大多出生在惯于顺从的年代，他们看戈斯瓦米火力全开，痛斥有头有脸的人物，肯定倍感兴奋。他总能用语言精准地表达出观众的心声。"他的每句质问都根植于人们日常的不快，"拉胡尔·巴蒂亚说道，"巴基斯坦为何左右摇摆？澳大利亚人为何不能爽快地承认他们是种族主义者？政府为何总对中产阶级不闻不问？谁该为这一切负责？"[10]

戈斯瓦米的平民主义倾向和他的成长背景有一定联系。他最初在印度偏远的东北地区以农业为主的阿萨姆邦长大，因为身为军人的父亲驻地调整频繁，他小时候经常搬家。后来，他到新德里一所谈不上顶级但也不错的高校学习。总的来说，他的背景体面，但和特权阶层还有很大差距，这也是为什么他后来会觉得自己是局外人。不过，多亏了学校，他发现自己对公众演讲的热爱。"我十岁或十一岁就开始辩论，"他告诉我，"辩论就是辩论，一旦开始就是针尖对麦芒的状态，你我的观点针锋相对。"他常说是年轻时参加议会制辩论赛的经历为他后来上电视打下基础。这句话说得很在理，因为大多数人看辩论赛时都会不自觉地欣赏强势的辩论风格。年轻的辩手为了参加比赛，平日里的训练内容就是寻找极端的论点和博眼球的论据，而后用尽可能有说服力的话表达出来，不论他是不是真的相信。这番经历不可否认地在他身上留下了鲜明印迹。

2016年，他离开《时政要闻》前不久，我到演播室看过《新闻一小时》的录制过程。演播室位于下帕雷尔一条相当隐蔽的狭窄小巷，那是孟买市中心一个毫无秩序的街区，过去是纺织厂聚居地，现在改成商业区，但还是有很多乱糟糟的在建项目。我晚上七点左右到达，戈斯瓦米看上去很放松。他穿着长及膝盖的橘黄色库尔塔衫、黑色牛仔裤和运动鞋，前额几缕黑发自然垂下。

演播室出奇地拥挤，二十来个年轻的新闻记者挤在中间一张摆有许多电脑的长桌旁，一声不吭地敲键盘，偶尔大声喊出信息以便他人迅速跟进。演播室的装修风格和频道的标志色一致，桌椅和地毯都是蓝色和红色。长桌上还有一条醒目的橙黄色标语，写着"我们改变新闻"。演播室角落有一个布告栏，贴着许多宣传频道成就的A4纸。有一张写着"无与伦比的领导力是靠信任赢来的"，背景是双臂交叉、神情严肃的戈斯瓦米，旁边一张是饼状图，根据上面的数据，《时政要闻》收视率达到惊人的50%，远超只有25%的新德里电视台。

戈斯瓦米一看就是最年长的雇员，他每次从办公室出来，在演播室踱步，都会就晚间要播放的新闻提好几个问题。快九点的时候，演播室明显变得喧闹不少。"伙计们！猛料来了！猛料来了！"距离直播还有十五分钟的时候，一位制片人喊道。原来，印度和巴基斯坦又有新争端。直到那一刻，戈斯瓦米原本计划讨论北安恰尔邦的政治纠纷，尽管他本人觉得这没什么意思，在寻找更好的选择。现场的工作人员热烈地讨论起来。"再给我放一遍收集到的影像资料。"另一位制片人喊道。"我们到底要不要换这个?！"第三位制片人吼道。

距离直播仅有几分钟，还穿着库尔塔衫的戈斯瓦米冲进一间小屋，一两分钟后，他走到演播室的聚光灯下。我打开显示器，首先看到的是节目的开场字幕："超级黄金时段"。随后，镜头转向主持人，此刻端坐的他变了个样，打着深蓝领带，身穿蓝衬衫和笔挺的黑西服，刘海也梳了上去。屏幕上蹦出一行大字："印度拒绝承认巴基斯坦在视频中的说法。"与此同时，戈斯瓦米对巴基斯坦当天决定公布的录像发表了一段怒气冲冲的独白，录像是被捕的印度间谍的供词。这本来只是不起眼的小型外交冲突，现在却成了当晚节目毋庸置疑的头条新闻。随后，节目进入关于巴基斯坦的热闹辩论，环节名为"火热提问"，这几个大字出现时下面还有火焰特效。

印度电视新闻这种戏剧化的报道方式很容易招来骂声，许多印度人也确实看不惯。比主要竞争对手更擅长自省的拉杰迪帕·萨尔德赛曾对行业现状发出过哀叹，称整个行业都中了3C的毒——犯罪（crime）、影院（cinema）和板球（cricket），他形象地将其比作"祭坛上整个行业都在顶礼膜拜的三头神灵"。[11] 报纸编辑T. N. 宁南的说法更能说明问题，他将这种现象称作"电视私刑"的崛起，戈斯瓦米则是这一趋势的领头人。"新闻报道的公正性成为以普拉诺依·罗伊为代表的小圈子的游戏，"宁南说，"事实证明，将电视新闻变成到处咬人的罗威纳犬是可行的，有大把观众觉得这跟肥皂剧一样好看。突发新闻现在的任务就是让某些人名声扫地。"[12]

许多人甚至认为戈斯瓦米应该为整个行业的堕落负责。他的风格不仅影响了受众仅占印度总人口十分之一的英语频道，许多印地语和其他语种的频道也在模仿他的风格，并且在导向上常常更加偏向于八卦小报。不论如何，政治新闻的快速增长很显然并没有带来更多的政治共识。各方常常会为全国性重大事件的基本事实争得头破血流，比如纳伦德拉·莫迪在2002年古吉拉特邦暴乱事件中究竟扮演了何种角色。乔纳森·夏宁是常年在新德里一家杂志社工作的美国编辑，他曾告诉我："印度的问题在于永远没有真相。"言下之意是公共讨论对抗性非常强，电视上更是如此，仿佛人们哪怕在芝麻大小的事情上都无法达成共识。"早在我们对'假新闻'感兴趣以前，它已经存在了，你知道吗？印度在这方面算得上先锋。"

印度闹腾的新闻媒体确实有令人兴奋的一面，和亚洲国家许多枯燥胆小的同行相比更是如此。这个国家其实算不上新闻自由，在慈善机构"无国界记者"公布的2017年世界新闻自由指数排名中仅列第136位，但这个行业常常无所畏惧。[13]印刷业欣欣向荣，读者数量不断增长，尤其是英语以外的读者，和西方艰难生存的报业帝国形成鲜明对比。大多数电视新闻频道虽说都在赔钱，但电视台通常都可以轻松地赚得盆满钵满，这要感谢印度超过7.5亿的观众，规模仅次于中国。[14]在终结前些年印度爆发的一系列丑闻上，媒体毫无疑问也做出了重要贡献。

尽管如此，我跟戈斯瓦米见面的时候，还是逼他回应自己好斗风格的缺点，尤其是如何平衡好追求收视率和精准报道间的关系。他大体上并不承认这两者存在矛盾，按他的说法，他的风格只不过是传统新闻报道"更为强势"的形式。"重点是不能把你的观点强加给任何人，"他告诉我，"你要做的是引导别人说出最有力、最合适的回应。"他对别人拿他的节目跟福克斯新闻比较的反应尤为激烈，坚称自己并没有从这个美国频道获得过任何灵感。"有的人可能想往自己脸上贴金，说我的频道是受美国的启发，"他辩解道，"但我们有自己的文化和编辑风格、自己的句法结构、自己的语法。老实讲，我压根没怎么看过这些电视频道。"严格地说，很难判断他有没有完全讲真话。我这样讲是因为在大概同一时间，一家媒体的负责人告诉我:"(戈斯瓦米)跟我说过,他在很多方面都追随着福克斯新闻的模式。"

在一个很难赢得公众信任的行业,戈斯瓦米可靠的人品和毫不妥协的作风一样,对他的观众缘贡献很大。印度媒体虽然一直大力报道腐败案件,但它本身也在试图摆脱腐化堕落的形象,因为"有偿新闻"的问题在印度相当普遍,公司或政客会为了利益买通媒体,让他们报道或不报道某些新闻。业内人士经常跟我说这一问题比较普遍,但没人说得清究竟严重到何种程度。更宽泛地讲,印度老板依旧喜欢将广告、社论和付费软广掺和到一起,后者在上映前的宝莱坞电影上体现得尤为明显。

《时政要闻》和《印度时报》的老板是兄弟二人,维尼特·贾殷是其中之一,他对编辑规范的要求格外地松。"我们并不是做报纸生意的,"他接受《纽约客》采访时说道,"你的收入如果有九成来自广告,那你就是做广告生意的。"[15] 有的人也会担心大公司对媒体自主权的影响,最明显的一个例子就是2014年穆克什·安巴尼前脚收购CNN-IBN的母公司,戈斯瓦米的死对头拉杰迪帕·萨尔德赛后脚就和好几位高管一同辞职。[16]

几年前曝光的丑闻大概是对新闻界杀伤力最强的一次,当时,警方公布了公共关系大师尼拉·拉迪亚的一段录音,安巴尼和塔塔集团的掌门人拉坦·塔塔都是他的客户。这起"拉迪亚录音"丑闻牵扯到好几位资深新闻记者,揭露出商人和政客会利用新闻报道匿名攻击竞争对手,而本应保持公正的记者竟成了帮凶。这起丑闻反倒给戈斯瓦米提供了莫大的帮助,他反复以此为由斥责"勒琴斯的乌合之众"以及他们和商人、权力掮客的亲密关系。录音内容刚公布,戈斯瓦米就给所有下属发送了一份不久后就流出的备忘录。"这种做法真是可耻至极。收礼、做人情、疏通关系、受邀吃饭喝酒,在我们这儿统统不允许,"他提醒道,"我如果听到有人这么做,肯定严惩不贷。"

戈斯瓦米不贪不腐的做法进一步提升了他的人气,他的晚间节目成为纯粹的道德高地,他借着这股东风将自己塑造成高地的主人。《时政要闻》刚播出的时候,印度正处于经济变革期,许多过去确定的东西都在经历天翻地覆的变化。这个国家在此过程中似乎丧失了道德底线,许多过去很有声誉的公司都丑闻缠身,政客也陷入腐败的泥潭,戈斯瓦米恰恰在这个时候提供了一杆衡量道德标准的秤。就连竞争对手也承认这一风格是有效的。编辑谢卡尔·古普塔就跟我说过:"戈斯瓦米非常聪明、反应神速,天生就是干这一行的。如果你不赞同他的观点,他确实会大发雷霆,但我还是得承认他确实非常优秀。"也正因为这起丑闻,戈斯瓦米才能坐稳道德裁判的位置。"我并不认可人为促成共识的做法,"他告诉我,"出了差错,我们应该问自己两个问题:'这种事为什么会发生?''犯错的人会不会逃脱惩罚?'我经常这样说:事实就摆在眼前,在对与错、黑与白之间,你难道不应该站在正义一边吗?"

共和国电视台的战争进行曲

我跟戈斯瓦米第二次见面的时候,他离开《时政要闻》已有近一个月。他那时并没怎么提自己成立新频道的计划,但显而易见地忙碌。他在电话中说他在新德里开会,会在周六下午飞回来,随后直接去跟湿婆神军党的领袖乌达夫·萨克雷会面,这是一个已经控制孟买一代人甚至更久的右派政党。随后,他还要乘车前往市中心发表演讲,因此让我直接到萨克雷的住处跟他会合,这样就可以在路上聊。

萨克雷住在名为马托什里的守卫森严的豪宅，位于机场附近的飞地。那栋房子可以说是恶名远播，前主人是湿婆神军党的创始人兼前领袖巴尔·萨克雷，他前几年去世后才由小萨克雷继承。老萨克雷最早给报纸画漫画，后来成为政治教父，将孟买变成自己的私人领地，他会挑起对移民的敌意，有时甚至会故意发动群体性暴力事件让孟买彻底陷入瘫痪。马托什里是他发号施令的地方，他坐在刻着两头金色雄狮的专属宝座上会客和伸张所谓的正义。戈斯瓦米当时正在谋划自己的电视频道，他觉得有必要拜访一下老萨克雷的儿子，小萨克雷已经接管父亲的政党，孟买自然也成为他的势力范围。

那是 12 月一个天气晴朗的下午，飞地入口处可以看到两名手持机关枪的武装警卫，我进去以后便朝着远处的聚居地走去。小巷里面有些冷清，两边是有年头的平房，没有来往车辆的喧闹，只能听见远处的鸟鸣。马托什里位于小巷尽头的左侧，它在公众心目中令人发怵，但实际上看上去很普通，一栋四层高的住所，屋顶是 A 字形的，外面高高的围墙上可以看到橘黄色的旗帜，楼前空地上停着一排车窗都贴着黑膜的豪华轿车。武装警卫领我走进安全门，让我在一楼宽敞且空荡荡的会客厅等一会儿，边上有数百把叠起的米色塑料座椅。后墙上靠着已故的老萨克雷的照片，尺寸与真人同大，照片中他一身白衣，额头上点着很大的朱砂印记。会客厅的角落摆着他现在已经没人使用的宝座，上面的两头雄狮也失去往日的神气，一看就好久没人擦了，座上还躺着被遗忘的万寿菊花环。

戈斯瓦米和萨克雷大约十分钟后现身，看上去都挺放松。寒暄几句后，戈斯瓦米就带我坐上他看上去很低调的轿车，这时天色已经暗了不少。司机驱车朝着小巷出口开去，随后左转加入主路拥挤的车流。戈斯瓦米坐在后座，穿着时髦的黑衬衫，头发比我印象中要茂密不少，或许是因为晚上不用上电视，留长点也无所谓。他承认自己挺怀念晚上主持节目时的兴奋感，但现在一天到晚忙于见潜在的投资人，寻觅得力干将，还得设法通过层层审批让频道成功落地。他离开《时政要闻》的事早已成为头版头条。不过，他表示自己并不在意创业引发的激烈利益纠纷，也不在意这会让老同事心生怨恨，据说老东家已经开始走法律程序，要求他不得在新频道使用他挚爱的口头禅"国家想知道"。[17]"创业令我心潮澎湃，"车驶上跨海大桥加速朝南开去时他跟我说道，那一刻，市中心的摩天大楼在左侧车窗外闪烁，"一切都四平八稳的时候，没什么意思。"

我问他为什么退出，他没有正面回答，只是一个劲地说他的新频道会服务更多受众，尤其是印度快速增多的青年智能手机用户，他表示这些年轻人对电视已经不感兴趣，而且每个月新增的手机上网人数都是千万级。广告商在一步步抛弃电视台。报业看似健全，实际上也不好过。跟过去一样，报纸每天早晨都会被送到订户门口，但问题在于广告商已经开始知道报业最肮脏的秘密，即很多送出去的报纸压根没人看，甚至不会被翻开。年轻送报员每日将报纸塞到门缝下面，只能领到微薄的工资，他们如果想在孟买和新德里这样的城市继续生活，早晚会另寻更好的出路。"年轻送报员彻底离开报业的那天，便是这个行业的末日，"戈斯瓦米说，"这不会是渐进的过程，一旦发生就是断崖式的。"

戈斯瓦米不同，他要做的主要是属于数字化时代的新公司，目标群体不仅有爱看政治新闻的观众,还有二十来岁善用社交媒体的年轻人。车一路向南,他非常平静地跟我解释,常常直呼我的名字,我意识到他如此克制其实是镜头外有意表现出的镇定风格。不过,他有时还是会展现出激动的一面。"我一定要做成这件事。这条道路太令人兴奋了!没错!"他说到这儿,甚至用手敲了一下我们之间的座椅,"詹姆斯,只有我们能做到,只有我们!"他的语气中充满爱国热忱,"全世界的民主国家,只有我们既讲英语,又有科技和大把年轻人口,没错吧?只有我们有这条件。世界上没有别的地方可以做到这点!"

不过,他的乐观背后也有算旧账的意味。戈斯瓦米说起老雇主甚是尊敬,但并不难察觉他那种屈居人下的沮丧感。他在《时政要闻》工作期间,整个新闻频道都归他负责,除了真正重要的一点:所有权。现如今,他终于有机会自立门户。而且做老板似乎更符合他想做巨头的性子。以拉杰迪帕·萨尔德赛为代表的新闻记者非常看重新闻报道的老本行,他们经常去乡村地区或偏远的邦深入采访。与此同时,他们也很看重智识上的成就,会以国家政治为主题著书,并就时下热点问题在专栏上发表评论。戈斯瓦米并不在乎这些,他甚至很少离开新闻编辑室。他一再将自己描述为局外人,但在演播室表现出的高超技艺却让他成为印度最知名的记者。"我现在打的是类似大卫和歌利亚❶之间的战争,面对的是印度媒体这个庞然大物,"他这段话并没有提到任何人名或机构,"外界并不期待印度的职业记者会做惊天动地的事情,他们只会老老实实地服务于现有的媒体机构。"相较于上一次相见,他

---

❶ 《圣经》中以弱胜强的决斗故事。歌利亚是凶猛的巨人,大卫则是年轻的牧童,大卫最终用弹弓击倒歌利亚并取下他的首级。

对同行的不满表现得更为露骨。"詹姆斯，我更大的目标其实是勒琴斯的利益集团。"

对戈斯瓦米而言，新频道也是他实现国际化理想的载体。他说他去莫斯科参观过"今日俄罗斯"，这是一家由克里姆林宫支持、经常发表反美观点的媒体。他也见证了半岛电视台的崛起。同一量级的公司在印度并不存在，这在他看来似乎是一件丢人的事。"全世界都可以看到印度的身影，从出口的服装到软件，但在国际媒体领域，我们是透明的。"聊到这儿，车正在市区缓慢向南移动。"从今以后，媒体的一切都应该着重扩大规模……以及提升我们的软实力，我们在世界上的影响力。"他似乎对国内媒体的局限性相当不满，它们很少报道国际事务，即使报道也地方特色浓厚，总离不开有些许印度血统的外国政客、在某个领域混得不错的海外印度人，以及在国外遇到麻烦的印度游客或留学生——这些题材他也大力报道过。"如果采访唐纳德·特朗普，凭什么我只能问'特朗普先生，你有什么话想对印度人说吗'，"他问道，"印度记者采访美国政要，为什么一定要问他们打算为印度做什么呢？这是不对的，詹姆斯。我们媒体现在的做法有问题。"

戈斯瓦米的全球视野确实令人着迷。假以时日，他的构想一定会实现，因为印度早晚会创办出比肩 BBC 和 CNN 的国际新闻频道。不过，他的构想跟共和国电视台依然格格不入。我们见面六个月后，戈斯瓦米的共和国电视台开始运营，他跟我说印度的电视频道只关心国内事务，共和国电视台在这点上其实更为明显。新电视台风格和内容都在模仿浮夸的《时政要闻》，并且做得更为彻底。画面颜色不一样，但快速切换的风格是一致的。他的新节目依然叫《新闻一小时》，时间也是晚上 9 点。戈斯瓦米在前面一期中一口气安排了十二位嘉宾，挤满屏幕，这一期令人不解的程度达到惊人的新高度。至于他承诺的数字化创新，我基本没发现。

共和国电视台和别的频道最显著的区别体现在政治领域。具体而言，就是平民主义和民族主义的倾向要明显得多。戈斯瓦米一开始就对温文有礼的国大党政客沙希·塔鲁尔发起荒唐的指控。❶ 关于克什米尔的辩论更是高人气，这一下子给他提供两个靶子：一个是可疑的巴基斯坦，另一个是不忠诚的自由主义者。因为自由主义者认为，印度大规模的军事力量和糟糕的人权纪录要为这个以穆斯林为主要居民的地区爆发暴力冲突负一定责任。"我们代表的才是真实的印度，"共和国电视台运营后不久，戈斯瓦米在新闻网站 Reddit 上写道，"所有印度人都应该支持印度军队，支持印度。如果这样做就意味着我们是右派，那就是吧。"[18]

戈斯瓦米向右派倾斜，解决了莫迪当选带来的无新闻可报的困境。他在《时政要闻》的巅峰时代要感谢国大党执政时期的丑闻，尤其是 2011 年他发扬"阿拉伯之春"的精神，支持各式各样的反腐抗议活动，这些活动被评论员萨达南·杜梅称为"印度的迷你开罗解放广场时刻"❷。[19] 那时的《新闻一小时》有很多抨击巴基斯坦的内容，但他最喜欢批驳的对象还是那些肆无忌惮的虚伪政客。不过，莫迪当选让他这套组合拳变得不好用了。这位印度人民党领袖一上台，就强势叫停绝大多数的巨型欺诈，这意味着戈斯瓦米吸引观众的新闻素材一下子被抽走了。莫迪政府的行事风格和

---

❶ 戈斯瓦米在节目上通过录音带和阴谋论，指控塔鲁尔的妻子 2014 年在一家酒店套房的死亡源自塔鲁尔的谋杀。塔鲁尔不久后提起民事诽谤诉讼。
❷ 2011 年 1 月 25 日超过 15 000 名抗议者占领开罗解放广场，抗议持续 18 天，最终成功要求当时的埃及总统穆巴拉克下台。

戈斯瓦米在节目中表现出的民族主义也更为接近，在关乎国家安全的事务上采取强硬态度，对军队予以无条件的支持。有人怀疑戈斯瓦米或许是发现自己能报道的政治新闻所剩无几，就决定改变策略，抛弃职业生涯早期偏向社会自由主义的观点，将命运和新任总理绑定在一起。

共和国电视台投资人的信息泄露后，这样想的人更多了。投钱最多的是电信巨头拉杰夫·钱德拉塞卡尔，他同时也是印度议会上院的无党籍议员，不过，他多数情况下都支持印度人民党。[20] 莫汉达斯·帕伊也在投资人之列，他是一位思维缜密的科技公司高管，经常在推特上发文攻击自由主义者。[21] 戈斯瓦米否认自己倒向右派的说法，他表示自己没有"特定"的政治立场。"人们不能想当然地将我归到某一阵营。他们不能将我称为右派，因为我支持社会自由主义。"他在车上跟我说道。为了证明这点，他用手指了指窗外破败的哈吉·阿里清真寺，这座建于 15 世纪的寺庙坐落在岸边一座只能步行前往的小岛上，在我们开车经过时被泛光灯照亮。"我辞职前那阵子忙活的最重要的事就是为女性争取祈祷权。"他指的是向政府施压，让女性进入包括哈吉·阿里清真寺在内的宗教场所。

我们终于抵达孟买的新闻俱乐部，当晚那里有一场由 LGBT（性少数群体）人权组织主办的颁奖典礼，戈斯瓦米展现了他自由主义的观点。他打算发表一场演讲，专门攻击印度维多利亚时期制定的明令禁止同性恋行为的《刑法》第 377 条。他之前就在节目上多次批判过这条法规。我本以为这会是一场有大把明星和媒体人光顾的盛会，但进去后才发现观众只有五十人左右，舞台也是临时搭的，现场还有几位穿着艳丽纱丽服的海吉拉斯❶。我们迟到了一小时，但组织者还是像老友一般热情地欢迎戈斯瓦米，并感谢他的支持。他随后的演讲兼有力量和感染力，谈到对社会包容度的信念，并表示会在自己的电视频道宣传这件事。他坐下的时候，观众席传来真挚而又热烈的掌声。

不论戈斯瓦米持何种政治立场，他都不愿意发表对莫迪的看法。2014年头一次见面的时候，我就直接问过他对莫迪的看法。他那时搪塞我说总理"在媒体上人气很高"，是一位"高效的沟通者"。在车上，我又问了同样的问题。他跟之前一样回避，只说自己跟莫迪一样，对新德里的政治体制心怀厌恶。莫迪经常指责新闻媒体对他不公，有时甚至会在演讲中将记者称为"新闻贩子"。[22] 他对印度英语媒体的批判更是出了名的严厉，其中就包括新德里电视台，2002年该电视台不留情面地报道古吉拉特邦的暴乱事件，双方在那时结下梁子。戈斯瓦米虽然不愿意说，但明眼人都会觉得他跟莫迪有很多相似之处，二人都自称局外人，看不上传统的新德里精英圈，都是热诚的民族主义者，一直毫不避讳地提升印度的海外影响力。莫迪这位政客天生就是上电视的好料，有卓越的演说能力，能轻松生产出金句，有非凡的嗅觉找到最佳的舞台。如此看来，他2016年挑选戈斯瓦米担任他当选以来首次正式电视访谈的主持人并不意外，这和他此前参加大选时接受戈斯瓦米的访谈是同样的道理。[23]

戈斯瓦米和莫迪确实有正确的一面。许多资深印度新闻记者的确持自由主义观点，大都支持贾瓦哈拉尔·尼赫鲁过去推行的

---

❶ 南亚地区对变性者或跨性别人士的称呼，大多数是生理男性或双性人，被视为贱民。

世俗民族主义，并对在印度人民党鼓吹下越来越有市场的坚定的印度教身份认同倍感不安。共和国电视台只是媒体向右派倾斜的一个例子。许多电视频道为了和戈斯瓦米竞争，也用上了民族主义怒火的配方。过去很少上电视的右派评论员在荧幕上露脸的频率越来越高。

这种政治转向在线上最为明显，社交媒体上到处都是莫迪的支持者，抨击者喜欢用印地语 bhakts 称呼这一群体，意指绝对虔诚的信徒。这群人以年轻人为主，大多是坚定的印度教民族主义者，会对不喜欢的新闻报道群起而攻之，并用"新闻娼妓"的说法攻击他们讨厌的记者。拉杰迪帕·萨尔德赛和芭克哈·杜特就在他们的主要攻击目标之列。相反，戈斯瓦米则是他们的英雄，他们会在网上骄傲地分享他的视频片段。"民族主义再多也不为过，"戈斯瓦米在共和国电视台开播前说道，"有一些势力想从内部分裂印度，搞垮印度。世界上不会有国家对反民族国家势力手软。"[24] 莫迪当选以来，"反民族国家"成为诽谤他人的常用语，从克什米尔倡导和平的活动家到前央行行长拉古拉迈·拉詹都受此诋毁。戈斯瓦米在节目中动辄借此说事。

戈斯瓦米无疑是批判印度传统精英阶层最有名的提倡者，但对这一阶层的不满其实早就扩散到新闻媒体以外的领域。莫迪上台一年后，我遇到小说家埃米什·特里帕蒂，他之前在银行工作，后来以印度神明湿婆为原型创作了惊险小说《湿婆三部曲》。特里帕蒂，或就叫他埃米什吧——如书封上印刷的那样——他是新一轮商业小说浪潮的中心人物，创作着眼于大众市场。相比格调高雅的文学作品，快餐文学和校园爱情故事更受欢迎。他的三部曲以干净明快、引人入胜的风格重新演绎了湿婆的冒险经历，销量至今已经突破两百万册，是印度出版业有史以来销售速度最快的作品。

埃米什本人既温和又有思想，但他对印度的出版商意见很大。他说这些出版商只喜欢做高大上的小说，如阿兰达蒂·洛伊和萨尔曼·鲁西迪的作品，几乎不做符合普通读者趣味的书。"印度出版业直到十年前，都还只是名义上属于印度，"他告诉我，"过去的印度出版业其实更像英国出版业的一部分，只不过碰巧在这个国家罢了。"他作品的右派特点并不明显，相反，书中的神明和英雄常常走非常自由主义的路线。不过，他和戈斯瓦米一样，对"勒琴斯德里和孟买南部的老牌精英圈层"持批判态度，都希望媒体可以在不久的将来彰显出更具活力的民族主义。

有些人认同他们的观点，但也有很多人担心印度媒体正在变得畏缩不前，不敢对新一届政府发出异样的声音。[25]"印度教民族主义者正在试图消灭一切和'反民族国家'思想沾边的言论，在这种大背景下，主流媒体的自我审查日益严重。"慈善机构"无国界记者"在2017年的报告中写道。更多人担心的是莫迪上台后对媒体的限制日趋严苛，殖民时代通过的诽谤罪和煽动反政府罪在这一过程中扮演帮凶。2017年，警方突击搜查了新德里电视台的办公室和罗伊夫妇的住处。搜查表面上是为了调查一笔有争议的银行贷款，但很多人都认为背后其实是政治原因。一年前，该电视台险些被官方停播一天，因为他们对克什米尔地区一处军事基地发生的军事袭击——类似乌里村的突袭——开展了实况报道，而政府指责该行为有损国家安全。

戈斯瓦米对这些好像满不在乎，他能高枕无忧或许是因为政治理念比竞争对手和批评者更靠近国家倡导的主流方向。"这件事必须有人做！我们现在就得做！"跟我同坐在后座上的他突然大喊，或许是想到自己即将开办的新闻频道以及愿景中极具影响力的印度媒体，"你也知道，印度现在正处于上升期。我们做的一切都令人兴奋不已！"

夜晚，我告别戈斯瓦米后，依旧觉得很难将荧幕上那位风格浮夸、善于煽动观众的主持人与刚才见到的那个心思缜密、时常自省的人联系到一起。不论如何，他在短短五年内推动了一场足以改变印度新闻频道的革命，并且这场革命十之八九会带来长久的影响。他反抗的不仅仅是旧体制，还有旧观念。老一辈的新闻记者将所谓的旧观念看得很重，他们希望营造容纳更多智性思考的公众氛围，从而促进社会和谐。但莫迪胜选后这些年，他们的愿景被一点点消磨殆尽。"总而言之，戈斯瓦米对民族主义的强大背书，使得他的观点和政府的立场几乎没有区别。"共和国电视台开播后，前新闻记者兼诗人 C. P. 苏伦德兰写道。[26] 然而说到底，戈斯瓦米和他的支持者都还是在别人创造的平台上活动，在这个平台上，一种全新的民族主义越来越占有主导地位，而这个平台最重要的缔造者正是莫迪本人。

第十二章 莫迪的悲剧

摇滚明星

2016年6月一个周一上午,纳伦德拉·莫迪在家中整装以待,准备为自己的政绩辩护。这是他自两年前上台以来首次正式接受电视采访,负责提问的主持人阿纳布·戈斯瓦米这次表现出少有的恭敬。他们面对面坐在一模一样的木质扶手椅上,距离近到足以碰到对方的脚趾,这样的现场布置既有家的感觉,又可以感受到对抗性。采访在宽敞的客厅进行,这是全印度最有名的几处建筑之一:赛马场路7号的总理官邸。几个月后,一名印度人民党议员提出异议,认为殖民地时期的名字"不符合印度文化"。[1]总理官邸因此改名为洛克·卡利安·玛尔格路7号,莫迪现在就住在这里。

"这对我来说是一份全新的工作。德里对我来说也是全新的。"莫迪在采访之初回忆起刚上任的时光,他那时刚搬进由低矮平房构成的总理官邸。"我并不清楚这里如何运作,我连议员都没当过。"[2] 镜头下的莫迪穿着米色库尔塔衫，白色的胡子修剪得整整齐齐。他用印地语详细地回答了一个多小时，有时没完没了地讲政策的复杂性，有时说起自己看望一位被迫卖掉四只山羊以筹资建厕所的九十岁老妇人。戈斯瓦米毕恭毕敬地听着，从不打断他。不过，莫迪有时只用三言两语打发某些问题，语气中可以听出不耐烦，尤其是媒体对他的批判。"如果有人非要通过媒体去了解莫迪，他了解到的将是和真莫迪相去甚远的假莫迪。"他常用第三人称称呼自己。采访快结束的时候，戈斯瓦米婉转地追问，莫迪政党中印度教激进派狂热分子积极推动的"教派议程"，会不会最终盖过他各种各样的经济计划。"我在竞选的时候就一再强调发展问题，"莫迪不客气地答道，"我相信发展是解决一切问题的必经之路。"

莫迪口中的发展目标其实很难实现。2014年，他以压倒性优势胜选，那年印度的人均国民总收入大概是1600美元，远远落后于中国、马来西亚等亚洲国家，后两者的人均国民总收入分别在8000美元和11 000美元左右。[3] 有人预测，到2025年印度的人均国民总收入将翻一番，届时，印度将毫无悬念地成为世界银行所说的"中等偏下收入"经济体。[4] 运气好的话，这之后再奋斗十几年，应该可以达到今天中国的水平。不过，人们常说的印度崛起实际上指的是这之后的阶段，也就是21世纪中叶前后，届时，印度将够得上所有欠发达国家梦寐以求的"高收入"经济体门槛，人均国民总收入至少会有12 236美元。[5]

这样一说，印度的辉煌未来仿佛是板上钉钉，发展似乎不可阻挡，不过，事实情况是几乎没有国家实现过这样长时间的可持续发展。20世纪60年代末到70年代初，巴西经历了短暂而辉煌的经济增长，每年的增速在8%左右。1985年起，泰国持续10年成为全世界经济增速最快的国家。[6] 不过，这两个国家都没能将高增速保持到10年以上，实际上，除了中国以外，没有任何大经济体可以做到这点。[7] 不仅如此，大多数经济体其实远达不到这个标准。中国的非凡表现给别的发展中国家提供了不切实际的希望。这是一门令人眼花缭乱的绝活，没人能成功复制。

印度未来的人口规模依旧令人不安。"我们国家35岁以下的人口有8亿之多。"莫迪跟戈斯瓦米说道，他表示这些人做梦都想找到现代化的高收入工作。他承认有太多的印度人被困在低技能工作里，他们的孩子将来肯定不想像他们一样辛苦劳作。"有3000多万人在从事洗衣工、理发师、送奶工、报贩、小商贩之类的工作。"不过，莫迪要帮助广大的年轻人实现梦想，首先要做的就是完成三大艰难的经济转型，目前为止，每样顶多只能算完成一半。

第一个转型和人口有关，未来几十年，印度的劳动力市场每年至少要迎来1000万新增年轻人口，而市场根本无法满足他们的工作岗位需求。[8] 第二个转型涉及城市化，印度有数亿人口想离开贫穷的乡下，去城市寻找机会，照这样发展下去，本就拥挤不堪的城市只会变得更加拥挤。第三个转型和制造业的发展有关，这是经济发展的关键，但长久以来，印度制造业都问题重重。这三项都和莫迪视作执政议程核心任务的两大挑战有关，即刹住腐败之风和改善他口中"最穷的穷人"的生活。

印度不论选择怎样的发展道路，都注定会遇到重重险阻。不过，印度如果真能在21世纪中叶达成目标，那它进入小康水平的人口将超越历史上任何一个国家，因为印度21世纪中叶的人口预测将达到17亿。[9] 与此同时，它也将成为第一个实现这一发展目标的民主国家，而不是像美国和英国那样，富有以后才转型为民主国家。"很久以前，我们跟命运有一场约定，如今到了兑现诺言的时候，"1947 年 8 月 15 日晚，贾瓦哈拉尔·尼赫鲁在他的国家已经做好准备摆脱不公的英国殖民统治时说道，"在漫长的沉睡和挣扎之后，印度再一次站起来，苏醒、充满活力，自由且独立。"[10] 2047 年独立 100 周年之际，印度将有机会出演命运交给它的角色，成为超级大国和世界各地自由人民的灯塔。

莫迪的崇拜者喜欢将他和这些宏大历史图景联系起来，相信他是命运挑选的伟人，将带领这个国家摆脱腐败和贫穷，走向伟大。"总理之于印度就好比泰迪·罗斯福之于美国，他将带领我们走出镀金时代，迈向全新的进步时代。"印度人民党的部长贾扬特·辛哈在 2015 年跟我说道。这个比较有些唐突，但细想也确实有几分道理。罗斯福总统是勇敢的改革家、反腐斗士和托拉斯粉碎机，他自 1901 年当选后总共担任了七年总统，最后和华盛顿、杰斐逊、林肯一同被刻在拉什莫尔山上，名垂青史。将莫迪和这样的人放在一起比较似乎有些异想天开，不过，2019 年大选他确实很有可能再次赢下选举❶，获得连任，如此他将成为继尼赫鲁、英迪拉·甘地、曼莫汉·辛格之后第四位执政十年的印度总理。

莫迪说他刚到总理位置上时是一种天真的状态，"德里对我来说是全新的"。我们对此当然不能全信，他当总理前在印度最重要的邦之一当过三届首席部长，这样的他不可能不了解首都的弯弯绕绕和权力游戏规则。他年轻的时候也在德里生活工作过，一开始是 RSS 的忠诚追随者，后来是印度人民党的官僚。尽管如此，

---

❶ 2019 年印度大选，莫迪所在的印度人民党维持在印度人民院超半数的议席，且较上次选举席位有所增加，获得单独组阁权，莫迪成功连任。

他确实仍是个局外人,成长环境和精英圈相去甚远,并且他的高支持率部分是靠反对精英圈赢来的。他的进步带有象征意义:在印度这样一个长期受家族控制的国家,竟然涌现出靠个人奋斗成长起来的政客,他的成功代表着社会阶层流动的愿景,尽管这种愿景很难实现。莫迪大肆渲染年轻时卖茶的经历,的确是为了扩大自己的政治影响力,但不可否认的是,他从沃德讷格尔的低种姓穷小子一路成长为国家元首的故事确实充满感染力。

同等重要的是,莫迪2014年的当选让那些认为印度已经发展到无法治理的地步的论断不攻自破,这种观点认为印度动荡的民主制度仿佛沦为经济发展的累赘,让它无法像中国一样高速发展。1991年以来,印度经济展现出十足的活力,但政治体系明显不如原来稳固。地方政党日益活跃,夺走国大党和印度人民党手中的不少权力,在这样的背景下,新德里不牢固的联合政府似乎成为印度政体的新常态。莫迪出人意料的压倒性胜利逆转了这一趋势,让权力再次回归首都。他一上台就用实际行动证明自己是高效的执政者,肃清了大多数把上一任总理搞得焦头烂额的重大丑闻。他的使命感也改变了印度的国际形象,许多人因此相信这个国家将逐步回归世界强国的地位,有的人甚至觉得这会给地缘政治带来深远影响,预示着印度将打破国际上中美两家独大的格局。莫迪2014年当选,新加坡前外交官马凯硕2015年这样说:"多亏莫迪,我们才有了一个真正多极化的世界。"[11]

一千两百年的奴役生活

莫迪虽然拥有很高的支持率,但他在印度公众生活中依然饱受争议,这主要是因为他早期担任首席部长时古吉拉特邦多地爆发的流血事件。2002年以来，他承诺会全心全意发展经济，并坚决否认反对者所说的他有将"国家印度教化"的秘密计划，这个词是维纳亚克·萨瓦尔卡的原话，他的印度教教徒特质理论曾对印度人的思想产生过重大影响。[12]阿纳布·戈斯瓦米就印度教极端分子搅起的敌意发问时，莫迪答道："人们口中的矛盾都得靠发展来解决。我们如果能给人们提供工作，保证他们的餐盘中有食物，给他们提供完善的设施和教育，所有矛盾都会迎刃而解。"

有人担心莫迪入主新德里会带来教派冲突的激增，事实证明，这种担忧并没有依据。随着印度经济发展，暴力事件总体来说少多了，过去几十年，教派冲突的数量一直在稳定下降。[13]尽管如此，值得警惕的是，2014年以来印度教沙文主义者确实比过去活跃，他们几乎都是莫迪的铁杆支持者。他们有的发起象征性的反世俗主义活动，如将尼赫鲁从教科书中除名，或封禁信奉自由主义的西方学者有关印度教的书，理由是这些书会伤害广大印度人民的情感。[14]有的则针对"反民族国家"的做法发起沙文主义活动，他们的攻击目标从学生到人权斗士，就连那些拒绝喊爱国口号或在电影院播放国歌时不站起来的人也会成为他们的靶子。

这些人对伊斯兰教的敌意尤为明显，一开始运动主要针对他们常说的"爱情圣战"，指穆斯林男子"偷偷摸摸"地利用婚约将印度教女性转化为穆斯林。2015年，在莫迪官邸所在的街道更名前一年，新德里的奥朗则布❶大道更名为阿卜杜勒·卡拉姆大道，以备受尊敬的印度前总统A. P. J. 阿卜杜勒·卡拉姆命名。更名前

---

❶ 奥朗则布是莫卧儿王朝的第六任皇帝，是虔诚且狂热的穆斯林，在位期间放弃前代的宗教宽容政策，加强伊斯兰教的宗教地位，迫害印度教及其他教派的信徒，试图使印度完全伊斯兰化。

后涉及的两个人都是穆斯林的偶像，但这一举动无疑抹除了莫卧儿帝国长达数世纪的统治在首都留下的伊斯兰文化遗产的重要标志。更引人注目的是一系列保护保守主义印度教教徒的圣牛的暴力活动。这里面有的牵涉对法律的修订，如收紧对屠宰场的限制，而这些屠宰场大都由穆斯林经营。他们在最极端的情况下会发展出惧恨伊斯兰教的暴行，所谓"牛的守护者"还针对卖或吃牛肉的人施加谋杀和私刑。

这一切都不是莫迪直接造成的，他也没有表达过任何要宽恕这些行为的意思。不过，这些事情基本上都和一系列狂热印度教组织存在某种联系，这些组织的行事风格在莫迪上台后也明显更为大胆，其中最明显的就是 RSS，该组织的领导层和莫迪政府有着密切联系。莫迪有时会公开指责这些组织，但他的声明往往很勉强且姗姗来迟，让人产生一种他不想给狂热支持者泼凉水的感觉。他虽然拥有高超的演讲技巧，但基本没用这种天赋去争取焦虑的自由主义者，也极少花心思去安抚那些担心印度教激进分子越来越多的少数群体。相反，他在演讲中主要宣传的就是发展理念，同时会埋下有心人才能听出的弦外音。"我们印度大概被奴役了 1000 到 1200 年。"2014 年，他在纽约的麦迪逊广场花园跟兴高采烈的观众说道，他们都是移居美国的印度富人。[15] 言下之意很明确，印度不仅仅被英国奴役过，还被好几个穆斯林帝国奴役过。直到莫迪时代，他们才真正拥有自由（这里的"他们"指的是长期被压迫的印度教教徒这一主要群体）。

不过，比起莫迪，阿米特·沙阿更让奉行自由主义的批评者头疼，他是名身材高大的政客，既是印度人民党主席，又是莫迪总理的得力干将。沙阿是出色的战略家，总能敏锐地把握错综复杂的种姓政治，并以此精准地激化教派矛盾，因此赢得狡猾奸诈的恶名。他激化矛盾的能力高到令印度选举委员会忌惮的程度，委员会在2014年大选前夕相当罕见地宣布他暂时不得发表公众演讲，以惩罚他多次发表煽动性言论。[16]沙阿的手段虽然龌龊，但确实有效帮助莫迪在邦选举取得大胜，尤其是2017年上半年在北方邦取得的压倒性胜利将印度人民党抬到有史以来最为强势的位置。

沙阿比他的导师莫迪要小十多岁，他们头一次见面是在RSS，那时他才十几岁。沙阿住在新德里，家中挂着一张萨瓦尔卡的画像，那是他跟莫迪共同的精神导师。[17]他声名狼藉的公众形象要从在莫迪主政古吉拉特邦的时代担任邦政府的权力掮客时说起。其间，古吉拉特邦的警察涉嫌法外处决，沙阿身为邦内务部长，被指控为幕后黑手，还在2010年因此事蹲了三个月的监狱。对他的指控虽然最终没有成立，但还是加深了他在公众心目中莫迪亲信以及强硬派的形象，他后来到新德里履职也没能摆脱。[18]我在北方邦短暂地见过沙阿，能看出来他跟莫迪有许多相似之处，如对媒体的不信任和面对质疑的敌意。他发表公众演讲时，主要遵循莫迪的经济发展纲领，但除此之外，也有一条以自身谋略为轴的清晰脉络，简而言之，就是通过激起民众的宗教狂热情绪来提高选举胜率。印度教的选民被种姓、宗教、语言分割成几大群体。莫迪如果能把这些人联合起来，胜率就会大幅提升，这种策略被政治学家阿舒托什·瓦尔什尼称作"印度教联盟"。[19]

打群体身份牌远不是印度人民党的专利。正如作家穆库尔·凯萨文所说："国大党是用机会主义联合各大群体，印度人民党则借助意识形态联合各大群体。"[20]实际上，不论印度人民党在意识形态上有什么倾向，它们的惯用策略都是利用非印度教群体这个共同敌人来团结印度教群体，其中最大的目标就是穆斯林。"一个村子如果提供墓地的话，也应该提供火葬场。"2017年邦选举刚拉开帷幕时，莫迪在北方邦的一场大型集会中大声喊道。墓地指的是基督徒和穆斯林的丧葬习俗，火葬场则指印度教教徒的丧葬习俗。[21]"斋月如果供电的话，排灯节也应该供电，"他继续讲道，"我们不应该有任何区别对待。"

这番话表面上是在呼吁平等，但实际上是在制造分歧，那些觉得穆斯林享受政府特殊照顾的印度教教徒听后，很可能会被煽动起来。这场演讲之前，沙阿已经发表了好几场充满煽动性的演讲，其中一场他宣称北方邦一个城镇的印度教教徒被暴力赶出家乡。[22]沙阿堪称莫迪的斯文加利❶，他特别擅长让印度教教徒觉得自己受到神秘外部势力的威胁，并且这些势力大多可以跟伊斯兰教扯上关系。莫迪备受诟病的问题在他最信任的部下身上得到淋漓尽致的体现。不论是沙阿用不完的诡计，还是他将印度塑造为印度教国度的激进构想，都是明证。

2014年大选，总共有1.71亿名选民投了莫迪[23]，很难说清这里面究竟有多少是兴高采烈，又有多少是带着犹豫。有的人投印度人民党领袖可能纯粹是矮子里拔将军；有的人虽然投了他，但多少还是觉得他的团队不靠谱。莫迪的政治大家族包括RSS和它更为狂热的追随者，这些组织都在公开推进社会印度教化。不过，这些理念之所以能对广大群众产生吸引力，全都是因为莫迪凭借

---

❶ 英国作家乔治·杜·莫里耶的小说《软帽子》中的人物，他是阴险的音乐家，用催眠术将女主人公从模特变成著名音乐家，后用于指那些助人成功、具有神秘邪恶力量的人。

一己之力重组了这些组织的理念。过去的印度教民族主义就算称不上完全边缘化的意识形态,也是少数群体的专利。莫迪当权之前,印度人民党在新德里执政的次数屈指可数,它的势力范围说到底不过是印度西部和北部讲印地语的几个区域,其激进支持者更是被视作异类。莫迪的崛起让印度教民族主义变得时髦起来。

莫迪版印度教民族主义的核心魅力在于它结合了现代性元素和原汁原味的传统理念。莫迪以他无可挑剔的宗教背景为出发点,建立了更加庞大的同盟,下至乡村和贫民窟,上至商业精英的富人区,这些人都是典型的可靠的印度人民党支持者。他在麦迪逊广场花园发表的演讲符合现代摇滚音乐会的一切特质。不过,更大的亮点在于他那时正处于为期九天的斋戒。据传,他那几天只会偶尔喝点柠檬水和茶,即使到白宫出席正式晚宴也没破戒。[24]他的演讲谈到志向抱负,谈到找工作和享受生活的重要性。不过,他的公开讲话往往会加入和印度教神话与奇特乡间智慧有关的内容。他曾发推特说:"你应该栽五棵树来庆祝女儿的诞生,等到她结婚的时候,树自然会给你带来嫁妆。"这句话的意思是说树长大以后,木材足以换成举办盛大婚礼的资金。

印度前几任总理看上去都有些优柔寡断,而莫迪行事果断,还特别擅长交流。就连他对色彩鲜艳的服装的偏好都是加分项,印度人早已习惯政客单调的手纺白色棉布衣物,他亮丽的服饰无疑让人眼前一亮。他的魅力中有一种不可否认的男子气概:他曾自豪地说起过自己"142厘米的胸围",还对巴基斯坦发动过外科手术式打击,也态度强硬地不为2002年的暴力事件道歉。他这种硬汉气质似乎对年轻男子特别有吸引力,例如2014年大选结果出炉那天我在古吉拉特邦碰到的银行出纳员维夫克·贾殷。不过,莫迪的魅力也有立不住脚的地方，因为这种魅力很大程度上都依赖于他内在的阳刚之气，但据他的官方传记所说，他可从来没有性经验。

莫迪喜欢出风头的风格有时候也会给他惹麻烦。2015年，他跟奥巴马总统见面时身穿耀眼的深蓝色萨维尔街高级定制套装，上面每条金线细纹放大看都由他的名字"纳伦德拉·达莫达斯·莫迪"（NARENDRA DAMODARDAS MODI）排列而成。莫迪因为这身衣服高昂的价格和体现出的虚荣心遭到外界的普遍嘲讽，这对他而言是罕见的公关危机，政敌甚至因此喊出"西装政府"的口号，意指一个由总理及其穿着考究的亲信管理的腐败政权。[25] 莫迪后来拍卖掉这身得罪人的衣服，并将款项捐给慈善机构才挽回声誉。这套衣服的成交价高达4300万卢比（67.2万美元），创造了"拍卖会成交价最高套装"的吉尼斯世界纪录。[26] 不过，莫迪极少犯这样的错误。许多国家元首任期干到一半，都会发现自己的支持率下跌到低谷，但皮尤研究中心表明，莫迪任期过半的时候，印度人10个有9个都支持他们的总理，这让他轻松地成为世界大国支持率最高的元首。[27]

从更宏观的角度看，莫迪既不是倡导国家复兴的技术官僚，也不是倡导回归传统的印度教狂热分子。非要说的话，他两者都是，并且神奇地将两者混合成拥有独一无二魅力的存在。他的政治智慧体现在很多地方，尤其是使用世俗化标志。他在讲话中多次称赞圣雄甘地，还将甘地式的圆框眼镜作为他发起"清洁印度"运动❶的标志。作为清晨拉伸运动的爱好者，莫迪还在2015年的

---

❶ 莫迪政府于2014年发起的一项旨在改善印度公共卫生环境的运动，为期5年，计划于甘地150周年诞辰结束。

国际瑜伽日发起盛大的瑜伽活动，总共有3.5万人走上新德里街头共同练习，这又创下一项吉尼斯世界纪录。[28] 当天，世界上有几十个地方都在举行同样的瑜伽活动。这样的活动在政治上可以说是一石二鸟，一是展现新时代印度的软实力，二是坚定地夺回瑜伽的主权，因为这项运动虽然带有浓厚的印度教象征意义，但近些年令人担忧地和西方世俗生活联系得越来越紧密。

瑜伽活动是个典例，体现了莫迪拥有同时回应传统价值和当下挫败感的能力。2011年反腐抗议活动爆发的部分原因是中产阶级需要用这种渠道发泄对政府的怒气，但与此同时，这些抗议行动也反映了民众对政府业余表现的普遍不满，从全国性断电到动辄晚点的破旧火车，再到基层官员对他们的吃拿卡要，都让印度丢尽颜面。莫迪同样感到愤怒。他愿景中的印度是一个有宽阔高速公路、太阳能园区以及子弹头列车的地方，人人都可以像他一样有所成就，不断发展。

莫迪的这种能力在出访期间体现得最为明显，过程中他更像流行音乐歌手而非政客。2014年，麦迪逊广场花园见证了他的首次海外集会。这次活动具有额外的象征意义，因为美国在2002年那场风波过后禁止他入境，而他9月这次访问纽约意味着禁令的结束。集会当天，近两万人涌入广场看他的表演，世界各国元首恐怕没有比他更有号召力的。类似的场景后来也在悉尼、硅谷、伦敦上演，伦敦那场于2015年11月一个干冷的夜晚在温布利球场举行，总共有六万人涌入球场，还有首相戴维·卡梅伦替他暖场。

并不是所有海外印度人都支持印度人民党。大多数印度裔美国人都倾向于投民主党，印度裔英国人传统上则更喜欢投工党。不过，莫迪在印度"流亡贵族"中的超高人气毋庸置疑，这些人一般都是高种姓出身，在海外干出一番事业，希望国内有朝一日也可以有类似的环境。莫迪熟练地利用这种情感，先是让观众为祖国感到自豪，再用微妙的话术激起他们对现状的担忧。不过，大多数印度人之所以会涌进国外体育场看莫迪演讲或在家中收看直播的理由很简单：他们希望看到自己的总理站在舞台上享受国际巨星般的待遇，并觉得这种场面或许预示着印度不久后也可以在国际舞台上享受同等待遇。

勇敢的莫迪

莫迪的办公楼是一栋淡红色的砂岩建筑，位于新德里芮希那山丘上政府办公综合楼群的尽头。单从外观上很难看出这栋楼的重要性，只有楼外的检查站和写着"总理办公楼：5号门"的一小块红色标志彰显着它的地位。进入办公楼有好几道安全检查，其中一道是来访者需要将手机暂存在老式橱柜中。再往前走就是空荡到可怖的走廊，唯一能看到的就是各个门口两两站岗的士兵，他们身着迷彩，头戴蓝帽，手持显眼的自动武器，一语不发。

沿着宏伟的楼梯蜿蜒而上，就是莫迪的办公室和隔壁内阁成员日常开会的会议室。二楼阳台为了防止爱搞破坏的猴子闯进来，都用细网封上。政府办公综合楼群并没有中央供暖系统，公务员一到冬天都会用上便携电暖器。从报道可以看出，莫迪冬天经常穿着厚夹克，戴着厚羊毛围巾主持会议。莫迪出了名的喜欢科技，但他办公的地方却陈旧得出奇，甚至很难看到电脑或平板电视。这场景很容易让人联想到殖民地时期同样透风的走廊，当时总督就在那里工作，一路之隔就是他富丽堂皇的总督府。

和莫迪共事过的人都很佩服他的精力。他天不亮就会起床，据传从来都没有休过假。我2017年夏天参观总理办公楼的时候，一名公务员告诉我："他是个工作狂。大多数情况下会在早上7点开始办公，一连工作14个小时。"据说他很聪明，但政府官员一般不谈这个，他们更多讲他的耐力，经常在深夜熬好几个钟头，听属下用幻灯片汇报工作。莫迪在公众场合很张扬，经常做演讲和娱乐大众。不过，他私下里习惯安安静静地坐着，是个好的倾听者，可以吸取所有细节，然后提出尖锐的问题。他记忆力超群，动不动就会从好几个月前的信息中提取细节。他和妻子早就分居，没有子孙，很少有什么可以让他分心。他的伙伴就是那些行政人员，包括联合秘书、副秘书，以及跟他一块儿在总理办公室工作的有特殊职务的官员，这些人很多都是他从古吉拉特邦带来的亲信。印度政府的首席经济顾问阿尔温德·萨勃拉曼尼亚曾在我面前盛赞莫迪："他过着僧侣般的生活，但这都是因为他将大把时间贡献给政府。他重视决策与发展，要确保所有结构的合理性和决策的正确性，我真心觉得他是一位伟人。"[29]

很难说莫迪是不是也有相对柔软的一面。他担任宣传干事时期出了名的会讲故事，现在的讲话中偶尔还会流露出当年的幽默，会见外国领导人时喜欢用的熊抱也确实能体现出当年的真挚情感。他在公众场合有一些怪癖，众所周知的是对老套的首字母缩略词恒久不变的喜爱。"我的格言是IT+IT=IT。"他在2017年的演讲对观众说，紧接着解释这句口号的意思，Information Technology + Indian Talent = India Tomorrow（信息科技＋印度的人才＝印度的明天）。[30] 同年晚些时候，他会见以色列总理本雅明·内塔尼亚胡时提出I4I的口号，即India for Israel and Israel for India（印度支持以色列，以色列支持印度）。[31] 莫迪开会时展现出对小众领域知识的自学能力，从畜牧业到灌溉业都能说上一二，很多内容都是在家乡邦执政时学到的。莫迪有 YouTube 频道，会用全息影像做演讲，还在推特上坐拥上千万粉丝，他用这些执政方式确保了无可比拟的透明度。[32] 不过，无人知晓面具背后的莫迪是什么样的，外界只知道他难以捉摸，"莫迪不想让别人了解他"，这是他在古吉拉特邦主政期间一篇报道的原话。[33]

他成为总理后戒备心更重，有时候也会为此表示遗憾。"我以前做演讲的时候，是很幽默的，"他跟阿纳布·戈斯瓦米说道，紧跟着开始斥责印度新闻记者喜欢扭曲他的意思，"我现在的公众生活没有丝毫幽默可言，因为我怕被记者误读。没有人不怕这个。"[34] 同样的恐惧当然会延伸到他底下的人，他们谨小慎微，生怕显现出不忠的迹象。关于莫迪控制欲的故事在新德里已经传得神乎其神，不论大事小事。他对细节的关注可以通过一个传言体现出来：时任副部长的印度人民党党员普拉凯什·贾瓦德卡在前往机场的路上突然接到总理办公室官员打来的电话，他一接通就被莫名其妙地教训一通，原因是总理办公室动用某种手段了解到他出差竟然穿牛仔裤而非正装。[35] 贾瓦德卡否认了传言的真实性，但它还是广为流传，一方面印证了众人对莫迪权力欲的猜想，另一方面也警醒别人，不论多么微不足道的失误，都逃不过莫迪无处不在的凝视。[36]

莫迪刚上任的时候，曾承诺会将权力从德里下放给人民，但事实证明他是大搞中央集权的领导人，将决策权都收归总理办公室。治理印度这样的大国千头万绪，但他仿佛就是要将一切攥到手心。莫迪上台前，有观察员说他会成为对市场友好的改革家，不会让政府事事干预。不过，他上台后跟在古吉拉特邦时如出一辙，虽然为自己塑造了务实的一把手形象，但仍然自在地行使着邦或国家的权力。"总理很欣赏李光耀，他的态度或许可以用李的口香糖禁令来解读。"莫迪的资深顾问跟我说。新加坡首任总理李光耀当年专断地做出禁售口香糖的决定，震惊世界。"李光耀并不在乎口香糖，他下禁令是想告诉民众真正说了算的是政府，再小的事情也是如此。印度现在有许多事都悬而未决，他（莫迪）也想传递出和口香糖禁令一样的信息。"

表面上看，莫迪在经济上的政绩相当不错。印度的经济发展速度令大多数国家领导人十分羡慕，以往糟糕的财务状况终于回归到稳定的水平，疯狂的通货膨胀也在慢慢收敛。断电频率下降，外国投资限制放开，一些昂贵的补助项目也有所削减。莫迪用实际行动证明他可以不知疲倦地推出新计划："清洁印度"是为了清洁街道和建设室内洗手间，"数字印度"是为了提高网络普及率，"技术印度"是为了培训工人。印度将建成一百个"智慧城市"，还计划拿出三十亿美元治理被污染的圣河恒河。这里面最具分量的就是"印度制造"，这是一项引人注目的计划，希望通过争取和跨国公司合作、调整不利于工厂运营的法规，为低迷的出口业注入活力。所有人期盼已久的全国统一消费税也终于落地，这是让实际上由二十九个独立的邦经济体组成的印度次大陆变成统一经济体的重要举措之一。外国投资在不断地创造新纪录，跨国公司也开始大肆宣传它们在印度的发展计划，包括阿里巴巴、亚马逊、苹果、富士康、优步和沃达丰。

不过，莫迪的治理方式也有奇怪的一面，他作为领导人虽然很享受手中的权力，却不是特别有魄力。他从一开始就没有"政敌团队"，因为内阁成员大多是他从落选者中挑出来的。经济学家喋喋不休地强调经济结构化改革的必要性，如降低雇佣劳工、购买土地和交税的难度。不过，任何一项改革单拎出来都意味着激烈的战斗，莫迪面对这些抉择，更多时候选择囤积自己的政治资本。他这种谨小慎微的特点在面对邦政府时也体现得非常明显，许多邦的首席部长都跟他是同一政党，他们的高支持率在很大程度上都拜莫迪所赐。他有时候也会发起大战，但结果往往是灾难性的，大胆废除大额纸币的决定就是个例子。

改变土地法和劳工法的努力不但没有收获成效，还被推卸到邦一级政府。廉价的劳动力大军本该是印度的一大优势，但事实上反倒逐渐变成诅咒。为了满足每年涌入就业市场的大量年轻人的需要，印度每年至少需要创造一千多万个岗位，但实际上连个零头都提供不了。[37] 东亚大多数国家的出口业都蓬勃发展，但印度制造业的产量却原地踏步。更可怕的是不少国内制造商开始倾向于选择机器人而非年轻工人。日子一天天过去，但莫迪的许多计划还远未实现，比方说培训五亿工人的计划，村村通电的计划以及大幅度提升制造业出口水平的计划。他承诺将印度提升至世界银行"经商容易度指数"第五十位的豪言壮语也沦为空话。[38]与此同时，流向大海的恒河圣水依旧浑浊。每到冬天，新德里还是被重度污染笼罩，空气中弥漫着令人窒息的刺鼻味道，莫迪政府似乎对此也毫无办法。

没多久，质疑的声音就起来了。睿智的印度人民党前部长阿伦·舒利曾是莫迪的仰慕者，但他对莫迪的批评也最为尖刻。"把他说过的事情和做过的事情放一起看，"他在 2015 年写道，"就会发现他说的比做的要多得多。"[39] 莫迪的许多计划最后都只兑现了很小一部分。国家改革计划也是如此。莫迪在古吉拉特邦任职期间出名，主要是因为搞活不景气的国有企业，削减开支，以及邀请更好的管理团队。2014年竞选期间，他承诺会做到"治理最大化，政府最小化"，这个提法激起选民对一大批私有化举措会改变现有僵化体制的希望。不过，莫迪真当上总理后却变得谨慎起来，他的态度是尽量不大改国有企业。国有企业依旧占据着印度总产出的六分之一，而且拥有数百万不好惹的员工。[40] 印度人民党周围一些自由主义人士呼吁大幅削减国大党时期推行的福利政策，这些政策对从农村就业到粮食分配在内的许多事情都提供补助。[41] 莫迪对此也大多置之不理。

莫迪在任期内还是干了很多实事，包括推行消费税，以及建立庞大的生物识别身份证系统 Aadhaar，这种系统帮助数亿印度人享受到更好的政府服务。他的支持者认为推进更大胆的举措是不现实的。印度人民党虽然占据着下院的多数席位，但这种优势在上院并不存在，因此，他们并没有能力强行通过法案。莫迪只能和难缠的邦政府讨价还价，同时还要应对常常给经济改革带来阻力的强大势力，从工会、农民到小企业。这也是为什么人们经常会将印度描述为小政府、大社会。正如学者苏尼尔·基尔纳尼所说，这种社会秩序可以"成功约束和削弱政府权力的野心，对政治的塑形作用具有非凡的抵抗力"。[42] 印度人民党过去执政的时候，也一度在经济上主张自由主义理念，但这样做的结果是输了2004年那场旁人觉得胜券在握的大选。莫迪从那次失败中汲取了教训。他享受选民的支持，远离那些有可能引发分歧的"大爆炸"式改革，从这个意义上讲，他是以平民主义者的姿态执政。过去十五年的公众生活，他从没输过选举。他现在也不打算输。

最令人泄气的是莫迪有时候明明可以轻易推进一些改革，但他还是没有这么做。典型的例子发生在2017年，莫迪的印度人民党在北方邦选举中获得大胜，但他最后挑选了激进的印度教祭司约吉·阿迪亚纳斯担任首席部长。就连经验丰富的政治观察员也因此震惊。阿迪亚纳斯上台前一个月，竞选正处于白热化阶段，我在萧条的东部城市戈勒克布尔的寺庙见过他。[43] 那天的场景看上去相当平静，建筑物外面的空地上有苦行僧坐着祈祷，空气中可以嗅到花园飘来的芬芳。他在没有窗户的会议室等我，坐在藏红花色的沙发上，穿着标志性的橘黄色长袍。

首席大祭司阿迪亚纳斯四十过半，留着光头，说话语气平静、不慌不忙，身后是前任首席大祭司的大幅画像。不过，就在前一晚，我还在现场看到他在街头集会煽动数百位狂热支持者，将这座城市的许多问题归咎于周边邦过来打工的穷人。阿迪亚纳斯对经济不怎么感兴趣，更愿意发表热情洋溢的反穆斯林演讲，发动割裂社会的保护牛的运动。过去二十年间，他凭借这些从煽动信徒的祭司做到政界的权力掮客，还逐步建立自己的治安维持团队，并一路成为新德里的印度人民党议员。

莫迪宣布首席部长人选以后，支持者以各种各样的理由为他辩护，他们说莫迪只不过是在顺应民意，祭司在当地的支持率确实很高，还声称莫迪政府肯定会想办法提升经济管理水平。不过，在印度人民党获得大胜、莫迪的个人权威达到顶峰的情况下，他还是选择了一个讨好印度教极端分子，却让经济和社会自由主义者寒心的人。他本可以轻易动用政治资本，选出更有资质和能力应对北方邦失业率和贫困率过高问题的人，但他没有。他的选择只有一种令人沮丧的解释：他纯粹是希望在2019年大选中拿下北方邦，他知道阿迪亚纳斯可以巩固自己在北方邦印度教信徒心目中的地位。这一人事任命也体现出莫迪执政时期的一个规律。新德里的部长和官员被驯得服服帖帖，似乎什么都会按他的意思来，但一旦面对党内的强硬派，他的威慑力和说服力就神秘地消失了。

另一个例子与拉古拉迈·拉詹有关，2016年年中，他突然辞去央行行长职务。[44] 那时，拉詹已经在这个位置上干了近三年，其间他积极地应对通货膨胀，并开始控制银行的坏账顽疾。不过，身为央行行长的他还对许多职责以外的话题公开发表过评论，其中曝光度颇高的是他2015年10月尖锐的演讲。德里的印度理工学院是拉詹的母校，他面对校友做了这场演讲，从经济角度出发强有力地为社会自由主义辩护。"辩论和开放探寻的精神是印度传统的重要组成部分，对经济发展至关重要，"他跟台下的学生说道，"包容意味着一个人不会因为害怕说错话而不敢说话。"[45]

不论他这场演讲是否意在直接嘲讽莫迪，媒体都是这样解读的，演讲也成了翌日的头版头条，激怒了莫迪的一些激进支持者，包括那些打一开始就不怎么喜欢拉詹的RSS成员，他们觉得这是在挑战他们领袖的权威。造谣活动紧接着开始。印度人民党议员萨勃拉曼尼亚·斯瓦米聪明但没有底线，他再次拿出反民族国家的剧本展开攻击，公开质疑拉詹常年在美国教书的决定，言下之意是他对西方经济理念的信仰已经盖过对祖国的忠诚。2016年5月，他称央行行长拉詹"从精神层面讲并不是完全意义上的印度人"，这句话很快就传得沸沸扬扬。他还呼吁撤掉拉詹。[46] 一个月以后，拉詹也确实离职了。

拉詹在幕后提过连任的想法，这一点他在后来的辞呈中表达得非常清楚。不过，了解内幕的官员告诉我，拉詹虽然想连任，但并不想干满三年，他希望自己可以像之前的某些行长一样，任期灵活一点。这一要求给莫迪团队解雇拉詹提供了说得过去的借口，他们声称不选拉詹是因为要找可以干满三年任期的人。不过，这些程序细节很难掩饰拉詹被解雇的真相。这并不是因为他跟莫迪有什么过节。熟悉他们情况的人都表示两人例行会面时关系看上去不错。他离职后，莫迪还特意表达赞赏。"拉古拉迈·拉詹在爱国这件事上并不会输给任何人，"他在采访中跟阿纳布·戈斯瓦米说道，"他深深地爱着祖国。"拉詹之所以会被踢走，主要是因为他得罪了莫迪的核心支持者，而莫迪不可能跟这些人对着干。经济改革最有能力的提倡者拉詹不必要的离开，让印度为美好未来而战、扫除腐败和既得利益集团的尝试变得更难。

莫迪上台之后的印度

莫迪并不是一个多疑的人，但他确实会用过于自说自话的方式评价自己的执政表现，"我一心扑到工作上。我成功地带动了整个政府。"采访接近尾声的时候，他跟阿纳布·戈斯瓦米说道。随后，戈斯瓦米问出最后一个问题，请总理分享令他在深夜难以入睡的焦虑。"我睡不着并不是因为担心什么，"莫迪答道，"而是因为不能放下我的国家……好也罢坏也罢，这就是我肩上的责任。"

有人认为这些责任感会让莫迪变成具有社会包容度的经济改革家。这样的想法往往是幼稚的。他个人确实由衷想要发展经济，也很少有人会质疑他用不完的工作劲头。尽管如此，年轻时接触的激进教义和由此形成的世界观早已成为他不可抹除的底色。除此之外，还有简单的政治账，莫迪为了提升连任概率，必须在不讨人喜欢的经济结构化改革和民意之间找到平衡点。不过，这些目标虽然看上去非常关键，但从属于更宏大的意识形态之争：搞垮国大党这一政治势力，以及与之绑定的左派世俗化意识形态。目前来看，他打赢了后一场战争。2014年莫迪的大胜，对长久以来早已习惯执政党身份的国大党而言无疑是一记重拳，该党至少在这几年里再也无法重回过去的状态。国大党在拉胡尔·甘地笨拙胆怯的带领下，并没有恢复的迹象。

被莫罕达斯·甘地和尼赫鲁视作重要品质的宽容早在莫迪上台前就在走下坡路。宽容的衰落并不始于印度人民党，而是始于尼赫鲁的女儿英迪拉·甘地。20世纪70年代，身为总理的英迪拉为了继续掌权，以牺牲国大党的理念为代价，与数个种姓和教派群体达成协议。相比之下，莫迪的上台则对印度国父珍视的世俗化理念造成新的根本性威胁。他上任后成为继英迪拉·甘地以来最强势的总理，考虑到英迪拉的专制，他的这一成就有多了不起，就有多令人担忧。

莫迪远不是经济自由主义者，总理当得越久，他享受国家权力的特点就越明显。他这种领导人在美国会被称作大政府保守主义者。不过，莫迪也面临另一个难题，即他控制的体制存在局限性。印度政府常在某些事情上体现出惊人的执行力，比方说超大规模的选举以及对自然灾害的快速应对能力。它还有印度央行和顶尖名校等诸多享有极高声誉的机构。但多数情况下，这些代表高效率的机构和事件只是个例。印度司法系统的效率就非常低下。2016年，最高法院的一把手在演讲中哭诉印度有三千三百万桩案件尚未判决。[47]另一位法官表示，按当下的案件处理速度，要花费三个世纪才能解决掉积压的案子。[48]与此同时，绝大多数人都认为新德里浓烈的雾霾比北京还要糟糕，这刺鼻的证据说明印度政府没有能力平衡好经济发展、环境保护和公共健康的关系。

总理办公室所在的淡红色砂岩建筑在印度体制内已经算得上相当高效的存在,多亏这里面的一小批公务员精英,嘎吱作响的国家机器才不至于散掉。不过,莫迪喜欢将权力集中到中央,这意味着就连他们也都处于过度负荷的状态。我从总理办公室出来以后,外面阳光灿烂,我突然想到纽约市长迈克尔·布隆伯,并将他与莫迪比较。他身为纽约市长,在被外界称为"牛棚"的现代化开放式办公区域内的小隔间办公。[49]那里到处都是电脑和显示数据的屏幕,尤其注重实时提供纽约公共服务系统的相关数据,这么设计能最大限度地降低沟通成本,让领导人快速做出决策。相比之下,莫迪管理的人口远比纽约的多,但他办公的地方似乎一直都停滞在维多利亚时期。他操控着这台管理机器,靠底下的人来回搬运纸质"文件夹"处理事务,待处理的事务被安静地塞进绿色的纸板文件夹,再用细绳缠好。莫迪的尖锐批评者经常指责他过度使用国家权力,但在国家机器内部,相较于独断专行,不够专业的工作方式似乎会对印度的未来造成更大危害。

历史学家拉玛昌德拉·古哈称印度"只在选举上做到民主",意指恢宏的选举场景掩盖了每两次选举之间那几年比大家想象的平庸许多的真相。[50]部分原因出在体制上,印度的宪法虽然有很多崇高的理念,但从来都没有完全形成一个自由的民主政体,其公共机构无法从各个维度上有效保护人民的公民权利和政治权利。不过,印度也从来都不是严格意义上的"非自由的民主政体",这个概念最早是作家法里德·扎卡利亚形容土耳其、俄罗斯等国家时创造的,这些国家虽然有选举,但还是会公然践踏宪法对公民的许多重要保护。[51]莫迪的批评者担心印度会在他的统治下逐步向这些国家靠拢,并最终彻底沦为"非自由的民主政体",世俗化根基也会被某种以印度教为主导的新图景取代。莫迪上台以前，人们担心的是政府没有能力兑现法律赋予公民的权利。他上台以后，许多人开始担心他并不想让这些法律落地。

这些关于非自由主义的担忧不应该被放大。印度各个教派和种姓的关系过去常比今天要紧张得多。莫迪出任总理以来，印度从未发生过像1992年巴布里清真寺被毁后席卷全国的暴力事件，以及十年后古吉拉特邦暴动那样规模的恶性事件。这两起事件放在当时看，似乎都将社会不可挽回地割裂成好几块，但事后，社会还是慢慢修复。莫迪身上确实有教派对立的思维方式，但他之前的许多印度人民党领袖都更为极端，更何况该党现任领袖当中也有许多令人恐慌的人，约吉·阿迪亚纳斯就是其中之一。莫迪的批评者或许也会掂量，在印度众多潜在的候选人中是否存在比莫迪更好的选择。

莫迪从未试图伪装成自由主义领袖，他上台后不这么做也不足为奇。他跟得力干将阿米特·沙阿都是谋略家，深谙身份政治的威力。他们都知道在需要的时候，打身份政治牌可以赢得许多人的支持。莫迪废除大额纸币的戏剧化实验明白无误地反映出推动极端平民主义措施的意愿。不过，他未来如果用印度教民族主义推动更激进的政治策略，肯定要承担相当大的政治风险。他现在的支持率很高，但印度选民的特点是，他们不会投那些为了自己的利益公然煽动教派矛盾的政治领袖。从这个角度讲，我们可以对印度民主的安全阀怀有一定信心，它或许可以避免这个国家滑向新的割裂时代。正如法里德·扎卡利亚所说："印度的半自由民主能够维系，要感谢地方的强势、语言的多样性、文化的多样性和种姓制度，它们对印度的民主而言不仅不是阻力，还是助力。"

尽管如此，非自由主义抬头的风险也不应该被低估。印度教民族主义之所以能吸引到更多的支持，除了莫迪发挥的重要作用，也因它在全球化带来的不确定性面前为印度人提供了宝贵且强烈的身份认同。印度增长的财富并没有让它免于滑向多数主义❶，莫迪的古吉拉特邦是印度数得上的经济中心和工业重镇，但种姓和教派冲突也最为激烈。

莫迪就算有心和政治联盟中比较极端的人保持距离，也无法摆脱更深层次的政治困境。国大党政客沙希·塔鲁尔这样描述莫迪的困境："莫迪先生在总理位置上面对的根本矛盾在于，他如果选择支持自由主义的原则和目标，就要跟支持他的关键势力决裂，而后者曾为他的胜选立下汗马功劳。"[52] 他认为莫迪心里肯定有这样一个声音：应该避免教派冲突，否则，扩大经济规模和实现经济现代化的愿景会受影响。不过，随着下一次大选临近，他还要考虑 RSS 及其数百万成员，这些人能否支持他很可能意味着出乎意料的败选或连任。很难讲莫迪是否想压制党内教条主义者和思想顽固分子，但可以肯定的是，眼前的政治利益将他们牢牢地绑在一起。

在莫迪筹备第二次大选并希望连任之际，选民要考虑的风险是他可能会沿着保守民族主义者走过的道路前行。在他之前，不论是俄罗斯的普京，还是土耳其的雷杰普·塔伊普·埃尔多安，上台前都承诺过要推动经济改革，并暗示会引领国家向更自由的方向发展，这也是他们能当选的重要原因。[53] 不过，这些强人掌权以后，极少会出现在任时间越长，行事风格越不专制的情况。

---

❶ 多数主义（majoritarianism），指在宗教、语言、社会阶层及其他层面占据多数的人群在社会中享有一定程度的优先地位，并更有权做出影响社会的决定。

以拉古拉迈·拉詹为代表的自由主义者声称,印度在蓬勃发展,社会宽容度也在逐步增加。这种说法长期来看确实有说服力。不过,从短期政治看,尤其是从五年一届的政府任期看,这与现实不符。莫迪是拥有强烈平民主义本能的领导人,他面对支持率下滑的现状和亟待推动的经济改革,可能会为了提升支持率而煽动民族主义情绪。这里的风险并不在于莫迪会在民族主义和改革之间权衡利弊,而在于他会认定这两件事紧密相连,互为支撑,必须同时推进。

许多人选莫迪是出于同样的权衡利弊思维。有的人对莫迪的印度教民族主义思维方式持保留意见,但还是选择为他的政府工作,拉詹就是个例子。不少人虽不情愿,但还是把选票投给了印度人民党,他们觉得为了莫迪发展经济的承诺,值得冒可能带来社会动荡的风险。以前做生意的社会自由主义作家古尔恰兰·达斯就在2014年将选票投给莫迪,他这样解释:"我知道这有风险,莫迪会加剧两极化和教派对立,更何况他还是个独裁者。但我觉得不投他的风险更大。"[54]

而这些,就是莫迪的悲剧。其一,选举中出现这样的妥协本身就是悲剧。2014年,许多选民不得不承认,纵使莫迪上台有可能引发政治分裂,但这样一位为人正直、有经济改革意愿的领导人已是印度的最佳选择。让步是因为他们真正想要的候选人——人民支持、为人正直、有经济头脑、有领导风范、没有暴力污点,并且不会将身份和信仰带入政治的领导人——在现阶段的印度几乎不可想象。其二,长期来看,社会宽容度可以为莫迪的经济目标提供最可靠的基础,但他这样擅长说服人的政客,却自始至终拒绝为社会宽容度辩护。其三,许多选民之所以选莫迪,是因为他们愿意为了改革的希望冒两极化的风险,但这笔魔鬼的交易达成以后,他们才发现莫迪对经济的承诺最多只能算兑现了一半,事实证明,他的勇气与魄力和选民想象中的相去甚远。

结论　进步时代？

　　我在2016年春的一个周六早晨告别印度。那天，我和妻子关上门，带着两年前在附近医院出生的儿子一起乘电梯离开空荡荡的公寓。太阳越升越高，我们乘车经过孟买南部，驶上海滨大道，经过空无一人的焦伯蒂海滩。很快，我们就到了毕达路，右手边就是安蒂拉。几分钟后，我们经过当年那辆阿斯顿·马丁失事的地点。2014年一个下午，我碰巧开车经过伽德卫警局，那时距离车祸已经过去数月，本还想着会在警局外看到熟悉的汽车残骸。不过，我到那里才发现，车和上面的灰色塑料布都没了。警局里一名警官说他也不知道残骸在哪里。我虽然不信，但也只能如此。

　　五年前，我乘飞机抵达孟买的旧机场，那是座又破又挤的混凝土建筑。我离开的那个周六则是在新建的二号航站楼登机，新楼外观呈高雅的半月形，漆成耀眼的白色。在许多人看来，新机场象征着印度正在朝正确的方向发展。孟买精英一提到新机场，就会表现出难以掩饰的喜悦，仿佛在说这座城市终于摆脱碍眼的旧机场。过去，光是机场附近那段小路就能堵一个多小时，航站楼内部也是第三世界的水准。新机场建好后，乘客再也不用忍受拥挤的小路，而是走萨哈尔高架路，这是专门为机场修建的长两公里的六车道通道，或许是全印度最好的公路。新航站楼内部兼顾时尚和效率，挑高的天花板下的柱子设计成国鸟孔雀的羽毛样式。不过，紧挨着机场护栏的依旧是孟买不光彩的贫民窟，护栏两边的景象一对比，会让人觉得印度的进步多少有些奇怪，哪怕是新公路也只有最富有的少数人才有机会使用。

2014年年初，新航站楼即将投入运营之前，我拨通了美国作家凯瑟琳·布的电话，她曾在机场周边的贫民窟安纳瓦迪生活过一段时间。在2012年出版的纪实作品《美好时代的背后》中，她用辛辣的笔触描述安纳瓦迪居民的创伤以及面对的社会不公。我们通电话的时候，她刚好在孟买回访。机场神秘的施工在当地引发不小的关注。"贫民窟民众饶有兴致地观察着工人忙前忙后地搭建花园、粉刷墙面，为总理的到访做各种改进工作。"她告诉我，这之后过不了几天，印度总理就会去参加新机场的落成典礼。[1]

机场护栏两边依旧存在不可逾越的巨大鸿沟。生活在安纳瓦迪这类地方的人想在机场找份工作都难，更别提富有到以乘客身份进入机场。"城市规划者埋头苦干，建出世界级的航站楼，"凯瑟琳·布告诉我，"在安纳瓦迪等贫民窟挣扎的人总心怀渺茫的希望，觉得魔法粉尘或许会飘到他们身上，但这样的好事并没有发生。"贫民窟居民布里杰什·辛格住在机场附近只有一间卧室的小房子里。他看着头顶高架路两边不久前刚由工人种下的葱翠茂盛的棕榈树，由衷发出赞叹。"这简直就是新加坡，我是说上面的高速路！"他说，"我要是能到（航站楼）里面看看就好了，但在外面看看也行。"

我离开印度后的下一站就是新加坡，到那里后，我开始更多地思考印度的问题和未来。一方面，印度的发展目标非常明确：一是巩固自己作为中等收入议会民主制国家的地位，二是在21世纪中叶前后进入发达国家行列。另一方面，正如本书提到的，印度依然面临三大挑战：一是不平等和新生代超级富豪的崛起，二是裙带资本主义，三是工业经济的困境。只要这些问题尚未处理得当，便无法确定能否实现发展目标。

2008年是印度经济形势最好的一年，拉古拉迈·拉詹在那年提了个跟超级富豪有关的基本问题：印度是否存在变成寡头政治的风险？他那时的答案是"存在"。当时，亿万富豪不受限制地扩张财富，不论是维贾伊·马尔雅喧闹的派对还是新富的超级豪宅安蒂拉，都不由得让人想到他们会不会像俄罗斯寡头一样瓜分本国经济。十年后，这种担忧逐渐消退，或者说在某种程度上没过去严重。很少有印度巨头会像马尔雅一样跌得那么惨，但欺诈季引发的风暴确实令许多有权有势的工业巨头元气大伤。过去的体系中，巨头可以轻易得到政府照顾，毫无风险地拿到银行贷款，但他们现在面对着严格的监管，尤其是来自莫迪本人的。实际上，用"寡头政治"来形容印度商界甚至说不上恰当，因为这个词意味着资源永远被有限的人把持，但商界明明是风起云涌的景象。穆克什·安巴尼仿佛不可撼动地雄踞在印度富豪榜榜首。但与此同时，很多老牌商业家族在走下坡路，还有像高塔姆·阿达尼这样的新富崛起并取而代之。这些都说明印度跟俄罗斯没有多少相似之处。

不论你怎么看莫迪，他都重新定义了印度政治和商业的关系。我跟维贾伊·马尔雅在伦敦见面的时候，他跟我说新任总理正在快速地切断巨头和政府之间长久以来建立的联系。他承认莫迪在反腐上做出的贡献的同时，也遗憾地表示现在的新德里缺乏对企业家的信任。"莫迪想说的再清楚不过。'我过去是卖茶的。现在我是总理，要替穷人出头，要好好收拾那帮富人，那帮不正直的家伙'，他的表达方式会让人觉得没有富人是正直的。"他说。2016年，莫迪在宣布废除大额纸币后不久，话锋就发生极大转变，他说："这些政策出台以后，富人得吃安眠药才睡得着觉。"[2]

事实上，印度仍旧处在对有钱人非常友好的时代。亿万富豪的数量每年都在增长，富人的财富总量也一直猛增。这一现象从很多方面来看都可喜可贺。印度需要富有的企业家，这点就连左派思想家也认可。阿马蒂亚·森曾跟我说："把矛头一味对准有钱人其实有一定误导性。富人多并非天然的大问题，只要别给他们特殊照顾，让他们缴纳合理比例的税就可以。"话虽如此，现在的问题在于财富增长正将印度变成世界上最不平等的国家之一。如果放任不管，贫富差距只会进一步拉大，正如机场护栏两边的世界一样。矛盾的是，印度如果真实现两位数经济增速的野心，贫富差距的加剧只会以更快的速度发生。

莫迪几乎没有为逆转这一趋势做过任何努力，但将此趋势怪罪到他头上并不公平。无论如何，贫富差距继续拉大肯定会引发严重后果。拉丁美洲的经济体就存在这样的问题，这种社会分化的后果就是经济不稳定，国家容易陷入所谓的"中等收入陷阱"——穷国可以实现小康，但无法变富。[3] 相比之下，东亚几个国家的发展模式就要成功许多，发展经济的同时也会在社会层面推行平等主义政策，包括建立基本的社会保障体系。两种模式，印度应该选哪个似乎很清楚。

不平等背后有复杂的原因，要想改变并不容易，但还是有一些有效的基本措施。阿马蒂亚·森的观点是正确的，政府应该为社会底层提供基础的教育、医疗和养老保障。莫迪政府在这些领域承诺了很多，但真正兑现的少得惊人。针对社会上层，政府应该将更多精力放到如何多征税上，对富人更是如此。这并不意味着掠夺富人的财富，而是要终结这种荒谬局面：印度现在只有1%的人交个人所得税，年收入1000万卢比（15.5万美元）以上的人群只有5000人纳税。[4]美国社会常常呼吁百万富豪和亿万富豪缴纳与其财富匹配的税额。印度社会如果不朝这个方向努力，很难想象它怎样才能变得更加公平。

谈到反腐，印度乍一看确实做得不错。大型欺诈丑闻成了过去时，部分原因是现在有价值的自然资源合同都以竞拍制度拍卖。政府新近实施的政策也压缩了欺诈行为的生存空间，从2017年实行的消费税到如今借助生物识别身份证系统Aadhaar将邦的福利项目和银行账户绑定起来的计划。[5]当然，最重要的原因在于印度的民主政体变得警觉。我在新加坡和为印度反腐工作做过不小贡献的前主计审计长维诺德·拉伊见面时，他很乐观。"总的来说，媒体和人民对腐败现象比原来要警惕得多，"他告诉我，"我不觉得我们会再回到原来那种状态。"

不过，这里面也存在盲目自信的危机。吃回扣在公众生活中依然随处可见，不论是买地还是签订市政合同。犯罪调查往往一拖再拖，极少有人会被送进监狱。邦政府和市政府还是跟过去一样贪污。各种调查报告都声称印度仍然是亚洲最腐败的国家。[6] 牛津大学的经济学家保罗·科利尔指出："任何一个国家要摆脱绝对贫困，都需要先建立起三种关键的国家机构：税收、司法、安全。"[7] 这三样在印度都存在地区性腐败，从税务部门到基层司法部门再到警局。最大的祸患或许还是见不得光的政治献金系统，它到目前为止基本没被政府管制过。原因很简单，莫迪想在印度有史以来最贵的大选中再次获胜，就需要金钱。不过，"金钱权力"的问题一天不解决，裙带关系就无法得到有效整治，要破局，首先需要对政党的财务状况进行全面审计，随后建立起某种透明或公开的政治献金系统。

印度现阶段反腐能取得成效其实也与恐惧有关，其中莫迪的威慑力是一大原因。不过，他的政策对经济也造成不小的危害，废除大额纸币就是个典型的例子，这不仅对反腐没多大用处，还重创了经济。私营领域的投资也因商人害怕触碰红线、不敢投资而受到冲击。[8] 莫迪在位不论有什么优缺点，都是暂时的。下一任领导人的反腐力度完全有可能降下来，因此印度应该推出更多有力的反腐举措，而非仰仗领袖的个人品质。这一点之所以关键，主要是因为随着印度发展，裙带关系肯定会以新形式再次出现。从最基本的角度看，腐败是经济发展的因变量，这意味着经济大幅度发展的时候，腐败会死灰复燃。这在基础设施建设等领域体现得尤为明显，据估计，印度未来20年有望在基建领域投入约4.5万亿美元。[9] 印度不处理好这笔巨大投入，肯定会滋生严重的贪腐问题。

腐败在发展中国家比较普遍，并不是因为这些国家的人不道德，而是因为腐败常常是有用的。在最好的情况下，贿赂甚至可以充当发展的润滑剂，政治领袖会将经济租金送给有关系的公司，东亚的"发展型国家"就是如此。正如塞缪尔·亨廷顿在《变化社会中的政治秩序》中论述的，腐败可以将本不稳定的社会群体绑定到一起。[10] 印度为此提供了教科书式的范例，回扣让政客得以顺利推进基础设施项目，新德里的政治联盟也因为收受的好处费变得更为紧密。在其他地方，恩庇网络让种姓群体和其他少数群体在更广泛的经济中获益。

因此，印度面对的是选择题。2004年以来的十年，印度经济飞速发展，但与之相伴的是猖獗的腐败。近些年以来，腐败没那么猖獗，但经济增速也降下来。许多人如今梦想着高经济增长率和零腐败。不过，这大概率会是个幻想，正如罗伯特·克里特戈德在《反腐》中所写："实践中，零腐败并非最理想的腐败程度。"[11] 他认为完全剔除腐败代价过大，会带来不可接受的附带损害。现实生活中更可能的是不断的妥协，而印度要同时实现莫迪最重要的两项承诺——极高的经济增长率和极低的腐败率——难度可想而知。

更好的选择是推进体制改革，杜绝腐败的可能性，此前印度在自然资源上转向竞拍制度就是个例子，这在遏制腐败的同时让经济逐步恢复活力。印度如果能大范围推进类似的改革，就可以完成从"按协议来"到"按规则来"的资本主义模式转变，这种转变意味着囿于规则的限制，政客和官僚很难左右公共资源的分配。[12] 不过，这种转变并不容易实现。弗朗西斯·福山称，如何摆脱以腐败和裙带关系为标志的"家长式专制统治"，是所有发展中国家面临的关键挑战。他写道："这种转变的难度远大于从威权政体转变成民主政体的难度。"[13]

如何平衡好经济发展和腐败的关系是解决印度工业经济困境的核心议题。莫迪上台的时候，公司债台高筑和银行深陷困境已尽人皆知。尽管如此，这两大问题还是没有得到及时解决，导致印度失去十年的投资机遇期。除了维贾伊·马尔雅外，被严肃处理的行为不当的巨头屈指可数。大多数巨头如今依然统帅着无力偿还债务的僵尸公司，安得拉邦的GVK集团就是其中之一，孟买光鲜亮丽的新航站楼就是他们建的。莫迪政府也确实针对性地推出了一些重要举措，包括新破产法以及一系列银行资产结构调整。不过，莫迪政府并没有采纳更治本的措施，尤其是对经营困难的国有贷款机构实行私有化改革，这将使印度成为世界大国中银行国有化程度仅次于中国的国家。讽刺的是，莫迪这样对基础设施建设有执念的领导人，却没能在总理位置上为此创造出有利条件。某种大范围的妥协或许是更好的选择，即巨头、银行、政客三方达成默契，共同承担经济繁荣期遗留的恶果。

拉古拉迈·拉詹对寡头政治的警告，既是针对市场机制不健全带来的风险，也是针对既得利益集团带来的威胁，因为腐败的旧工业投资体系虽然已经明显崩坏，但新的行之有效的替代机制还没有出现。我跟拉詹在印度央行交流的时候，他提到一种粗暴的突围方式。"现在当政的如果是位独裁者，他要做的就是提高公共服务质量，打破关系网络（官商之间的不当往来），加大反腐力度，"他告诉我，"此外，他还可以直接通过加大竞争，打破一些经济势力对市场的垄断。" 2011年，左派学者阿舒托什·瓦尔什尼和中间偏右派的风险投资人贾扬特·辛哈就印度新镀金时代合写过一篇文章，拉詹给出的方法与他们在文中表达的基本观点一致。"印度也该管一管本国的强盗贵族了。"他们写道。近十年过去，他们二人呼吁政府采取强力手段削弱根深蒂固的企业权力，但基本没有得到回应。

这些问题让我们将注意力集中到印度面临的最后一个关键障碍：政府本身。19世纪美国镀金时代的裙带资本主义相当猖獗，20世纪政府治理变得公正、任人唯贤后，这种现象才得到遏制。新的反垄断法和市场竞争机制打破了以科尔内留斯·范德比尔特为代表的巨头垄断。基本公共服务的改善则让民众逐步摆脱恩庇政治的束缚，这个过程在镀金时代后的几十年里不断发展，在20世纪30年代罗斯福新政的刺激下才达到顶峰。

印度如果要实现类似的突破，就需要将注意力集中到人们常说的"国家能力"上。[14]反腐只是这场战役的一部分，除此之外，还有更为艰巨的任务，那就是建立强大的国家机器，它既要有制定和落实正确公共政策的能力，又要不偏不倚地对待不同的社会群体。这是可以实现的，中国就是明证。"各国之间最重要的政治区别并不在于政府形式，而在于治理程度的高低。"亨廷顿在20世纪60年代写道。[15]风险在于，如果国家能力没有取得大幅度提升，经济高速发展反而有可能撕裂社会，引发社会动乱和分化。

2017年我到北方邦转了一圈，当时，谢卡尔·古普塔让我深刻领会到印度在国家能力上存在明显短板。我们俩开车在北方邦东部转了好些天，那是印度最贫穷的角落之一，全程没有一段平坦的路。印度几十年前那种吃不饱饭的赤贫情况确实少了很多。大部分年轻人能接受教育，找到基本的工作。人们能用手机，穿现代服装，住进砖房而非土墙房。但与此同时，这一片还是没有可靠的用水用电保障，街道没有下水道系统,路上也见不到垃圾桶。医疗一塌糊涂，人们健康状况堪忧。学校也毫无水准，人们无法接受良好的教育。"印度人的生活并没有跟上国家发展的水平,"古普塔说,"过去的穷是吃不饱饭,现在的穷是人们在一些方面享受到发展红利,但在别的方面还没有,这主要是因为我们的市政管理存在短板。"

这听起来很普通,但发展中国家要保持高经济增长率,就必须升级国家机器。哈佛大学发展经济学家达尼·罗德里克跟我说:"我的基本结论是没有大的体制改革,印度的高经济增长率将不可持续。"新德里的官员不能再想着从航空业或矿业分一杯羹,而是要监管它们。从更宏观的角度看,政府必须提升自身创造和管理市场的能力,并针对性地推进可以提供基本公共服务的基础设施项目。自由化改革以来,印度社会存在从一穷二白的国家快速发展为经济发达国家的错觉,人们认为可以借助科技一跃进入现代模式的竞争资本主义。这种想法可以理解,但常常让印度无法直面事实,认识不到大规模改革政府机构虽然冗长乏味,但确实是实现经济增长最稳妥的办法。

印度当下复制东亚增长模式的可能性很小,因此更迫切需要像东亚国家那样的强力政府。亚洲国家中凡是从穷国发展为高收入国家的,发展模式都是在制造业上取得突破,而后将生产的商品出口海外。印度的发展模式正好倒过来,制造业疲软,但服务业充满活力,尤其在技术外包等领域。莫迪恢复产业平衡的努力虽然取得一定成效,但要想完全复制中韩等国的发展路径恐怕行不通。因此,印度必须发展出属于自己的混合型经济模式。无论如何,它都不能完全依赖零星几个高收益的服务产业,这种发展模式只会让它看上去更像仰仗石油的阿拉伯酋长国,而非亚洲四小龙。

这些听上去都令人泄气，但让我们保持乐观的理由也有很多。印度是当今世界剩余新兴市场当中最大的，单这点就足以继续吸引海外投资。印度的自由体制虽然谈不上完美，从法院到监管机构，从媒体到政党，都有各自的问题，但依然可以为未来的发展提供坚实根基。印度的选举式民主虽然看上去有些混乱，但它仍为这个国家的稳定做出贡献。

而且印度人民的潜力还没有被完全挖掘出来。2016年，我跟家人一起搬到新加坡，这个国家的印度移民取得了令人瞩目的成就。实际上，有好几十个国家都有印度移民活跃的身影。企业家马尼什·萨哈瓦尔跟我说起过他20世纪90年代中期到美国留学的经历。他在费城度过寒冷的冬季后吃惊地发现："我意识到我学校的美国人其实不比印度人聪明，那时候我就开始想，既然如此，他们为什么比我们有钱？"他坐在班加罗尔的一家酒店里跟我说道。他在美国去的地方越多，就越发现印度移民取得了非凡的经济成就，这点也适用于别的国家。"我的结论很简单：如果能让政府做得跟别的政府差不多，印度人民自然会用他们的聪明才智做好剩下的事。"

这正是一个多世纪以前美国的剧本。美国镀金时代之后的几十年被称作进步时代，其间，反腐运动整治了政局，中产阶级对政府的影响力也越来越强。这一时代在美国本土和海外都留下长久的积极影响。印度和当时的美国有许多相似之处，现在正站在成为超级大国的门槛上。随着民主制度在西方的衰落，它能否在印度发展好比以往任何时代都更重要。印度没有任何理由重蹈过去十年的覆辙，将自己变成藏红花色的俄罗斯。相反，在决策得当的前提下，印度的新镀金时代完全可以过渡到自己的进步时代，在这一过程中，不平等和裙带资本主义将成为历史。印度有在世纪下半叶引领亚洲的雄心，世界对未来有更民主、更自由的期盼，这两点都取决于印度能否顺利完成转型。

注释

前言

1. Vinay Dalvi, "Aston Martin in Rs4.5 Car Pile-up on Mumbai's Pedder Road," *Mid-day*, December 9, 2013.
2. Mustafa Shaikh, "Car Was Not Driven by Chauffeur: Witness," *Mumbai Mirror,* December 10, 2013.
3. Ibid.
4. "Aston Martin Crash: RIL Worker Identified as Driver," *Hindustan Times*, December 26, 2013.
5. Naazneen Karmali, "The Curious Incident of Mukesh Ambani's Aston Martin in the Night-Time," *Forbes*, January 2, 2014.
6. "Mumbai Police Chases Whodunit in Aston Martin Car Crash," *Business Standard India*, December 13, 2013.

序曲　安蒂拉阴影下的孟买

1. "Special Feature: Residence Antilia," *Sterling*, July 2010.
2. Rajini Vaidyanathan, "Ambanis Give First View inside 'World's Priciest House' in Mumbai," BBC News, May 18, 2012.
3. Naazneen Karmali, "India's 100 Richest 2017: Modi's Economic Experiments Barely Affect Country's Billionaires," *Forbes*, October 4, 2017.
4. Gandhi and Walton, "Where Do India's Billionaires Get Their Wealth?"

5. Naazneen Karmali, "For the First Time, India's 100 Richest of 2014 Are All Billionaires," *Forbes*, September 24, 2014.
6. Karmali, "India's 100 Richest 2017."
7. *Global Wealth Report* 2016.
8. Gandhi and Walton, "Where Do India's Billionaires Get Their Wealth?"
9. Maddison, *The World Economy*.
10. Ibid.
11. Joshi, *India's Long Road*, p. 37.
12. Ministry of Finance, Government of India, *Economic Survey 2016/17*, p. 41.
13. 2017年7月，孟买证券交易所BSE500指数显示，在自由交易的股票中，外国机构投资者持有42%的股票，这些股票不由公司发起人或所有者持有。如果将公司发起人或所有者持有的股票计算在内，外国投资者持有的股票占全部股票的21%。
14. "Press Release: Remittances to Developing Countries Decline for Second Consecutive Year," World Bank, April 21, 2017. India sent home $62.7 billion in 2016.
15. "What the World Thinks about Globalisation," *The Economist*, November 18, 2016.
16. Dasgupta, *Capital*, p. 44.
17. Drèze and Sen, *An Uncertain Glory*, p. ix.
18. Raghuram Rajan, "Is There a Threat of Oligarchy in India," University of Chicago, September 10, 2008.
19. *Global Wealth Report 2016*.
20. Chancel, L. and Piketty, T., "Indian income inequality, 1922–2014"; *Global Wealth Databook 2016*, p. 148.
21. S. Sukhtankar and M. Vaishnav, "Corruption in India: Bridging Research Evidence and Policy Options," India Policy Forum 11, July 2015, pp. 193–261.
22. CMS Transparency, "Lure of Money in Lieu of Votes in Lok Sabha and Assembly Elections," p. 7.
23. Rajesh Kumar Singh and Devidutta Tripathy, "India Moves Resolution of $150 Billion Bad Debt Problem into RBI's Court," Reuters, May 6, 2017.
24. Hofstadter, *The Age of Reform*, p. 11.
25. T. N. Ninan, "India's Gilded Age," *Seminar*, January 2013.
26. Twain and Warner, *The Gilded Age*.
27. Francis Fukuyama, "What Is Corruption?" Research Institute for Development, Growth and Economics, 2016.
28. Jayant Sinha and Ashutosh Varshney, "It Is Time for India to Rein In Its Robber Barons," *Financial Times*, January 7, 2011.
29. 该数据由网站Gapminder.org汇编，根据2005年美元汇率对印度2013年的人均GDP进行了跨国比较。以下文章中引用了这一对比数据：Dylan Matthews and Kavya Sukumar, "India Is as Rich as the US in 1881: A Mesmerizing Graphic Shows Where Every Country Falls," Vox, October 8, 2015.
30. Tom Mitchell, "India May Be More Populous than China, Research Suggests," *Financial Times*, May 25, 2017.

31. Hoornweg and Pope, "Socioeconomic Pathways and Regional Distribution of the World's 101 Largest Cities."
32. "India: Data," World Bank, 2016. India's GDP was $2.3 trillion in 2016. The UK's was $2.6 trillion.
33. "The World in 2050: Will the Shift in Global Economic Power Continue?" PricewaterhouseCoopers, February 2015.
34. Rorty, "Unger, Castoriadis, and the Romance of a National Future," p. 34.
35. Ibid.
36. Fitzgerald, *The Great Gatsby*, p. 136.

第一章　安巴尼乐园

1. Rajarshi Roy, "An Ambani Changes His Family Address," *Times of India*, May 16, 2002.
2. Sarah Rich, "Perkins + Will's Antilla [sic] 'Green' Tower in Mumbai," *Inhabitat*, October 25, 2007.
3. 安蒂拉确切的建造成本从未正式披露，估算值也差异很大，10亿美元这个数字经常被引用，如在以下文章中：Alan Farnham and Matt Woolsey, "No Housing Shortage Here: Antilia Is the World's Most Expensive House," Forbes Asia, May 19, 2008. A 2008 New York Times report cited a Reliance spokesman saying the building would cost "$50 million to $70 million" to build.
4. Joe Leahy, "Brothers in the News: Anil and Mukesh Ambani," *Financial Times*, October 24, 2009.
5. Piramal, *Business Maharajas*, p. 19.
6. McDonald, *Mahabharata in Polyester*, p. 49.
7. Nasrin Sultana and Kalpana Pathak, "The Grand Spectacle That Is the RIL Annual General Meeting," *Livemint*, July 22, 2017.
8. "Shourie's 180-Degree Turn with Dhirubhai," *Financial Express,* July 7, 2003.
9. McDonald, *Mahabharata in Polyester*, p. 342.
10. Naazneen Karmali, "India's 40 Richest," *Forbes*, December 15, 2005.
11. Luisa Kroll, ed., "The World's Billionaires," *Forbes*, March 5, 2008.
12. Ibid.
13. Diksha Sahni, "Mukesh Ambani's Luxury Home under Scanner," *Wall Street Journal*, August 3, 2011.
14. Sudhir Suryawanshi, "This Is No Light Bill," *Mumbai Mirror*, November 24, 2010.
15. Vikas Bajaj, "Mukesh Ambani's 27-Story House Is Not His Home," *New York Times*, October 18, 2011.
16. James Reginato, "The Talk of Mumbai," *Vanity Fair*, June 2012.
17. Abbas Hamdani, "An Islamic Background to the Voyages of Discovery," in *The Legacy of Muslim Spain*, vol. 1, ed. Jayyusi, p. 274.
18. Damian Whitworth, "Ratan Tata: The Mumbai Tycoon Collecting British Brands," *The Times*, May 21, 2011.

19. James Crabtree, "Slumdog Billionaires: The Rise of India's Tycoons," *New Statesman*, June 5, 2014.
20. Pei, *China's Crony Capitalism*, pp. 7–8.
21. James Crabtree, "India's New Politics," *Financial Times*, April 25, 2014.
22. Misra, *Rediscovering Gandhi*, vol. 1, p. 61.
23. James Crabtree, "Mumbai's Towering Ambitions Brought Low by Legal Disputes," *Financial Times*, October 10, 2014.
24. Stiles, *The First Tycoon*, p. 23.
25. Steve Fraser, "The Misunderstood Robber Baron: On Cornelius Vanderbilt," *The Nation*, November 11, 2009.
26. Michelle Young, "A Guide to the Gilded Age Mansions of 5th Avenue's Millionaire Row," *6sqft*, July 30, 2014.
27. Vanderbilt, *Fortune's Children*, ch. 3.
28. Neider, ed., *Life As I Find It*, p. 42.
29. Raghuram Rajan, "Finance and Opportunity in India," Reserve Bank of India, August 11, 2014.
30. Crabtree, "India's New Politics."
31. Amy Kazmin and James Crabtree, "Ambani Gets Highest-Level Security Cover," *Financial Times*, April 22, 2013.
32. "Hyper Growth Platforms of Value Creation," chairman's statement, forty-first annual general meeting, Reliance Industries Limited, June 12, 2015.
33. "Four Decades of Serving India," chairman's statement, fortieth annual general meeting post IPO, Reliance Industries Limited, July 21, 2017.
34. James Crabtree, "The Corporate Theatrics in India of Reliance's Reclusive Tycoon," *Financial Times*, June 15, 2015.
35. "Jio Not a Punt, Well Thought-Out Decision, Says Mukesh Ambani: Full Transcript," NDTV, October 21, 2016.
36. "Operationalising Hyper Growth Platforms of New Value Creation for a Prosperous and Inclusive India," chairman's statement, 39th annual general meeting post IPO, Reliance Industries Limited, September 1, 2016.
37. "Auction Rigged, Cancel Broadband Spectrum Held by Reliance Jio, CAG Report Says," *Times of India*, June 30, 2014.
38. "The Spectrum Auction Was Rigged," *Frontline*, September 30, 2016.
39. "Union Compliance Communication," Report No. 20, Comptroller and Auditor General of India, 2015, ch. 3.
40. See, for instance, "Report of the Comptroller and Auditor General of India for the year ended March 2015," Comptroller and Auditor General of India, 2016, ch. 14, p. 103.
41. Anand Giridharadas, "Indian to the Core, and an Oligarch," *New York Times*, June 15, 2008.
42. "Anil Ambani Sues Mukesh for Rs10,000 Crore," *Livemint*, September 25, 2008.
43. Swaminathan Aiyar, "India No More Dominated By a Handful of Business Oligarchs,"

Economic Times, June 5, 2011.
44. "An Unloved Billionaire," *The Economist*, August 2, 2014.
45. Joseph Schumpeter, *Capitalism, Socialism and Democracy*, p. 82.
46. "India May Be Challenging Today, but the India of Tomorrow Will Be Fulfilling: Mukesh Ambani," *Financial Express*, March 18, 2017.

第二章 美好时光的开端

1. Danny Fortson and Oliver Shah, "Qatari Royals Splash £120m on London Terrace," *Sunday Times*, April 28, 2013.
2. "Fugitive Vijay Mallya's Extradition Hearing Scheduled for Today in London," *Times of India*, June 13, 2017.
3. Rupert Neate, "Force India F1 Team Boss Vijay Mallya Arrested in London," *The Guardian*, April 18, 2017.
4. "Indian Tycoon Mallya's Yacht Impounded in Malta Over Wage Dispute," *Reuters*, March 7, 2018.
5. Dilip Bobb, "The King's Ransom," *Financial Express*, October 28, 2012.
6. Madhurima Nandy and Sharan Poovanna, "Vijay Mallya's $20 Million 'Sky Mansion' in Bengaluru Is Almost Ready. But Will He Get to Live in It?" *Livemint*, March 20, 2017.
7. Aliya Ram, "India Charges Ex-Kingfisher Chief Vijay Mallya," *Financial Times*, January 25, 2017.
8. Amy Kazmin and Helen Warrell, "Vijay Mallya Arrested by UK Police," *Financial Times*, April 18, 2017.
9. Suzi Ring, "Vijay Mallya Says 'Keep Dreaming' about 'Billions of Pounds,' " *Livemint*, June 14, 2017.
10. Amy Kazmin and Naomi Rovnick, "Vijay Mallya Re-Arrested in Money Laundering Case," *Financial Times*, October 3, 2017.
11. "Big Bash for Beer Baron," *Hindustan Times*, December 27, 2005.
12. James Boxell, "Kingfisher Order Gives Welcome Lift to Airbus," *Financial Times*, June 16, 2005.
13. Naazneen Karmali, "Vijay Mallya Drops out of Billionaire Ranks," *Forbes*, October 25, 2012.
14. Simon Briggs, "Vijay Mallya in Race to Become an F1 Force," *The Telegraph*, February 8, 2008.
15. Tom Dalldorf, "Mendocino Brewing's Owner in Financial Quagmire: Billionaire Vijay Mallya under Siege," *Celebrator*, August 2016.
16. Mihir Dalal and P. R. Sanjai, "How Vijay Mallya Inherited an Empire and Proceeded to Lose It," *Livemint*, February 27, 2016.
17. Maiya, *The King of Good Times*, Introduction.
18. Shekhar Gupta, "Vijay Mallya Story Is More about Our Easy Embrace of Cronyism," *Business Standard*, March 11, 2016.

19. Heather Timmons, "Indian Tycoon Spreads His Wings in Aviation," *New York Times*, June 21, 2007.
20. "Vijay Mallya: The Spirit Shall Prevail," *Times of India*, April 22, 2002.
21. "Conflict of Interest? Baron on House Panel on Businessman," *Times of India,* March 11, 2016.
22. Dev Kapur, Milan Vaishnav, and Neelanjan Sircar, "The Importance of Being Middle Class in India," Milan Vaishnav Files, 2011, p. 4.
23. Charlie Sorrel, "World's Lowest Tech Flight Sim in India," *Wired*, October 10, 2007.
24. Tom Peters, "Sir, May I Clean Your Glasses?" tompeters! blog, October 2009.
25. "India without Gandhi," *The Economist*, 1948.
26. Nehru, *Toward Freedom*, p. 274.
27. William Dalrymple, "The Bloody Legacy of Indian Partition," *The New Yorker*, June 29, 2015.
28. Baisya, *Winning Strategies for Business*, p. 88.
29. Raghu Karnad, "City in a Bottle," *The Caravan*, July 1, 2012.
30. Srinivasan and Tendulkar, *Reintegrating India with the World Economy*, p. 16.
31. James Crabtree, "Game of Thrones with World Chess Champion Vishwanathan Anand," *Financial Times*, November 1, 2013.
32. C. Rangarajan, "1991's Golden Transaction," *Indian Express*, March 28, 2016.
33. "Secret Sale of Gold by RBI Again," *Indian Express*, July 8, 1991.
34. "July 1991: The Month That Changed India," *Livemint*, July 1, 2016.
35. Saurabh Sinhal, "Vijay Mallya Flew Jet First Class to London with 7 Heavy Bags," *Times of India*, March 11, 2016.
36. "Go Kingfisher," *Siliconeer*, April 2006.
37. Peter Marsh, "Arcelor and Mittal Agree to €27bn Merger," *Financial Times*, June 26, 2006.
38. Joshi, *India's Long Road*.
39. Scheherazade Daneshkhu, "Diageo Sues Vijay Mallya over United Spirits Agreement," *Financial Times*, November 17, 2017.
40. Sankalp Phartiyal, "SEBI bars liquor tycoon Vijay Mallya from capital markets," Reuters, January 26, 2017.
41. Ashok Malik, "The Art of Flying on Froth," *Tehelka*, October 30, 2012."

第三章　宝莱坞寡头的崛起

1. Jim Yardley and Vikas Bajaj, "Billionaires' Rise Aids India, and Vice Versa," *New York Times*, July 26, 2011.
2. Gowda and Sharalaya, "Crony Capitalism and India's Political System," p. 140.
3. James Crabtree, "Gautam Adani, Founder, Adani Group," *Financial Times*, June 16, 2013.
4. Naazneen Karmali, "For the First Time, India's 100 Richest of 2014 Are All Billionaires," *Forbes*, September 24, 2014.

5. Vinod K. Jose, "The Emperor Uncrowned," *The Caravan*, March 1, 2012.
6. Piyush Mishra and Himanshu Kaushik, "Fleet of 3 Aircraft Ensures Modi Is Home Every Night after Day's Campaigning," *Times of India*, April 22, 2014.
7. "Adani Ports & SEZ Get Environmental, CRZ Nod for Mundra SEZ," Adani media release, July 16, 2014.
8. Rohini Singh, "Rahul Gandhi's Office Had Requested Jayanthi Natarajan's Ministry to Look into Adani Port and SEZ," *Economic Times*, July 24, 2014.
9. "Achievements of Ministry of Shipping," National Informatics Centre, Government of India, 2016, p. 12.
10. "Ancient Stone Anchor May Offer Clues to Indo-Arabian Maritime Trade," *The National*, May 23, 2012.
11. Das, "India: How a Rich Nation Became Poor and Will Be Rich Again."
12. Dhingra, *Life Behind the Lobby*.
13. Kerry A. Dolan, "Forbes 2017 Billionaires List: Meet the Richest People on the Planet," *Forbes*, March 20, 2017.
14. Luisa Kroll, "The World's Billionaires," *Forbes*, October 3, 2010.
15. "India's 100 Richest Are All Billionaires; Mukesh Ambani Tops List," *Indian Express*, September 25, 2014.
16. Jayant Sinha, "Share Your Billions with Our Billion," *Outlook Business*, November 1, 2008.
17. Ibid.
18. Bremmer, *The Fat Tail*, p. 196.
19. Rajakumar and Henley, "Growth and Persistence of Large Business Groups in India."
20. Thomas L. Friedman, "It's a Flat World, After All," *New York Times*, April 3, 2005.
21. Richard Waters, "Business Pioneers in Technology," *Financial Times*, March 31, 2015.
22. *Foreign Affairs*, July–August 2006.
23. James Crabtree, "India's Billionaires Club," *Financial Times*, November 16, 2012.
24. Raghuram Rajan, "Is There a Threat of Oligarchy in India?" September 10, 2008.
25. Raghuram Rajan, "What Happened to India?" Project Syndicate, June 8, 2012.
26. Gandhi and Walton, "Where Do India's Billionaires Get Their Wealth?"
27. Michael Walton, "An Indian Gilded Age? Continuity and Change in the Political Economy of India's Development" (unpublished working paper, January 2017).
28. Sharma, *The Rise and Fall of Nations*, ch. 3.
29. Ruchir Sharma, "Billionaires can be both good and bad. Ruchi Sharma shows how to tell apart." Scroll.in, June 14, 2016.
30. Khatri and Ohja, "Indian Economic Philosophy and Crony Capitalism," p. 63.
31. Alvaredo et al., "The Top 1 Percent in International and Historical Perspective."
32. Freund, *Rich People Poor Countries*, p. 3.
33. *Global Wealth Report 2016*.
34. Ibid.
35. Freund, *Rich People Poor Countries*, p. 4.

36. Ibid.
37. "The Retreat of the Global Company," *The Economist*, January 28, 2017.
38. Jagdish Bhagwati, "This Is How Economic Reforms Have Transformed India," Hiren Mukerjee Memorial Annual Parliamentary Lecture, December 2, 2010.
39. Bhagwati and Panagariya, *Why Growth Matters*, pp. 44–55.
40. Jagdish Bhagwati, "Scaling Up the Gujarat Model," *The Hindu*, September 20, 2014.
41. Drèze and Sen, *An Uncertain Glory*, ch. 1.
42. Amartya Sen, "Quality of Life: India vs. China," *New York Review of Books*, May 12, 2011.
43. Branko Milanovic, "The Question of India's Inequality," globalinequality blog, May 7, 2016.
44. Nisha Agrawal, "Inequality in India: What's the Real Story?" World Economic Forum, October 3, 2016.
45. Jain-Chandra et al., "Sharing the Growth Dividend."
46. *Global Wealth Report 2016*.
47. Chakravarty and Dehejia, "India's Income Divergence."
48. The ADB paper concluded: "Had inequality not increased, India's poverty headcount would have been reduced from 32.7% to 29.5% in 2008." Kang, "Interrelation between Growth and Inequality."
49. Era Dabla-Norris, Kalpana Kochhar, Nujin Suphaphiphat, Frantisek Ricka, and Evridiki Tsounta, "Causes and Consequences of Income Inequality: A Global Perspective," International Monetary Fund, June 15, 2015.
50. James Crabtree, "Gautam Adani, Founder, Adani Group," *Financial Times*, June 16, 2013.
51. "Gautam Adani Kidnapping Case: Underworld Don Fazl-Ur-Rehman Produced in Ahmedabad Court," DNA, August 11, 2014.
52. Deepali Gupta, "Why India Inc's on the Dance Floor," *Economic Times*, February 14, 2013.
53. Megha Bahree, "Doing Big Business in Modi's Gujarat," *Forbes*, March 12, 2014.
54. Tony Munroe, "Billionaire Adani Prospers as Modi Stresses Development," Reuters, April 10, 2014.
55. 根据谷歌财经的数据，截至2014年5月16日，也就是莫迪宣布赢得大选的这天，阿达尼的股价上涨了137%。
56. Manas Dasgupta, "CAG Slams Modi Regime for Financial Irregularities," *The Hindu*, March 31, 2012.
57. P. R. Sanjai, Neha Sethi, and Maulik Pathak, "Adani's Mundra SEZ gets environment clearance," *Livemint*, July 16, 2014.
58. Paranjoy Guha Thakurta, Advait Rao Palepu, Shinzani Jain, and Abir Dasgupta, "Modi Government's Rs 500-Crore Bonanza to the Adani Group," *The Wire*, June 19, 2017.
59. Paranjoy Guha Thakurta, Advait Rao Palepu and Shinzani Jain, "Did the Adani Group Evade Rs 1,000 Crore in Taxes?" *The Wire*, January 14, 2017.
60. Amrit Dhillon, "More than 100 Scholars Back Journalist in Adani 'Crony Capitalism'

Row," *Sydney Morning Herald*, July 25, 2017.

第四章 被改造的印度

1. Milan Vaishnav, "Understanding the Indian Voter," Carnegie Endowment for International Peace, June 2015.
2. Ullekh NP and Vasudha Venugopal, "Gujarat Promises Continued, Accelerated and All-Around Progress: Jagdish Bhagwati & Arvind Panagariya," *Economic Times*, June 20, 2013.
3. Vaishnav, "Understanding the Indian Voter."
4. K. V. Prasad, "TsuNaMo Gives BJP Decisive Mandate to Govern," *The Tribune*, May 16, 2014.
5. Pratap Bhanu Mehta, "Modi's Moment Alone," *Indian Express*, May 17, 2014.
6. Sumegha Gulati, "In Modi's Vadnagar, ASI Searches for Hiuen Tsang's Lost Monasteries," *Indian Express*, March 14, 2015.
7. "Selected Indicators 1950–51 to 1999–2000," National Informatics Centre, Government of India.
8. Mukhopadhyay, *Narendra Modi*, p. 196.
9. Prashant Dayal and Radha Sharmal, "A Loner, Even at the Top," *Times of India*, December 31, 2007.
10. "Hindus to the Fore," *The Economist*, May 21, 2015.
11. "Religion Data: Population of Hindu/Muslim/Sikh/Christian—Census 2011 India," National Census Survey, Census Organisation of India, 2011.
12. Guha, *India after Gandhi*, p. 98.
13. "The Man Who Thought Gandhi a Sissy," *The Economist*, December 17, 2014.
14. Annie Gowen, "Abandoned as a Child Bride, Wife of India's Modi Waits for Husband's Call," *Washington Post*, January 25, 2015.
15. Mukhopadhyay, *Narendra Modi*, p. 243.
16. Marino, *Narendra Modi*, p. 26.
17. Ellen Barry, "Indian Candidate's Biography Has an Asterisk: A Wife, of Sorts," *New York Times*, April 10, 2014.
18. Mukhopadhyay, *Narendra Modi*.
19. "In Pictures: Narendra Modi's Early Life," BBC, May 26, 2014.
20. Ashis Nandy, "Obituary of a Culture," *Seminar*, May 2002.
21. Jo Johnson, "Radical Thinking," *Financial Times*, March 31, 2007.
22. "Report by the Commission of Inquiry Consisting of Mr. Justice G. T. Nanavati and Mr. Justice Akshay H. Mehta," Home Department, Government of Gujarat, September 18, 2008."
23. Siddhartha Deb, "Unmasking Modi," *New Republic*, May 3, 2016.
24. "Gujarat Riot Death Toll Revealed," BBC News, May 11, 2005.
25. Ashutosh Varshney, "Understanding Gujarat Violence," Social Science Research Council, 2002.

26. Human Rights Watch, " 'We Have No Orders to Save You,' " April 2002.
27. "Sanjiv Bhatt: Gujarat Police Officer Critical of PM Modi Sacked," BBC News, August 20, 2015.
28. Martha C. Nussbaum, "Genocide in Gujarat," *Dissent Magazine*, September 2003.
29. Shashank Bengali and Paul Ritcher, "US Eager to Forget about New India Premier's 2005 Visa Denial," *Los Angeles Times*, September 25, 2014.
30. Vinod K. Jose, "The Emperor Uncrowned: The Rise of Narendra Modi," *The Caravan*, March 1, 2012.
31. Heather Timmons and Arshiya Khullar, "Is Narendra Modi's Gujarat Miracle a Myth?" *The Atlantic*, April 7, 2014.
32. Zahir Janmohamed, "The Rise of Narendra Modi," *Boston Review*, June 28, 2013.
33. Ashutosh Varshney, "Modi the Moderate," *Indian Express*, March 27, 2014.
34. Sanjeev Miglani, "Modi Says Shaken to Core by Gujarat's Religious Riots," Reuters, December 28, 2013.
35. Sruthi Gottipati and Annie Banerji, "Modi's 'Puppy' Remark Triggers New Controversy over 2002 Riots," Reuters, July 12, 2013.
36. Jaffrelot, "The Modi-Centric BJP 2014 Election Campaign," p. 151.
37. "Watch Modi's Fiery Attack on Rahul, Sonia in Amethi Live on India TV," IndiaTV/YouTube, May 5, 2014 (https://youtu.be/4ic5T02586s) (accessed December 18, 2017).
38. Ian Buruma, "India: The Perils of Democracy," *New York Review of Books*, December 4, 1997.
39. Fukuyama, *The End of History and the Last Man*, p. 13.
40. Robert D. Kaplan, "India's New Face," *The Atlantic*, April 2009.
41. Rohit Trivedi, "Narendra Modi: Secularism for Me Is India First! We Will Understand Its True Meaning Then Votebank Politics Ends!" www.narendramodi.in, August 31, 2012.
42. James Crabtree, "Pockets of Wariness amid the Delirium in New Leader's Home State," *Financial Times*, May 17, 2014.
43. "#PMSpeaksToArnab: Read Full Text Here," Times Now, June 27, 2016.

第五章　欺诈季

1. Douglas Busvine and Rupam Jain, "Who Knew? Modi's Black Money Move Kept a Closely Guarded Secret," Reuters, December 9, 2016.
2. Suchetana Ray, "Govt Didn't Have Enough Time to Prepare for Demonetisation: Piyush Goyal," *Hindustan Times*, December 3, 2016.
3. Busvine and Jain, "Who Knew?"
4. "PM Modi: 'Corruption, Black Money & Terrorism Are Festering Sores,' " *The Hindu*, November 9, 2016.
5. "India's Bonfire of the Bank Notes," *The Briefing Room*, BBC Radio 4, January 26, 2017.
6. "Union Budget 2017: Full Speech of Finance Minister Arun Jaitley," *Times of India*, February 1, 2017.

7. "PM Modi: 'Corruption, Black Money & Terrorism Are Festering Sores.'"
8. Rory Medcalf, "India Poll 2013," Lowy Institute, May 20, 2013."
9. *Corruption Perceptions Index 2016*, Transparency International, January 25, 2017.
10. Coralie Pring, "People and Corruption: Asia Pacific—Global Corruption Barometer," Transparency International, 2017.
11. "Deloitte Forensic Protecting Your Business in the Insurance Sector," Deloitte, 2014.
12. "Rahul Gandhi Tears into Modi's 'Suit-Boot Ki Sarkar,'" *Times of India*, April 21, 2015.
13. Panagariya, *India*, p. 336.
14. Swaminathan S. Anklesaria Aiyar, "Paying Record Taxes Is Bliss," Swaminomics, February 10, 2008.
15. Kumar, "Estimation of the Size of the Black Economy in India, 1996–2012."
16. "Narendra Modi in Goa Full Text: Once We Get Clean, We Need Not Worry about Even One Corrupt Mosquito," *Firstpost*, August 11, 2017.
17. "Teary Eyed Narendra Modi Takes On Rivals, Reaches Out to People on Demonetisation," *Financial Express*, November 14, 2016.
18. James Crabtree, "Modi Plunders India's Cash. Indians Cheer," *Foreign Policy*, November 28, 2016.
19. William Dalrymple, "The East India Company: The Original Corporate Raiders," *The Guardian*, March 4, 2015.
20. Gill, *The Pathology of Corruption*, p. 44.
21. Oldenburg, "Middlemen in Third-World Corruption."
22. Bhagwati and Panagariya, *Why Growth Matters*, p. 87.
23. Pei, *China's Crony Capitalism*, p. 8.
24. Vaishnav, *When Crime Pays*, p. 31.
25. James Crabtree, "India: Lost Connections," *Financial Times*, September 2, 2012.
26. Ninan, *The Turn of the Tortoise*, p. 128.
27. "Report No. 19 of 2010: Performance Audit of Issue of Licences and Allocation of 2G Spectrum of Union Government, Ministry of Communications and Information Technology," Comptroller and Auditor General (CAG), November 16, 2010.
28. Anurag Kotoky, "Raja, Other Executives Go on Trial; Court Defers Hearing," Reuters, April 13, 2011.
29. Sukhantar and Vaishnav, "Corruption in India."
30. Klitgaard, *Controlling Corruption*, p. 75.
31. "Report No. 7 of 2012–13: Performance Audit of Allocation of Coal Blocks and Augmentation of Coal Production, Ministry of Coal," Comptroller and Auditor General (CAG), August 17, 2012.
32. CAG 于 2012 年 3 月发布的报告草案估计损失为 10.7 万亿卢比（合 1670 亿美元）。2012 年 8 月发布的最终报告将这一数字降至 1.9 万亿卢比（合 297 亿美元）。见 "Report No. 7 of 2012–13: Performance Audit of Allocation of Coal Blocks and Augmentation of Coal Production, Ministry of Coal," Comptroller and Auditor General, August 17, 2012.
33. "Not 1, but 100 Toilet Rolls Bought for Rs4,000 Each," *Times of India*, August 5, 2010.

34. "Indian Court Acquits All Accused in 2G Telecoms Case," Reuters, December 21, 2017.
35. James Crabtree, "India's Supreme Court Declares More than 200 Coal Mining Licences Illegal," *Financial Times*, August 25, 2014.
36. "Coalgate Brushes Dirtier," *The Economist*, September 1, 2012.
37. Adiga, *The White Tiger*, p. 113.
38. Sunil Khilnani, "The Spectacle of Corruption," *Livemint*, December 16, 2010.
39. Jyoti and Johnston, "India's Middlemen: Connecting by Corrupting?"
40. James Crabtree, "India's Red Tape Causes Trouble for Exporting Cats," Financial Times, March 21, 2016.
41. Tadit Kundu, "Nearly Half of Indians Survived on Less than Rs38 a Day in 2011–12," *Livemint*, April 21, 2016.
42. James Crabtree, "Spark of Inspiration," *Financial Times*, July 26, 2016.
43. Bertrand et al., "Obtaining a Driver's License in India."
44. Bribe Fighter, "Driving License without a Driving Test!!" I Paid a Bribe, November 14, 2012.
45. "Foreign Direct Investment Inflows: A Success Story," Press Information Bureau, Ministry of Commerce & Industry, May 19, 2017. Indian FDI inflows totaled $60.1 billion in the financial year ending March 31, 2017.
46. "Who to Punish," *The Economist*, May 5, 2011.
47. James Crabtree, "India Casts Around for More Outrage," *Financial Times*, January 29, 2013.
48. Boo, *Behind the Beautiful Forevers*, p. 28.
49. Huntington, *Political Order in Changing Societies*, p. 69.
50. Khan and Jomo, Rents, *Rent-Seeking and Economic Development*.
51. Studwell, *How Asia Works*, p. 107.
52. "Doing Business in India," World Bank Group, 2017.
53. Avih Rastogi, "Inspector Raj for Garment Export Business," Centre for Civil Society, 2002.
54. Aiyar, *Accidental India*, p. 16.
55. Amy Kazmin, "Drinks Industry: India's Battle with the Bottle," *Financial Times*, October 9, 2016.
56. Shyamal Majumdar, "Registers and Corruption: Why the 'Inspector Raj' Needs to Go!" *Business Standard*, October 24, 2014.
57. Pritchett, "Is India a Flailing State?"
58. Debroy and Bhandari, *Corruption in India*, p. 120.
59. Salvatore Schiavo-Campo, Giulio de Tommaso, and Amitabha Mukherjee, "Government Employment and Pay in Global Perspective: A Selective Synthesis of International Facts, Policies And Experience," World Bank, 1997.
60. "Mandarin Lessons," *The Economist*, March 10, 2016.
61. Victor Mallet, "Indian Job Ad Receives 2.3m Applicants," *Financial Times*, September 19, 2015.

62. Wade, "The System of Administrative and Political Corruption."
63. Wit, *Urban Poverty, Local Governance and Everyday Politics in Mumbai*, section 4.2.
64. James Crabtree, "Goa Dares to Hope as India Eases Mining Ban," *Financial Times*, April 30, 2013.
65. "Republic of Bellary," *The Telegraph*, July 31, 2011.
66. James Fontanella-Khan, "India Lifts Karnataka Iron Ore Export Ban," *Financial Times*, April 5, 2011.
67. Das, *India Grows at Night*, p. 228.

第六章　金权政治

1. India's 2011 census put Uttar Pradesh's population at 200m. It is now estimated to be in the region of 220m. "Uttar Pradesh Population Census Data 2011," Census 2011.
2. Varshney, *Ethnic Conflict and Civic Life*, p. 55.
3. Sridharan, "India's Watershed Vote," p. 28.
4. Pal, "Haryana."
5. Michelutti and Heath, "Political Cooperation and Distrust."
6. Mohd Faisal Fareed, "Mulayam's Shocker: Boys Will Be Boys, They Make Mistakes…Will You Hang Them for Rape?" *Indian Express*, April 11, 2014.
7. Przeworski, "Capitalism, Development and Democracy," p. 493.
8. Huntington, "Democracy's Third Wave," p. 30.
9. Vaishnav, *When Crime Pays*, p. 33.
10. "India Elections: A Complex Election Explained," *Financial Times*, April 7, 2014.
11. Amy Kazmin, "Narendra Modi Mocks Economists amid Doubts over Indian GDP," *Financial Times*, March 2, 2017.
12. Gowda and Sharalaya, "Crony Capitalism and India's Political System," p. 133.
13. S. Rukmini, "400% Rise in Parties' Spend on LS Polls," *The Hindu*, March 2, 2015.
14. J. Balaji, "Poll Expenditure Ceiling Raised," *The Hindu*, March 1, 2014.
15. "Munde Admits Spending Rs8 Crore in 2009 Polls," *The Hindu*, June 28, 2013.
16. "Assembly Election 2017: Cash, Liquor Seizure Go through the Roof in 2017," Press Trust of India, February 26, 2017.
17. "Why Tatas, Birlas Use Electoral Trusts to Fund Politics," FirstPost, September 10, 2012. Also see "Contribution to Political Parties," Press Information Bureau, February 27, 2015.
18. Sanjeev Miglani and Tommy Wilkes, "On Eve of State Polls, Modi Looks to Clean Up Campaign Funding," Reuters, February 2, 2017.
19. Kaushik Deka, "Now Nail the Netas," *India Today*, November 30, 2016.
20. "Mamata's Midas Brush," *The Telegraph*, April 13, 2015.
21. Raghvendra Rao, "442 Crorepatis, Richest Worth Rs683 Crore," *Indian Express*, May 19, 2014.
22. "Mayawati: Portrait of a Lady," WikiLeaks, October 23, 2008.

23. Janane Venkatraman, "Mayawati's Cases: A Recap," *The Hindu*, April 14, 2016.
24. Vaishnav, *When Crime Pays*, p. 10.
25. Mehboob Jeelani, "Under the Influence: Ponty Chadha's Potent Mix of Liquor and Politics," *The Caravan*, November 1, 2013.
26. Cordelia Jenkins and Amaan Malik, "Ponty Chadha: The Man Who Would Be King," *Livemint*, November 30, 2012.
27. Veenu Sandhu Shashikant Trivedi and Indulekha Aravind, "Mid-Day Mess," *Business Standard*, July 26, 2013.
28. Anto Antony and Bhuma Shrivastava, "India Shadow Banker Fights to Keep Empire Built on Poor," Bloomberg Markets, December 3, 2013.
29. Jeelani, "Under the Influence."
30. Tony Munroe and Devidutta Tripathy, "Sahara: Massive, Splashy…and Mysterious," Reuters, September 26, 2012.
31. Tamal Bandyopadhyay, "Sahara Hasn't Done Anything against the Law: Subrata Roy," *Livemint*, April 26, 2014.
32. Suchitra Mohanty and Devidutta Tripathy, "Sahara Told to Repay Small Investors $3.1 Billion," Reuters, August 31, 2012.
33. Raghuram Rajan, "Finance and Opportunity in India," Address at Twentieth Lalit Doshi Memorial Lecture, Mumbai, August 11, 2014.

第七章　南方的裙带关系

1. Rollo Romig, "What Happens When a State Is Run by Movie Stars?" *New York Times*, July 1, 2015.
2. Vaasanthi, "Madras Check," *The Caravan*, April 1, 2014.
3. "Populism Doesn't Win Polls," *Indian Express*, April 8, 2014.
4. T. N. Gopalan, "Indian State of Tamil Nadu Gives Laptops to Children," BBC, September 15, 2011.
5. A. S. Panneerselvan, "The Acid Wears Off," *Outlook*, September 25, 1996.
6. "Court Jails Tamil Nadu CM Jayalalithaa in Graft Case," Reuters, September 27, 2014.
7. B. V. Shivashankar, "Jayalalithaa's 10,500 Saris, 750 Slippers, 500 Wine Glasses in Court," *Times of India*, December 9, 2016.
8. "Jayalalithaa Conviction: 16 Persons Commit Suicide," *The Hindu*, September 29, 2014.
9. Satish Padmanabhan, Dola Mitra, and Ajay Sukumaran, "Winners Take the Decade," *Outlook*, May 30, 2016.
10. Romig, "What Happens When a State Is Run by Movie Stars?"
11. Ellen Barry and Hari Kumar, "Suicides Reported in India after Death of Jayalalithaa Jayaram," *New York Times*, December 10, 2016.
12. V. Geetha, "The Undemocratic Regime of Jayalalithaa," *The Caravan*, December 9, 2016.
13. Jacob, *Celluloid Deities*, p. 212.
14. Vaasanthi, "Madras Check."

15. "Tamil Nadu Gives Tax Sops to Auto Part Makers," Reuters, February 23, 1996.
16. Prachi Salve, "Jayalalithaa's Legacy: Industrial, Social, Crime Rankings among India's Best," *IndiaSpend*, December 6, 2016.
17. Public Affairs Index: Governance in the Indian States of India, 2016.
18. Mihir Sharma, "Jayalalithaa's Chief Minister Template Followed by Nitish, Modi," NDTV December 6, 2016.
19. Centre for Media Studies, "CMS India Corruption Study 2017," 2017.
20. Gomez, *Political Business in East Asia*, p. 37.
21. Annie Gowen, "Jayaram Jayalalithaa, Powerful Indian Politician Who Broke Gender Barriers, Dies at 68," *Washington Post*, December 5, 2016.
22. "Largest Wedding Banquet/Reception," Guinness World Records.
23. Robin Pagnamenta, "Jayaram Jayalalithaa," *The Times*, December 10, 2016.
24. "Women in India: Tamil Nadu's Iron Lady J. Jayalalithaa," WikiLeaks, March 19, 2009.
25. Robert Byron, "New Delhi: The Individual Buildings," *Architectural Review*, January 1931, reproduced August 25, 2010.
26. "MP Who Collapsed in Parliament Admitted to Hospital," *Business Standard*, February 13, 2014.
27. "Indian Parliament Pepper-Sprayed as MPs Brawl over New Telangana State," Agence France-Presse, February 13, 2014.
28. Shekhar Gupta, "National Interest: India Stinc," *Indian Express*, February 15, 2014.
29. "RIPPP," *The Economist*, December 15, 2012.
30. Pratap Bhanu Mehta, "The Contractor State," *Indian Express*, April 2, 2013.
31. Julie McCaffrey, "Exclusive: The Last Nizam of Hyderabad Was So Rich He Had a £50m Diamond Paperweight..." *The Mirror*, April 15, 2008.
32. Gupta, "National Interest: India Stinc."
33. Aparisim Ghosh, "South Asian of the Year: Chandrababu Naidu," *TIME Asia*, December 31, 1999.
34. B. V. Shiv Shankar, "Jalayagnam: The Mother of All Frauds," *Times of India*, April 16, 2012.
35. "Corruption Plagues Andhra Pradesh's Big Ticket Spending Programs," WikiLeaks, October 22, 2007.
36. James Crabtree, "India's Billionaires Club," Financial Times, November 16, 2012.
37. Praveen Donthi, "The Takeover," *The Caravan*, May 1, 2012.
38. "CAG Finds Grave Irregularities in Land Allotments by YSR Govt," Business Standard, March 30, 2012. Also see Sukhantar and Vaishnav, "Corruption in India," p.8.
39. Donthi, "The Takeover."
40. Mark Bergen, "Dividing Lines," *The Caravan*, May 1, 2013.
41. Kapur and Vaishnav, "Quid Pro Quo."
42. James Crabtree, "Mumbai's Bloodied Elite," *Prospect*, December 17, 2008.
43. Gowda and Sharalaya, "Crony Capitalism and India's Political System."

第八章 债台高筑

1. "Profile: Rakesh Jhunjhunwala," Forbes, June 15, 2017; "The World's Billionaires Index," *Forbes*, March 26, 2012.
2. Rana Rosen, "No More Room in India's Most Expensive Office," *Livemint*, August 17, 2007.
3. T. C. A. Srinivasa-Raghavan, "The Economic History of Liberation," *Open*, July 22, 2016.
4. Gupta and Kumar, "India Financial Sector: House of Debt."
5. Hamid, *How to Get Filthy Rich in Rising Asia*, p. 180.
6. Ajit Barman and Biswajit Baruah, "Not Hyper-Critical, I Want to Be Hyper-Objective: Ashish Gupta, MD Equity Research, Credit Suisse," *Economic Times*, June 21, 2013.
7. James Crabtree, "Concerns Grow over Indian Industrials' Debt Burdens," *Financial Times*, August 14, 2013.
8. James Crabtree, "Lackadaisical Indian Bank Set for Shake-up under New Leader," *Financial Times*, December 8, 2013.
9. Kahneman, *Thinking, Fast and Slow*, p. 250.
10. Paranjoy Guha Thakurta and Aman Malik, "From Adani to Ambani, How Alleged Over-Invoicing of Imported Coal Has Increased Power Tariffs," *The Wire*, April 6, 2016.
11. Rajiv Lall, "Turn the PPP Model on Its Head," *Business Standard*, January 3, 2015.
12. Raghuram Govind Rajan, "Essays on Banking," PhD thesis, Massachusetts Institute of Technology, May 1991.
13. Rajan and Zingales, "Which Capitalism?"
14. Raghuram G. Rajan, "Has Financial Development Made the World Riskier?" 2005.
15. "Statement by Dr. Raghuram Rajan on Taking Office on September 4, 2013," press release, Reserve Bank of India, September 4, 2013.
16. "Report of the Committee to Review Governance of Boards of Banks in India," Reserve Bank of India, May 2014.
17. Lionel Barber and James Crabtree, "Rajan Treads Different Path to More Circumspect Predecessors; RBI Governor," *Financial Times*, November 19, 2013.
18. "Chairman of Syndicate Bank Arrested on Bribery Allegations," Reuters, August 3, 2014.
19. Tamal Bandyopadhyay, "How Corrupt Are Our Bankers?" *Livemint*, September 26, 2016.
20. "Annual Report 2016–17," State Bank of India, May 2017.
21. Rakesh Mohan, "Transforming Indian Banking: In Search of a Better Tomorrow," Bank Economists' Conference 2002, Bangalore, December 29, 2002.
22. Ninan, *The Turn of the Tortoise*, p. 65.
23. "PM's Remarks at Gyan Sangam: the Bankers' Retreat in Pune," Narendra Modi website, January 3, 2015.
24. "Raghuram Rajan Not to Continue as RBI Governor after September," *Scroll*, June 18, 2016.
25. Luigi Zingales, "RBI Governor Rajan's Fight against Crony Capitalism," Pro Market, June 11, 2016.
26. Rahul Shrivastava, "Why IIT, Harvard Graduate Jayant Sinha Lost Finance Ministry,"

NDTV, July 7, 2016.

第九章　焦虑的巨头

1. "Angul," Jindal Steel & Power website (accessed December 28, 2017).
2. Ashwin Ramarathinam and S. Bridget Leena, "With Rs73.4 Crore, Naveen Jindal Retains Top Paid Executive Title," *Livemint*, September 23, 2012.
3. Rahul Oberoi, "How SC Ruling on Coal Blocks Will Impact Related Companies," *Money Today*, November 2014.
4. Rakhi Mazumdar, "I Am Relieved We Could Finish Angul Project: Jindal Steel & Power Chairman Naveen Jindal," *Economic Times*, May 29, 2017.
5. Dillip Satapathy, "Coal Fire 3: Jindal Steel & Power's Projects Worth Rs80,000 Cr in Limbo in Odisha," *Business Standard*, November 2, 2013.
6. "Jindal Wins Government Nod for Flying Tricolour at Night," *Business Standard*, December 24, 2009.
7. Rakhi Mazumdar, "4-Way Split of Jindal Group Proposed," *Business Standard*, August 27, 1997.
8. *Partnering India's Aspirations*, Annual Report 2012–13, Jindal Steel and Power Limited.
9. Naazneen Karmali, "Citizen Tycoon," *Forbes*, September 25, 2009."
10. Moinak Mitra, "The Paladin of Power," *Economic Times*, August 24, 2012.
11. Sudheer Pal Singh, "Navin Jindal's Toughest Hour," *Business Standard*, November 14, 2012.
12. James Crabtree and Avantika Chilkoti, "Jindal Steel Shares Sink after Police Raid at Coal Mine," *Financial Times*, October 20, 2014.
13. "Jindal Steel Defaults on Debenture Interest Payments," Reuters, October 6, 2016.
14. David Lalmalsawma, "Zee News Editors Arrested in Jindal Extortion Case," Reuters, November 27, 2012.
15. Mehboob Jeelani, "The Price of Power," *The Caravan*, March 5, 2013.
16. Myrdal, *Asian Drama*, p. 277.
17. "The Bollygarchs' Magic Mix," *The Economist*, October 22, 2011.
18. Tarun Khanna and Krishna G. Palepu, "Why Focused Strategies May Be Wrong for Emerging Markets," *Harvard Business Review*, July–August 1997.
19. Ninan, *The Turn of the Tortoise*, p. 93.
20. Martin Hirt, Sven Smit, and Wonsik Yoo, "Understanding Asia's Conglomerates," *McKinsey Quarterly*, February 2013.
21. Asian Family Business Report 2011, *Credit Suisse*, October 2011.
22. Aakar Patel, "When Will the Brahmin-Bania Hegemony End?" *Livemint*, August 28, 2009.
23. Dasgupta, *Capital*, pp. 224, 225.
24. James Crabtree, "Mumbai's Former US Consulate Sets Indian Record for Property Deal," *Financial Times*, September 14, 2015.
25. Samanth Subramanian, "Breach Candy," *Granta*, 130, 2015."

26. James Crabtree, "Mumbai's Towering Ambitions Brought Low by Legal Disputes," *Financial Times*, October 10, 2014.
27. "Janardhan Reddy's Daughter's Wedding Invite!," News Minute/YouTube, October 18, 2016 (https://youtu.be/3TgCeDmE6UI) (accessed December 29, 2017).
28. Harish Upadhyay, "Hampi Temple Replica, 50,000 Guests: A Wedding Bengaluru Is Talking About," NDTV, November 15, 2016.
29. Parul Bhandari, "Inside the Big Fat Indian Wedding: Conservatism, Competition and Networks," *The Conversation*, January 13, 2017.
30. Amit Roy, "£30m Wedding Bill as Bollywood Comes to France," *The Telegraph*, June 2, 2004.
31. Preethi Nagaraj, "Janardhan Reddy's Spending on Daughter's Wedding Is as Strategic as Extravagant," *Hindustan Times*, November 16, 2016.
32. James Crabtree, "The Monday Interview: Prashant Ruia, Group Chief Executive of Essar," *Financial Times*, March 17, 2013.
33. "The Essar Group" and "Corporate Profile," Essar website, 2014.
34. Gupta et al., "India Financial Sector: House of Debt Revisited."
35. "Default Options," *The Economist*, February 3, 2000.
36. Appu Esthose Suresh and Ritu Sarin, "Essar Leaks: French Cruise for Nitin Gadkari, Favors to UPA Minister, Journalists," *Indian Express*, January 27, 2015.
37. Krishn Kaushik, "Doing the Needful," *The Caravan*, August 1, 2015.
38. Kathrin Hille and James Crabtree, "Rosneft Buys Stake in Essar Oil Refinery in India," *Financial Times*, July 9, 2015.
39. Naazneen Karmali, "Road to Riches," *Forbes*, December 4, 2010.

第十章　不单纯的比赛

1. Tim Wigmore, "India–Pakistan Final: Will a Billion People Watch the Champions Trophy Final?" ESPN Cricinfo, June 17, 2017.
2. Raina and Chaudhary, "Television Broadcasting in India."
3. "IPL Brand Value Doubles to USD 4.13 Billion," NDTV Sports, March 23, 2010.
4. "Cricket, Lovely Cricket," *The Economist*, July 31, 2008.
5. Rahul Bhatia, "Mr. Big Deal," *Tehelka*, May 20, 2006.
6. Suveen Sinha, "Lalit Modi: People like Mr. Srinivasan May Come and Go but IPL Will Continue to Flourish," *Business Today*, May 6, 2014.
7. Samanth Subramanian, "The Confidence Man," *The Caravan*, March 1, 2011.
8. Matt Wade, "The Tycoon Who Changed Cricket," *The Age*, March 8, 2008.
9. Bhatia, "Mr. Big Deal."
10. Astill, *The Great Tamasha*.
11. Hawkins, *Bookie Gambler Fixer Spy*, p. 52.
12. "'Slapgate' a Thing of the Past for Sreesanth, Harbhajan," *Indian Express*, October 25, 2010.

13. Gideon Haigh, "The Men Who Sold the World," *Cricket Monthly*, October 2015.
14. Rahul Bhatia, "Beyond the Boundary," *The Caravan*, August 1, 2014.
15. Mukul Kesavan, "An Emirate and Its Subjects," *The Telegraph*, January 29, 2015.
16. "Srinivasan Promises Fair Investigation," ESPN Cricinfo, May 26, 2013.
17. Booth, *Wisden's Cricketers' Almanack 2012*.
18. "Srinivasan Sticking On as BCCI Boss 'Nauseating,'" *Hindustan Times*, March 26, 2014.
19. Ramachandra Guha, "An Indian Century," *The Caravan*, October 1, 2014.
20. "Frankly Speaking with N. Srinivasan: Part 1," Times Now/YouTube, October 9, 2013 (https://youtu.be/rXtWehl4J8k) (accessed January 2, 2018).
21. "IPL 2013 Spot-Fixing Controversy: Full Text of N. Srinivasan's Press Conference in Kolkata," Press Trust of India, May 26, 2013.

第十一章　国家想知道

1. @NorthernComd.IA, "#JKOps Please Find a Statement Attached on the Operation at Uri in J&K," Twitter, September 18, 2016.
2. "India Election Update: Last Week Tonight with John Oliver (HBO)," Last Week Tonight/YouTube, May 18, 2014 (https://www.youtu.be/8YQ_HGvrHEU) (accessed January 30, 2018).
3. A.A.K., "Why India's Newspaper Business Is Booming," *The Economist*, February 22, 2016; "Master List of Permitted Private Satellite TV Channels as on 31:05.2017," National Informatics Centre, May 31, 2017.
4. "IRS 2014 Topline Findings," Readership Studies Council of India, 2014.
5. "Mukesh Ambani Praises Arnab Goswami during Interview with Shekhar Gupta in NDTV," *Financial Express*, November 1, 2016.
6. Madhu Purnima Kishwar, "When News Programs Become Kangaroo Courts, Part I: An Open Letter to Arnab Goswami," Manushi, 2012.
7. Painter, ed., *India's Media Boom*.
8. Rahul Bhatia, "Fast and Furious," *The Caravan*, December 1, 2012.
9. Ninan, *The Turn of the Tortoise*, p. 106.
10. Bhatia, "Fast and Furious."
11. Rajdeep Sardesai, "Life in a 24*7 Coop," *India Today*, December 11, 2014.
12. Ninan, "Indian Media's Dickensian Age."
13. "India : Threat from Modi's Nationalism," Reporters without Borders, 2017. Pakistan ranks 139th and Bangladesh ranks 146th respectively, on the 2017 report.
14. Gaurav Laghate, "TV Viewers in India Now Much More than All of Europe's," *Economic Times*, March 3, 2017.
15. Ken Auletta, "Citizens Jain," *The New Yorker*, October 8, 2012.
16. Ashish K. Mishra, "Inside the Network18 Takeover," *Livemint*, June 25, 2014.
17. Harveen Ahluwalia, "Times Group Serves Arnab Goswami Notice on Using 'Nation Wants to Know,'" *Livemint*, April 18, 2017.

18. "This Is Arnab Goswami. I Am Here as Promised. Ask Me, What Redditors Want to Know!" Reddit, April 27, 2017.
19. Sadanand Dhume, "A Tahrir Square Moment in India," YaleGlobal Online, April 18, 2011.
20. "MP Rajeev Chandrasekhar Biggest Investor in Arnab Goswami's Republic?" *Business Standard*, January 13, 2017.
21. Ramanathan S., "Arnab's Republic of Investors: Who Is Funding Goswami and What That Means," *News Minute*, January 13, 2017.
22. ANI, "News Traders Dance on Congress's Tune: Modi," *Business Standard*, April 30, 2014.
23. "PM Modi on Frankly Speaking with Arnab Goswami: Exclusive Full Interview," Times Now/YouTube, June 27, 2016 (https://youtu.be/892N6hiRpUM) (accessed January 3, 2018).
24. "This Is Arnab Goswami."
25. "India : Threat from Modi's Nationalism."
26. C. P. Surendran, "India Is Arnab and Arnab Is India," *The Wire*, July 28, 2016.

第十二章　莫迪的悲剧

1. "Iconic Race Course Road Renamed as Lok Kalyan Marg," Press Trust of India, September 21, 2016.
2. "#PMSpeaksToArnab: Read Full Text Here," Times Now, June 27, 2016.
3. 根据世界银行的数据，2014 年印度的人均 GDP 为 1573 美元。中国和马来西亚的人均 GDP 分别为 7683 美元和 11 184 美元。"GDP per Capita (Current US$): Data," World Bank, 2014.
4. Parag Gupta and Gaurav Rateria, "Technology: The Millennials Series—The Disruptive Wave in the World's Seventh Largest Economy," Morgan Stanley, February 19, 2017. In 2017, India was classified by the World Bank as a lower-middle-income nation; see "New Country Classifications by Income Level: 2017–2018," The Data Blog, World Bank, January 7, 2017.
5. "Indian Economy to Reach $5 Trillion by 2025, Says Report," *Livemint*, February 21, 2017.
6. Phongpaichit, "The Thai Economy in the Mid-1990s."
7. Hausmann et al., "Growth Accelerators."
8. Asit Ranjan Mishra, "India to See Severe Shortage of Jobs in the Next 35 Years," Livemint, April 28, 2016.
9. Mohan Guruswamy, "1.7 Billion Indians by 2050: Much Food for Thought," *Deccan Chronicle*, May 31, 2017.
10. "Tryst with Destiny Speech Made by Pt Jawaharlal Nehru," Indian National Congress, August 13, 2016.
11. Kishore Mahbubani, "One Year of Narendra Modi Govt: Bold Moves on World Stage," *Indian Express*, May 29, 2015.
12. McKean, *Divine Enterprise*, p. 71.
13. Devesh Kapur, "And Now, (Modestly) Good News," *Business Standard*, April 9, 2012.

14. Mahim Pratap Singh, "Jawaharlal Nehru Erased from Rajasthan School Textbook, Congress Angry," *Indian Express*, May 26, 2016.
15. "Text of Prime Minister Shri Narendra Modi's Address to the Indian Community at Madison Square Garden, New York," Press Information Bureau, Prime Minister's Office, Government of India, September 28, 2014.
16. Poornima Joshi, "The Organizer," *The Caravan*, April 1, 2014.
17. Patrick French, "The 'Shah' of BJP's Game Plan Who Wants to Alter India's Political Culture," *Hindustan Times*, July 17, 2016.
18. "After 3 Months in Jail, Amit Shah Out on Bail," *Indian Express*, October 30, 2010.
19. Varshney, "India's Watershed Vote."
20. Mukul Kesavan, "What about 1984? Pogroms and Political Virtue," *The Telegraph*, July 26, 2013.
21. "PM Modi in Fatehpur: If There Is Electricity during Ramzan, It Should Be Available on Diwali Too," *Indian Express*, February 20, 2017.
22. Mihir Swarup Sharma, "In Modi and Amit Shah Speeches, the 2 Sides of the BJP," NDTV, June 16, 2016.
23. "General Election 2014: Partywise Performance and List of Party Participated," Election Commission of India website (http://eci.nic.in/eci_main1/GE2014/Party_Contested_GE_2014.xlsx) (accessed January 3, 2018).
24. Rupam Jain Nair, "India's Modi to Observe Strict Fast during Maiden Trip to US," Reuters, September 22, 2014.
25. "Rahul Gandhi Tears into Modi's 'Suit-Boot Ki Sarkar,'" *Times of India*, April 21, 2015.
26. Suryatapa Bhattacharya, "Modi's Famous Pinstripe Suit Sells for $690,000 at Auction," *Wall Street Journal*, February 20, 2015.
27. Amy Kazmin, "Narendra Modi Continues to Ride Wave of Popularity as India's PM," *Financial Times*, November 16, 2017.
28. Ellen Barry, "Modi's Yoga Day Grips India, and 'Om' Meets 'Ouch!,'" *New York Times*, June 15, 2015.
29. James Crabtree, "Arvind Subramanian, Economic Adviser to Narendra Modi," *Financial Times*, May 10, 2017.
30. "IT + IT = IT: PM Narendra Modi Devises New Equation," *Times of India*, May 10, 2017.
31. Suhasini Haidar, "India for Israel, Says Modi; Force against Bad: Netanyahu," *The Hindu*, July 6, 2017.
32. 截至 2017 年 12 月，纳伦德拉·莫迪在推特账号 @narendramodi 上拥有 3700 万粉丝。
33. Zahir Janmohamed, "The Rise of Narendra Modi," *Boston Review*, June 28, 2013.
34. "#PMSpeaksToArnab: Read Full Text Here."
35. "Dressing Down," *Business Standard*, July 23, 2014.
36. Price, The Modi Effect, pp. 247–48.
37. Mihir Sharma, "Jobs Are Modi's Central Mission, and He's Failing," Bloomberg, May 26, 2017.
38. 根据世界银行 2017 年的《印度营商环境》报告，莫迪上任时，印度排在第 142 位。到

2017 年，它已经上升到第 130 位。
39. P. Vaidyanathan Iyer, "Modi May Be an Agent of Change, but He Has to Reshape an Entire Ocean," *Indian Express*, December 22, 2015.
40. "Most of India's State-Owned Firms Are Ripe for Sale or Closure," *The Economist*, June 1, 2017.
41. Debroy et al., *Getting India Back on Track*, p. 41.
42. Khilnani, *The Idea of India*, ch. 1.
43. James Crabtree, "If They Kill Even One Hindu, We Will Kill 100!," *Foreign Policy*, March 30, 2017.
44. James Crabtree, "Forget Brexit. Rexit Is the Real Problem," *Foreign Policy*, June 22, 2016.
45. "Tolerance and Respect for Economic Progress: Full Text of Raghuram Rajan's Speech at IIT-Delhi," *Times of India*, October 31, 2015.
46. "Raghuram Rajan 'Mentally Not Fully Indian,' Sack Him, Subramanian Swamy Writes to PM Modi," *Times of India*, May 17, 2016.
47. Victor Mallet, "India's Top Judge Thakur Pleads for Help with Avalanche of Cases," *Financial Times*, April 25, 2016.
48. "Courts Will Take 320 Years to Clear Backlog Cases: Justice Rao," *Times of India*, March 6, 2010.
49. Michael Barbaro, "Bloomberg's Bullpen: Candidates Debate Its Future," *New York Times*, March 22, 2013.
50. Ramachandra Guha, "Are We Becoming an Election Only Democracy?" *Hindustan Times*, November 29, 2015.
51. Fareed Zakaria, "The Rise of Illiberal Democracy," *Foreign Affairs*, November–December 1997.
52. Shashi Tharoor, "Tharoor on Modi's Mid-Term: Parivar Haunts PM's Sabka Vikas Agenda," *The Quint*, November 22, 2016.
53. Crabtree, "If They Kill Even One Hindu, We Will Kill 100!"
54. Gurcharan Das, "Was Voting for the BJP a Risk Worth Taking? Three Years On, Jury's Out," *Times of India* blog, June 4, 2017.

结论　进步时代？

1. James Crabtree, "Mumbai Takes to the Skies with New Airport Terminal," *Financial Times*, January 10, 2014.
2. Rajat Rai, "Modi: The Rich Need Pills to Go to Sleep after Demonetisation Move," *India Today*, November 15, 2016.
3. Manjeet S. Pardesi and Sumit Ganguly, "India and Oligarchic Capitalism," *The Diplomat*, April 26, 2011.
4. Press Trust of India, May 1, 2016.
5. James Crabtree, "Has Narendra Modi Cleaned Up India?" *Prospect*, April 23, 2015.
6. Coralie Pring, "People and Corruption: Asia Pacific—Global Corruption Barometer,"

Transparency International, 2017.
7. Paul Collier, "The C-Word: Paul Collier on the Future of Corruption," *Times Literary Supplement*, July 11, 2017.
8. James Crabtree, "Modi's Money Madness," *Foreign Affairs*, June 16, 2017.
9. "Global Infrastructure Outlook: Infrastructure Investment Needs—50 Countries, 7 Sectors to 2040," Oxford Economics, July 2017.
10. Huntington, *Political Order in Changing Societies*, p. 1.
11. Klitgaard, *Controlling Corruption*, p. 24.
12. Pratap Bhanu Mehta, "*Seven Sins of Hubris*," *Indian Express*, June 5, 2014.
13. Francis Fukuyama, "What Is Corruption?" Research Institute for Development, Growth and Economics, 2016.
14. For an excellent introduction to the topic of state capacity, see: Kapur et al., eds., *Rethinking Public Institutions in India*.
15. Huntington, *Political Order in Changing Societies*, p. 1.

参考文献

Acemoglu, D. and Robinson, J. A. *Why Nations Fail: The Origins of Power, Prosperity and Poverty*. London, Profile, 2012.

Adiga, A. *The White Tiger: A Novel*. New York, Free Press, 2008.

Aiyar, S. *Accidental India: A History of the Nation's Passage through Crisis and Change*. New Delhi, Aleph, 2012.

Alvaredo, F., Atkinson, A. B., Piketty, T., and Saez, E. "The Top 1 Percent in International and Historical Perspective." *Journal of Economic Perspectives*, 27(3), 2013.

Anand, A. *One vs All: Narendra Modi—Pariah to Paragon*. Chennai, Notion Press, 2016.

Astill, J. *The Great Tamasha: Cricket, Corruption and the Turbulent Rise of Modern India*. London, Bloomsbury, 2013.

Baisya, R. K. *Winning Strategies for Business*. New Delhi, Response, 2010.

Bal, Narendra. *Childhood Stories of Narendra Modi*. Ahmedabad, Rannade Prakashan, n.d.

Bertrand, M., Djankov, S., Hanna, R., and Mullainathan, S., "Obtaining a Driver's License in India: An Experimental Approach to Studying Corruption," *Quarterly Journal of Economics*, November 2007, pp. 1639–76.

Bhagwati, J. and Panagariya, A. *Why Growth Matters: How Economic Growth in India Reduced Poverty and the Lessons for Other Developing Countries*. New York, PublicAffairs, 2013.

Boo, K. *Behind the Beautiful Forevers: Life, Death and Hope in a Mumbai Slum*. New Delhi, Konark, 2011.

Booth, L., ed. *Wisden's Cricketers' Almanack 2012*. London, Bloomsbury, 2012.

Bremmer, I. and Keat, P. *The Fat Tail: The Power of Political Knowledge for Strategic Investing*. Oxford University Press, 2010.

Chakravarty, P. and Dehejia, V. "India's Income Divergence: Governance or Development Model?" Briefing Paper 5, IDFC Institute, 2017.

Chancel, L. and Piketty, T. "Indian Income Inequality, 1922–2014: From British Raj to Billionaire Raj?" World Wealth and Income Database Working Paper 2017/11, July 2017.

Chande, M. B. *Kautilyan Arthasastra*. New Delhi, Atlantic, 1998.

Chaturvedi, S. *I Am a Troll: Inside the Secret World of the BJP's Digital Army*. New Delhi, Juggernaut, 2016.

CMS Transparency. "Lure of Money in Lieu of Votes in Lok Sabha and Assembly Elections: The Trend 2007–2014." New Delhi, Centre for Media Studies, 2014.

Damodaran, H. *India's New Capitalists: Caste, Business, and Industry in a Modern Nation*. Basingstoke, Palgrave Macmillan, 2008.

Das, G. "India: How a Rich Nation Became Poor and Will Be Rich Again." In L. Harrison and P. Berger, eds., *Developing Cultures: Case Studies*. New York, Routledge, 2006.

——. *India Grows at Night: A Liberal Case for a Strong State*. London, Penguin, 2013.

Dasgupta, R. *Capital: The Eruption of Delhi*. New York, Penguin, 2014.

Debroy, B. and Bhandari, L. *Corruption in India: The DNA and the RNA*. New Delhi, Konark, 2012.

Debroy, B., Tellis, A., and Trevor, R. *Getting India Back on Track: An Action Agenda for Reform*. New Delhi, Random House, 2014.

Denyer, S. Rogue *Elephant: Harnessing the Power of India's Unruly Democracy*. London, Bloomsbury, 2014.

Dhingra, P. *Life Behind the Lobby: Indian American Motel Owners and the American Dream*. Stanford, CA, Stanford University Press, 2012.

Drèze, J. and Sen, A. *An Uncertain Glory: India and Its Contradictions*. London, Allen Lane, 2013.

Encarnation, D. J. *Dislodging Multinationals: India's Strategy in Comparative Perspective*. Ithaca, NY, Cornell University Press, 1989.

Fitzgerald, F. S. *The Great Gatsby*. Toronto, Aegitas, [1925] 2016.

Friedman, T. L. *The World Is Flat: The Globalized World in the Twenty-First Century*. London, Penguin, 2006.

Freund, C. Rich People Poor Countries: *The Rise of Emerging-Market Tycoons and Their Mega Firms*. Washington, DC, Peterson Institute for International Economics, 2016.

Fukuyama, F. *The End of History and the Last Man*. New York, Free Press, 2006.

——. *Trust: The Social Virtues and the Creation of Prosperity*. New York, Free Press, 1995.

Gandhi, A. and Walton, M., "Where Do India's Billionaires Get Their Wealth?" *Economic and Political Weekly*, 47(40), 2012.

Ghosh, J., Chandrasekhar, C. P., and Patnaik, P. *Demonetisation Decoded: A Critique of India's Currency Experiment*. Abingdon and New York, Routledge, 2017.

Ghosh, S. Indian Democracy Derailed: *Politics and Politicians*. New Delhi, APH, 1997.

Gill, S. S. *The Pathology of Corruption*. New Delhi, HarperCollins 1999.

Giriprakash, K. *The Vijay Mallya Story*. New Delhi: Penguin, 2014.

Global Wealth Databook 2016, Credit Suisse, November 2016.

Global Wealth Report 2016, Credit Suisse, November 2016.

Gomez, E. T. *Political Business in East Asia*. London, Routledge, 2002.

Gowda, M. V. R. and Sharalaya, N. "Crony Capitalism and India's Political System." In N. Khatri and A. K. Ojha, eds., Crony Capitalism in India: *Establishing Robust Counteractive Institutional Frameworks*. Basingstoke, Palgrave Macmillan, 2016.

Guha, R. *A Corner of a Foreign Field: The Indian History of a British Sport*. London, Picador, 2003.

———. *India after Gandhi: The History of the World's Largest Democracy*, rev. ed. London, Pan Macmillan, 2011.

Guha Thakurta, P., Ghosh, S., and Chaudhuri, J. *Gas Wars: Crony Capitalism and the Ambanis*. New Delhi, Paranjoy Guha Thakurta, 2014."

Gupta, A. and Kumar, P. "India Financial Sector: House of Debt." Credit Suisse, August 2, 2012.

Gupta, A., Shah, K., and Kumar, P. "India Financial Sector: House of Debt Revisited." Credit Suisse, August 13, 2013.

Hamid, M. *How to Get Filthy Rich in Rising Asia*. London, Hamish Hamilton, 2013.

Hausmann, R., Pritchett, L., and Rodrik, D. "Growth Accelerators." *Journal of Economic Growth*, 10(4), 2005, pp. 303–29.

Hawkins, E. *Bookie Gambler Fixer Spy: A Journey to the Heart of Cricket's Underworld*. London, Bloomsbury, 2013.

Hofstadter, R. *The Age of Reform: From Bryan to FDR*. New York, Knopf, [1955] 2011.

Hoornweg, D. and Pope, K. "Socioeconomic Pathways and Regional Distribution of the World's 101 Largest Cities." Global Cities Institute Working Paper January 4, 2014.

Howe, I. *The American Newness: Culture and Politics in the Age of Emerson*. Cambridge, MA, Harvard University Press, 1986.

Human Rights Watch. "'We Have No Orders to Save You': State Participation and Complicity in Communal Violence in Gujarat." *Human Rights Watch*, 14(3(C)), 2002.

Huntington, S. P. "Democracy's Third Wave." *Journal of Democracy*, 2(2), 1991, pp. 12–34.

———. *Political Order in Changing Societies*. New Haven, CT, Yale University Press, 1968.

Jacob, P. *Celluloid Deities: The Visual Culture of Cinema and Politics in South India*. Lanham, MD, Lexington, 2008.

Jaffrelot, C. "The Modi-Centric BJP 2014 Election Campaign: New Techniques and Old Tactics." *Contemporary South Asia*, 23(2), 2015, pp. 151–66.

Jain-Chandra, S., Kinda, T., Kochhar, K., Piao, S., and Schauer, J. "Sharing the Growth Dividend: Analysis of Inequality in Asia." International Monetary Fund Working Paper 16/48, March 2016.

Jayyusi, S. K., ed. *The Legacy of Muslim Spain*. Leiden, Brill, 1992.

Jeffery, R., Jeffrey, C., and Lerche, J. *Development Failure and Identity Politics in Uttar Pradesh*. New Delhi, Sage, 2014.

Joseph, J. *A Feast of Vultures*: T*he Hidden Business of Democracy in India*. Noida, HarperCollins, 2016.

Joshi, V. *India's Long Road: The Search for Prosperity*. New Delhi, Haryana, 2016.

Kahneman, D. *Thinking, Fast and Slow*. New York, Farrar, Straus and Giroux, 2011.

Kang, J. W. "Interrelation between Growth and Inequality." ADB Economics Working Paper 447, August 2015.

Kaplan, R. D. *Monsoon: The Indian Ocean and the Future of American Power.* New York, Random House, 2010.

Kapur, D., Mehta, P. B., and Vaishnav, M., eds. *Rethinking Public Institutions in India.* New Delhi: Oxford University Press, 2017.

Kapur, D. and Vaishnav, M. "Quid Pro Quo: Builders, Politicians, and Election Finance in India." Center for Global Development Working Paper 276, December 2011.

Khan, M. H. and Jomo, K. S. Rents, *Rent-Seeking and Economic Development: Theory and Evidence in Asia.* Cambridge, UK, Cambridge University Press, 2000.

Khanna, J. and Johnston, M. "India's Middlemen: Connecting by Corrupting?" *Crime, Law and Social Change,* 48(3–5), 2007.

Khatri, N. and Ohja, A. K. "Indian Economic Philosophy and Crony Capitalism." In N. Khatri and A. K. Ojha, eds., *Crony Capitalism in India: Establishing Robust Counteractive Institutional Frameworks.* Basingstoke, Palgrave Macmillan, 2016.

Khilnani, S. *The Idea of India.* New Delhi, Penguin, 1999.

Klitgaard, R. *Controlling Corruption.* Berkeley, University of California Press, 1988.

Kumar, A. *The Black Economy in India,* rev. ed. New Delhi, Penguin, 2002.

———. "Estimation of the Size of the Black Economy in India, 1996–2012." *Economic and Political Weekly,* 51(48), 2016.

———. *Understanding the Black Economy and Black Money in India: An Enquiry into Causes, Consequences and Remedies.* New Delhi, Aleph, 2017.

McDonald, H. *Mahabharata in Polyester: The Making of the World's Richest Brothers and Their Feud.* Sydney, University of New South Wales Press, 2010.

McKean, L. *Divine Enterprise: Gurus and the Hindu Nationalist Movement.* Chicago, University of Chicago Press, 1996.

Maddison, A. *The World Economy: A Millennial Perspective.* Paris, Organisation for Economic Co-operation and Development, 2001.

Maiya, H. *The King of Good Times.* Scotts Valley, CA, CreateSpace, 2011.

Marino, A. *Narendra Modi: A Political Biography.* Noida, HarperCollins, 2014.

Mehta, N. *Behind a Billion Screens: What Television Tells Us about Modern India.* Noida, HarperCollins, 2015.

Michelutti, L. and Heath, O. "Political Cooperation and Distrust: Identity Politics and Yadav Muslim Relations, 1999–2009." In R. Jeffery, C. Jeffrey, and J. Lerche, eds., *Development Failure and Identity Politics in Uttar Pradesh.* New Delhi, Sage, 2014.

Ministry of Finance, Government of India, *Economic Survey 2016/17.*

Misra, R. P. Rediscovering Gandhi, vol. 1: *Hind Swaraj—Gandhi's Challenge to Modern Civilization.* New Delhi, Concept, 2007.

Mukhopadhyay, N. *Narendra Modi : The Man, the Times.* Chennai, Tranquebar Press, 2013.

Myrdal, G. Asian Drama: *An Inquiry into the Poverty of Nations.* New York, Pantheon, 1968.

NDTV. *More News Is Good News: Untold Stories from 25 Years of Television News.* Noida,

HarperCollins, 2016.
Nehru, J. *Toward Freedom*. New York, John Day, 1941.
Neider, C., ed. *Life As I Find It: A Treasury of Mark Twain Rarities*. New York, Cooper Square Press, 2000.
Ninan, T. N. "Indian Media's Dickensian Age," Center for the Advanced Study of India Working Paper 11-03, December 2011.
———. *The Turn of the Tortoise: The Challenge and Promise of India's Future*. Gurgaon, Allen Lane, 2015.
Oldenburg, P. "Middlemen in Third-World Corruption: Implications of an Indian Case." *World Politics*, 39(4), 1987, pp. 508–35.
Painter, J., ed. *India's Media Boom: The Good News and the Bad*. Oxford, Reuters Institute for the Study of Journalism, University of Oxford, 2013.
Pal, M. "Haryana: Caste and Patriarchy in Panchayats." *Economic and Political Weekly*, 39(32), 2004, pp. 3581–83.
Palepu, K. and Khanna, T. *Winning in Emerging Markets: A Road Map for Strategy and Execution*. Boston, Harvard Business Press, 2010.
Panagariya, A. India: *The Emerging Giant*. New York, Oxford University Press, 2010.
Phongpaichit, P. "The Thai Economy in the Mid-1990s." In D. Singh and L. T. Kiat, eds., *Southeast Asian Affairs 1996*. Singapore, ISEAS–Yusof Ishak Institute, 1997, pp. 369–81.
Piramal, G. *Business Maharajas*. New Delhi, Viking, 1996.
Price, L. *The Modi Effect: Inside Narendra Modi's Campaign to Transform India*. London, Hodder and Stoughton, 2015.
Pritchett, L. "Is India a Flailing State? Detours on the Four Lane Highway to Modernization." HKS Faculty Research Working Paper RWP09-013, John F. Kennedy School of Government, Harvard University, May 2009.
Przeworski, A. "Capitalism, Development and Democracy." *Brazilian Journal of Political Economy*, 24(4), 2004, pp. 487–99.
Quraishi, S. Y. *An Undocumented Wonder: The Great Indian Election*. New Delhi, Rainlight, 2014.
Raina, R. C. and Chaudhary, M. "Television Broadcasting in India: Empirical Growth Analysis since 1959." *IMS Manthan, 6(2), 2011*, pp. 167–81.
Rajakumar, J. D. and Henley, J. S. "Growth and Persistence of Large Business Groups in India." *Journal of Comparative International Management*, 10(1), 2007.
Rajan, R. *Fault Lines: How Hidden Fractures Still Threaten the World Economy*. Noida, CollinsBusiness, 2012.
Rajan, R. and Zingales, L. *Saving Capitalism from the Capitalists: Unleashing the Power of Financial Markets to Create Wealth and Spread Opportunity*. Princeton, NJ, Princeton University Press, 2004.
Rajan, R. G. and Zingales, L. "Which Capitalism? Lessons from the East Asian Crisis." *Journal of Applied Corporate Finance*, 11(3), 1998.

Ray, S. G. *Fixed! Cash and Corruption in Cricket*. Noida, HarperSport, 2016.
Rorty, R. *Essays on Heidegger and Others: Philosophical Papers*. Cambridge, UK, Cambridge University Press, 1991.
———. "Unger, Castoriadis, and the Romance of a National Future." In *Essays on Heidegger and Others: Philosophical Papers*. Cambridge, UK, Cambridge University Press, 1991.
Rumford, C. and Wagg, S., eds. *Cricket and Globalization*. Newcastle upon Tyne, Cambridge Scholars, 2010.
Schumpeter, J. *Capitalism, Socialism and Democracy*, 3rd ed. London, George Allen and Unwin, 1950.
Sharma, R. *The Rise and Fall of Nations: Forces of Change in the Post-Crisis World*. New York, W. W. Norton, 2016.
Sridharan, E. "India's Watershed Vote: Behind Modi's Victory." *Journal of Democracy*, 25(4), 2014, pp. 20–33.
Srinivasan, T. N. and Tendulkar, S. *Reintegrating India with the World Economy*. Washington, DC, Institute for International Economics, 2003.
Stiles, T. J. *The First Tycoon: The Epic Life of Cornelius Vanderbilt*. New York, Alfred A. Knopf, 2009.
Studwell, J. *How Asia Works: Success and Failure in the World's Most Dynamic Region*. London, Profile, 2013.
Sukhtankar, S. and Vaishnav, M. "Corruption in India: Bridging Research Evidence and Policy Options." India Policy Forum 11, July 2015, pp. 193–261.
Thakur, P. *Dr. Vijay Mallya's Kingfisher: The King of Good Times and Latest Turbulence*. Mumbai, Shree Book Centre, 2012.
Tharoor, S. *The Elephant, the Tiger, and the Cell Phone: Reflections on India in the Twenty-First Century*. New Delhi, Viking, 2007.
Twain, M. and Warner, C. D., *The Gilded Age: A Tale of To-Day*. Hartford, CT, American Publishing Company, 1873.
Varshney, A. *Ethnic Conflict and Civil Life: Hindus and Muslims in India*. New Haven, CT, Yale University Press, 2002.
Vaasanthi. *Amma: Jayalalithaa's Journey from Movie Star to Political Queen*. New Delhi, Juggernaut, 2016.
Vaishnav, M. *When Crime Pays: Money and Muscle in Indian Politics*. New Haven, CT, and London, Yale University Press, 2017.
Vanderbilt, A. T. II, *Fortune's Children: The Fall of the House of Vanderbilt*. New York, Morrow, 1989.
Varshney, A. "India's Watershed Vote: Hindu Nationalism in Power?" *Journal of Democracy*, 25(4), 2014, pp. 34–45.
Varshney, A. and Sadiq, A. *Battles Half Won: India's Improbable Democracy*. London, Viking, 2013
Wade, R. "The System of Administrative and Political Corruption: Canal Irrigation in South India." *Journal of Development Studies*, 18(3), 1982, pp. 287–328.

Wit, J. de. *Urban Poverty, Local Governance and Everyday Politics in Mumbai*. New Delhi, Routledge, 2017.

Zubrzycki, J. *The Last Nizam: The Rise and Fall of India's Greatest Princely State*. Sydney, Picador, 2006.

致谢

2007年我首次去孟买就爱上这座城市,自此以后再也无法放下对它的迷恋。从那第一次起,我就欠下阿南德·吉利达拉达斯一个大人情,我们一起在蓝色德里西餐厅喝了好几个钟头的咖啡,他一直耐心地解答我的疑问,随后带我去特莉萨娜用餐,那是我第一次去这家大名鼎鼎的海鲜连锁餐厅。我同样要感谢的还有帕布罗·詹金斯,我那几天都借宿在他位于克拉巴基督教青年会的公寓,那里离我后来住的地方只有几条街。我想我还应该感谢一下苏科图·梅塔,我从没见过他本人,但在朋友的推荐下读了他的《孟买:欲望丛林》,这本书最大限度地激发了我对这座大都会的兴趣,五年后,我选择到孟买工作生活。

回伦敦后,我在2010年加入《金融时报》。那时我和妻子经常坐在餐桌旁畅想:我将来会以驻外记者的身份去哪儿?我最想去的是孟买。可能是某种命运的安排吧,我刚入职一年,孟买的办公室就空出一个岗位。这些年以来,我在《金融时报》的同事和朋友都很照顾我，但我想在这里特别感谢报社编辑莱昂内尔·巴伯，他担着风险派遣对孟买基本没什么了解的我过去报道商业和金融，还大度地包容我财经记者经验的不足。我还得好好谢一下亚历克斯·罗素，我最后下定决心去孟买，离不开他的鼓励。我要感谢的还有詹姆斯·拉蒙特和维克托·马利特，感谢他们在我刚到孟买时接待我。爱德华·卢斯也在我的感谢名单之列，我一开始只是写报纸文章，但他后来建议我慢慢积累，把对孟买的想法整理成长一点的作品。

2011年，我成为《金融时报》印度办公室的一员，办公室在摇摇欲坠的四层木质楼梯之上，正下方是卖纱丽服的服装店。我有幸在那里与一群优秀的成员共事，他们是阿凡提卡·奇科蒂、戴维·凯奥赫恩、詹姆斯·丰塔内拉·汗、尼尔·孟希、马欣达·古普塔、卡努普里亚·卡普尔、安德烈亚·罗德里格斯和达尔尚·萨尔维。我同样要感谢的还有新加坡国立大学李光耀公共政策学院，它在我写书期间给我提供了岗位，书写好以后又给我提供了更稳定的住处。我在新加坡能这么顺利，要特别感谢基肖尔·马布巴尼、丹尼·柯和坎蒂·巴杰帕伊的帮助。

这样一本书的诞生要感谢许多人的聪明才智，我客厅的书架上摆满了书，这些书的作者对我产生了或大或小的影响。说到对我影响较大的作者，我最感激的就是贾扬特·辛哈和阿舒托什·瓦尔什尼，他们二人合著的文章独具匠心地探讨了印度的镀金时代，正是那篇文章让我早在印度工作之前便开始思考印度超级富豪的权力。这篇文章发表以后，许多作家开始探讨这一主题，这些年以来，拉纳·达斯古普塔、西达尔塔·德布、帕特里克·福尔斯、德维什·卡普尔、苏尼尔·基尔纳尼、T. N. 宁南和迈克尔·沃尔顿对此的论述都给我不少启发。

写书是孤独到令人痛苦的差事，但搜集素材的过程充满与人打交道的乐趣。这对我而言是一件幸事，因为印度是个令人困惑的国度，这里许多错综复杂的事物都处在不停的变化当中，常让人产生永恒的不确定感。我能在一定程度上克服这种感受，都要感谢朋友们，他们慷慨地容忍我的纠缠，允许我在困惑时不停地向他们发问。

我特别要感谢以下这些朋友，与他们的交谈给我提供了莫大的帮助，他们是鲁本·亚伯拉罕、斯瓦米纳坦·艾亚尔、慕库里卡·班纳吉、贾格迪什·巴格瓦蒂、桑贾伊·班达卡、苏尔吉特·巴拉、西达斯·巴蒂亚、凯瑟琳·布、普拉文·查克拉瓦蒂、萨吉德·奇诺伊、古尔恰兰·达斯、高拉夫·达尔米亚、耶松·库尼亚、威廉·达尔林普尔、芮德蒙·德赛、萨达南·杜梅、阿米塔布·杜贝、纳雷什·费尔南德斯、阿南特·戈恩卡、哈斯·戈恩卡、安东尼·古德、拉玛昌德拉·古哈、尼西德·哈贾里、伊沙特·侯赛因、库马尔·伊耶、扎希尔·詹莫哈米德、阿卡什·卡普尔、巴拉特·克瓦拉曼尼、贾德普·康纳、保劳格·康纳、穆库尔·凯萨文、曼吉耶·克里帕拉、拉吉夫·劳尔、布里杰什·梅赫拉、普拉塔普·巴努·梅塔、索拉布·穆克杰亚、阿南特·纳、P. J. 纳亚克、桑贾伊·纳亚尔、南丹·尼勒卡尼、尼廷·帕伊、阿努瓦卜·帕尔、迪潘贾纳·帕尔、杰伊·潘达、尼克·保尔森、埃利斯、巴沙拉特·佩尔、斯坦利·皮尼亚尔、埃斯瓦尔·普拉萨德、纳曼·普加利亚、维诺德·拉伊、拉古拉迈·拉詹、阿达姆·罗伯茨、阿兰·罗斯林、维贾伊·桑卡尔、阿马蒂亚·森、尼兰詹·西尔卡尔、鲁奇尔·夏尔马、阿伦·舒利、阿尔温德·萨勃拉曼尼亚、沙希·塔鲁尔、马克·塔利、西达尔特·瓦拉达拉杰、吉勒·维尼尔斯和阿迪勒·扎伊努尔巴伊。

作者给朋友带来的最大负担大概就是阅读草稿，但很多朋友还是慷慨地抽出时间，毫无怨言地浏览我写好的章节，给我凌乱的早期书稿提供友善的反馈。这方面我要特别感谢塞巴斯蒂安·阿博特、萨拉·阿布多、比拉勒·俾路支、拉胡尔·巴蒂亚、阿尼鲁达·杜塔、亨利·富瓦、巴尼·乔普森、拉古、卡纳克、马达夫、科斯拉、涅尔坎·米什拉、苏普里亚·纳耶、高塔姆·彭马拉朱、桑吉夫·普拉萨德、尼兰詹·拉贾德亚克沙、乔纳森·夏宁、米希尔·夏尔马和米兰·瓦西纳夫。

另外，我还要感谢那些以各种形式对我的研究提供过帮助的朋友，尤其是斯里帕纳·高希、马赫什·兰加、威尔·佩林、弗朗·塞恩斯伯里、凯瑟琳·卡塞伊、拉曼·南达、霍利·埃德加和基兰·斯塔塞。我还要在此郑重地向我不知疲倦的研究员玛丽亚姆·海德致谢，她以一丝不苟的态度帮我核对引文出处，挖掘证据，整理尾注，并在书稿出现无聊的迹象时善意地提醒我。

如果没有人愿意将赌注压在尚未成型的想法上，一本书根本无法问世。从这个角度讲，我这本书能出版，要感谢寰宇一家、皇冠、哈珀柯林斯三家出版商。作为一个初出茅庐的作者，我十分庆幸每一家的团队都毫无保留地支持我的创作。我在这里想特别感谢萨姆·卡特、乔纳森·本特利、斯米特、蒂姆·达根、威尔·沃尔夫斯劳和乌达扬·米特拉，跟他们合作非常愉快。当然，我最应该感谢的是慷慨大方的托比·蒙迪，他作为代理人一直给予我极大的支持，没有他的好脾气和鼓励，我肯定不会把最初的设想写下来，那样这本书恐怕永远也写不出来。

不过，从头到尾最支持我写作的还是我的妻子玛丽。她一开始能同意陪我搬到印度就够勇敢。我们共同到印度体验人生当中最大的冒险。自打我萌生写书的想法，她就非常支持我，这之后，她承担了更多本不该由她承担的家庭责任，尤其是我一大早就静悄悄出去写作时。她还是我知道的最棒的校对者和编辑。她对我的帮助，我会永远铭记在心。在此，我想为她献上我最深切的爱和感激。

我的两个孩子——在印度出生的儿子亚历山大，在我刚提交这本书的初稿后几天就在新加坡出生的女儿索菲——还太小，无法理解他们的母亲为我做出的牺牲。希望他们将来可以原谅他们的父亲在他们还小的时候花了很多时间写书，并体会到他们的存在为父亲写作的过程提供了许多愉悦和灵感。最后，我想向我父母表达无穷无尽的感激之情，我年轻时就对写作感兴趣，他们知道后就一直以温和的方式鼓励我继续创作，我这辈子最看重的就是他们给我提供的源源不断的支持。我对他们的爱永远不会褪色，这本书献给他们。

图书在版编目（CIP）数据

新镀金时代 /（英）詹姆斯·克拉布特里著；邢玮译. —— 海口：南海出版公司，2024.1
ISBN 978-7-5735-0601-6

Ⅰ. ①新… Ⅱ. ①詹… ②邢… Ⅲ. ①纪实文学－英国－现代 Ⅳ. ①I561.55

中国国家版本馆CIP数据核字（2023）第184133号

著作权合同登记号　图字：30-2023-104

The Billionaire Raj: A Journey Through India's New Gilded Age
Copyright © James Crabtree, 2018
International Rights Management: Susanna Lea Associates
Chinese (simplified characters) copyright © 2024 by ThinKingdom Media Group Ltd.
This edition arranged through Big Apple Agency, Inc
All rights reserved.

新镀金时代
〔英〕詹姆斯·克拉布特里 著
邢玮 译

出　　版	南海出版公司　（0898）66568511
	海口市海秀中路51号星华大厦五楼　邮编 570206
发　　行	新经典发行有限公司
	电话(010)68423599　邮箱 editor@readinglife.com
经　　销	新华书店

出版统筹　杨静武
责任编辑　秦　薇
特邀编辑　周劼婷　欧阳钰芳
营销编辑　陈　文　朱雨清
装帧设计　尚燕平
内文制作　王春雪

印　　刷　河北鹏润印刷有限公司
开　　本　880毫米×1230毫米　1/32
印　　张　13
字　　数　280千
版　　次　2024年1月第1版
印　　次　2024年1月第1次印刷
书　　号　ISBN 978-7-5735-0601-6
定　　价　79.00元

版权所有，侵权必究
如有印装质量问题，请发邮件至 zhiliang@readinglife.com